EL GENERAL
SOMBRA

EL GENERAL SOMBRA

ARNOLDO TAULER

Pureplay Press
Los Angeles

Primera edición

Copyright © 2004 Arnoldo Tauler

Por favor, dirija su correspondencia a / Please direct all correspondence to: info@pureplaypress.com / Pureplay Press, 11353 Missouri Ave., Los Angeles, CA 90025.

Cataloguing-in-Publication Data
Tauler, Arnoldo.
  El general Sombra : novela / de Arnoldo Tauler. — 1. Ed.
      p. cm.
  ISBN 0-9714366-5-7
  1. Ochoa Sánchez, Arnaldo — Fiction. 2. Castro, Fidel, 1926- — Fiction. I. Title
  863.64—dc22

Library of Congress Control Number: 2003095033

The front cover illustration is a portrait of General Arnaldo Ochoa Sánchez (oil on canvas) by César Beltrán of Florida City, FL.

Cover and book design by Wakeford Gong

Printed in the United States

DEDICATORIA

*Al general desconocido que en esta obra
lleva el nombre de **Sombra**.
Suerte.*

*A todos aquellos que, con su testimonio,
han contribuido para recrear
la trama de esta obra.*

Si Dios quiere evitar el mal
y no puede, no es omnipotente;
si Dios puede evitar el mal
pero no quiere, no es bueno;
si Dios quiere y puede,
¿por qué existe el mal?

Epicuro (341-270 a.C.)

La línea divisoria entre la realidad y la ficción a veces es difícil de definir. No obstante, los personajes y hechos reales que aparecen en esta novela son utilizados para aportar más realismo a la trama elaborada por la fantasía del autor. Esta obra pudiera ser reflejo de hechos ocurridos, pero en realidad sólo representa una de las tantas variantes de lo que pudo haber sucedido.
Como toda novela EL GENERAL SOMBRA es una obra de ficción.

—A.T.

EL GENERAL
SOMBRA

FEBRERO 1989

—Pepe, el asunto está caminando, pero lo he estado analizando bien y pienso que no debemos eliminar solamente a Fidel, sino a todo el Buró Político. Hay que descabezar al gobierno y cortar de cuajo hasta la cintura. Sólo quedarían dos piernas: tú y... el general Ochoa.

—Fidel y el Buró Político completo —dijo Abrantes arrugando las cejas. Luego, moviendo la cabeza de un lado a otro, sonrió escéptico—. No es una tarea fácil.

—Ningún plan en contra de Fidel es fácil, pero tampoco imposible.

Abrantes miró a su interlocutor y esbozó una leve sonrisa. La declaración no lo sorprendía, pues tenía conocimiento de la Operación Cocodrilo Verde desde que se había comenzado a gestar, hacía ya un año, entre las células grises del hombre que tenía frente a sí, la persona que en cierta oportunidad le salvó la vida, y a la que consideraba como un padre. Para cualquiera que no conociera la relación entre los dos hombres, parecería obra de un loco el comunicar una idea tan peligrosa precisamente a la persona que estaba encargada de la seguridad personal del dirigente cubano, a su ministro del Interior, el general de División José Abrantes Fernández.

Abrantes, al igual que otros oficiales del MININT y de las FAR, pertenecía a un pequeño y selecto grupo que preparaba una acción encaminada a eliminar físicamente al Comandante en Jefe. Y ahora la persona que dirigía la operación le comunicaba la ampliación del plan. Pero, aunque lo dicho no era una sorpresa para él, no dejó de mostrar, junto con la sonrisa, un gesto de innegable inquietud. No se trataba de que lo expresado por su gran amigo pudiera ser grabado por el Departamento de Contrainteligencia del Ejército, pues el yate en que estaban ahora, el Tomeguín, del coronel Antonio de la Guardia, su casi hermano Tony, o mejor, "el Siciliano", como él le decía, había sido contrachequeado para eliminar cinco micrófonos ocultos que algún técnico de la CIM había situado en lugares estratégicos de la nave, sino porque el plan del que hablaba su interlocutor era sumamente delicado y de absoluto secreto.

Las medidas de seguridad que se tomaran cuando se tocaba este asunto debían ser rigurosas. Fidel disponía, ¿quién mejor que Abrantes para saberlo?, de un aparato de inteligencia amplio y poderoso, y en ocasiones había que dudar hasta de la propia conciencia de uno.

La eliminación física de Fidel era un tema del cual se había hablado mucho, incluso internacionalmente. Fidel era el estadista contra el cual se habían preparado más atentados personales, y, sin embargo, ninguno se había llevado a cabo. Abrantes recordó, entre orgulloso y arrepentido, que él había participado en el control y en la destrucción de muchos de ellos. Caracoles con explosivos listos para hacer pasto de tiburones al líder cuando incursionara en actividades submarinas; trajes de buzo preparados con sustancias tóxicas; píldoras con botulín que no llegaron a depositarse en los batidos de chocolate que Fidel solía consumir en un hotel conocido; armas escondidas en cámaras de televisión que filmarían su muerte en exclusiva, en vivo... en fin, se podían relacionar muchos de esos intentos, algunos de los cuales sólo fueron planes descabellados, bravuconería de exiliados en busca de notoriedad política y social, y que Fidel supo utilizar para engrandecer la importancia de su imagen internacional y realzar las acciones agresivas del enemigo.

Pero el plan del General que frente a él y con la mayor naturalidad del mundo ahora se daba un trago de Matusalém de 7 años de añejamiento, enviado por un amigo desde Santiago de Cuba, no era nada parecido a los que obraban en los archivos del Ministerio del Interior, y seguramente en los de la CIA también.

Abrantes tomó de la mesa de plástico blanco, sujeta con tornillos a la madera de la popa, y que separaba a ambos hombres, un saladito de jamón serrano y queso suizo coronado por una aceituna, sostenidos en culinario y promiscuo matrimonio por un mondadientes azul desechable, y comenzó a masticarlo con calma.

—¿No habíamos dejado ese tema para más adelante? —dijo y clavó el palillo en un chorizo español, su próxima víctima alimenticia, después que tomara el Cuba Libre.

La bebida que solía ingerir no la dejaba a expensas de criterios ajenos: se la preparaba él personalmente. Para eso tenía bien practicado el punto exacto de cada ingrediente en la famosa fórmula cubana. Además, lo hacía por un sentido nato de seguridad que había adquirido mientras era jefe de la escolta personal de Fidel. Sentido que había cultivado y desarrollado con la experiencia acumulada en toda su vida militar.

—Es verdad, este tema lo habíamos dejado pendiente para cuando existieran ciertas condiciones. Bien... creo que las condiciones son perfectas en estos momentos. Por otro lado, Pepe, la gente no aguanta más la situación a que este loco ha conducido el país. Nadie mejor que tú para saberlo. Estamos ante un dictador que justifica su poder sobre un trono de orgulloso egocentrismo, de fatuo poder militar, y de hambre... el hambre y la pobreza del pueblo.

Abrantes, despojado de su clásico vestuario militar, que lo hubiera identificado como general de División y ministro del Interior de Cuba, estaba ahora cubierto exclusivamente por un short rojo con rayas blancas y unas gafas de sol que Tony le había traído de Panamá, todo lo cual le permitía sentirse como un turista, aunque estuviera en su propio país. Alzó la copa hasta sus labios y dejó que el agradable líquido le corriera por la garganta. Un mensaje descifrable le llegó desde los ocultos recintos del estómago cuando las tripas murmuraron su satisfacción. Iba a realizar el asalto del hermoso chorizo importado de la Madre Patria, pero las palabras del general le paralizaron el gesto. Se sintió culpable de algo, pero no podía definirlo exactamente. Fue entonces que, con delicadeza de barman, puso la copa sobre la mesa y se limpió los labios con una servilleta de tan inmaculada blancura, que parecía un velo de novia.

—Creo que tienes razón, Sombra.

Lo nombraba así desde aquella mañana dominical, en pleno corte voluntario de caña, cuando se encontraban tomando un apartado y oportuno descanso, y su gran amigo le habló por primera vez del plan. Se le ocurrió la idea del nombre cuando vio el rostro del general semioculto por la sombra que proyectaba el sombrero de yarey con el que se cubría la cabeza para protegerse de los rayos solares. "¿Viste lo que le pasó a Iván Rodríguez, a Marcelino Sánchez y a los cuarenta y dos hombres que estaban involucrados en un plan de rebelión contra Fidel? —preguntó en aquella oportunidad, pero no esperó a que su interlocutor abriera la boca, como previendo que el general conocía la respuesta—. Los fusilaron a todos". "La muerte es el riesgo que corren todos los que se le oponen, ¿o acaso tú lo ignoras, Pepe?" —le respondió Sombra—. "Ahí están los ejemplos de Camilo, el Che y cientos de fusilados. Todo el que discrepe de su criterio, de su poder, tiene la tumba asegurada. Pero no temo correr el riesgo, alguien tiene que hacerlo, ¿no? Y también, claro, cuento contigo..."

Un brillo de orgullo personal resaltó por un instante en los ojos oscuros del ministro. Luego, con un tono de evidente disgusto, comentó:

—Me gusta esa idea de eliminar al Buró Político completo. Esos comemierdas se creen los dioses del mundo, los que más saben. ¿Te acuerdas? No me incluyeron como miembro en febrero del 86.

—Sí, son del carajo, y contigo, que eres uno de los pocos que no tiene ningún problema para franquear la barrera que Chomi pone por medio de Nuria, para ver al "gallo"; esa secretaria es un muro de concreto vestido de mujer. Pero volviendo al tema, a la verdad que no se comprende que tú, el hombre que maneja las riendas de la información secreta del país, que les tienes abierto un expediente a cada uno de ellos, donde constan sus falsedades y sus ambiciones podridas, tengas que abandonar el salón cuando terminas de informar. No saben que la basura que siempre discuten tú la conoces antes y mejor que ellos.

—Además, no todo lo que informo les gusta. Tienen los ojos cerrados a la realidad.

Abrantes hizo una pausa para inclinarse hacia su interlocutor, y habló en tono bajo, más por costumbre que por la posibilidad de que algún oculto agente del CIM pudiera escucharlo.

—Hace un tiempo informé que el alto mando del MININT consideraba saludable para la Revolución que se revisaran los aspectos positivos de las relaciones con los soviéticos y no los negativos, y todo el mundo se puso un zíper en la boca, desaprobando mi proposición. ¡Coño, qué miedo le tienen a la *perestroika*! Se cagan ante el primer soplo de cambio, sobre todo Fidel.

—Él mismo sabe que históricamente es un fracasado, que el camino que ha tomado y por el cual quiere que transite todo el mundo sólo conduce al abismo. Y es tan estúpido que cree que la gente va a seguir creyendo en el disco rayado ese que viene repitiendo desde que ajustó la nalga al asiento del poder. Pero el pueblo no aguanta más.

Abrantes se levantó para acercarse al panel de mando del yate. Con un leve movimiento del timón, hizo que la nave de treinta pies de eslora hiciera un giro hacia el oeste. Hacía unos minutos que habían salido del muelle del Departamento General de Tropas Especiales, en Jaimanitas, donde reposaba el diminuto Centella, su yate de carrera. El comandante de la nave, "el Colorado" Piñeiro, le había sugerido que lo usara ese domingo de febrero para su travesía marítima. "Oiga, mi general, lo tengo al kilo, y este bicho es más rápido que una bala de AKM". Y ante la negativa de Abrantes, prosiguió: "Pero bueno, si lo que busca es comodidad, ahí está el Tomeguín", le dijo, sonriente como siempre, mientras en sus ojos verdes brillaba una chispa de admiración hacia su jefe.

Cuando la nave enfiló rumbo oeste, hacia Barlovento, Abrantes puso el mando en automático. Luego volvió a sentarse frente al general Sombra. Al hacerlo, tomó la copa con el Cuba Libre y se dio un trago. Se frotó las manos para eliminar el húmedo frío dejado por el cristal, y preguntó con vivo interés:

—Bien, ¿cuál es el plan en detalle?

El general Sombra sonrió levemente. Acto seguido abrió el zíper de un bolso azul en el que se destacaba un distintivo de la empresa turística Gaviota, controlada por el MINFAR, y, como quien rescata un tesoro del fondo del mar, sacó un pequeño plano del Palacio de la Revolución, que desplegó encima de la mesa plástica.

—El plano, ¿está actualizado? —preguntó Abrantes haciendo una indicación con la mano.

—Por supuesto —respondió el general Sombra con una sonrisa de autosuficiencia—. Este no es el plano del Palacio de Justicia de Batista.

Abrantes también sonrió. Ambos hombres sabían que Fidel Castro, con el objetivo de que el enemigo no pudiera utilizar los planos del edificio donde el dictador derrocado, Fulgencio Batista, pensaba instalar la jerarquía del Poder Judicial, había ordenado modificar totalmente su interior. Era el mismo edificio que Castro había tomado como sede del Comité Central del Partido Comunista de Cuba y del Consejo de Estado, y al que había nombrado Palacio de la Revolución. En la remodelación, se tumbaron paredes y se levantaron otras, se clausuraron puertas y se abrieron otras nuevas, algunas de las cuales no conducían a ningún lugar. Habían construido un laberinto de pasillos y salones, de paredes y de puertas, en el cual cualquier visitante e incluso los moradores del edificio podrían perderse. Además, el palacio estaba controlado por un enjambre de micrófonos y cámaras de video que recogían hasta el vuelo de una mosca. Por cuestiones de seguridad, las molduras y los marcos de las puertas ocultaban sensibles sistemas para detectar metales, y, por consiguiente, armas de fuego. Pero el general Sombra estaba convencido de que no le hacía falta el hilo de Ariadna para encontrar en aquel laberinto al maldito Minotauro.

—El plan táctico para llevar a cabo la Operación Cocodrilo Verde es como sigue...

* * *

Bella mañana dominical, como para olvidarse de los jodidos problemas del mundo, y sobre todo, los de este caimán geográfico que históricamente te ha tocado gobernar. Y estiras los brazos en actitud de crucificado, aunque no te agrada la comparación religiosa, para despertar y poner en acción dormidas articulaciones que poco a poco van respondiendo biológicamente a tus improvisados ejercicios.

Al mirar a través de los cristales de tu dormitorio, en el segundo piso, te llama la atención la estela espumosa que, rumbo norte, va dejando el yate que ha salido disparado desde el muelle de Tropas Especiales, y que ahora gira en dirección a Santa Fe. Tomas los binoculares de alta potencia que siempre tienes a mano para espiar el horizonte marino que se observa desde tu búnker, y lo enfocas tratando de descubrir a la tripulación. Pero el juego de cristales de aumento no logra definir a las dos personas sentadas en la popa, ni tampoco el nombre de la nave. Bah, seguramente son oficiales del MININT que van de pesquería y que, cabrones que son, aprovechan cada instante para dejar sus obligaciones a un lado y vivir la dulce vida. Y crees que Raúl tiene parte de razón cuando reclama que un capitán del Ministerio del Interior vive mejor que un general del Ejército. "Pero, coño, Raúl, tú no te puedes quejar". Eso piensas cuando descubres El 26, el yate que pertenece a tu hermanito. "Lo que pasa, Fidel, es que... Mira, mi hermano, esa gente del MININT viven mejor que los capitalistas, hay que ver solamente como visten, los dólares que manejan, los..."

La voz grave de Raúl, engolada a propósito para evitar sospechas de mariconcito, se va perdiendo en el recuerdo, y enfocas los binoculares en los muelles, allí donde se balancea el Tuxpan, blanco y azul, hermosa nave de tres pisos, con sus asientos circulares color carmelita en la popa, y que el primer teniente Fermín, mantiene siempre lista para tus viajes a México, y que vino a sustituir al Pájaro Azul, más utilizado por Raúl para el tráfico de droga que para veranear. No obstante sus virtudes, ninguno de los dos ha podido suprimir tus gustos por el Martha II, el que Batista dejó al poner pies en polvorosa con destino a la guarida de Trujillo. Le puso el nombre de la esposa para pasear en el yate a sus amantes. Ni por el Cristal, que le quitaste a Julio Blanco, el dueño de La Tropical. Que se joda, por capitalista. Ahora todos estos yates son del pueblo. Ejemmm...

Paneas hasta topar con la casa amarilla donde se ubican los buzos de exploración submarina. Entre ellos está el teniente coronel Honduras, un oficial que le maneja el auto a tu ministro del Interior. Dicen los breteros militares que el Honduras este fue amante de tu hija Alina, la misma que, no lo dudes, una madrugada se va de Cuba por alguna vía, para ir a parar a la "Yuma", y cualquier día de esos que todavía están por llegar, que nunca faltan autores fantasmas, le escriben un librito acerca de tus relaciones con ella, y te arranca las tiras de pellejo. Desgracia de familia, dirías tú, que no comparten tus ideas y que te hacen quedar mal en cualquier momento. Fruto de una aventura amorosa con tu antiguamente querida Naty Revuelta, pero el fruto te ha salido revuelto y podrido al cabo de los años, aunque bueno, nunca le diste el amor de padre que tanto ella necesitó. Primero desertó de tu corazón y luego, con seguridad, se convertirá en una gusana acogida por la "mafia de Miami", como nombras a los cubanos que viven del lado de allá del

Estrecho de la Florida, "el norte revuelto y brutal" del Tío Sam, ese viejo con rostro de avaro que, envuelto en la bandera norteamericana, siempre está apuntando con un índice que parece un arma. El tío y los sobrinos son iguales, son unos hijos de… Calma, contrólate, el tiempo ha pasado y ahora no se trata de echar malas palabras a diestra y siniestra, como en los primeros años de la revolución, como si fueran flores de un jardín lingüístico. Sí, se sabe que están en el diccionario y que hasta Cervantes las empleó, pero ahora debes reservarlas para intimidar al círculo de tus subordinados, porque al maldito imperialismo ese que odias tanto le entran por un oído y le salen por el otro. Humm…

Ahí se encuentra el albergue naval, y a la izquierda la jefatura de Tropas Especiales, luciendo su blancura al sol mañanero. Más cerca del mar, la cancha de Tennis Frontón, la piscina y el minicampo de tiro donde algunos vienen a practicar su puntería contra un enemigo imaginario. Un poco más acá descubres la casa que alberga al comando 43 de Boinas Negras. Los hangares de los BTR, el campo de obstáculos para entrenamiento especial, así como las barracas de las compañías de combate, se te pierden tapados por las ceibas y las matas de mango de bizcochuelo y mamey que no tienen el mismo sabor de los que se dan en El Caney, pueblecito campesino cerca de los lugares por donde estuviste huyendo tras el frustrado asalto al Cuartel Moncada, hace ya un burujón de años, cuando comenzabas a construir tu personalidad militar y política.. Y recuerdas la vez aquella en que el negro Sarría, cuando te descubrió durmiendo en un pequeño bohío, evitó que la soldadesca te matara. A ti y a otros dos que estaban contigo. "No disparen, no disparen, que las ideas no se matan", dijo Sarría. Bonita frase que encierra una gran verdad, porque las ideas no se pueden matar, sean tuyas o de otros. Los recuerdos son como volver a vivir, aunque hay algunos que más vale olvidar, como tu época gangsteril, allá por los cuarenta, cuando asumías el papel de guapetón, con el Colt 45 al cinto, regalo de tu hermano Ramón. Montado en un Ford V-8 remedabas las hazañas de Al Capone, desde tu posición de ganstercillo estudiantil, cuya afición al "gatillo alegre" practicabas como un miembro más de la Unión Internacional Revolucionaria (UIR), banda dirigida por el capo Emilio Tro. No te gustaba mucho el nombre ese de UIR, por el olorcito que tenía de fuga, escapada, aunque esa ha sido una variante que no has dejado de asumir, incluso desde la Sierra Maestra, con el "muerde y huye" que le hacían al ejército de Batista. Ciertamente en aquellos tiempos de inicio en el mundo gansteril, tu limitado contexto social estaba conformado por personalidades del hampa como "el Cojo", Jesús González Carta "el Extraño" y otros. Una página negra de tu historia juvenil que hubieses querido borrar, pero que resulta imposible porque obra en los archivos de muchos de tus enemigos, es esa en la que te ves parapetado detrás de un muro en la calle Ronda, disparando por la espalda a Leonel Gómez, en aquel entonces estudiante del Instituto de La Habana, y todo porque era miembro del grupo de Morín Dopico. Fuiste en busca de prestigio y lo que hiciste fue cagarte en los pantalones y manchar tu futura imagen de hombre valeroso, viril, hombre machito, sin miedo, y no el que demostraste cuando quisiste hacerle lo mismo a Rolando Masferrer y éste, al darse cuenta, por poco te parte la siquitrilla. Rolando... tipo peligroso. Un día ese cabrón te dio un trompón y no hiciste nada. No convenía, claro, las circunstancias... Además, no fue tan grande la cosa, como la vez aquella en que Ramón Mestre te dio una paliza por un lío de faldas. Más que el cuerpo te golpeó el orgullo, mucho más sensible que la piel. Pero coño, bien que se la cobraste, porque en cuanto llegaste al poder lo pusiste entre rejas, acusado de conspiración contra el nuevo gobierno. Ja, ja, esa fue tu mejor coartada de los primeros tiempos, y que aplicaste a mucha gente, entre ellos Aramís Taboada, el delegadito a la Federación Estudiantil Universitaria que siempre te ganaba en las elecciones. Para que aprendiera, le diste unas vacaciones de veinte años en la cárcel, y para que supiera, todo lo contrario de Gardel, que ese tiempo no es nada si se vive bien, pero en la cárcel, pa' su madre. Rolando era tu enemigo natural, de esos que uno se echa de gratis. El muy salao, como era jefe de la expedición de Cayo Confites para derrocar a Trujillo, te rechazó cuando te presentaste como voluntario. Menos mal que Juan Bosch te apoyó y el gángster, aunque con cara de marañón, tuvo que aceptarte. Peligroso el Rolandito, porque ese fue uno de los que propagandizó eso de que al regreso de las costas dominicanas, abandonaste el barco en un bote salvavidas, después que te cansaste de decirle a todo el mundo que estuviste nadando durante horas entre peligrosos tiburones hasta ganar la costa. Luego el mismo Bosch te desmintió, con lo cual te quitaba del pecho la medalla de héroe que la mentira te había creado. En aquella oportunidad no tuviste el valor que hoy tienen los balseros para atravesar, no ya la bahía de Nipe, sino el Estrecho de la Florida, aunque pensándolo bien no son buenas las comparaciones. Lo cierto es que Rolandito era un tipo peligroso, pero bueno, se fue al infierno en un atentado que le hicieron en Miami sus enemigos, y que nunca se aclaró, afortunadamente... Ejem... ¡Ah, la gente no sabe los sinsabores y peligros que se pasan para poder fundir en hueso y carne, en verbo y acción, en bronce y acero, el líder que eres ahora! Hum...

También las palmeras contribuyen a escamotearte el paisaje, pero eso está bien, porque todas esas plantas sirven de camuflaje a tu vivienda, para burlar el ojo verde del yanqui que observa cada uno de tus movimientos desde los satélites espías esos que tienen dándole vueltas al planeta para fotografiarte hasta la respiración. Tipo importante que eres, nadie como tú para mantener ocupados a los ameriquechis.

Porque ellos lo saben, y si no lo saben se lo presienten, que eres un gallo al que hay que tener en la mirilla, en el colimador internacional, el único líder que ha osado enfrentárseles abiertamente, y les ha plantado en sus propias narices, a 90 millas de sus costas, un gobierno socialista, y eso nunca te lo perdonarán. Por eso es que, buenos investigadores que son, te tienen abierto en sus archivos un resumé, con muchos de tus méritos, que abarca una interminable lista de tus extraordinarias condiciones y habilidades, tales como asesinatos en gran escala, accidentes provocados, eliminaciones accidentales, guerrillas en Colombia, El Salvador, Nicaragua, Venezuela, Bolivia, Santo Domingo, así como centros secretos de entrenamiento para guerrilleros, como el Punto Cero, en Guanabo. ¡Coño!, a ese campo le pusieron el mismo nombre en clave de tu búnker: "Punto Cero", edificado sobre un área de mármol rosado que sirve de base y apoyo para los túneles y refugios. Tus sabios de la Inteligencia dijeron que para despistar con un solo nombre y dos lugares distintos. Pero bueno, volviendo a Guanabo, allí entrenas tanto latinoamericanos como negritos del África, españoles de la ETA como barbudos musulmanes que pagan en buen dinero, droga o petróleo. La cuestión es joder a los Estados Unidos por todos lados. Por eso ellos te consideran, y no se equivocan, como el irresponsable que estuvo a punto de apretar con el índice los botones rojos en el panel de mando para disparar los misiles intercontinentales instalados en 1962, y así, como por arte de magia y sin permiso de Copperfield y de los "bolos", desaparecer del mapa parte de los Estados Unidos. Pero coño, no te dejaron entrar en la historia como el iniciador de la primera gran guerra nuclear, y recuerdas el berrinche que montaste cuando se llevaron los cohetes, y el versito que se utilizó como consigna de protesta en contra del oso ruso: "Nikita, lo que se da no se quita". La gente no supo que todo fue fruto prodigioso de tu vena poética. Coño, y sonríes al pensar que poetas como "Rubén" Machado, "Antonio" Darío, García Márques, no estás seguro, puede ser Lorca, Sagazo de la Vega, y otros te tendrían buena envidia. Pero no tienen por qué preocuparse, porque no te agradan los poemas, prefieres lo prosaico.

Ahí te tienen fichado como un gran lavador de dinero debido a secuestros de personas, como los que orientaste a los Montoneros, agrupación terrorista argentina. Más de trescientos millones de dólares te aportaron los hijos de... Buenos Aires; operaciones de rescate, así como el financiamiento de una imprenta clandestina en Colombia para producir dólares falsos, que en eso los colombianos son buenos, algo artesanales, pero buenos.

En el papelito de marras ese que te han elaborado como si fuera un resumé está registrado con lujo de detalles, buena memoria que tienen, tu participación en el asalto a un camión blindado del Wells Fargo Bank. Utilizaste para la operación, como secreto intermediario, a Manuel Piñeiro Losada, tu querido Barbarroja, quien se ocupó de contactar al grupo puertorriqueño de los Macheteros, y darles 50 mil dólares en efectivo como financiamiento, para llevar a cabo este robo tan famoso, el segundo más grande en toda la historia de los Estados Unidos. Lugar: West Hartford, Connecticut. Día: 23 de agosto de 1985. Resultado: siete millones de dólares que fueron sacados de Estados Unidos, vía México, en cajas que supuestamente contenían leche en polvo, y más tarde recibidos en Cuba por medio de las siempre útiles valijas diplomáticas. Si no fuera porque te ibas a ver implicado en el asunto, este era un buen tema para una película al estilo yanqui. Francis F. Coppola o Steven Spielberg te hubiesen dado un buen cheque por derecho de autor. Pero bueno, has tenido que dejar a un lado esos horribles planes cinematográficos.

El expediente considera también los planes para volar el Canal de Panamá y producir un desastre ecológico por la diferencia de nivel entre el Pacífico y el Atlántico, lo cual, irónico que eres, resolvería cualquier problema futuro que confrontara la Florida por falta de lluvia y bajo nivel de agua en el lago Okeechobee; y qué decir del proyecto para hacer pedacitos de concreto y cristales el edificio de la ONU cuando estuvieran reunidos para hablar de los maltratados derechos humanos. Dicen en el papelito ese de marras que eres un experto, cuestión que no te atreverías a discutir, en el tráfico de cocaína, y captura de drogas de todo tipo para venderla luego a base de jugosas ganancias; que maniobras como te da la gana con los permisos para dejarla pasar por encima de Cuba, y el que no paga su "diezmo", se le incauta el cargamento; dicen que eres un empecinado en los fusilamientos de opositores, como recuerdo de aquellos que llevaste a cabo en el 59. Aunque hay una gran diferencia. En aquella oportunidad ejecutaste, con juicio o sin juicio, a connotados asesinos del régimen batistiano, pero que ahora el asesino eras tú porque estabas eliminando a desarmados e inocentes ciudadanos con tal de que dijeran algo en tu contra.

Dicen que eres muy buen comerciante en eso del tráfico de armas a diversos países: El Salvador, Nicaragua, Colombia, Irak... y que te pareces más a un hotel de cinco estrellas que a un gobernante, porque das asilo turístico a delincuentes internacionales como Robert Vesco, Frank Terpil, Carlos Cardoen, Joanne Chesimard... no los recuerdas a todos, son más de setenta y siete que el FBI te ha venido reclamando, pero que tú no vas a devolver, que para eso producen buen dinero; también está el apoyo moral a personajes terroristas como el Chacal, y entrenamientos a miembros de organizaciones como ETA, de España; el IRA, de Irlanda del Norte, la palestina OLP de Arafat, el M-19, el ELN y las FARC de Colombia, los *black panthers*, los sandinistas de Nicaragua, los Macheteros de Puerto Rico, los de Sendero Luminoso y Túpac Amaru del Perú. Lo del asesoramiento a gobiernos musulmanes como el de Saddam Hussein, y suministro de tecnología de mortífero efecto biológico lo tienen los ameriquechis en mayúscula y en letra cursiva. También en mayúscula y en cursiva te han puesto un adjetivo que en vez de ofenderte te enorgullece: *FIDEL CASTRO ES UN CONNOTADO TERRORISTA INTERNACIONAL.*

Loco peligroso, así te llaman, haciendo alusión al apodo que te pusieron en el colegio de Belén, cuando comenzabas a proyectar tu personalidad, y ese principio que te acosa y tortura constantemente de ser el primero en todo. En el dichoso resumé analizan tus intenciones de incursionar en el campo de la biología y la genética para producir armas mortales, y te consideran un espía de los espacios aéreos y los mensajes electrónicos, por medio de la estación de Lourdes, ese gran oído soviético, más bien ruso, que instalaron los bolos para oírle la diástole y la sístole al corazón imperialista y sus cháchares en clave. Gracias, Kruschov, y los que te siguieron, aunque bueno, hay que tener cuidado, porque las cosas cambian y a veces los rusos y los ameriquechis se dan más besos que cachetadas, y un día amanece que los presidentes de ambos países deciden poner fin a la guerra fría y desayunan juntos y duermen en la misma cama ideológica, como un buen matrimonio político, y entonces te quitan la base de Lourdes, que, aparte de ser un centro de espionaje para uso soviético y tuyo propio, es una defensa, una protección indirecta para el país, pues los ameriquechis no se van a lanzar a una invasión en la que pudieran dañar propiedades de los soviéticos y entonces buscarse problemas con el oso ruso.

Sin lugar a dudas los ameriquechis te creen el tipo más agresivo y peligroso del planeta, que ha llevado la guerra a niveles internacionales, que eso está ahí escrito en blanco y negro, y plantean que en 1969 financias y sostienes nada menos que 42 movimientos guerrilleros en 26 naciones de cuatro continentes, y en países como Angola, Etiopía, Venezuela, Colombia, en fin, estos yanquis a veces tienen buenos datos.

Pero lo que más te jode es que te tienen fichado como el "Comandante en Jefe de los dominios de la muerte", patriota de tu propio interés personal, servil lacayo de tu ego brutal y salvaje, César indiscutible cubierto con un peplo de retórica convincente, pero mentirosa; ejemplar único de dirigente mezcla de gangster con político, de bandido leguleyo con insurgente manigüero; falso profeta de sociedades imposibles, tenaz gladiador frente a un león cuya agresividad ha sido inventada por tu propia imaginación; guerrero permanente de una guerra sin cuartel, sin soldado, sin enemigo real; aventurero del abismo y la osadía de la ignorancia, sol apagado desde el primer estallido luminoso, hueco negro en la cosmogonía roja de tu filosofía verbal; soldado de verde olivo, vestido de bosque y maraña, de sorpresa y emboscada, de traición y de muerte; socialista público y capitalista clandestino. Dicen que eres, ilusos que son, miocardio que late detrás del chaleco protector en espera de un plomo de luz que lleve el nombre de un índice valeroso y parta en dos tanta oscuridad guardada en tu pecho. Ahhhh... todo eso eres tú, exquisito y cruel soldado de la guerra, torturador y criminal, violador de los derechos humanos, y a quien algún día los despistados e inocentes suecos y noruegos, no lo dudes, te propondrán para el Nobel de la Paz.

Pero no importa lo que digan tus enemigos, porque por eso, y por otras cosas más, eres ese señor al que hay que respetar, y en algunos casos rogar y temer, el incansable y barbudo David caribeño, luchando frente al odioso de Goliat, ese eres tú, el intransigente enemigo armado de principios, como cohetes morales, el inquebrantable, indomable e invencible Comandante en Jefe de todos los tiempos. No, no se trata de ser más grande que Bolívar, que Alejandro Magno, que César, o que Martí, no, se trata de ser Dios.

Comandante en Jefe
nuestro de cada día,
hágase señor tu voluntad
aquí en la tierra como en... el infierno.
Comandante en Jefe, ordene...

Y respiras orgulloso antes de situar en su estuche los binoculares, y ponerlos encima de la mesa de noche, allí donde descansan los libros que tienes de cabecera. Ya han pasado los tiempos en que leías más de una vez textos como *Kaputt* y *Técnica del golpe de Estado*, de Malaparte; las biografías de Mussolini, o *El Príncipe*, de Maquiavelo, y sobre todo ese decálogo de tus acciones, *Mi lucha*, de Adolfo Hitler. Ahora tus lecturas son otras, ligadas más directamente a tu profesión personal: *El coronel no tiene quien le escriba*, *El otoño del patriarca*, *Cien años de soledad* y *El general en su laberinto*, títulos que proyectan un sentido pesimista, y el nombre del creador del realismo mágico, Gabriel García Márquez, sencillamente Gabo para ti y para muchos otros. Pero si de creadores se trata, aunque no estás todavía en el Guinness, tú has sido el único y verdadero creador del "socialismo mágico", esa clase de híbrido político que a Marx y a Lenin jamás se les hubiera ocurrido, y que, por filosóficas cuestiones indescifrables, no se comprende si es un "capitalismo socializado" o un "socialismo capitalizado", vaya usted a saber. Claro, el que todavía no estés en el famoso libro de récords, se debe, con seguridad, a que está controlado por el capital yanqui y la mafia de Miami, causantes de todos los males de la tierra, sin excluir los ciclones, las erupciones volcánicas y los terremotos, idea esta que esperas nadie te plagie, y de la cual tienes inscripto el copyright en la Biblioteca del Congreso en Washington.

Pero bueno, volviendo al escritor colombiano, la gente dice que es tu amigo, porque le das un Mercedes Benz para moverse en La Habana, y ocupa la casa de protocolo número uno, pero en realidad no lo es, porque, pensándolo bien, retrospectiva histórica pescando en el mar de los recuerdos, nunca has sido amigo de nadie, y es lógico que nadie sea tu amigo. La amistad nace en el corazón, es un pacto moral, un principio que se hace fuerte en los momentos difíciles. Todo lo contrario del compromiso que han contraído contigo esos infelices aduladores sobre los que mantienes rígido control, y que te siguen, tú lo sabes, bien por conveniencia económica, política o militar, y que son los primeros en la estampida cuando se trata de apartar el culo del peligro o la amenaza, algo parecido, y al mismo tiempo diferente, a tus queridos balseros huyendo del hambre, de la asfixia política, de la mentira, eso dicen cuando llegan allá y *El Nuevo Herald* y los canales de televisión los entrevistan, después de plantar el pie en uno de los cayos floridanos. Pero no todos llegan, aunque partan con la esperanza de encontrar libertad y democracia. En ocasiones la suerte, la mala, los hace naufragar, víctimas del imperialismo, y definitivamente concluyen su aventura en la barriga de los escualos, por supuesto entrenados por los yanquis, expertos en eso de la muerte.

No obstante esa legión de seguidores que se inclinan ante tu presencia de César tropicalizado; que tiemblan cuando escuchan tu voz, como culpables ante un juez dictando sentencia; que te alaban y ponderan con los ojos cerrados, que no contradicen una sola de tus ideas, aunque hagas mierda de cocuyo americano la lógica más científica; no obstante ese ejército de "admiradores" que aman y defienden tu verbo encendidamente socialista, tu actitud heroica que te asegura un puesto en la trinchera ideológica frente al "monstruo del Norte", te presientes solo, solo, muy solo frente a esa multitud que eleva las palomas del aplauso para que aniden en tu ego.

Ah, Gabrielito, Gabrielito... la gente cree que te une con él una gran amistad, cuando lo cierto es que lo has estado utilizando, sin que él lo sepa, como un segundo confesor incapaz de reemplazar a Celia, a la que recuerdas en la Sierra, siempre diligente, cuando te quitaba las garrapatas, las pulgas y los piojos imperialistas que te jodían hasta en los más oscuros escondrijos del cuerpo, como las malditas "peluchinas" bugarronas que se prendían a la piel con la misma saña que el frío esquimal que te congelaba los pliegues del culo.

A Gabrielito le das cierta información, no toda, por supuesto, porque albergas la idea de que el Gabo escriba un libro acerca de tu vida, superior al de Bolívar, claro, hay que salvar las diferencias, y distinto al que con seguridad hará Chomi, tu secretario. Y de repente te ves sentado bajo la sombra acogedora del techo de madera y zinc, en el comedor-terraza de la casona que Paca Barrueco tiene en El Caney, y la buena mujer, con sus grandes ojos oscuros de mora, te sonríe, porque el diminutivo o apodo por el que todos conocen a José Miguel Miyar Barruecos, se lo pusieron sus propios hermanos gracias a esa natural dificultad que poseen los niños a la hora de pronunciar nombres que resultan complejos a sus posibilidades lingüísticas. Fue así que José Miguel devino en Chomi. Paca, como toda madre, respira orgullosa al contar la anécdota, y aparta el humo de tu tabaco, encendido luego del cafecito oriental colado con esmero y amor para el líder revolucionario.

Tras la digresión mental dedicada al recuerdo, regresas a tus preocupaciones literarias. El libro de Chomi será, por supuesto, gráfico, porque coño, tu secretario es peor a veces que la CIA, y te quiere tirar fotos hasta cuando estás haciendo eso que nadie puede hacer por ti y luego te limpias con el papelito importado que tiene muñequitos en colores, porque emplear el periódico *Granma*, órgano oficial del Partido, para tarea tan vulgar, tal y como hace el pueblo, sería una ofensa histórica, o por lo menos a la revolución, que es decir a ti mismo. Ejem...

En el libro del Gabo, y eso es lo que esperas, predominará seguramente el concepto novelístico, adornado con una sabia imaginería ficcionable, en el que no te enfrentarás a ningún laberinto, tendrás quien te escriba, y tu patriarcal mando será siempre un verano y no un otoño perdido en un mar de años de soledad.

Pero bueno, el tiempo urge, y dejas a un lado el laberinto del general, la soledad de los años, la carta nunca escrita al otro general, y las hojas que caen del árbol del patriarca, para entonces dejarte abrazar por la bata que te envuelve con su calidez morada hasta más abajo de las rodillas, allí donde tus flacas canillas se empeñan en mostrar su debilidad física, y con ello sacar a flote el complejo que te abochorna. Bueno, los griegos, incluido Adonis, no tenían las canillas gruesas. Ciertamente, aunque no se parecen en nada a las del Coloso de Rodas, tienes que estarles agradecido por el esfuerzo sobrehumano que realizan para sostener en equilibrio prodigioso el conglomerado biológico de que está constituido tu cuerpo, pero, sobre todo, la masa encefálica oculta y protegida por el cráneo de origen gallego, duro como las rocas cantábricas; masa encefálica portadora de células no grises, sino rojinegras, como el rombo de tus charreteras, allí donde incrustaste una estrella blanca robada a la bandera y agregaste, para darte importancia y jerarquía, ramas de laurel y olivo en plata. Células rojinegras, distintas a las comunes, porque, sin lugar a dudas, eres poseedor de un cerebro extraordinario, capaz de generar ideas increíbles, propias solamente de un genio.

Pero en este instante sublime en que te enfrentas a un nuevo amanecer, y el oro del sol penetra por tus pupilas oscuras, le das gracias a la naturaleza por hacerte saber que estás vivo, no obstante los planes de tus cada vez más numerosos enemigos. En realidad no comprendes, o no quieres comprender, dejemos la duda flotando como un signo de interrogación, por qué tanta gente dedica su insomnio y su tiempo libre para pensar en el momento único, trágico para la humanidad, en que una bomba te atomice, de manera que sólo puedan enterrarse las fotos de cuando existías; que una bala, esta vez de cianuro, te entre por la nuca, como hicieron con Kennedy; o un desequilibrado invente dejarte caer una granada desde un satélite; o te manden el virus del SIDA vía Internet.

Pero claro, tú no eres Somoza, al que hicieron papilla en Paraguay con los RPG-7; ni Trujillo ensangrentado en la carretera a San Cristóbal; ni Omar Torrijos montado en un helicóptero bautizado con C-4; ni Prats volando con su auto en una calle argentina; ni Hitler a punto de morir cuando un tuerto le situó una maleta cargada de explosivos en una reunión de alto nivel; ni... ni... bah, no vale la pena forzar la memoria, que para eso tú posees un equipo de seguridad poderoso capaz de dar la vida por ti, por la revolución, como aquellos kamikazes japoneses la daban al lanzarse con sus aviones contra los navíos yanquis; con el mismo fanatismo con que, cargados de explosivos, los musulmanes suelen reventarse las tripas para reventar las de sus enemigos. "Oh, Alá, Alá". Y fuácata, allá van los mondongos de todo el mundo al aire. Estos musulmanes no la piensan, pero bueno, que vivan los musulmanes y su fanático deseo de inmolación, siempre y cuando sirva para joderle la pita a los yanquis. Por eso no has dejado de ayudar a Saddam Hussein en la elaboración de productos para la guerra bacteriológica. Algún día el árabe le mete un microbio a la Casa Blanca y se jode el presidente de los Estados Unidos. Pero en fin, si de algo puedes enorgullecerte, sin kamikazes ni tripas volando por los aires, es de haber creado, en este querido caimán al que los extranjeros llaman erróneamente cocodrilo, una estructura capaz de controlar la vida y el pensamiento de cada habitante. Partido, CTC, Federación de Mujeres Cubanas, Juventud Comunista, Unión Nacional de Escritores y Artistas de Cuba, Comités de Defensa de la Revolución, Unión de Pioneros de Cuba, Fuerzas Armadas Revolucionarias, Ministerio del Interior, son algunas de las células, de los átomos que componen el DNA económico-político-militar que has sabido crear en tu ingenioso laboratorio mental, gracias a tu infinita ansia de poder, ejem, es decir, de llevar al pueblo por los caminos del triunfo, de la prosperidad, de la libertad.

Raúl por un lado y Abrantes por el otro son los dos pilares que, a diferencia de tus flacas canillas, sostienen tu integridad, y cuidan de ti como máximo representante del poder. Trujillo, Somoza, Torrijos, Prats, Hitler y otros no soñaban tener el aparato de seguridad que te protege, más eficaz que el mismo Mossad. Sin embargo, a pesar de verte rodeado constantemente por cientos de personas que te cuidan, te asalta la convicción de que estás en medio de una cruel soledad, y que el mejor y más fiel guardaespaldas que te acompaña es el miedo.

No tienes por qué temer, pero temes... Es el sentimiento que se te aloja cobarde en el corazón mientras desciendes al primer piso. Con actitud de investigador casero, te asomas a la cocina. Tu fiel Dalia habla por uno de los dos teléfonos instalados en las paredes de losetas verdes. Está dando órdenes, y levanta las cejas, orgullosamente arqueadas, en gesto autoritario, porque, cuando a ti no te da la gana de mandar en tu propia casa, ella es la que organiza todos los detalles de tu querido búnker, este aislado oasis paradisíaco en medio del desierto cubano. Calculadoramente fría, a veces te da la impresión de que es un miembro más de tu seguridad personal, y no la mujer que acuesta por las noches su tibio cuerpo femenino al lado del tuyo, trasnochado, frío y cansado por las obligaciones oficiales. Algo se le ha pegado de ti.

—Serán mis hijos pero hay que tener cuidado con ellos. Los otros días encontré en una de las casas lápices labiales, polvo para la cara y una cartera de mujer. Eso quiere decir que esos sinvergüenzas están metiendo mujeres en el complejo, sin nosotros saberlo. Ah, y vigilen bien a Alex. Me han informado que anda visitando prostitutas en el Callejón de Jaimanitas.

Rayos de sol, que penetran por una de las ventanas, se reflejan en los muebles de acero inoxidable y aluminio, y rebotan por todas partes, como confetis lumínicos. Uno de ellos estalla contra el plato de cerámica pintado de azul que Dalia había ordenado poner hacía una semana, precisamente al lado de uno de los equipos telefónicos. Absorta en su función de ordeno y mando, con voz casi militar, gira lentamente hasta que, al percatarse de tu presencia, corta el monólogo y cuelga el aparato para desearte buenos días.

Dalia ensaya una sonrisa que, en sus labios finos, casi crueles, pierde toda intención de agrado o alegre bienvenida. Esta vez ni siquiera te ha mostrado sus dientes irregulares y pequeños, pero sí descubres en sus ojos claros y grandes, un destello de agradecimiento que escapa de su habitual mirada, aguda como un puñal japonés.

Siguiendo las huellas de tus chancletas, ella te custodia hasta la mesa rectangular del comedor, para situar encima del mantel blanco que cubre el brillo de la pulida caoba, los últimos platos del desayuno. Hoy es domingo, y debes aprovechar la mañana, porque a la hora del almuerzo la mesa se llenará con la presencia de algunos de tus hijos, no todos, que unos andan por el extranjero, en calidad de traidores disidentes, y otros, aunque en el país, no son invitados a la comida familiar. Dalia ha encargado langosta, camarones, pargo frito y otras boberías para el almuerzo.

Ella, atenta a todas tus necesidades, te acomoda los platos del desayuno, como si fuesen micrófonos, y corta una de las toronjas que vas a consumir, para evitar que puedas cortarte con el cuchillo. Un brillo de agradecimiento chisporrotea en sus ojos claros cuando, de una manera breve, pero cariñosa, le acaricias el pelo rubio que se le desmaya sobre los hombros. Ciertamente lo tiene casi siempre bastante alborotado, lo que te da la impresión de una bruja nórdica. Pero no, ella es muy cubana. Y de pronto, como en un flashback, la ves con un fondo de montañas, las del Escambray, de donde es oriunda, la ves en su noble profesión de maestra, o en el Instituto de Oceanología, luciendo la bata blanca que anuncia en el bolsillo izquierdo su nombre, como si fuera una condecoración, que lo es: Dalia Soto del Valle. Lo que no dice el letrerito, ni falta que hace, es que se le conoce como la Dama de Cojímar, no de la República, y es que a ella, eso es lo que crees, no le interesa que la consideren la "Primera Dama", ni aparecer en público en actos sociales o culturales, cuestión que has dejado, por lo menos moralmente, en manos de Vilma Espín.

Lo cierto es que, al conocerla en 1961 y hacerla tu amante, a escondidas de Celia Sánchez, y luego tu esposa, es la mujer que trastornó todos tus anteriores sistemas de vida, y es la madre de cinco de tus hijos. Eso, a pesar de que no has contado con el apoyo de su familia. Su papá siempre se opuso a tus relaciones con ella. ¿Qué se habrá creído el viejo?, y Fernando, el hermano, en un acto traidor a la Patria, trató de huir del país en los años ochenta, cuando lo del Mariel. Aunque bueno, eso no debe preocuparte, porque incluso en tu propia familia hay traidores a la Revolución. Juanita, Alina, Mirta, Francis, son nombres que de pronto vienen a tu memoria. Algunos en Miami, otros en España. ¡Coño, a ese paso un día vas a toparte una noticia en *El Nuevo Herald* de que Raúl desembarcó en Key Biscayne tras cruzar el Estrecho de la Florida en una lancha Griffin!

Dejas los recuerdos a un lado para ver cómo Dalia se aleja, con pasos silenciosos, a preparar las maletas para su próximo viaje al sur de Francia, donde le has comprado, con un nombre supuesto, una residencia donde vacacionar, o simplemente vivir si fuera necesario. También va a supervisar las actividades de Alex, Alexis, Alejandro, Antonio y... ¡coño, la memoria me falla a veces en estas cosas familiares!... claro, Angelito. ¿Cómo has podido olvidarlo si le pusiste ese nombre en recuerdo de tu padre? Porque, y eso sí lo memorizas bien, el gaito se llamaba Ángel María Bautista Castro Argiz. Tremendo tipo el galiciano, que abandonó la casa de piedra con tejado de pizarra, allá en Láncara, para sustituir, como quinto del Ejército Español, al hijo del rico aquel que pagó el dinero necesario para que, montado sobre el lomo de un barco, los vientos alisios y el deseo de aventura lo escupieran en Santiago de Cuba, en pleno verano del 98. De inmediato no encontró la fortuna que esperaba descubrir, atrasado Colón histórico, y sí los campos de cañas donde tuvo que hacer buen uso del filo de los calabozos, en competencia con los incansables haitianos, hechos para el trabajo rudo, y un mulato nombrado Fulgencio Batista, que luego ingresó en las recién creadas fuerzas armadas. Carente de facultades nostradamusianas, tu papá no podía prever que aquel hombre se convertiría, años más tarde, en general y Presidente de la República, el mismo individuo contra el cual lucharía el hijo por concebir, con la ayuda de Lina, y que, sin forma ni nombre aún, estaba oculto todavía en la oscuridad de los vericuetos testiculares que le colgaban como campanas entre las piernas.

En Birán, y con fondos del ahorro ajeno, tu futuro papá compró un pedazo de tierra llamado Manacas. Lo que al principio fue un terrenito, adquirió categoría de finca, y luego de latifundio, gracias a la ingeniosa idea de ir ampliando los límites de las cercas, con la complicidad de las noches y de la Guardia Rural. La mano de obra, buena y barata, la resolvía dándole trabajo a los ibéricos que llegaban a su imperio, sobre todo a los gallegos, a los que, generoso que era, les firmaba contrato por varios años, les guardaba los ahorros y les ofrecía la oportunidad de comprar con vales en la tienda de la cual era dueño también.

Zorro el viejo, comerciante de buena estirpe. No sabía que estaba incursionando en lo que más tarde sería, en el mundo mercantil moderno, la creación de las tarjetas de crédito. Luego de pasado un tiempo, la ausencia de los peones generó interrogantes entre la gente. La duda tuvo respuesta un día en que, para susto de tu papá y alegría de auras insistentes, no muy lejos de la casa, con descubridor júbilo de ladridos, y en medio de una regazón de tibias, fémures y calaveras, los perros anunciaron a los cuatro vientos del paisaje guajiro el descubrimiento de su cementerio personal. Aquello no eran restos de dinosaurios ni de indios, huesos fáciles de identificar, sino de esqueletos con formación europea. Pero el dinero y ciertos intereses se pusieron en juego, y se le "echó tierra al asunto", por lo que las evidencias quedaron sepultadas nuevamente. Amén.

Aunque todo el mundo sabía que el viejo era un cuatrero, no dejaron de considerarlo un terrateniente. Además, tu taita fue un bicho en eso de guardar sus ahorros debajo de una losa de la casa. Cuando vino el descojonamiento del 29, eso que llaman el *crack*, se dedicó a prestar dinero y se adueñó de haciendas aledañas, lo cual hizo innecesario continuar con el método de las cercas, aunque no se le quitó la costumbre, ¡ese viejo era del carajo!, de robar animales y tractores. Casado con la maestra María Luisa Argote, tuvo dos hijos, Pedro Emilio y Lidia, hasta que una mañana lejana en que el sol se colaba entre las palmas del potrero, y los gallos entonaban atrasados cantíos, la carreta aquella de emigrantes españoles se detuvo en la guardarraya para darle a conocer que el matrimonio y las tres hijas venían desde el otro extremo de la isla, la cola del caimán, en busca de un lugar donde plantar la alpargata viajera, y él le echó el ojo a la más pequeña de las tres, de mirada inquieta y pícara, y en la que las teticas despuntaban como palomas para abultar la tela barata con que cubría sus pechos de adolescente. Con trece años de edad, Lina no era todavía una mujer, pero, vaya, hombre, tampoco una niña, ¿no?, que ya él le enseñaría los trucos íntimos necesarios para hacerla su amante. Además, qué le importaba a él que los padres de la bella mozuela, tus futuros abuelos, fueran un turco de las orillas del Bósforo, que dijo llamarse Francisco Ruz, y que ejercía su oficio de ladrón en las afueras de la mezquita de Solimán, y una bruja cubana nombrada Dominga, que había cautivado al turco por la forma en que movía los caracoles, y la cintura, para montar a sus congos y carabalíes que llevaba encerrados en un coco seco.

A tu taita, cabrón que era, lo que le interesaba era el culito virgen de la mocita y no quiénes la habían concebido. Durante cuatro años, y antes de largarse definitivamente, María Luisa, tu madrastra, soportó estas relaciones, y a la familia ubicada en un bohío cerca de la casa, pero no muy lejos del lugar donde los perros siempre estaban husmeando huesos y que Ángel, bello nombre, celestial, había ordenado poner cercas, después de sembrar con zarzas para evitar futuras y comprometedoras investigaciones caninas.

La vida tiene muchos caminos, carreteras y guardarrayas, tú lo sabes. Y el comentario cogió uno de ellos, quizás el más torcido, porque después del divorcio con la maestra, el casamiento con Lina puso a correr el diablillo de los cuernos, pues tu cuatrero padre contaba con cuarenta y tres años, y Lina con dieciocho. De que tu madre hizo lo que le vino en gana con la entrepierna no te caben dudas, pues ahí están como prueba, Raúl y algunas de tus hermanas, porque, ¡coño!, es verdad que no se parecen en nada a ti o a Ramón, cortados por la misma tijera, porque con esos ojos rasgados parecen más bien hijos del Sol Naciente, sobre todo de Miraval, el chino cobrizo que, cuando no estaba apostando el sueldo en las peleas de gallos, andaba por las guardarrayas de Birán luciendo, desde el alazán que montaba, el uniforme de la Guardia Rural con los grados de sargento, un fino bigotillo que creía elegante, y un vientre abultado de yucas, puerco asado y ron, y que era lo más antirromántico que pudiera conocerse, pero que, al parecer, deslumbró en más de una ocasión a la mujer que siempre andaba armada con un Winchester, y un revólver al cinto que no soltaba ni para cagar. No se sabe si los acoplamientos guardarrayeros lo hacían armados o desarmados, pero lo cierto es que el chino imprimió su sello asiático en el rostro de tus hermanos, estirándoles los párpados para que miraran por una hendijita.

Tú no, tú naciste con los ojos bien abiertos, y tu primer discurso fue para pedir a gritos la teta materna. Naciste de una unión donde se mezclaron, como en un jaibol, sangre gallega, turca y cubana, aunque las malas lenguas aseguran que no eres hijo de Ángel, sino que surgiste de un espermatozoide del jefe de la oficina de correos de Birán, un tal Luis Gómez, quien te telegrafió en la vagina de Lina, entre cartas, códigos morse y sellos postales, mientras Ángel andaba ocupando su mejor tiempo en los negocios o cazando venados, cuyos tarros, por aquello de los diablillos, regalaba a sus amistades.

Puñetero el viejo, viejo puñetero.

* * *

—El plan lo llevaríamos a cabo un miércoles de septiembre, cuando el Buró Político se reúna en Palacio.

—No siempre el Buró cumple la programación de reuniones —dijo Abrantes al mismo tiempo que negaba lentamente con la cabeza—. A veces Fidel cambia las fechas, según su inspiración. Es muy imprevisible, tú lo sabes. Le encanta hacer mierda lo programado.

—Cierto, pero para ese día debemos propiciar algún acontecimiento que ponga en peligro la estabilidad de la revolución, de manera que los obliguemos a que se reúnan.

—Podría ser, pero debe ser un argumento contundente, importante.

—Tú tienes experiencia en eso, hay que pensar en un motivo fuerte, si se quiere, peligroso...

Abrantes quedó pensativo y se pasó las manos para arreglarse el cabello que el aire marino le alborotaba caprichoso sobre la frente. Tras perseguir por un instante con la vista el vuelo de una gaviota, respiró profundo y dijo:

—Se le puede hacer llegar a Fidel información relacionada con actividades militares de los yanquis en el área... alguna infiltración efectuada por agentes de la CIA, armados hasta los dientes, con vistas a realizar atentados... algo sobre la base naval de Guantánamo, en fin, cualquier acción de tipo militar en su contra le pone de punta hasta los pelos del...

Abrantes sonrió al ver que el general Sombra lo hacía también, con lo cual demostraba que había comprendido el sentido final de su breve elipsis.

—... pero bueno, dejemos eso para más adelante. Es posible que la misma situación internacional que impere en el momento preciso nos dé la idea que debemos utilizar.

—De acuerdo —asintió el general Sombra, y volvió a darse otro trago del añejo ron santiaguero—, pero es importante que el Buró Político completo esté ese día en el Palacio, es decir, todo el mundo menos...

—¿Menos...?

—Vilma Espín. Es una figura sin gran relevancia política y no es necesario que esté presente. Además, es una mujer... y no queremos descuidar un detalle que nuestros futuros enemigos puedan utilizar para acusarnos de crueldad, sobre todo las organizaciones de corte feminista.

—Habrá que enfermarla.

—Por supuesto.

—De eso me encargo yo. Tengo personal de confianza que la atiende, sobre todo en las cuestiones domésticas. Despreocúpate, ella no asistirá ese miércoles que podríamos llamar, haciendo uso de la fraseología de nuestro "querido" jefe, histórico.

—Cualquiera que te escuchara podría pensar que lo odias.

—A él personalmente no, pero sí discrepo muy profundamente de su política, esto no es nada nuevo para ti. No estoy de acuerdo con el camino caprichoso que quiere seguir transitando, en contra de la corriente mundial. Sombra —y Abrantes miró fijo a los ojos de su interlocutor—, Fidel está loco. No se da cuenta que el mundo ha cambiado y que hay que ajustarse a los nuevos moldes. Fidel sigue enclaustrado en los años sesenta y no quiere salir de ahí. Lo peor es que sabe que es un fracasado histórico, pero no tiene el valor para admitirlo, y cuando alguien se lo señala, o se lo insinúa, despídete de este mundo, que vas a directo al pelotón de fusilamiento. Por eso es que...

—Hay que hacer algo —enlazó el general Sombra—, algo que no sólo haga temblar los cimientos de la revolución, sino que los destruya por completo.

—Sí, hay que hacerlo...

Abrantes concluyó la frase al mismo tiempo que apretaba con fuerza los puños, como si en ese preciso instante hubiera tomado esa decisión. En realidad no era así. Hacía bastante tiempo que el hombre encargado durante años de la seguridad personal de Fidel, su ministro del Interior, uno de los organismos en los cuales se apoyaba la revolución para mantenerse en equilibrio, venía observando los cambios radicales producidos en el denominado campo socialista. No había que ser un genio de las finanzas ni de la política para darse cuenta que el socialismo como sistema tenía muchos defectos, los cuales no permitían llevar a la práctica los planteamientos teóricos de su filosofía proletaria. Sin lugar a dudas él había sido influido por la corriente renovadora de la *perestroika*, pero su mayor experiencia radicaba en la misma situación cubana.

Sí, lo había pensado muchas veces antes de unirse a los planes del general Sombra. A él, mucho más que a otros, le resultó difícil la decisión. Años de lucha y de relación personal lo habían unido al Comandante en Jefe, no solamente cuidando por su vida, sino estableciendo vínculos que, si bien al principio pensó que eran sólidos basamentos de una gran amistad, con el tiempo se percató de que sólo eran relaciones impuestas por el trabajo profesional, que en cualquier momento, según las circunstancias, podrían romperse dolorosamente. Apoyar de principio un plan como el del general Sombra, y luego tratar de conducirlo al éxito con su participación, implicaba perder de inmediato todos los privilegios que hasta ese momento venía disfrutando como parte de la nomenclatura dirigente. No iba a perder poca cosa, las grandes ventajas obtenidas durante años de servicio incondicional, y lo que era más valioso: posiblemente su propia vida. No, no había sido una decisión fácil, pero en ella influyó con un gran peso saber que esos privilegios los podría recuperar con creces, y sin riesgos, con el triunfo de la Operación Cocodrilo Verde.

Había discutido largamente con el general Sombra acerca de las posibilidades de que Fidel cediera a los planteamientos mundiales que le pedían cambios hacia una sociedad más justa, menos totalitaria. Su intransigencia, atrincherada en un socialismo caduco, acabó matando las esperanzas, pero al mismo tiempo hizo que de sus cenizas surgiera la solución militar, la cual no podía buscarse en un alzamiento armado en las montañas, o en un atentado que llevaría a cabo un solitario vengador, uno de los tantos humanos que alguna vez ha soñado con "echárselo al pico". Confiar en que la CIA lo despachara con alguno de sus sofisticados y nunca ejecutados planes, era esperar a que el maná les cayera del cielo. Tampoco podía confiarse en otra invasión tipo Bahía de Cochinos, pues las circunstancias históricas no eran las mismas. La oposición interna, si bien era un factor a tener en cuenta, no tenía fuerzas para socavar la estructura socialista. La solución del problema Fidel, porque sin lugar a dudas era un tremendo problema, había que buscarla en una acción interna, violenta y rápida, en la que participaran personas importantes con suficiente capacidad de mando en organismos sumamente sensibles y poderosos del campo militar y de la inteligencia. Esa capacidad de mando permitiría no sólo la eliminación física del líder, sino también la estabilidad y el control necesarios para evitar el caos y la venganza a partir de su muerte. "Sí, hay que hacerlo", escuchó Abrantes en su propia voz, como si acabara de pronunciar la oración, pero que en realidad había sido pensada y pronunciada hacía ya mucho tiempo, quizás aquella lejana tarde, en medio del campo de caña, rodeado de las dulces lanzas que ellos abatían con el filo de los calabozos, y aquel hombre al que la sombra del sombrero de yarey ocultaba a medias su rostro, le hablaba de un plan, de un cocodrilo verde...

—Pepe, lo primero es la formación de dos comandos operativos integrados por gente de Tropas Especiales y del Grupo 49. Creo que ya hablamos de esto antes, ¿te acuerdas?

El general Sombra hizo una pausa para observar cómo Abrantes asentía con la cabeza. Luego prosiguió:

—Uno de ellos es para apoyo interno, dentro de Palacio, y el otro realizaría el asalto desde el exterior. Nadie mejor que tú para escoger a los hombres que lo formarán, digo, si no lo has hecho ya...

El general Sombra hablaba con propiedad y conocimiento. Como militar que era, no le era ajena la habilidad en operaciones de comando que poseían los dos mil hombres del grupo de Tropas Especiales del MININT. Ni tampoco le eran ajenas las funciones de la Dirección General de Seguridad Personal, encargada de la custodia de Fidel, también conocida como Grupo 49 porque estaba ubicada en la avenida 41 y la calle 49, en el reparto Kohly.

Además, su confianza en Abrantes y las esperanzas que depositaba en el triunfo del plan que ahora analizaban, no eran producto de la improvisación, sino que se fundamentaban en su relación personal con el ministro del Interior, en su trayectoria militar, y en las circunstancias históricas que se habían desarrollado a partir del surgimiento de la revolución. El general Sombra miró hacia el horizonte, allí donde el mar se unía con el cielo en un abrazo azul, y un poco más arriba, el lugar donde un delgado hilo de humo denunciaba el paso de un avión a chorro. Luego centró su atención en el suave ronroneo que los dos potentes motores del Tomeguín producían al impulsar la embarcación. Poco a poco el ruido fue tornándose grave, primeramente lejano y luego acercándose, como si le llegara desde alguna dimensión a través del tiempo; pero no eran las aspas del yate batiendo la resistencia de las aguas caribeñas, sino las atronadoras esteras de los tanques y las ruedas de gomas de los transportadores blindados sobre las arenas de Playa Girón. Es entonces que repara en un jovencito con una boina verde mal puesta sobre la cabeza, y una metralleta checa T-23, al hombro, al lado de Fidel, que asoma medio cuerpo en la escotilla de aquel SAU-100, mientras el líder barbudo dirige los disparos del cañón D-303 de 100 milímetros, contra el Houston, que, escorado en medio de la bahía de Cochinos, echa humo desde sus entrañas, herido de muerte por los bombardeos y ametrallamientos realizados por los viejos T-33 de entrenamiento. Es el mismo joven que se incorpora al G-2 o DIER al ganarse la confianza de Ramiro Valdés Menéndez, asaltante del cuartel Moncada, expedicionario del Granma y oficial de la Sierra Maestra, uno de los líderes que podía mostrar con orgullo el título de Comandante de la Revolución, en aquel momento jefe de la seguridad personal de Fidel, Raúl y del entonces presidente de la República, el doctor Manuel Urrutia Lleo.

La espuma blanca del yate se le mezcla armoniosamente con el humo que cubre los muelles habaneros. La explosión del barco La Coubre mientras descargaban de sus pañoles armas y explosivos adquiridos en Bélgica, hizo saltar por el aire no sólo armamentos, sino también al Jefe del Departamento de Seguridad del Estado, el capitán Isidoro Malmierca Peoli. Según Fidel, hubo incompetencia en detectar este atentado atribuido a la CIA. El líder miró a su alrededor barajando candidatos para ocupar el puesto, y se fijó en Abrantes. El nombramiento no gustó a muchos, pues Abrantes no tenía un gran historial revolucionario. El joven, que más parecía un artista de cine que un revolucionario, no había asaltado el cuartel Moncada, ni había llegado en el Granma, ni había luchado en las montañas de la Sierra Maestra. Era uno de los tantos que arribaron al barco socialista aprovechando el oleaje de los primeros tiempos. Todo esto hizo que ya desde el inicio se ganara de enemigos a Raúl Castro y al entonces capitán Abelardo Colomé Ibarra, más conocido por "Furry". Pero, no obstante esta oposición, Fidel lo mantuvo en el cargo, el cual desempeñó con eficiencia, junto con sus atribuciones anteriores, hasta que en 1961 se creó el Ministerio del Interior, a cuyo frente nombraron a Ramiro Valdés Menéndez.

Una de las cuestiones que el general Sombra consideraba importante, y que posibilitaba la organización efectiva del atentado, era el hecho de que, a mediados de los sesenta, José Abrantes había creado un comando de cincuenta combatientes al que nombró Grupo de Operaciones Especiales. Establecidos inicialmente en tres residencias en la desembocadura del río Jibacoa, en esa misma década se habían trasladado al reparto Cubanacán, cerca del pueblo de Jaimanitas. El Grupo creció y dio origen al Departamento General de Tropas Especiales.

Debido a las conspiraciones contra la revolución, Ramiro realizó una purga en el MININT. Sustituyó a los miembros del Movimiento 26 de Julio por gente del Partido Socialista Popular, a los cuales tuvo que purgar también más adelante, cuando se descubrió que, dirigidos por la KGB, estaban planeando derrocar a Fidel Castro. En 1985 el mismo Ramiro fue destituido del cargo de ministro porque no mantenía buenas relaciones con Raúl Castro. En su lugar fue designado José Abrantes Fernández, quien ya ocupaba el cargo de jefe de escoltas y ayudante personal de Fidel.

Este hombre, que el general Sombra tenía frente a sí, y cuya atractiva y varonil figura de modelo contrastaba con la de los obesos y tradicionales generales del MINFAR, ya no era el jovencito encaramado en el SAU-100 que enterraba sus esteras en las arenas de Bahía de Cochinos. Le habían incrustado varias estrellas en las charreteras, y el paso de los años le había dado algunas libritas de más, pero también había aumentado su madurez política, al punto de convertirse en uno de los pilares de la conspiración más seria que se hubiese planificado contra el gobierno comunista cubano, precisamente contra su antiguo compañero de aventuras con el cual había cabalgado, montado en la grupa de un caballo de metal que desplazaba sus 35.1 toneladas de peso a razón de 55 millas por horas.

—Tienes no sólo subordinados en las Tropas Especiales y en el Grupo 49, sino amigos, fundadores que te deben sus posiciones, y que estoy seguro te admiran y harán lo que tú les ordenes —dijo el general Sombra ante el pensativo silencio de Abrantes.

—Lo sé, y para que te enteres, he estado moviendo algunos peones y algún que otro alfil. Tengo un capitán, gente de confianza, un oficial joven y ambicioso que ya se ve con los grados de coronel que le he ofrecido. Además, le regalé un Lada de los mil trescientos que compré en Panamá para repartirlos entre mis socios. Hay que sembrar para cosechar, ¿no?

—¿Mil trescientos autos...?

—Sí. Gasté cuatro millones, pero la inversión valió la pena: salieron baratos. ¿Quieres uno?

—No, no —y el general Sombra apoyó la negativa con un gesto de la cabeza—, me basta con el que tengo. Además, y eso no debes olvidarlo,

Pepe, debemos evitar todo lo que nos relacione, evitar vernos en público, y si nos saludamos, que sea militarmente. Cuestiones de seguridad, pero… estos autos, esta cantidad… ¿no llamará la atención de Fidel?

—No lo creo, siempre les hacemos regalos a los oficiales, pero, como no saben de dónde procede el dinero, no lo ven como un presente del Ministerio, sino de Abrantes, ¿comprendes? Además, hay algunos informes de contabilidad que nunca hago llegar a Fidel. Son, como diría la CIA, fondos para operaciones encubiertas.

Y esta vez Abrantes dejó escapar una breve carcajada que el general Sombra no coreó.

—Comprendo. Aunque, volviendo al asunto del oficial, este capitán…

—y el general Sombra dejó que su rostro mostrara un gesto de duda.

—Rigoberto, Rigoberto Urquide —aclaró Abrantes.

—Este capitán, Rigoberto, ¿sabe lo que nos proponemos?

El general Abrantes tosió levemente, como si estuviera destrabando el paso de alguna palabra quedada a medio camino entre su aparato fónico y el oído de su interlocutor.

—Sí, en sentido general, no en detalle.

—¡Pero eso es muy peligroso, Pepe! Que sepamos del plan algunos altos oficiales que estamos de lleno en el asunto, está bien, pero si todo el que se incorpora conoce la operación, en dos semanas estamos pudriéndonos en un calabozo, o empañetando con nuestros sesos los muros de La Cabaña. Creo que al personal operativo hay que informarle los detalles a última hora.

Abrantes sonrió. Quería que el gesto sirviera de apoyo a la palabra, y le dio a su voz un tono de evidente convencimiento.

—No te preocupes, Sombra. Rigo es un oficial de extrema confianza, una tumba, alguien incapaz de denunciarnos. Los demás miembros de los grupos no saben absolutamente nada. Se les explicarán los objetivos militares en el último momento, cuando ya no haya marcha atrás, ¿de acuerdo?

—De acuerdo, pero ¿qué es lo que sabe el capitán Rigo?

—Rigo controla una lista memorizada de veinte combatientes, algunos de ellos procedentes de Tropas, que responden a mis órdenes, y estos hombres están todos en uno de los tres cuerpos de Seguridad Personal, compuesto por cien hombres cada uno, que se turnan cada veinticuatro horas para custodiar a Fidel. Yo me encargaría de la rotación para que el grupo de Rigo esté presente ese día.

—Eso es importante, Pepe, porque, como tú mismo me has informado, dentro del Palacio sólo Fidel y su escolta están armados. Hace falta neutralizarla para evitar derramamientos inútiles de sangre.

—De acuerdo —respondió Abrantes, y pasó el índice sobre una pequeña cortadura que Enrique, el barbero de Tropas, le había hecho esa mañana, cuando Abrantes giró el rostro hacia la puerta por donde hacía su entrada el general Sombra, vestido con una camisa de colorines, short azul, unos tenis Adidas, regalo de Tony, unas gafas tan oscuras como la boca del Morro, y encima, una gorra con una bandera cubana estampada, flameando en la blancura de la tela. Nadie podía pensar que se trataba de un alto oficial militar, y sí de un turista venido a menos, de esos que se visten de colores para diferenciarse de los "nativos". El vestuario funcionaba como una tarjeta de identificación, lo cual aseguraba el buen trato de los buscadores de propina, y el acercamiento oportuno y directo de las mujeres que traficaban la carne y el placer a cambio de unos dólares.

—También —continuó diciendo Abrantes— he seleccionado un grupo de cuarenta hombres, que me son fieles, para integrar el comando de asalto. Vamos a ver qué equipos hacen falta y cómo concebimos la operación..

Mientras Abrantes se preparaba otro trago, el general Sombra desplazó el índice por el plano.

Después de analizar diversas variantes, ambos hombres llegaban a la conclusión de que, salvo futuras modificaciones, el proyecto de la Operación Cocodrilo Verde sería el siguiente:

PLAN TÁCTICO
El Comando Ulises, en alusión al ingenioso griego que inventó el caballo para entrar en la ciudad de Troya, estaría integrado por veinte hombres dirigidos por el capitán Rigo, y se encargaría, a una hora determinada, después que el Buró Político estuviera reunido, de neutralizar al resto de la escolta personal de Fidel, la cual solía dispersarse en varias habitaciones destinadas a la guarnición, fáciles de

identificar porque las puertas estaban cubiertas con formica blanca, y en las que, confiados en la seguridad del Palacio, consumían el tiempo viendo películas del Oeste y del agente 007. El objetivo era desarmarlos y mantenerlos atados, haciendo la operación lo más silenciosa posible.

Acto seguido, seis miembros del comando, escoltados por una cantidad igual, llevarían los carritos con el Chivas Regal Royal Salute para Fidel y Raúl, y las botellas de agua Ciego Montero para consumo de los demás miembros del Buró, cuestión que evitaría sospechas y permitiría desarmar a las postas situadas a las entradas del salón donde el Buró Político sesionaba. Se sustituirían las postas con personal del Comando Ulises. Todas las puertas de acceso al salón debían ser controladas de inmediato, así como los agentes dispersos en los burós de chequeo situados en los pasillos de cada piso.

Al mismo tiempo, dos ambulancias del centro hospitalario que funcionaba en el segundo piso harían su entrada, con las luces encendidas y las sirenas apagadas, por la posta 7. Esta posta era de uso personal de Fidel y de Raúl. Nadie más entraba por ella. Dentro de las ambulancias estarían los integrantes del Comando Alpha, unos veinte miembros, todos armados con AKSU-74, granadas F-1 y bombas lacrimógenas.

Para lograr que las ambulancias pudieran penetrar el anillo que la guarnición del Palacio, en máxima disposición combativa desde que Fidel hace su entrada en el edificio, algunos integrantes del Comando Ulises se desplazarían hacia el área para abrir los accesos a los sótanos del Palacio y controlar la entrada por la posta 7. El ataque debería efectuarse desde dentro. Cualquier ataque exterior sería totalmente inofensivo ante los muros de concreto armado de cinco metros de altura y 20 pulgadas de ancho que protegen a la posta.

El Comando Alpha tendría la tarea de controlar los accesos a los dos elevadores Otis, último modelo, uno de los cuales era de uso exclusivo de Fidel, y el otro, de servicio, para su escolta. De inmediato, tras dejar postas en el área, se trasladaría al segundo piso para asumir el control de los Salones de Operaciones, la Sala de Cuidados Intensivos, y el personal médico de guardia en ese instante. En el caso de que hubiese heridos, se utilizaría el Centro para atender emergencias.

Parte del Comando Alpha se dirigiría hacia las entradas principales del Comité Central, situado a la derecha del edificio, y del Consejo de Estado, en el centro del inmueble, para neutralizar el personal de seguridad y controlar las líneas telefónicas que se pudieran utilizar para avisar a unidades de combate leales a Fidel.

Al mismo tiempo, dos helicópteros con el Comando Omega, veinte hombres armados hasta los dientes, aterrizarían en el techo del Palacio, y a través del cuarto piso, llegarían al tercero para sumarse a las fuerzas del Comando Ulises.

Unidas las fuerzas de los comandos, todos identificados por boinas negras con un adorno en plata, lanzarían en el salón del Buró Político varias granadas de fragmentación. Después que estallaran, entrarían en el salón para ametrallar con los AKSU-74 a los reunidos y a los jefes de escolta.

Este era el plan ideal, pero no podía descartarse que la escolta personal de Fidel y la guarnición del Palacio realizara imprevisibles actos de resistencia violenta. En tal situación, los pasos establecidos en el plan debían variarse. Habría que actuar *ad libitum* y proceder, sin consideración alguna, a la eliminación física de todo aquel que se opusiera al desarrollo de la operación. En el caso de que las puertas de acceso al salón fueran cerradas por dentro, se emplearían cintas de C-4 para derribar las paredes. Para evitar agonías lentas y que hubiera sobrevivientes, todas las personas recibirían dos tiros de gracia en la cabeza.

De manera coordinada, el general de División José Abrantes Fernández controlaría, desde su oficina en el octavo piso del MININT, el Estado Mayor, así como todos los Departamentos y Secciones de dicho ministerio, y pondría en alerta, y bajo su mando único, las unidades de combate necesarias.

El edificio del MINFAR sería ocupado por una Unidad de Tropas Especiales del Ejército Occidental, con tanques y equipos motorizados, al mando del general de División Arnaldo Tomás Ochoa Sánchez, quien, junto a otros oficiales implicados en la operación, asumirían el control de las Fuerzas Armadas Revolucionarias, sobre todo la división blindada de La Habana, la RAM (Reserva del Alto Mando) que Fidel conserva bajo su autoridad personal. Ochoa controlaría la Aviación y la Marina de Guerra, importantes cuerpos en los que los conspiradores contaban con altos oficiales que asumirían el mando antes de iniciarse la operación.

El Palacio de la Revolución sería rodeado por tanques y transportes motorizados BTR-60PB, blindados anfibios con ametralladoras coaxiales KPV y PKT, tanto del Ejército como del MININT, a fin de crear un cinturón de seguridad que permitiría mantener el área dentro de un cerco controlable. El Ejército Central y el Oriental serían ocupados por los oficiales comprometidos con el Movimiento, lo cual evitaría, ante la duda que siempre se origina en los primeros momentos, algún gesto pírrico inspirado en una fidelidad heroica.

Al definirse los puntos de la operación, Abrantes sintió una satisfacción indefinible que le llegaba no sabía de dónde, pero que le resultó agradable. En realidad el plan, tal y como lo habían concebido ambos generales, se mostraba muy fácil en el papel. Llevarlo a la práctica implicaba infinidad de dificultades a superar, una sensible y minuciosa planificación de sus detalles, un secreto absoluto en su organización, y el valor necesario para asumir las responsabilidades que la operación implicaba.

Pero no quedaba otra salida.

Fue entonces que Abrantes hizo una pregunta que le estaba revoloteando en la cabeza, y que necesitaba posarse en una respuesta.

—El Griego... ¿está de acuerdo con la operación?

El Griego, nombre clandestino que sólo algunas personas conocían, servía para identificar a un hombre quien, nacido en el seno de una familia campesina de Holguín, en el norte de la antigua provincia de Oriente, había escalado los más altos peldaños de la nomenclatura militar cubana, y de los honores, gracias a su lealtad, su deseo de superación y su valor.

Pero no había sido fácil para aquel jovencito incorporado a la lucha armada contra el dictador batistiano, llegar a la envidiable posición que ahora ocupaba en la historia de Cuba. Muchas batallas y peligros había tenido que enfrentar en el camino de la vida, desde aquella vez en que, integrando el pelotón de vanguardia de la columna dirigida por el legendario Camilo Cienfuegos, hacía buen uso de su ametralladora Thompson, y desplegaba entre sus compañeros de aventuras una espontánea simpatía, una franqueza sin límites y una humildad a toda prueba que lo distinguían, como medallas ganadas por su actitud y victoria personal.

Ni el hecho de que, en 1963, fuera el único oficial ascendido a comandante, ni el honor de ser, cinco años después, fundador del Ejército de La Habana; ni las incontables condecoraciones, entre ellas la orden Máximo Gómez y la Estrella Roja de Ogadén, que adornaban su uniforme de general de División, así como el título, otorgado a muy pocos, de Héroe de la República de Cuba, habían logrado modificar el carácter ambivalente de este hombre adicto a las mujeres hermosas, pero fiel a su Maida; orgulloso y duro en la jefatura militar, pero generoso y humano con sus subordinados; fiel seguidor de una ideología, pero también lógico y valeroso discrepante de la misma; enemigo peligroso, pero también fiel hermano, este guerrero singular que durante treinta años había estado combatiendo fuera de su Patria, este patriota ante el cual la hazaña se quita el sombrero en forma de respeto, y que respondía al nombre de Arnaldo Tomás Ochoa Sánchez.

—En principio sí, le he hablado del plan, aunque no en detalle. Como tú sabes, él es uno de los que piensa igual que nosotros, y no sólo eso, sino que lo dice. El Griego es parco al hablar; es un hombre de frases cortas, pero contundentes. Además, tiene unos cojones del carajo, le dice la verdad al mismo Fidel en su cara, valor que no tiene el círculo de pendejos que lo rodean.

—Es verdad, hay que reconocerlo. El Griego y yo nunca hemos sido amigos, vaya, así como tú y yo. Quizás el hecho de que estemos en organismos diferentes... pero conozco su historia, es un hombre admirable. De todas maneras —Abrantes se recostó en la silla y puso las manos detrás de la nuca—, hay que informarle, no necesariamente ahora, sino más adelante, lo que pretendemos. Él es uno de los pilares en que descansa la operación, y debe participar en ella de manera activa. Además, hay que contar con su opinión y con sus criterios militares, que pueden ser muy valiosos.

—Eso mismo piensa Urano.

—A propósito, hace días que no tengo contacto con él. ¿Lo has visto últimamente?

—Sí, y me sugirió, después de esta entrevista contigo, sostener una reunión secreta en la que participemos nosotros, él y Ochoa. Es para elaborar el Plan Estratégico.

—Buena idea, pero debemos encontrar un lugar donde podamos reunirnos sin llamar la atención.

—Urano me dijo que podría ser en tu despacho o en la embajada soviética, aprovechando la visita de Gorbachov en abril.

—Podría ser, aunque hay que consultar a Ochoa.

—Yo me encargo de eso. Además, resulta fácil contactarlo sin llamar mucho la atención. Vino de Angola en enero y todavía no le han dado la jefatura del Ejército Occidental. Está casi como un desempleado, o de vacaciones.

—¿Vacaciones? Te voy a decir un secreto —Abrantes sonrió al mismo tiempo que se inclinaba hacia la mesa para pinchar el chorizo español—. El nombramiento ya fue aprobado por la comisión de control de Cuadros, por el Comité Central del Partido, y por el mismo Fidel. Lo que pasa es que —ensartó el chorizo con la gracia de un torero enterrando la espada en el lomo del enfurecido animal, en medio de la plaza repleta de personas gritando ¡ole!, como lo harían los latinoamericanos cambiando la frase por ¡goool! en un estadio de fútbol—... lo que pasa es que Raulito, influido por el hijito de puta de Furry, se niega. Ambos quieren destruir al Griego, no darle margen para que siga ascendiendo militarmente, no desean reconocer su prestigio, se lo quieren engullir —y el general mordió por la mitad el embutido español y comenzó a masticarlo suavemente, disfrutando su peculiar sabor ibérico—. Igual que a mí. Por eso los masco, pero no los trago, y a diferencia de este embutido, saben a mierda.

—A nosotros nos conviene que el Griego asuma el mando del Ejército Occidental. Esto le daría mayores posibilidades de triunfo a la operación.

—Claro, pero no sé... creo que Raúl y Furry se traen algo entre manos. Han estado haciendo algunas investigaciones acerca del comportamiento del Griego en Angola, cuestiones relacionadas con la kandonga, tráfico de marfiles, maderas preciosas, aviones C-130. No sé, hacen investigaciones acerca de temas y cosas que ellos conocen perfectamente. Todo eso es muy sintomático. Y preocupante, Sombra, preocupante.

Abrantes engulló el pedazo de chorizo que había quedado prendido al palillo.

—Esta gente está erizada, Pepe, y Fidel también —dijo el general Sombra mientras guardaba sus apuntes en el maletín de Gaviota, del que sobresalía el cañón de una metralleta UZI belga de 9 mm—. Ya no es sólo la pleuritis lo que no lo deja dormir, hay otras cuestiones, y una de ellas creo que es la visita de Gorbachov anunciada para abril.

—Es verdad, creo que se está volviendo loco buscando la forma en que va a enfrentar los planteamientos de reforma del ruso. La *perestroika* es una bomba en los cimientos del socialismo, pero Fidel no quiere que le minen ideológicamente su pedestal, y ve enemigos en todas partes, entre ellos yo mismo.

El general Sombra levantó la cabeza al mismo tiempo que bajaba un poco las gafas oscuras para exhibir una mirada de asombro. Abrantes se apresuró en aclarar.

—Es un decir, pero he llegado a comprobar lo que al principio fue sólo un presentimiento: mis lazos con el Comandante en Jefe se han venido debilitando desde hace algún tiempo. Y todo por pequeñas discrepancias, boberías, opiniones que tiene cualquiera, sobre todo cuando sugerí que Cuba debía poner el ojo en las transformaciones económicas de Hungría.

El general Sombra sabía que el país magiar realizaba diversas exploraciones que se salían del marco tradicional del comercio socialista, como la competencia en el mercado y la libre convertibilidad de la moneda, y al parecer no les iba mal. Pero al mismo tiempo sabía que Fidel no reconocería ningún éxito basado en sistemas afines al capitalismo. Por eso no le extrañaba su brutal rechazo a toda experiencia que, incluso, podría ser utilizada en beneficio de Cuba, de su propio gobierno.

—Su tozudez y su ambición por el poder lo ciegan. Como los equivocados astrónomos antiguos, se cree la Tierra alrededor de la cual giran los planetas y las estrellas, y se olvida del sol. Es un Ícaro que se cree con las alas de acero, las de los Migs.

* * *

Las puertas blancas de persianas del comedor están abiertas y el paisaje verde del jardín invade tus pupilas para mezclarse, como en una disolvencia temporal, con el tiempo aquel en que, montado en un coche de caballos, igual que lo habían hecho tus abuelos maternos, arribas a Santiago de Cuba para ingresar en el colegio La Salle. Dejabas detrás una etapa de humillación que se entretenía abofeteando tu orgullo. Ya no tendrías que mirar a tu medio hermano Pedro Emilio, con los ojos de la envidia, siempre al lado de Ángel, mientras tú y tus otros hermanos se tenían que mantener alejados en el triste bohío de inspiración taína. Aunque no lo comprendías en aquel instante, tu condición de hijo natural era una barrera entre tu papá y tus otros medio hermanos, y fue la razón por la cual no fuiste bautizado, lo cual generó en ti un primario desprecio hacia la religión. Para recibir el agua bendita había que estar legalizado. Y si no eras católico, no podías recibir los regalos que los tres barbudos entregaban a los niños, tras un viaje desde el oriente montados en camellos jorobados. Tampoco supiste a qué sabía la moneda blanca esa que daban a los niños en las iglesias, y que la chupaban como si fuera un caramelo, y que decían era la carne de Cristo, que bien percudío estaba el tipo, necesitado de sol guardarrayero, de ese que parte las piedras a las doce del día, la hora en que el perro no sigue a su amo. No conociste el canto de las nanas que amamantaban y cuidaban a los críos igual o mejor que las madres verdaderas, ni de las tiernas historias de Cenicienta, la

Caperucita Roja, Blanca Nieves y los siete enanitos, como tampoco tu mundo infantil se adornó con las aventuras de Pinocho y de Peter Pan. Tu contexto fue el de unas letanías que no entendías, y que la abuela Dominga empleaba junto con un trasiego de plumas de palomas, gallos degollados y sucios caracoles que lanzaba como si fueran dados, en medio de velas que mordisqueaban la oscuridad con sus dientecitos de luz. Atrás quedaba el bohío de paja, la casa con corredores, montada sobre pilotes, la escuelita rural, y frente a ti, como invitándote a las alturas, unas montañas que parecían emerger desde el fondo del océano y que se alzaban para besar con sus picos el culo de las nubes viajeras.

Cierto, las lomas de la Sierra Maestra fueron tu primera y más fuerte impresión. Aquel signo de poder y grandeza marcaría tu espíritu, como también la educación que luego recibirías de los jesuitas en el colegio de Belén. Allí el acero de tu carácter se fraguó con esa estirpe espartana, esa disciplina militar que te ha acompañado toda la vida, que será tu sombra hasta la muerte, y que te hace verlo todo dentro de un marco de corte militarista. Brigadas y contingentes de obreros, legiones, batallas por la zafra azucarera, campañas de primavera, ofensivas, movilizaciones, etcétera, son términos del lenguaje que exponen tu eterna vocación guerrillera y que algún día será materia de estudio de lingüistas. No en balde tu apellido, Castro, es de origen romano y significa campamento militar, o quizás ese deseo de resolverlo todo por medio de las armas sea una costumbre de familia, heredada de tu madre, armada hasta los dientes, como un acorazado yanqui a nivel de potrero oriental.

Por eso tienes la convicción de que la propia muerte, cuando te toque, vendrá vestida con uniforme militar. Si es así, por favor, que traiga puesto uno de general. Sería denigrante para ti que el mensaje que nos toca a todos al final del camino, lo diera un simple soldado. Tú necesitas una parca con más condecoraciones que las que muestra Raúl en el pecho, chatarra vistosa adquirida en batallas de escritorio, así como varias estrellas en las charreteras mortales. No estaría mal que la guadaña fuese la escopeta Mossberg 590 Mariner, calibre 12, con culata y mazorcas negras, y cañón de 20 pulgadas, que Tony de la Guardia te regaló el día de tu último cumpleaños, y que has guardado para ir a cazar en la Ciénaga de Zapata, ese lugarcito que un día quisiste disecar, una de las tantas ideas geniales que se te ocurren a veces, y la cual hubo que dejar a un lado cuando gente que sabe te convencieron de que eso era imposible. ¡Coño, Tony! Buen muchachón, eficiente, uno de los mellizos. El otro es Patricio, el general.

De repente, las puchas blancas de las matas trepadoras que se aferran a las paredes; las ipomeas en los aleros de puertas y ventanas; el jazmín trompeta que se deja crecer alrededor de las columnas; las casuarinas y los robustos granos de oro, las ceibas, las palmeras, los mangos y las rosas exóticas con las que Dalia ensaya cruces genéticos, desaparecen de tu vista, son invadidos por la arena y el mar de Varadero. La brisa marina te trae olor de caracolas, y un paisaje poblado de barcos de vela. Ahí están los triunfantes gemelos, Tony y Patricio de la Guardia, con su embarcación Caribe, tripulada por estudiantes, que acaba de ganar el primer lugar en la regata. La nave de los trabajadores, que debió obtener el triunfo, según tus predicciones de pitonisa con barbas, llega en un modesto tercer lugar. Ciertamente aspirabas a que la fortaleza y el empuje de los obreros derrotara a los niños bitongos aquellos, de los cuales los gemelos eran dignos representantes, descendientes de los Calvo de la Puerta, familia aristocrática muy conocida en el Vedado Tennis Club y en el Miramar Yacht Club, y que alborotaban el ambiente con la alegría de sus veintitrés años y esa espontánea simpatía de seres que pasean su despreocupación y entusiasmo, montados en un Studebaker descapotado que era una centella color frambuesa atravesando las calles de La Habana.

No era justo, no, es decir, era un fallo histórico que la burguesía aristocrática fuese capaz de superar a la fuerza más pujante del universo, a esos discriminados y explotados trabajadores que tú te habías propuesto emancipar, cosa muy humana, para que te sirvieran de pedestal ideológico en tus aspiraciones personales, cosa muy humana también, y que en aquellas regatas de 1961, no te explicas por qué, llegaban a la meta echando el bofe para, casi sin respiración, obtener el tercer lugar. Había que analizar, en el próximo Consejo de Ministros, las consecuencias derivadas de ese error deportivo.

Para esa época ya tenías la costumbre de no darte por derrotado, y el hábito de ser el primero en las victorias. El fracaso era propio de los débiles de espíritu y flojos de corazón, solías decir, y la adversidad los unía en el camino del infortunio. ¿Fue en esos tiempos que comenzaste a adquirir la habilidad de convertir las derrotas en aparentes victorias?

Es muy difícil afirmarlo. De todas maneras, y de repente, los gemelos están sentados a tu mesa, invitados personalmente por ti, porque, vivo que eres, quien ganaba en realidad la competencia era el deporte. Esa capacidad de dinamitar los triunfos individuales y hacerlos abstractos o colectivos, te ha permitido elevar tu propia figura, siempre presente y bien delineada, en oposición a los éxitos de los demás, por lo general fuera de foco o gelatinosamente perdidos en la bruma de la multitud.

Coño, tipo bravo el Tony, y Patricio también. Porque, y de eso nunca tuviste dudas, los gemelos eran y son del carajo, expresión que se te escapa involuntariamente al pensar en la infinidad de servicios militares y... comerciales que han prestado en el marco de la revolución, aunque últimamente estás preocupado con ciertos informes que desde diciembre de 1988 los servicios de contraespionaje del MINFAR te están haciendo llegar para tu personal conocimiento. Parece que la sangre aristocrática les está corriendo nuevamente por las venas a los gemelos. Antes eran rojos rojos, y se han descolorado, se han puesto rosados. Pero bueno, habrá que tomar medidas antes de que se pongan azules. Claro... medidas, sí. Los gemelos se pierden en el laberinto de tus recuerdos, devorados por el mundo vegetal que nuevamente florece ante tus ojos. Hay que recortar el jazmín trompeta de las columnas antes de que invada el segundo piso.

Un llamado urgente de las tripas revolucionarias te saca del mundo de los recuerdos. Con pausada intención miras la hora en el Seiko que te rodea la muñeca izquierda, con su caja y muñequera negra, y luego compruebas que coincide en minutos y segundos con el reloj de pie, de guardia a un costado del mueble que, recostado a la pared del comedor, sostiene piezas de plata y dos candelabros de tres velas. Encima del mueble un gran espejo, con marco de bronce, se obstina en reflejar el comedor y parte de la sala. Te agrada la idea del espejo, pues repite la presencia de los que te rodean, creándote la imagen de que siempre eres el centro de gente que te quiere. El espejo, de cierta manera, impide la soledad, pues aun cuando estás solo, cumple el deber de mostrar el doble de tu imagen. No es tu sombra, eres tú repetido en un espacio creado por la magia del azogue. La función del reloj es distinta. La esfera blanca con números arábigos, incrustada sobre un oscuro mueble de madera preciosa, que contrasta con la pared crema llena de molduras, te da la impresión de un centinela del tiempo, silencioso y fiel, que custodia el espacio que te ha tocado vivir, y que te anuncia cada vez que lo necesitas, el minuto exacto que te hará recordar el instante de alguna decisión importante, o el tiempo de que dispones para algunas de tus históricas actividades personales o sociales. Te gustan los relojes japoneses, o suizos, más exactos que los rusos. Son las diez de la mañana en el Seiko.

Y acomodas tu trasero mañanero encima del forrado asiento de la silla, hecho a propósito para brindarle suavidad de nube a esa parte increíblemente útil de tu cuerpo, la misma que utilizas para desechar los comestibles, y que, en ocasiones, empleas para limpiarte con la opinión pública mundial. Papel sanitario internacional.

El concepto de que todo está mal hecho y que el mundo requiere de tu extraordinario aporte de rectificación para conformar lo exacto, lo correcto, te hace arreglar los platos que Dalia no ha sabido ubicar, igual que haces con los micrófonos cuando vas a fabular ante la tele o la plaza llena de gente, y sitúas detrás la bandeja con los exquisitos dulces franceses de Fauchon. Los dulces son para después de consumir los huevos fritos, el queso francés y las tostadas de pan blanco que ahogas en el café con leche de búfala, que te han dicho o lo has leído en alguna parte, es muy rica en vitaminas, y también para elevar el pito. Habrá que preguntárselo a los búfalos. De todas maneras, usas las tableticas de PPG, antecedente de la Viagra. La única diferencia es que las cubanas son mejores, puesto que fueron elaboradas durante el proceso revolucionario. Aunque bueno, tendrás que probar la Viagra en cualquier momento, vaya, no es que tengas cierta inclinación al uso de los productos que proceden de ese maldito sistema capitalista, pero tienes la impresión de que la PPG a veces no funciona. Además, hay que cuidar el prestigio de la revolución, pues se comenta por ahí, gracias que todo te lo informan, que eres un palo pésimo en la cama, y que pierdes todas las batallas cuando se trata de enfrentar un par de tetas y un culo hermosos. Por mucho que repitas que estás cansado, que te acuestas a las cuatro de la madrugada, que son muchas las obligaciones para con tu pueblo, ellas no te creen, y lo cierto es que sucumbes en la emboscada de una entrepierna, a la que no puedes aplicar tu experiencia en tácticas y estrategias. De nada te vale la fama. El AKM personal, cobarde y traicionero, te abandona cuando más necesario resulta el disparo oportuno. Los años hacen que la cama se te convierta en un eterno Waterloo donde las únicas medallas que cosechas son las de la derrota. Es entonces que, ante la negativa del animal para responder a la voz de ¡firme!, tienes que ponerte a hablar con el clítoris, el cual, ajeno a tu discurso sexual, se mantiene impasible ante el fracaso del orador, cuya retórica se suicida sin remedio en el abismo de una joven vagina.

El queso francés está divino... y de pronto te asalta la certidumbre de que toda esta ceremonia culinaria y su consumo, es un proceso revolucionario, es decir, necesario, puesto que el cargo, y las circunstancias, no te permiten, como antes, visitar los centros de trabajo y preguntar cómo anda la producción, puesto que todo el mundo sabe que es un desastre; cómo está el suministro de materia prima, cuando ahora un barco ruso tarda años en arribar a puertos cubanos; llegarse a una panadería para comprobar la calidad de la harina, o asaltar por sorpresa un hogar obrero para indagar la forma en que viven los proletarios del mundo, unidos alrededor de tu doctrina "castriarcada". No, ciertamente ya no compartes con los guajiros el lechón asado y los tostones, y llegada la noche, después de hablar con ellos acerca del futuro de Cuba, siempre glorioso, dormir en sus bohíos tendido a pierna suelta en rústica hamaca. Ahora todo ha cambiado, y el bohío de guano y pencas de palmas se ha transformado en cientos de casas que usas a todo lo largo de la Isla, y en este palacio residencial, confiscado a la burguesía capitalista, que vivía bien a costa del pueblo, este palacio al que has rodeado de tanques, transportes anfibios, lanchas, helicópteros, y un batallón de Tropas Especiales, capaz de defenderte de los enemigos de tu persona, que es decir de la humanidad. Esta es tu mejor trinchera, un búnker con un laberinto de galerías subterráneas, y con un refugio antiatómico, por si acaso a algún presidente yanqui se le ocurre la peregrina idea de lanzar un día un ataque con bombas nucleares. Tú y tu familia, y tus allegados, sobrevivirían a la catástrofe. No, no quieres pensar lo que les podría suceder a los bohíos de tus queridos campesinos, los beneficiados de la Reforma Agraria, los... ejem, ejem... Pero bueno, todos estos cambios han sido necesarios por cuestión de Estado y seguridad personal. Por eso te has visto obligado a cambiar el lechón criollo asado en púa, por el caviar importado; el ron pelón por el Chivas

Regal, y los dulces de boniatillo por las exquisiteces parisinas que ahora vuelves a colocar en otro sitio de la mesa, como si fueran micrófonos espantados, deficiencias de técnicos en audio, que requieren de tu sabia corrección ubicacional en ese prodigioso momento en que te dedicas a fabular a la multitud que las organizaciones han "convocado democráticamente" para que asistan a escucharte en medio de una plaza poblada por comunistas, miembros de la Juventud Comunista, policías, agentes de la Seguridad y, por supuesto, parte del pueblo a los que se les paga el salario del día para que escuchar a su gran líder, a su Comandante en Jefe, no los afecte económicamente.

Unos pasos procedentes de la sala contigua te rescatan, afortunadamente, de recuerdos que a veces resultan ingratos. "Con su permiso, Comandante en Jefe", y Joseíto llega con la información matutina. Tras el gesto respetuoso, el chaparro jefe de tu escolta personal, quien responde al nombre de José Delgado, y es coronel aunque en el uniforme no use ninguna insignia, sitúa los papeles al lado de otros materiales que ha traído temprano, como los cables de noticias internacionales más interesantes, que Chomi, como siempre hace, selecciona para tu consumo, porque has de estar bien informado para, a partir de la situación mundial, establecer tu política interna. Joseíto coloca encima de los papeles los videos que recogen los últimos fusilamientos. A pesar de su constitución física, tosca, como los arrecifes del malecón habanero, la acción es ejecutada con delicadeza de peluquero maricón, como si temiera que de los tapes surgieran disparos inoportunos que pudieran herir tu débil defensa corporal, ahora protegida solamente por esa larga bata color morado que te pones como si fueras a subir a un ring norteamericano de lucha libre. Eso es lo que parece que piensa Joseíto, cuando engurruña el rostro. ¡Coño, que feo se ve el Jefe con ese batilongo y esas chancletas, pa'l carajo!

Luego, tras ajustarse la Stechkin en la cartuchera que cuelga del cinturón negro que le rodea la robusta cintura, el macizo guardaespaldas, igual que lo haría una sirvienta japonesa, se retira tras pedirte permiso e informar que estará afuera, por si se te ocurre pedir algo, que seguro que lo haces, porque, acostumbrado a que te sirvan, siempre estás jorobando la pita. Pero bueno, a él le agrada eso. Eficiente que es Joseíto, y bravo, gente en la cual se puede confiar, y no en esos que están dentro del tape, traidores que pagan con sus vidas la infidelidad al proceso revolucionario. Ahí están, de espaldas a los españoles muros de La Cabaña, en el instante en que el jefe de la Brigada Especial de la Policía, Teíto, ordena el ¡fuego!, mirando su reloj que marca las nueve, para que el ruido de los fusiles al descargar su mensaje de plomo, coincida, al unísono, con el viejo cañón Howitzer que, al mismo tiempo, hace temblar la noche habanera con su vozarrón de pólvora. Ahhhhh, la blanca leche de búfala...

Sonríes de placer cuando ves los cuerpos retroceder por el impacto de los disparos, y luego se desmayan definitivamente, dejando un rastro sanguinolento en el que se mezclan músculos desgarrados, fragmentos de huesos, sesos y cabellos, empañetando las milenarias piedras de la construcción ibérica. Y piensas que para algo bueno han servido estas antiguas edificaciones, construidas inicialmente para proteger la entrada del puerto, y defenderse de los ataques de filibusteros e ingleses, y ahora dedicadas a fusilar, ejem, es mejor decir ajusticiar, a los piratas modernos que han intentado el abordaje de tu nave proletaria, tan poderosa como el Morro, al que imaginas como un Potiomkin caribeño listo a defender con sus viejos cañones los triunfos revolucionarios, y que, sin que los vientos y las mareas lo muevan un milímetro, se alza cerca de la estatua de Cristo, en Casablanca, la misma que algún día será sustituida por una tuya, gracias a la proposición de alguno de tus lacayos, porque, claro, ese tipo de gestión nunca saldrá de ti, preocupado en dar una imagen pública carente de todo egocentrismo, de toda vanidad personal, con lo cual tratas de reafirmar tu tradicional y honesta humildad, tan distinta a la de los caudillos latinoamericanos. Por eso nunca has permitido, en vida, que se te erija una estatua. No quieres ser una figura de metal o de piedra levantada en algún apartado rincón de un olvidado parque, de la que sólo se acordarán los pájaros crepusculares a la hora de la defecación, aunque bueno, no te has opuesto a que fotos y cuadros con tu imagen adornen profusamente paredes de organismos oficiales, oficinas de dirigentes, murales de sindicatos, retretes, y enormes vallas situadas en lugares tan estratégicos, que hubieran sido envidia de anunciantes capitalistas para promover sus productos. Pero que se jodan, tú tienes tu maquinaria personal para el advertising, la pompa y el ditirambo, y lo que es mejor, fanáticos expertos en eso de la apología y la alabanza. ¿Acaso no controlas lo que debe salir publicado en la prensa, lo que ha de mostrarse en la televisión? Y otra cosa, para evitar evidentes cultos a la personalidad, has acudido a métodos de advertising que resultan subliminales discursos de adoración personal, como esa ingeniosa y económica idea de acuñar tu imagen en la moneda nacional. Así garantizas permanencia de propaganda, pues la gente, en vez de botar el anuncio, histórico y revolucionario, por supuesto, lo conserva con gesto de usurero. Es así que te ves planchadito y acomodado en las bóvedas de los bancos; estrujado en los bolsillos y las carteras de los usuarios; zambulléndote en las máquinas tragamonedas, circulando de un lado a otro, pasando de las manos inmaculadas de un banquero, a las sucias de un narcotraficante, o a las ansiosas de una prostituta. No interesa el nivel social, lo importante es que todos te manoseen, todos tienen que contar contigo para sus transacciones económicas, bursátiles, sociales, personales. Todo eso es, sin lugar a dudas, un culto a la personalidad, camuflado en valores de circulación nacional.

Pero bueno, volviendo al asuntico de la estatua. Modestia aparte, ya tus incondicionales, esos que están pegados a la teta socialista, divulgarán a todos los vientos y mareas la idea que habrá de surgir de algún patriota, cuando, sentado en el muro del Malecón, mire nostálgico hacia el norte revuelto y brutal, y compruebe que la entrada del puerto habanero necesita algo, algo así como, vaya, no podía faltar, carajo, una estatua al Comandante en Jefe de todos los tiempos, al invencible guerrillero de todas las batallas, al vencedor de todas las derrotas, al incansable y eterno Dios de las victorias. Aunque bueno, es una lástima que no tengamos aquí en La Habana un Corcovado como el de Río de Janeiro, vaya, para que la estatuilla, a la que habrá que hacer más grande, esté bien alta, alejada de los gorriones cagones, y tú, desde el Olimpo, como si fuera la Sierra Maestra, contemples con tu mirada de mármol las luces de la ciudad pellizcando la oscuridad de la noche, o desnudándose de sombras en el instante en que el sol se asoma por el horizonte. Una estatua de verde olivo y no del verde salitroso con que el mar pinta la Estatua de la Libertad esa que siempre le está prendiendo fuego al cielo neoyorquino; una estatua en la que se te vea mirando hacia el futuro, al mismo tiempo que portas un AKM-47, versión moderna del fusilito con mirilla telescópica que usabas en la Sierra para poder disparar desde la vegetación sin que el enemigo te viera, y así sorprenderlo mansito. Porque en la guerra el mérito no está en acabar con el enemigo, sino en que el enemigo no acabe contigo. Por eso era necesario vestirse de árbol, de enredadera, de rocas, de flores rastreras, para confundir el ojo del soldado y así evitar un plomazo que hubiera cortado para siempre tus aspiraciones, ejem... es decir, las aspiraciones de un pueblo oprimido por una dictadura, y que tenía sus esperanzas de triunfo y bienestar futuro, puestas en los hombres que vivían y luchaban entre las nubes que besaban la cocorotina del Turquino. El Turquino... coño, buen lugar para la estatua. Pero no, es muy intrincado el lugarcito. Necesitas un sitio donde la gente pueda ir a venerarte, los jefes de Estado ponerte flores, los niños recitar poesías, y la juventud, organizada por Robertico Noesbaina, llegue hasta ti con una conguita y mechones encendidos a bailar una buena rumbona revolucionaria.

Porque toda la vida te han gustado las alturas. Quizás por eso, durante el Bogotazo, en el que murieron cinco mil personas, te refugiaste en el cerro Monserrate, para desde allí arengar a los colombianos para que asaltaran el Palacio Presidencial. Después sería la Sierra Maestra, el Penthouse del hotel Hilton, y, por supuesto, el Olimpo Político desde el que lanzas rayos y centellas, como Júpiter antillano, para hacerle la vida imposible al imperialismo norteamericano, y tú dormir en paz mientras los otros no pueden hacerlo.

De todas maneras, y volviendo al asunto de la estatua, ya verás como se te ocurre una idea genial y construyes una montaña en Regla, o cerca de la Chorrera, y ahí mismo plantas la estatuilla, tu mejor Oscar, aprobado por la Academia del Comité Central del Partido. ¿Razones lógicas para inventar la montaña? Siempre has considerado la lógica un estorbo para el desarrollo humano. ¿Quieren razones? Los norteamericanos a 90 millas, esa es la mejor razón. Hay que avistar, como el Faro de Alejandría, los barcos que se acerquen, los infiltrados, las maniobras navales. Coño, porque desde la dichosa montaña, el David guerrillero podría tener siempre en la mirilla al Goliat norteño, el gigante de las siete botas imperialistas, quien, con su ojo verde, puede intentar pisotearnos. Ahhh... todo esto, tú lo sabes, es el mejor argumento para tener al pueblo siempre en pie de guerra, y mantenerte tú en la cuerda floja del riesgo, en la frontera del enfrentamiento militar, pues, aunque en ocasiones no exista el enemigo, hay que crearlo, y la víctima, o posible víctima, es el pueblo que confía en ti para que lo defiendas del agresor, ese pueblo que ahora se siente más protegido desde que pusiste a todo el mundo a abrir huecos y refugios como si la guerra atómica estuviera a la vuelta de la esquina, y que han hecho de la isla un queso roquefort flotando milagrosamente en el Caribe, pero a expensas de que en cualquier momento le entre agua y se hunda. Los yanquis son, sin que lo sepan o aún sabiéndolo, tus mejores amigos en eso de tener un buen enemigo. Ellos son los que te han permitido esgrimir la bandera de la confrontación, inventar peligros inexistentes, crear situaciones conflictivas, de manera que el Comandante en Jefe, esa mezcla de historia y leyenda, parezca necesario, imprescindible desde el punto de vista histórico. Humm... Porque, cosa que hasta el último habitante de este planeta conoce, la vida es una farsa donde todos somos actores en la que interpretamos nuestro mejor personaje. ¿De primera, de segunda categoría? De segunda nada. Para ti los premios Oscar. Y vienen a tu memoria, que todavía funciona, los tiempos lejanos en que te salió a relucir esa vena artística que marca tus acciones, pero que en esa distante oportunidad te hizo incursionar en el cine, por aquello de verte en la pantalla, lindón a lo Rodolfo Valentino, cautivando bellezas que desmayaran su amor ante tu atractivo varonil, guerrillero del amor conquistando corazones como si asaltaras cuarteles batistianos, que ya estaba en tus planes, para en definitiva trabajar en papelitos de extra en algunas películas de Juan Orol. Bah, cosillas del pasado, sin trascendencia hollywoodense, cuando en realidad el papel más importante que has interpretado como actor es el que haces frente a tu pueblo, sobre todo cuando, Hamlet con uniforme militar, pero sin estilo shakesperiano, le quieres introducir por el dócil oído el filoso monólogo de tu verborreica retórica. Pero eres mal orador, nadie necesita tantas horas y tantas palabras para lograr el convencimiento. Eso es lo que piensan tus enemigos, pero no saben que en realidad haces eso para estar más tiempo en pantalla, ser el personaje principal de tu propia telenovela, y atraer la total atención sobre tu imagen única, en un papel protagónico que nadie, nadie, sólo tú, eres capaz de representar, ahí, en los estudios de la nacionalizada CMQ, ahora Canal 6, o en la Plaza de la Revolución, cuando te diriges al rebaño de miembros del Partido, el Ejército, la Juventud, la CTC, la FMC, etc., que han sido convocados y movilizados por sus organizaciones para que "voluntariamente" asistan al acto y sirvan de coro popular a tus amenazas, tus bravuconerías de jefe de Estado, de guerrillero encaramado en la tribuna que te sirve de improvisado Turquino para arengar, escupir, insultar, agredir, a los que intentan arengar, escupir, insultar y agredir a tu querido pueblo, ese que, bajo el líquido sol tropical, se derrite vociferando su agresivo entusiasmo: "¡Fidel, seguro, a los yanquis dales duro!". La frase, al igual que cuando fumabas tus habanos Montecristo y H Upmann, te envuelve reconfortante en su voluta de humo revolucionario.

El humillo que sale de los huecos hechos por los AKM te da la impresión de que los cuerpos están fumando tabacos, esta vez de plomo. Tratas de ver quiénes son los ajusticiados de anoche, pero las tomas del camarógrafo son un poco abiertas y no llegas a reconocer los rostros. Un primer plano de las caras antes de recibir los disparos, hubiera sido bueno. ¿Nombres, padres de familia, trabajadores que abrieron los ojos a la realidad social, militares equivocados o influidos por los aires perestroikos del agente británico ese que responde al nombre de Gorbachov? No te interesa. Son tus enemigos, o fueron tus enemigos, y ninguno de ellos te va a echar a perder la buena digestión que haces del desayuno y de la leche de búfalo, es decir, de búfala.

Eructas igual que un leopardo después de un festín de cebras, y accionas el control remoto para que La Cabaña desaparezca en la imagen reflejada en el Sony de 27 pulgadas que tienes ubicado frente a ti, y que recibe televisión internacional, vía satélite, por un cable coaxial, tirado especialmente para tu consumo, que llega desde una empresa cercana, la Omni Video. Los televisores Krim y los Caribes no te convencen, porque ya es hora de que empieces a verles defectos a la producción soviética, aunque te convino este atraso tecnológico de tus compañeros de aventuras ideológicas, porque cuando los yanquis y la mafia de Miami intentaron transmitir imágenes de televisión hacia Cuba, empleando un zepelín que iba a estar flotando encima de Cayo Cudjoe, ellos no sabían que los dichosos equipos soviéticos no podían recibir las imágenes por falta de un aparatico para las recepciones vía satélite. Lo que te jodió fue que el primer tape a transmitir era una filmación que le habían hecho a tu ministro del Interior, Abrantes, puteando en la piscina de un hotel de Cancún, con la rubia esa de los ejercicios aeróbicos que sale por la televisión cubana, Rebeca Martínez. Y todo por esa puñetera costumbre de Abrantes de invitar a cuanta chiquilla encuentra en la calle para llevársela a Cancún. Él parece ignorar que esa gente de la televisión son del carajo, siempre andan en busca del escándalo y la noticia de impacto. Porque fueron ellos, los del canal NBC, los que filmaron clandestinamente a Tom, tu protegido Robert Vesco, ahí en el 204 de la avenida 23, en el reparto Cubanacán. Fueron ellos los que te hicieron quedar mal ante la opinión pública mundial, después que te cansaste de negar su presencia en la isla, que no te convenía, porque eso de aparecer como protector de delincuentes no era un buen advertising para tu prestigio revolucionario. Pero te jodieron los de la tele, y tuviste que decir, cosa que nadie se creyó, que lo de Vesco era un refugio humanitario, pobrecito, perseguido criminalmente por las autoridades norteamericanas por la bobería de haber estafado millones de dólares a otros menos infelices que él. Te desbarataron también los planes que tenías con el tipo, por medio de Tony de la Guardia, para montar un imperio de lavado de dinero en Cayo Largo, donde construyó una residencia al costo de un milloncito de dólares, quizás parte de las ganancias que obtuvo cuando suministraba los equipos para el aeropuerto que tú mandaste a construir en Granada, y que los norteamericanos te apropiaron con la ayuda de la División 82. Pero el que hubieran filmado a Vesco desde todos los ángulos no es lo que te incomodaba, sino el que se fuera a descubrir tu complicidad con una tonelada de cocaína que Tom había vendido, por medio de Cuba, a los yanquis. "No, no, él no está en Cuba, y yo soy un hombre de palabra, y mi palabra es la de la Revolución", te cansaste de repetir, para luego tenerte que meter la lengua en el culo, cuando la NBC te hizo mierda la mentira con las dichosas imágenes esas de Tom. Lo cogieron mansito, pero bueno, no era cuestión de dar marcha atrás, que ya lo has dicho: "ni para coger impulso", sino de modificar las perspectivas, y trataste de resolver el aprieto alegando derechos humanos, pobre Tom, corderito perseguido por lobos feroces, y por las hienas de la televisión.

De todas maneras, y para mantener la tirantez con los yanquis, que de eso vives, ya tenías preparados dos Migs que le iban a caer a cohetazos al preservativo aéreo ese de la Televisión Martí, y hacerlo mierda, lluvia plástica, en el Estrecho de la Florida. Tú mismo, si fuera posible, ibas a estar en la cabina del avión, para apretar el rojo botón del disparador. Pero lo que haces es apretar el botón del Motorola para comunicarte con Joseíto, quien de inmediato penetra en la estancia con la agilidad de un tigre en acecho, listo a desenfundar su pistola rusa, como si en ese instante algún comando Delta norteamericano estuviera haciéndote confeti la digestión del histórico desayuno, con leche de búfala, pero se calma ante tu palabra, como fiel doberman ante la voz del amo, y va a cumplir, servicial y ceremonioso, tu deseo de cambiar el casete del VCR, el Panasonic. La marca te hace recordar a Tony. "Es para usted, Comandante, especial para usted, high fidelity y de cuatro cabezas. No se preocupe, es un regalo del MC".

Has terminado de desayunar y lo consumido requiere descanso para garantizar una buena digestión. Con pasos lentos, tus enemigos dirían que cansados, llegas hasta las puertas de persianas que dividen el comedor del área exterior. El pasillo de losetas color zapote que nace a tus pies y se extiende a un costado de las piscinas, pronto se llenará con la alegría dominical de alguno de tus nietos, siempre custodiados por la presencia de tus hijos y sus compañeras. Los niños agotarán sus energías infantiles montando bicicletas y correcalles, o su curiosidad hablando por los walkie-talkie. Los equipos de comunicación, con fines de seguridad personal, ellos los ven como un juego, a pesar de la cara de marañón que ponen Joseíto y su gente. Luego, escapando al calor del mediodía, se dejarán engullir por las aguas de la piscina en constantes zambullidas, y llenarán la superficie de blanca espuma y alboroto. Esperas irte para el Palacio de la Revolución antes de que vengan a joderte la tranquilidad hogareña.

Tu mirada recorre los canteros con palmitas que dividen el pasillo del área de la piscina. Hay que darle una pinturita a los faroles tipo colonial que por las noches iluminan el paisaje, incluso hasta la parte del jardín donde están montados los columpios, las canales, donde juegan tus descendientes. Te dan deseos de sentarte en una de las blancas sillas de metal, con espaldares de hojas que rodean la piscina, y envuelto en la placidez de esta hermosa mañana, elaborar planes económicos, definir estrategias, organizar y dirigir la vida de cada ciudadano de este bendito país que admite, con increíble sumisión, tu patriarcado verde olivo, fruto caribeño de tu genio extraordinario y único.

Das la espalda al paisaje para sentarte en el sillón ejecutivo que apoya su oscura piel sobre una base circular, necesaria para soportar tu anatómica nomenclatura de dirigente, enfundada en una pijama que es una belleza, pero que, al parecer, a Joseíto no le gusta, porque hizo un gesto un poco extraño; y en tus chancletas, que te liberan de la opresión, a pesar del cuero italiano, de las botas militares. Desde este sillón, ubicado entre la sala y el comedor, accionas el remoto para poner en marcha el tape que tu principal guardaespaldas ha introducido en el VCR.

Las imágenes ahora son más agradables, y tu ego se estremece complacido ante el personaje reflejado en la pantalla. Sin lugar a dudas, a pesar de los años, es un hombre elegante, cuya presencia física inspira respeto. Además, esa manera de hablar, cosa que no ha dejado de hacer desde que nació, con argumentos contundentes, con una filosofía irrebatible, lo hacen digno de tu personal admiración. Pero lo que más te agrada de él es su valor a toda prueba, su intransigencia política, su tozudez ideológica, y esa manera tan inocente con que esgrime la retórica del convencimiento, para hacer de toda opinión ajena un trapo de cocina, y dejar que la de él se mantenga victoriosa en el campo de batalla de las ideas. Por eso es grande, por eso le temen, por eso lo adulan. Ahí está, cubriendo toda la pantalla, atrayendo, como un imán, la atención sobre su verbo inflamado, sobre su patriotismo universal, sobre los derechos humanos del hombre, porque lo que hicieron los revolucionarios franceses es una tontería comparado con sus proyecciones de beneficio colectivo. Bravo el tipo, cojonudo. Ahí está, agarrándose el lóbulo de la oreja izquierda cuando desea recordar algún dato, o indicando con el índice acusador cuando destripa a los enemigos con su violencia verbal, o pasándose la mano por la barba copiada a patriarcas y personajes bíblicos, en un gesto de suprema concentración mental, y con el objetivo de que los camarógrafos cierren el tiro en los gestos históricos de su cara, en la dureza de su mirada, como la coraza de un T-55, y vean de cerca a ese hombre que es entrevistado en una habitación del hotel Hilton, en Caracas, después de haber asistido, hace sólo unos días, a la toma de posesión del presidente Carlos Andrés Pérez, ese personaje mundial que responde al nombre de Fidel Alejandro Castro Ruz, tú, tú y sólo tú.

* * *

Abrantes dejó vagar la vista hasta la convulsionada espuma que producían los dos motores situados en la popa. La blancura del agua le recordó algo.

—La droga y el problema de los derechos humanos —bebió un trago del daiquirí para bajar los restos del chorizo—, eso es lo que inquieta ahora a Fidel.. Entre nosotros, yo también estoy preocupado, no creas. Sombra, parece que los yanquis nos han penetrado, creo que tienen pruebas de que estamos en el negocio y las van a usar para denunciar a Fidel como el mayor narcotraficante del Caribe.

—¿Tú crees que puedan demostrarlo ante la opinión pública mundial?

—No hay dudas de que los ameriquechis han estado acumulando información acerca de que Cuba está de lleno en el asunto del tráfico de droga, y Fidel lo sabe. Por eso, y bien que lo conozco, Sombra, bien que lo conozco, a esta hora ha de estar maniobrando para, como Poncio Pilatos, lavarse las manos.

El Tomeguín llegaba a la altura de Santa Fe, y el general Sombra observó como Abrantes reducía la velocidad del yate.

—¿Piensas atracar?

—No, vamos a quedarnos al pairo. Espero visita.

Y apagó los motores.

—¿Visita? —el general Sombra arrugó la frente debajo de la gorra—. ¿Qué tipo de visita?

Abrantes sonrió al mismo tiempo que guiñaba un ojo.

—De la buena. Te voy a presentar a una persona que... bueno, deja que llegue. Mira, ahí se acercan.

El ministro del Interior indicó con la cabeza hacia la playa. Una balsa se dirigía directamente hacia el yate. Pero la distancia no permitía descubrir quiénes eran las personas que pataleaban para impulsarla sobre las olas del mar. El general Sombra sacó del bolso de Gaviota unos binoculares. Cuando identificó a los tripulantes, sonrió pícaro, pero, al mismo tiempo, algo llamó su atención, y tomó foco un poco atrás y más a la derecha. Un pequeño bote de motor se desplazaba en sentido paralelo a la balsa. En el bote iban dos hombres debidamente equipados para efectuar caza submarina. Incluso llevaban puestos tanques de oxígeno, por lo que había que suponer que eran profesionales. Además, el día estaba espléndido para bucear entre los arrecifes, en busca de pargos, cuberetas, mojarras de piedra o cabrillas. De pronto, el general Sombra ve, con los ojos del recuerdo, a Tony de la Guardia disparando su arpón contra una picúa enorme que flota entre dos aguas, y la punta de acero clavándose en su rodilla derecha. Tony le había dicho en cierta ocasión, mientras le mostraba un ejemplar arponeado cerca de Isla de Pinos: "Oiga, compa, este bicho es del carajo, es una bala, y mucho más peligrosa que el tiburón. Je, y cuando dice atacar, tú no ves ni cuando arranca. Yo prefiero enfrentarme a una docena de tiburones blancos que a una picúa". La precipitación al disparar le hizo cometer ese error cuyo resultado fue la huida de la picúa y que él perdiera, debido a la herida, cierta movilidad en la pierna derecha. No lo mordió la picúa, lo mordió el diente de acero del arpón.

El general Sombra sonrió para sí, y dejó a un lado los binoculares, tras comprobar que los cazadores submarinos se zambullían en las azules aguas, a unos cien metros a la derecha del Tomeguín, el cual se dejaba mecer suavemente por pequeñas olas desplazadas por una patrullera Griffin que tomaba rumbo norte, hacia aguas internacionales, no se sabía si para detectar e incautar algún cargamento de droga bombardeada lejos de la costa, o para proteger a los narcotraficantes involucrados en la operación.

—Decías que Fidel está maniobrando en eso de la droga.

—Sí, está moviendo los caracoles. Hemos tenido informes de que el gobierno yanqui pretende desprestigiar a la Revolución acusándola como el mayor traficante de droga procedente de Colombia.

—¿Y es cierto? Vaya, yo sé que Fidel está en el asunto, lo que sí no sé es de qué manera.

—De muchas maneras, y hasta el cuello. Por eso teme que el asunto de la droga lo ahorque, lo asfixie, y pueda ser utilizado en su contra.

—Todo eso nos conviene, así Fidel estará ocupado en ese asunto y nosotros podremos actuar con más libertad.

—Puede ser, pero yo estoy dentro de todo ese potaje. Hace poco quisieron cazarme con la Greyhound Operation, una actividad secreta que el Servicio de Aduanas, junto con la Agencia de Inteligencia del Departamento de Defensa, y el Fiscal del Distrito Sur de la Florida, elaboraron cuidadosamente. Una agente que tenemos infiltrada nos informó a tiempo.

En ese instante una voz metálica emergió del radiotransmisor Motorola que descansaba sobre unos almohadones situados a un lado de la mesa.

—Aquí M-uno, con Z-27...

—Aquí Z-27... adelante...—respondió Abrantes tras apretar uno de los botones.

—Radio chequeo... ¿está clara la transmisión?

—Todo normal. Cierro...

Abrantes ponchó nuevamente una tecla, y la transmisión radial se cortó de inmediato. Se trataba, y así lo explicó al general Sombra, de su ayudante, el general Orlandito, haciendo contacto de rutina para verificar si no había ningún peligro para su jefe, o si necesitaba algo. Y el general Sombra lo recuerda de una de las visitas que, por cuestiones oficiales, hizo a la sede del MININT, delgado, con sus grados de general brillando en el impecable uniforme y unos espejuelos de intelectualoide delante de los ojos avispados. Atento y eficaz, pero seco y duro como un sargento instructor del ejército norteamericano.

—¿De qué hablábamos?

—De tu secuestro. ¿Cómo te diste cuenta de que era una trampa?

—Yo no me di cuenta, fue Fidel. El tipo tiene un instinto del carajo, como un sexto sentido para el peligro y la amenaza. Le resultó muy sospechosa esa invitación de que yo fuera, personalmente, a Cay Sal Bank, ahí en las Bahamas, a recibir un importante cargamento de droga. La suma era como para no desperdiciarla, pero detrás de ella estaba un plan para secuestrarme. Claro, ellos no son bobos, y saben que yo estoy dentro del negocio.

—Después del secuestro vendría la prensa, la televisión, el escándalo internacional.

—Anjá. Pero eso no es nada, hay otros casos que tienen a Fidel erizado.

Abrantes hizo una pausa y accionó el botón de una grabadora situada debajo de la mesa. Cuando la cinta del casete comenzó a desplazarse, la voz grave y melodiosa de Carlos Gardel se dejó escuchar interpretando uno de sus famosos tangos.

—Uno de ellos es el bombardeo de café en grano, o "mercancía colombiana" frente a las costas de Varadero, y el otro un barco, el

Caribbean Express, que recaló en nuestras costas, y enseguida llegaron gestiones desde Miami para recuperarlo a cambio del pago de millones de dólares.

—Por supuesto, tenía droga.

—Los perros se pasaron un día entero oliéndole el costillar al barco sin encontrar nada, pero Fidel insistió y se halló la carga fundida en las cuadernas, debajo de capas de material plástico.

—¿Cocaína?

—La suficiente para mantener drogados a los yanquis durante un mes. Tomamos fotos del barco, atracado ahí en los muelles de la Marina Hemingway, y las tramitamos por medio de Tony, claro, después que Fidel dio su aprobación al cobro de los millones, y le sacáramos el sesenta por ciento de la droga.

—Ladrón que roba a ladrón tiene cien años de perdón, pero la gente de Miami ¿no se iba a dar cuenta del faltante? Esos tipos tampoco se chupan el dedo gordo del pie...

—Sin duda, pero luego Fidel cambió de opinión, dijo que a lo mejor era una trampa, que no se podía correr más riesgos. En definitiva, hace unos días llamó, como a las tres de la tarde, para dejarnos el dilema de si lo cambiábamos de dársena y así burlar a los satélites; hundirlo en el mar, después de extraer la carga restante; o dejarlo flotando al pairo, como un barco fantasma, a la deriva en la Corriente del Golfo.

—¿Y qué han hecho?

—Hasta ahora nada, Fidel le está dando tiempo al tiempo, hasta que una mañana se levante cabrón y le haga explotar una carga de dinamita para mandarlo al fondo del mar, o, degustando el misterio y la fantasía, lo deje a merced de los vientos. Lo que sí no va a hundir ni dejar flotando en el mar es la cocaína, que ya está almacenada en los laboratorios del CIMEQ.

—¿Mucha?

—Bastante, pura, con un valor de mil millones de dólares.

—Ustedes controlan y apadrinan el CIMEQ, ¿no?

—Sí. Antonio Pruna, mayor de los Servicios Médicos del MININT, es la persona que se encuentra al frente del CIMEQ. Es un buen cirujano, y entre los clientes famosos que ha atendido está Robert Vesco, un estafador que los yanquis están buscando hace tiempo para partirle la siquitrilla.

—Resulta una buena cobertura eso de utilizar el Centro de Investigaciones Médico Quirúrgicas para ocultar la droga. Nadie podría pensar que un hospital es el mayor centro de almacenaje de... —el general Sombra levantó las cejas en signo de admiración.

—Sí, es una buena cobertura, pero el "gallo" se está cuidando. Ha tomado algunas medidas que resultan sospechosas.

Abrantes miró hacia la balsa que se acercaba, y al comprobar que sus ocupantes no podían escucharlo, continuó:

—Hace dos meses, en cuanto supo que los servicios secretos yanquis estaban controlando a la Colombia Tours, y que Reinaldo Ruiz había sido detenido, así como que Alex podría estar bajo vigilancia, Fidel expulsó del país a diecisiete traficantes latinoamericanos que estaban detenidos en la prisión del Combinado del Este.

—¿Quién es Alex, lo conozco?

—Perdona, es el nombre en clave del capitán Miguel Ruiz Poo. Miguel es de la Seguridad desde hace años, y ahora es el representante de Tony, y subdirector de Interconsult, una organización de servicios jurídicos y comerciales, pero que no deja de realizar negocios dudosos y de espionaje. Fue creada por Fidel para vender en Panamá visas de salida a los que quieren huir de la isla. Además, Miguel es sobrino de Reinaldo Ruiz, el tipo que dirige Colombia Tours en Panamá, y con la cual se tienen relaciones "comerciales".

—¿Venta de visas? ¿Relaciones... comerciales?

—Sí, a diez mil dólares cada una. "¿Quieren estar con los familiares? Pues que la mafia de Miami pague el viajecito. Eso sí, se lo vamos a cobrar bien caro". Ya tú sabes, Fidel le saca lasca a todo. Está haciendo igual que Goering con los judíos en la Alemania hitleriana.

—Pero el asunto de la venta de visas es un asunto menor que...

—De acuerdo —interrumpió Abrantes—, pero es que la compañía también es una cobertura para el tráfico de drogas. El tipo, Reinaldo, utiliza a la esposa, una colombiana, como coordinadora del asunto.

—Los norteamericanos se están moviendo, no hay dudas.

—Y como te digo, Fidel también. Aparte de los narcotraficantes liberados, Cuba estuvo de acuerdo y firmó la convención de las Naciones Unidas contra el tráfico de drogas.

Abrantes sonrió y movió la cabeza a ambos lados.

—Sombra, tenlo por seguro, Fidel es el tipo más cínico que he conocido en mi vida.

* * *

El personaje en la pantalla del televisor habla, no se puede esperar otra cosa de él, pero, ¿es un doble o eres tú mismo?, te preguntas, porque en realidad lo que dice es una revelación. "Naturalmente hemos cometido errores [...] debido a la falta de madurez y a nuestra inexperiencia. Esto no significa que no respaldemos la democracia y por eso estoy aquí [...] hemos cometido errores al actuar de una manera infantil".

Coño, un tipo como tú, que promueve la autocrítica entre tus cuadros, pero que eres incapaz de practicarla, ahora lo has hecho inconscientemente. Bueno, es cierto que a veces lo que dices es pura "mierda de toro", como afirmarían los yanquis, pero no puedes evitar que se te escapen cosas que tienes borradas del vocabulario revolucionario, como esa de respaldar la democracia, hum... aunque, ciertamente, algunas frasecitas dichas en un momento determinado, como perdidas en el tiempo, vienen a recordarte que no todo lo que brilla es oro. "¿Armas para qué?" fue una de ellas. La dijiste sin pensarla, y antes de armarte hasta los dientes con todo el material militar que te suministró la Unión Soviética, incluidos los cohetes con carga atómica que luego te quitaron, acción que te hizo rabiar como un niño al que han arrebatado su juguete favorito, el que pensabas utilizar para asustar a tus vecinos. Todo ese material bélico que todavía emplea tu maquinaria militar, te lo enviaron gratis, pero gracias al chantaje de que el portaaviones ruso de Cuba anclado frente a la Florida, hiciera flotar en el puesto de mando la bandera del socialismo, y con ello, si bien no producirles un infarto a los imperialistas, por lo menos hacerles sentir un escalofrío de temor en el rubio ojito del culo.

Porque bueno, hay algunas frases que has tenido que echarlas en el cesto del olvido, y que ojalá no recojan tus biógrafos, como esa que dijiste en un discurso titulado "Pan y Socialismo", en pleno Central Park de Nueva York, en la primavera del 59, de que el socialismo quita la libertad a los hombres y no les da pan, ¡coñoooo!, o, cuando estabas en el presidio de Isla de Pinos, la basura aquella que le escribiste a tu hermana Lidia, de que "seré más independiente, más útil, cuanto menos me aten las exigencias de la vida material", los huevos fritos y el jamón hacen buena combinación, ahhhh... y que "valdré menos cada vez que me vaya acostumbrando a necesitar más cosas para vivir". Ciertamente hay cosas que olvidar, porque es una gran verdad que la urgencia de sobrevivir erosiona el recuerdo.

La brisa mañanera mueve las flores del jardín en armonioso vaivén y colorida pintura que el pincel del sol matiza con tonos de oro. Piensas que es necesario abrir las ventanas del búnker más a menudo para que entre aire fresco, pues el aire acondicionado a veces acumula partículas de polvo. Las frases, ah, sí, las meteduras de pata, como la que soltaste en la cumbre de los países no alineados, de que las tropas cubanas sólo se retirarían de Angola cuando el apartheid desapareciera de Sudáfrica. Desde enero están llegando, aunque no se puede comparar el regreso de tus victoriosos internacionalistas con la derrota de los rusos en Afganistán contra una guerrilla de muertos de hambre, ni con la estampida yanqui de Vietnam. También ha sido necesario modificar algunos conceptos de tu retórica, como ese de que la tarea principal de un revolucionario es hacer la revolución. Ahora lo más importante es hacer la dolarización. Porque, a la verdad, los tiempos cambian, y vienen a tu memoria aquellos días en que se consideraba un delito tener dólares, y al cubano que cogieran con uno de ellos en el bolsillo, aunque fuera una moneda convertible de carácter internacional, iba directo a la cárcel. ¿Que tú fuiste uno de los primeros en pedir dólares a los yanquis? Es verdad, pero son cosas del pasado que a veces no conviene recordar, mala memoria que tienes, pero como ahora no estás en público, piensas que la cartica aquella que le hiciste a Franklin Delano Roosevelt fue una juvenil metedura de pata, un acto de inmadurez propio de un niño todavía en edad escolar, que estaba aprendiendo las cosas de la vida. ¿La recuerdas? No totalmente, ha pasado mucho tiempo y no tienes la memoria de un elefante, pero sí la parte en que le dijiste a Roosevelt que habías escuchado la radio con la noticia de que iba a ser presidente, y que nunca habías soñado con escribirle, pero que lo hacías en ese momento para pedirle que te enviara un billete de diez dólares con su autógrafo. ¡Coño, como si fuera un artista de cine! Pero bueno, no te ha dolido tanto el haber andado pidiendo limosnas al imperialismo yanqui, tu clásico enemigo, sino que Roosevelt te contestó después con ese laconismo anglosajón que tan pesado te cae. "Le agradezco mucho su carta de apoyo y felicitación, pero no puedo enviarle dinero. Saludos".

También recuerdas cuando le pediste al vicepresidente Nixon la bagatela de un préstamo por dos mil millones de dólares. Te cansaste de repetirle, a veces las mentiras no funcionan, de que no eras comunista. Pero... no te los dieron. Ni falta que ha hecho, porque bueno, si de dólares se trata, ahí están los miles de "gusanos" que desertaron del proceso revolucionario, aunque dijeran que iban en busca de una vida mejor, y tú los tildaste de "traidores". Hoy a esos mismos gusanos los nombras con una variante de poco valor patriótico, pero sí económico: "traedólares", pues, por obra y gracia de metamorfosis, no biológica, sino socioeconómica, se han convertido en hermosas mariposas mensajeras de los verdes.

Por eso prefieres mejor hablar, porque las escrituras te traicionan, y recuerdas con cierta amargura la vez aquella en que, estando preso en Isla de Pinos, las cartas dirigidas a Mirta y a Naty se confundieron en los sobres y fueron a parar a manos de una la que era de la otra. Te costó el divorcio con tu esposa y la desconfianza de tu amante.

Has tenido errores, es verdad, y algunas de tus frasecitas, si venimos a ver, han sido confesiones coyunturales debidas a circunstancias estratégicas, o escapadas sin control por ligereza de lengua o tardanza de raciocinio, cuando asumes ese onanismo mental con el que pretendes, entre nosotros, preñar los cerebros incautos. No estás seguro, aunque a veces piensas que son fetos abortados con el fórceps de la improvisación, en momentos como esos en que te abandona la lucidez para poder distinguir entre el vaso con tu querida leche de búfala y la botella de Chivas Regal.

No muchas, por supuesto, pero algunas ideas y proyectos que trataste de desarrollar no tuvieron el éxito deseado debido al bloqueo, pero no han perdido su originalidad, porque ningún otro estadista ha hecho un aporte culinario tan grande para su pueblo, aporte histórico, claro, implantado durante varias décadas de poder revolucionario. Ahí están las lentejas sin sal, la elaboración del pan sin manteca, y el picadillo de soya, ese invento vegetal que entre nos, compadre, no hay quien se lo dispare sin vomitarlo después. El jamón holandés con el queso suizo es divino, ahhhh... y enseñaste al pueblo, buen dietista que eres, a comer huevo una sola vez al mes, le suspendiste la carne de res, anticipándote al peligro de que pudieran contraer la enfermedad de las vacas locas, que, pitoniso que eres, predices que algún día va a golpear a Europa; sin embargo, creaste las razas F-1, F-2 y F-3, mezcla de Holstein con cebú. Sólo a ti podría ocurrírsele eso de tratar de cultivar uvas y manzanas en un clima de infierno, o usar la cáscara molida del plátano para hacer croquetas; o sembrar matas de café caturra en todas las áreas verdes urbanas, en las calles, en los solares, en las macetas de los balcones; o exigirle a Ubre Blanca, la vaca experimental, una superproducción de leche. La pobre, a pesar del aire acondicionado y la alimentación especial, no pudo cumplir el plan quinquenal de alimentar a todos los niños menores de siete años, y murió de un cáncer a pesar de tu recomendación de que le aplicaran interferón, ese medicamento que decías era mejor que la aspirina. Afortunadamente para los planes de suministro estatal, los niños cubanos, al llegar a esa edad, no necesitan la leche, son adultos, listos para sembrar malanga y cortar caña en las escuelas al campo, invento que tus enemigos dicen son campos de concentración, y que, verdad o no, nadie puede quitarte la paternidad ni el copyright porque es una de las formas más subliminales de explotación infantil que se haya hecho, y que tiene la apariencia de un trabajito voluntario para el autoconsumo educacional. Ubre Blanca y los niños menores de siete años te hacen recordar tu hato personal, y los rumiantes traídos especialmente desde África para tu alimentación, pero sobre todo a la búfala cafre que te amamanta indirectamente por medio del ordeño. Huumm...

Debido al bloqueo fue necesario usar camiones como transporte en vez de las clásicas y ausentes guaguas, eso que ellos llaman bus; trocar bicicletas chinas por autos; locomotoras de vapor por las de diesel; bueyes por tractores; zapatos de plástico por los de piel. Esto te hace recordar las botas italianas que Celia te compraba; pero bueno, punto y aparte, hay que tratar de mantener al pueblo sano, con menos riesgos de enfermedades originadas debido al consumo de carnes y huevos. Por el alto índice de sal, dañina para la presión arterial, el jamón ha emigrado definitivamente, dejándoselo a los yanquis, ignorantes de los asuntos dietéticos, quienes lo siguen consumiendo en cantidades enormes. Además, el estímulo a los productos nacionales ha eliminado el queso suizo y el holandés. Nada de gente gorda, pues la obesidad no es signo de buena salud. Por eso el pancito de cuatro onzas hecho con harina de boniato que se pudre a las 24 horas. A pesar de todas estas sanas medidas, todavía es un enigma para ti el hecho de que la gente emigre hacia los Estados Unidos para allí, de tanto comer, se pongan como una hamburguesa de McDonald's, y luego tratar de sudar las libras de más en los aparatos para ejercicios o en el vapor de las saunas. Por eso lo mejor para tu pueblo es que coma merluza enana, con cabeza, una sola vez al mes, en sustitución de los olvidados pargos criollos, la rubia, la cabrilla, la sierra, el emperador, y otros habitantes de los mares que rodean esta dichosa isla, y que los imperialistas han ahuyentado seguramente con alguna supersecreta arma de radar submarino. Si de cambios radicales se trata, hasta las niñas que dejan de serlo tienen que emplear trapos viejos para suplir los kotex de la menstruación; y todo el mundo a usar el periódico *Granma*, órgano oficial del Partido Comunista, para limpiarse cuando defecan. Menos mal que lo hacen una sola vez al mes, y eso, gracias a lo que pueden adquirir en la bolsa negra, ese negocio subterráneo que se nutre de los robos a los organismos oficiales. Otro aporte histórico que nadie osará discutirte es la invención de las colas, y una frase importante: "¿Quién es el último...?", la cual ha llegado a competir con el Patria o Muerte oficialista. Las colas son un producto genuino de la revolución, un aporte que nadie podrá negarte, un logro que evidencia la calidad del producto que se pretende comprar, sin advertising, sin propaganda, como hacen los capitalistas.

Nadie, nadie, puede discutirte que has sabido estimular la imaginación del cubano al extremo de que, ante la ausencia, no ya del Chivas Regal, sino del Bacardí, o el Matusalém, han tenido que inventar con alcohol de reverbero, y el de madera, peligroso por cierto, bebidas populares como el coladito, o el chipetrén, verdaderos mejunjes que ni el más eficiente de los hígados es capaz de destilar. Al suprimir la compota para los recién nacidos y los por nacer, la gente ha inventado las compotas caseras de guayaba; y para el traguito cuando se levantan por la mañana para ir al trabajo, el café sin azúcar, pero con chícharo molido. Un día de estos vas a probarlo a ver a qué sabe, claro, cuando tus múltiples ocupaciones te lo permitan.

Una forma para eliminar el consumo exagerado de los huevos, el cual produce dañino colesterol, es el de los cumpleaños. Cuando hay que celebrarle a cualquier miembro de la familia la fecha en que lo trajeron a este planeta azul, la gente se ve obligada a cambiar las cajas de cigarrillos, la fuma es muy dañina para la salud, y reunir las posturas de ave que le tocan a todos los miembros, para con esa cuota elaborar un raquítico y descolorido cake, acompañado por unos refrescos con el nombre de soda, sin velitas ni fósforos para encenderlas, ni rollos para la vieja cámara Kodak, ni dinero para pagar el precio del revelado después. En fin, ni cumpleaños, ni cake, ni soda, ni velitas, ni fotos, ni nada, sobre todo nada de hapiverdeituyú, ni cáncer del pulmón, ni colesterol. Eso sí, hiciste populares la harina de maíz, el gofio, la grasosa y enlatada carne rusa, y las tiendas y los hoteles, donde sólo podían comprar en dólares, maldito engendro capitalista, los turistas extranjeros. Ahhh, gracias a ti los cubanos aprendieron los trucos del trueque, cambiando a los campesinos ropa vieja y botas que dabas a los milicianos, por gallinitas con que hacer un caldo a la vieja enferma, o puerquitos acabados de nacer para criarlos en azoteas y balcones. También tienen que agradecerte el haber hecho desaparecer del mercado el ajo para condimentar la carne comprada en bolsa negra; la malanga para los ulcerosos y los que no lo son. Ante la ausencia de la luz brillante y de gas, el pueblo aprendió a usar el alcohol de la farmacia como combustible, el carbón hecho con las puertas y los marcos de las casas, y a no desgañitarse más pidiendo soluciones a los funcionarios del Poder Popular de la localidad cuando faltaban el agua y la luz. "Tenemos niños en la casa y los mojones están nadando en el servicio hace más de quince días". "No hay agua ni para tomar, ni para lavarse los cojones..." "Hay que comer con un mechón encendido, que llena la casa de humo, y caminar por las calles aprovechando la luz de los focos de los autos para no caer en los abismales baches del asfalto y también para poder ver a los asaltantes nocturnos" "¿Hasta cuándo?"

Hasta que se te ocurrió la luminosa idea de planificar los apagones. Tus sueños de hacer de Varadero un Kuwait petrolífero han naufragado entre las olas de la playa, y te viste obligado a desarrollar tu prodigiosa inventiva y eliminar la luz eléctrica en prolongados apagones, pero planificados, principio justo de la distribución socialista, obligando a la gente a vivir en contacto directo con la naturaleza al ponerlos a beber por los ojos estrellas y constelaciones para que sus desacostumbradas pupilas no pierdan el concepto de la luz nocturnal. Pero no todo el mundo protesta, porque los apagones son esperados con cronometrada ansiedad por los grupos de chiquillos empecinados en incursionar en el mundo maravilloso de los descubrimientos sexuales, al amparo de la intimidad que producen las sombras.

De todas maneras tienes que reconocer que una acción genera una reacción, y te has visto obligado a mandar a la cárcel a los que crían puercos en los balcones de los apartamentos, pollos en las bañaderas, o vacas en las azoteas de los edificios, coño, como ese de Santiago de Cuba, que estaba criando una Holstein, nada más y nada menos que en la azotea del Museo Emilio Bacardí. También hay que eliminar la venta de frituras y empanadillas, así como la proliferación de los paladares, esos restaurantes semi-clandestinos que están haciendo competencia a los del INTUR. La medida te remuerde un poco la conciencia, porque vienen a tu memoria aquellos días en que estabas desempleado, con la carrera de Derecho sin concluir, y antes de que descubrieras que la política es el mejor de los negocios y la más brillante de las carreras, te involucraste en diversas empresas comerciales, con esas mismas intenciones capitalistas que ahora repudias y que esos mal intencionados quieren poner en práctica a nivel nacional. Porque ese que está ahí criando pollos en la azotea del edificio donde vivías eres tú y no otro. Porque ese que le pide cuentas al negrón que administraba el centro de fritangas que instalaste en la Habana Vieja para, como cualquier negociante, buscar ganancias, eres tú y no otro. Pero no importa, en aquella época no era condenable buscarse la vida decentemente, y ahora sí lo es. Por eso es que, para evitar que se enriquezcan, signo maligno del capitalismo, es indispensable quitarles las patentes, las oportunidades de sobrevivir y las esperanzas. Porque bueno, aquella época de comerciante eran los tiempos en que todavía llevabas colgada al cuello la medalla de la Virgen de la Caridad del Cobre, y el amuleto que abuela Dominga te clavó en la ropa interior para combatir los malos espíritus y las influencias malignas, el mismo amuleto que abandonaste en una gaveta en cuanto entró en contradicción con tus nuevas y siempre cambiantes concepciones filosóficas de corte materialista.

Pero, ¿para qué hurgar en el pasado? Porque algunos dirán, seguramente los contrarrevolucionarios pagados por el imperialismo yanqui y la mafia miamense, que todas tus genialidades son ideas locas que en ocasiones te hacen bailar en la cuerda floja de la improvisación, dinamitando con tu entusiasmo suicida el lógico entorno humano, y haciendo un rompecabezas de la más sencilla organización. Por eso te atribuyen, mal intencionados que son, algunas genialidades que, teniendo en cuenta el desarrollo de la ciencia, no están muy despistadas, como esa de que pretendes buscar petróleo en las nubes, sembrar turrones de jijona, usar el combustible que existe en la palabra "madera", fácil de encontrar en todos los diccionarios del mundo; buscar una enzima que evite al humano la necesidad de comer, ya casi la tienes, pero a nivel social; o crear descargas eléctricas para almacenarlas como energía en un gran acumulador, o sencillamente inventar la fórmula para tapar el sol con un dedo.

Pero ellos ignoran que no importa crear el caos, siempre y cuando la idea tenga su origen en ti, fuente inagotable de concepciones extraordinarias, ejemplo de iniciativa desprogramada, ícono ideológico que deben adorar los hombres del mundo, los uníos proletarios y los no unidos. Amén.

Como es la tercera oportunidad en que ves la entrevista venezolana, apagas el Panasonic y ponchas en el control remoto el botón de TV. Automáticamente aparece el canal CNN y aprovechas que están dando las noticias en español, porque del inglés no entiendes ni jota, para enterarte de los últimos acontecimientos mundiales. Como a los cinco minutos no hay ningún reportaje acerca de ti, o de la revolución, la falta de interés te gana para apretar el botoncito de *power* y dejar fuera del aire el canal de tu amigo Turner.

Tu atención, como solías hacerlo en la Sierra Maestra, toma un atajo para, sorpresivamente, y en una acción relámpago, técnica guerrillera que no te abandona, atacar el bloque de documentos que esperan dócilmente sobre la mesa de caoba que se eleva circular con sus tres pisos, ahí, al alcance de tu mano. Este matutino es tu post-desayuno, porque antes de tomar cualquier decisión, has de estar bien informado. El "encapsulado" con las noticias nacionales, quizás las menos importantes para ti, no tiene nada relevante, son meros slogans que conoces y que se repiten para cubrir en forma halagadora el fracaso existente, y mantener el optimismo acerca de los logros de la revolución. "La zafra avanza a buen ritmo, y se espera este año producir más de 8 millones de toneladas". "La producción de petróleo en los pozos de Varadero aumenta en millones de barriles". "La ganadería ha crecido en un 8 % este año". "Se están produciendo un millón quinientos mil litros más de leche que el año pasado". "La economía mejoró en un 2.8 %". "A pesar de las lluvias, la cosecha de plátano no se ha afectado". "Incrementada la producción de huevos", etc., etc. Ciertamente, los periodistas trabajan duro en aras del bien nacional. Lo mismo es en la televisión, aunque esta tiene sus desventajas, porque la gente se pregunta dónde están los puercos, las gallinas, las vacas, las malangas y los plátanos que aparecen apuntalando las noticias. No saben que es material de archivo. Buen invento el videotape. Aunque, coño, si los acreedores ven estas noticias van a creer que todo va viento en popa y a toda vela, y te van a querer cobrar todo lo que debes, que es bastante. Porque, bicho que eres, eso de que los estados desarrollados condonen la deuda externa de los países del tercer mundo es una forma de pedir un beneficio para otros en el que estás incluido.

Vamos a ver, documentos del gobierno, el parte nacional de la seguridad del Estado, a ver, la gente se queja de que a los mercaditos sólo llega papa, y eso de cuando en cuando, porque las demás viandas sólo las prueban cuando los ladrones de Acopio las venden en el mercado negro; que en las tiendecitas de barrio esas a las que les has puesto, como si fuera una medalla, el nombre de Supermercados, no ha llegado la compota que debió entregarse hace un mes para los niños; que el tubo de pasta de dientes que das para que una familia de seis miembros lo use durante seis meses, se espera para dentro de dos meses; que no hay frijoles ni sal, y sólo dieron la mitad del azúcar; que la leche en polvo para sustituir la de vaca que debería darse a los menores de siete años, está en un barco que llegará a Cuba dentro de cuatro meses, si es que antes no lo destruye un torpedo de un submarino norteamericano;

que se está vendiendo una pastillita de jabón de lavar en sustitución del jabón de baño, pero que la gente protesta porque es pura potasa; que el arroz que mandaron los vietnamitas alcanza para una semana; que van a aumentar la cuota de manteca y aceite, a una onza por persona cada cuatro meses, esa es una buena noticia, porque las grasas producen colesterol, y Cuba es un país cuyos habitantes no padecen de ese mal, ni tampoco de exceso de triglicéridos en la sangre. Eso es un logro en tus planes de salud. Pero bueno, dejas a un lado esas nimiedades, esas escaseces de las que el pueblo siempre ha protestado, y de las que, por supuesto, el imperialismo es el culpable, para atender otras cuestiones que sí son de vital importancia y atención para la revolución.

Ahí están los cables internacionales que el eficiente Chomi selecciona para tu consumo mañanero. Entre todas las noticias hay algunas que te producen una satisfacción indefinible, como esa de que al sistema imperialista le queda poco de vida; que un menor de catorce años, en una escuela de los Estados Unidos, mató a siete estudiantes y al maestro, disparándoles a quemarropa con una pistola; que cogieron en el río Miami un cargamento de cocaína procedente de... cuidado... procedente de Jamaica. Ahhhh, ejemmm... Y apartas a un lado los cables, como si fueran caca del Tío Sam, para atender un informe especial de tu servicio de contraespionaje. Dice que Scotland Yard acaba de concluir unas investigaciones acerca de tu intervención como asesino en la muerte de Jorge Eliecer Gaitán, caudillo liberal colombiano. Coño... dicen que te vieron, horas antes de la muerte de Gaitán, reunido en una cafetería de Bogotá, con Juan Roa Sierra, el asesino directo del caudillo, y con otro estudiante, Rafael del Pino, y que estaban organizando el atentado. Baahhh, a estas alturas estas cuestiones no te preocupan, han pasado muchos años y resulta muy difícil presentar pruebas. Dejas a un lado el reporte para ver lo relacionado con la droga. ¡Coño, el asunto está que arde!

* * *

—¡Eh, socorro, socorro! —gritó una de las dos jóvenes mujeres desde la balsa—. Nos ahogamos y no hay quien nos salve —concluyó sonriente.

Los griticos, expresados con una mezcla de entusiasmo juvenil y alegre reproche, los pusieron en alerta y la palabra fue sustituida por la imagen de dos cuerpos hermosamente femeninos que, de repente, la Naturaleza había tallado en el paisaje marino.

—Por poco tenemos que remar cinco millas con las manos. ¡Ahhh, estamos agotadas!

Abrantes se levantó de la silla para, con una sonrisa en los labios, dar la bienvenida a las dos jóvenes mujeres que atracaban su balsa al lado del Tomeguín, y explicarles que eran sólo quinientos metros lo que los separaba de la playa. El general Sombra se sumó también a la agradable operación de rescate, de manera que, al igual que Abrantes, de la intriga militar pasó a interpretar el papel de héroe. Por lo menos esa era la impresión que parecía tener la trigueña que, arreglándose coquetamente el pelo negro que le caía en cascada hasta los hombros, le regalaba una de sus mejores y más putas sonrisas, para luego estamparle su nombre en la memoria.

—Hola, me llamo María de los Ángeles, pero me puedes decir Mary —dijo, ajustándose la trusa amarilla que ceñía su cuerpo con un abrazo de poliéster.

—Este... —se detuvo a tiempo para no dar a conocer su identidad— mucho gusto, mi nombre es Rolando, pero me puedes decir Roly.

Mientras que para el general Sombra el encuentro con la muchacha era una experiencia nueva, todo lo contrario sucedía entre Abrantes y la rubia, que se dejaba besar con espantosa naturalidad. La rubia se volteó hacia el general Sombra, como si por primera vez se percatara de su presencia, y Sombra comprobó que se trataba de Rebeca, una hermosa mujer que constantemente aparecía en las pantallas de los televisores, en un espacio dedicado a enseñar ejercicios aeróbicos. Toda Cuba la conocía, y Abrantes mejor que Cuba. Era una de sus amantes oficiales. Sentía una gran atracción hacia la mujer, pero había dejado de tener relaciones con ella durante un tiempo, cuando una información que llegó a su buró detallaba que en el hospital Hermanos Ameijeiras se le había descubierto una sífilis contraída en un viaje a Europa, y que pudo superar gracias al tratamiento del doctor José A. Álvarez.

El general Sombra, un hombre muy sensible a los encantos femeninos, observó que Rebeca agregaba a su cuerpo escultural, moldeado a base de ejercicios físicos, una simpatía de singular atractivo, y unos labios pulposos que cualquiera soñaría besar. Comprobó enseguida que su compañera no tenía nada que envidiarle. Mary parecía una bailarina del Tropicana, y tenía estampada en su rostro la alegría espontánea de quien carece de preocupaciones y que se lanza a vivir cada minuto de la existencia con la intensidad que da el disfrute de estar vivo. Exhibía además una delicadeza cultural digna de una geisha, una geisha caribeña.

Tras brindar por el encuentro, chocando copas y vasos a medio llenar, y eliminado el preámbulo de las presentaciones, ella comenzó la ceremonia del reconocimiento y se dedicó a rodear su cuello con las serpientes de sus brazos, cuando de pronto, y para sorpresa de Abrantes y de las dos jóvenes, el general Sombra la apartó con un gesto brusco, al tiempo que fijaba su mirada en unas burbujas de oxígeno que reventaban al lado del yate. Con rapidez extrajo del maletín de Gaviota dos granadas F-1 de fragmentación. Cuando le quitó la espoleta a una de ellas, Abrantes dio un paso al frente, como si pensara que su amigo se había vuelto loco, pero el general Sombra le indicó que guardara silencio y dejó caer la granada por la banda de estribor. La F-1 se hundió rápidamente. Mary vio con el espanto en la mirada cómo el hombre que acababa de conocer y que respondía al nombre de Roly, le quitaba la espoleta a la segunda granada y la tiraba por babor. Dos ahogadas explosiones se oyeron tras largos segundos de tensión.

La sonrisa del general Sombra contrastaba con el asombro plasmado en el rostro de Abrantes y en el de las dos mujeres, repentinamente sacadas de un ambiente de jolgorio y disfrute sexual para verse envueltas en una acción bélica, ejecutada nada menos con granadas de fragmentación. Las mujeres no eran totalmente ignorantes de las cuestiones militares: sabían que esas granadas eran sumamente peligrosas.

La respuesta a su asombro y a sus dudas llegó de inmediato, cuando los cuerpos de los dos hombres emergieron de repente, uno a cada lado del yate, rodeados de una mancha rojiza que se mezclaba con la blancura de la espuma.

—Son unos pescadores submarinos —dijo Rebeca—. Nosotras los vimos cuando veníamos para acá.

—Sí, estaban en la playa, cerca de nosotras —confirmó Mary, con esa espontánea naturalidad de una persona que, de repente, descubre algo que había pasado inadvertido para ella.

El general Sombra había tomado uno de los arpones que flotaban al lado de los cuerpos, reventados por las explosiones, y buscó algo en la punta. Tras dejar caer el arpón al agua, abrió el puño derecho para mostrar una pieza de metal parecida a una tuerca.

—No eran pescadores submarinos. Por lo menos no estaban arponeando peces —dijo, pero las jóvenes no se atrevieron a preguntar qué pretendían hacer con los arpones y los tanques para nadar por debajo del agua.

Abrantes tomó la pieza para comprobar que se trataba de un micrófono que intentaban fijar al yate para grabar las conversaciones. Sin que mediaran palabras que pudieran alertar a las mujeres, ambos hombres sabían que los aparentes cazadores submarinos pertenecían al cuerpo de buzos de la Contrainteligencia del Ejército, la CIM.

Sin lugar a dudas Raúl y Furry estaban detrás del ministro del Interior. Y como en estos casos no podía existir la posibilidad de que hubiese sobrevivientes, Abrantes descolgó de una pared de la cabina un AKSU-74. Rastrilló el arma y, también ante el asombro de las dos jóvenes, disparó una pequeña ráfaga de proyectiles a cada uno de los supuestos pescadores.

Mientras tanto, el general Sombra, armado de un filoso cuchillo, cortaba un largo tramo de la soga que sujetaba la gruesa ancla del yate. Abrantes y el general pasaron la soga por debajo de los cinturones de los pescadores e hicieron un fuerte nudo marino. Tras cortar con el cuchillo los tirantes y los conductos de los tanques de oxígeno, lanzaron el ancla al mar. Todos vieron cómo los dos cuerpos descendían lentamente, tirados por el pesado hierro que bajaba en busca del fondo marino. Tras subir los dos tanques de oxígeno a la cubierta, Abrantes encendió los motores y tomó rumbo noroeste. Entretanto, el general Sombra escudriñaba con sus binoculares la costa que se iba alejando poco a poco.

—Al parecer estaban operando solos —concluyó.

Y guardó el equipo en su inseparable bolsa de Gaviota.

—¡Oh, qué emocionante! —acertó a decir Mary tras un largo mutismo—. Parecía que estábamos filmando una película americana.

Ambos hombres sonrieron y, para disipar el temor que todavía exhibían las miradas de las bellas mujeres, sirvieron tragos generosos que pronto hicieron el efecto deseado. La música melancólica de los tangos, preferida por Abrantes, fue sustituida por la melodiosa de Tom Jones cantando "Manzanitas Verdes", y luego por Frank Sinatra dejando escuchar *"My Way"*.

Quince minutos después el yate llegaba a una playa desierta, cerca del límite con la provincia de Pinar del Río. Abrantes saltó a la balsa con Rebeca, y no tardaron en desembarcar en las blancas arenas. Después de bañarse y jugar un rato con la bella amazona, se perdieron entre los cocoteros, en busca de la cabaña que el ministro había ordenado construir en el lugar, y que tenía todas las comodidades para pasar una luna de miel, aunque esta luna de miel no estaba legalizada por un matrimonio, y sólo iba a durar unas horas.

El general Sombra, olvidado de conspiraciones y narcotraficantes, y dueño absoluto del camarote del yate, había derribado a la mozuela sobre el cómodo colchón y, tras una ceremonia de calculado calentamiento, la había penetrado suavemente, con el placer que da el disfrute de la carne nueva que se entrega sin falseamientos de prostituta conocedora del oficio y que sabe fingir situaciones con meneos pélvicos y expresiones cortadas por el placer y el clásico cliché de: "Dámela ahora, mi papacito. ¡Ay, chino, pero qué rico eres!"

Mary era una mujer que sabía engatusar los sentidos masculinos con el olor a juventud que emanaba de los poros de su piel de hembra tostada internamente, desde la sangre, por el mestizaje caribeño, y por fuera cuando, casi desnuda, dejaba que los rayos solares la asaran a la parrilla para consumo visual de sus admiradores, o para que el hombre que tenía ahora sobre ella, y a quien conocía como Roly, la hiciera estremecer con su lengua de cascabel al registrarle los rincones más íntimos de su sexo, allí donde un clítoris vibraba ante el impacto de una descarga eléctrica de placer.

* * *

Joseíto te ayuda con el dichoso chaleco antibalas, y, con delicadeza de amante, cierra el zíper de la entrepierna, "cuidado con los huevos, compay", dices, para evitar un estrangulamiento o pellizco inoportuno en uno de los históricos cuequitos de mamoncillos, y que pudieran poner en peligro la vida de futuros descendientes. Ya te has puesto la camisa encima del chaleco, y mientras ajustas el cinturón que abraza la chaqueta verde olivo, de cuatro bolsillos con tapas, y de costosa gabardina española, llega tu otro jefe de escolta, el coronel Cesáreo Rivero Crespo, con su aspecto de campesino bonachón, para explicarte la situación operativa de la ruta que hoy vas a utilizar para ir al Palacio de la Revolución, y enseguida, como que está pendiente de todo, da un pañazo a una de tus botas de media caña con zíper. Cuando ve que la luz resbala sobre la piel del calzado italiano, se incorpora satisfecho, como lo hacía en los campos cubanos cuando extraía de la tierra el ñame, la yuca o el boniato, allá en el casi olvidado terruño donde creció con sus taitas. Bicho el tipo, piensas. Cambió el arado y el fango por el cemento y autos de gran cilindraje. Pero se lo merece, es uno de tus incondicionales.

Ya le han dado orientaciones precisas a uno de los jefes del anillo exterior de la escolta, el mayor Héctor Cuervo, a quien todos conocen como Fausto, para asegurar que la vía a utilizar esté "expedita", libre de todo obstáculo que pueda impedir el paso de la caravana. A las órdenes que en este instante imparte Joseíto por el walkie talkie, sigue una actividad de colmena violada. El exterior de la casa se puebla de Ladas y Alfa Romeos repletos de civiles armados con fusiles ametralladoras, algunos vestidos con clásicas guayaberas que malamente ocultan detrás de sus telas transparentes las pistolas personales. Cerca, y con tiempo suficiente, el Comando de Seguridad Personal ha desplegado cientos de agentes con uniformes de campaña, y AK-47 de paracaidistas sobre los GAZ-66A soviéticos. Todas las esquinas por donde ha de atravesar la caravana han sido tomadas por los agentes de Seguridad. Aunque llevan oculta la Makarov, se les puede identificar por los walkie talkie japoneses.

Los Alfa Romeos se sitúan en las afueras del gran portón blanco, y los Ladas esperan cerca de las barracas, para custodiar la retaguardia de la comitiva. En el instante en que los tres pesados Mercedes Benz negros parquean frente a la entrada principal, es que te pones la gorra histórica. Las malas lenguas dicen que es una réplica de la que usaba el ejército americano en la década de los 50, pero tú contrarrestas esa indigna comparación, alegando que es una variante de la usada por el general De Gaulle. Es mejor estar relacionado con los franceses y no con los ameriquechis, piensas, en buena lógica comunista. Joseíto no te da tiempo a que abras la puerta, y sales al exterior para abordar el Mercedes 560 SEL, blindado y con cristales negros, también blindados. Tu chofer

preferido, un oficial de apellido Castellanos, y que le gusta la música del
Benny Moré por aquello de "Castellanos que lindo baila usté", pero que
conoces como " el Gallego", ya tiene el aire acondicionado graduado a
tu gusto, y el motor de seis litros, de gasolina, listo para la estampida.
Te gusta este auto. Es mucho mejor, por supuesto, que los 500 SEL,
que van delante y detrás de ti. El Gallego mantiene a duras penas el
empuje de los doce cilindros en V, aplicando el pie sobre los frenos
ABS. Él sabe, igual que tú, que el caballo que estás montando ahora es
de los buenos, brioso, de esos a los que con sólo aplicarle la espuela del
acelerador, no corre, sino vuela. Sólo le faltan alas. Y además, es un
animal seguro, porque tiene instalado un sistema doble de inyección
directa SIS. Si uno de ellos falla, ahí está el otro. Cuestiones de seguridad,
piensas en el instante en que miras amoroso las AKSU-74 adosadas a las
puertas, la misma arma que usa tu escolta, y que sustituyeron hace tiempo
a las metralletas UZI belgas de 9 mm. Joseíto ha situado a tu lado el
maletín especial con tu arma personal, una Stechkin APS, una pistola
que también utilizan los paracaidistas soviéticos. Un magazín con veinte
tiros, y cuatro más de repuesto. En total cien balas, suficientes para
enfrentar cualquier situación o atrincheramiento necesario. Hay que
estar alerta, preparado, piensas mientras corres las cortinas verdes de
las ventanillas, pues hoy eres tú, y no un maniquí o un doble, uno de los
grandulones de tu escolta, quien viaja en el Mercedes del centro.

Ni siquiera has tenido tiempo para despedirte de Delia, y cuando la
comitiva deja detrás la villa amurallada, custodiada por cientos de agentes,
a pesar de tu ausencia, ordenas a Joseíto que contacte con Raúl. Quieres
verlo en una hora en el Palacio. Es lo que dices mientras los carros
avanzan por el borde del antiguo campo de golf del Country Club, en
Jaimanitas. El semáforo intermitente de la calle 230 te indica que van a
desembocar en la 5a. Avenida, y es entonces que, siguiendo ese instinto
que con tanta suerte ha regido tu destino, ordenas a tu escolta variar la
vía escogida por Cesáreo. En vez de ir por la Tercera Avenida deben
tomar el Malecón hasta la Avenida del Puerto, y de ahí hasta el Palacio
de la Revolución.

A pesar de que la caravana se mueve a más de 70 millas por hora,
tienes tiempo de leer, cuando apartas la cortina de la ventanilla, la enorme
valla situada en una de las esquinas: "Fidel, seguro, a los yanquis dales

duro", y al barbudo dándole un puntapié en el trasero al Tío Sam. Todo eso está muy bien, propaganda necesaria, pero icoño, son los ameriquechis los que te quieren patear a ti, y hay que tomar medidas, hay que anticiparse a los acontecimientos!

Y miras desafiante a lo lejos, por encima del muro del Malecón, allí donde el horizonte se confunde con el mar. Más allá están tus enemigos, esos que pretenden dinamitar tu poder, y con él esta hermosa sociedad que has construido gracias a tu genio, no el tenebroso de Fouché, sino el creado por aquel romántico barbudo que hace mucho tiempo descabalgó el lomo de las sierras para desandar el camino del desafío y de la ideología, y enfrentarse, desde la trinchera de los pobres, a los poderosos, ese barbudo que ahora observa el mar reventando su furia en blanca espuma contra los arrecifes del Malecón.

La espuma blanca parece líquida coca.

*   *   *

A ella siempre le gustó este lugar: el restaurante La Torre, en el último piso del Focsa, el edificio más alto de La Habana. Desde el primer día ocupa esta mesa. El paisaje es hermoso, sobre todo de noche. Desde aquí se ven las luces de los autos transitando por la avenida del Malecón, las siluetas de las parejas de enamorados, recortadas sobre la espuma que se despedaza contra los arrecifes, y que la luna hace más blanca. También se destacan las prostitutas, modelando su semidesnudez, para anunciar la mercancía que suelen tarifar a los turistas. Más allá, al fondo, la bahía es una boca de lobo que babea el petróleo que dejan los barcos, y en la que flota la miasma de la contaminación. Sobre las rocas de la otra orilla, el Faro que orienta a las embarcaciones con su luz haciendo círculos, al lado de La Cabaña. En ocasiones, ella ha creído ver el destello que produce el cañón de la fortificación cuando anuncia las nueve de la noche con su ronca voz de encendida pólvora. Hacia la derecha la ciudad que hay que adivinar, y que es como un árbol de navidad. Los apagones le dan esa imagen de ciudad lumínicamente fragmentada. Eso no sucede en La Torre, donde el consumo hay que pagarlo en dólares. Además, aparte de que el restaurante es un sitio agradable donde, tradicionalmente, ha venido a comer los sábados y los domingos, el lugar tiene un interés especial para ella, se diría que profesional. Aquí fue donde conoció a Roca, o donde el capitán de la Contrainteligencia cubana la contactó a ella, la secretaria de Jay Taylor, cónsul de la Oficina de Intereses de los Estados Unidos en Cuba. Nunca se le olvida esa noche. Susy, la joven que trabaja en el departamento de expedientes, y ella, habían concluido la cena. En el instante en que subían al auto para dirigirse a su vivienda, descubrió que una de las gomas estaba ponchada. Cambiar la goma no era una tarea difícil para una persona como ella, entrenada para situaciones peores que esa. Sin embargo, vestidas como estaban, "con todos los hierros", como suelen decir los cubanos, y después de haber consumido una buena cena, resultaba molesto cambiar el lujoso vestuario por el de mecánicas, o en todo caso, arriesgarse a echar a perder la ropa. Fue entonces que se percataron del auto que parqueaba junto al de ella, y del muchachón de esplendorosa cabellera castaña, y una sonrisa digna de un anuncio de pasta dental, debajo de unos ojos pícaramente juveniles, quien, al cerrar su puerta, se dio cuenta del accidente.

—¡Vaya, tremendo problema! —exclamó al mismo tiempo que movía la cabeza en sentido negativo—. Si quieren les hago el cambio.

—No se moleste, gracias.

—No es ninguna molestia, es un placer para mí ayudarlas. Además, no les voy a cobrar nada —sonrió pícaro y extendió una mano para saludar.

Iban a rechazar la oferta y llamar a la Oficina, pero el gesto tan espontáneo del joven, y una aureola de confianza que parecía rodearlo, hicieron que ambas mujeres cedieran al ofrecimiento.

—Está bien —dijo ella pero dejó la indecisa mano del joven suspendida en el aire—. Si es tan amable...

—¡Claro que sí! Pero además, soy administrador de un taller de mecánica, así que no hay quien me haga cuentos de cómo cambiar una goma.

Cuando fueron en busca del gato para levantar el auto, la sorpresa les anunció la ausencia de pieza tan vital. Fue entonces que ella recordó habérselo prestado el día anterior a Steven, uno de los sicólogos que entrevistan a los que van a viajar fuera del país. Steven había olvidado devolvérselo. Pero el joven, haciendo gala de una destreza que no ocultaba una evidente intención de deslumbrar, abrió el maletero de su Chevrolet del 57, y en un instante tuvo en sus manos el equipo necesario para levantar por la parte delantera el Ford que, en medio de la noche, perdía sus tonalidades de azul celeste.

Mientras el joven hacía su tarea les contó que en otras oportunidades había tenido casos similares en el mismo parqueo. Casi todos los fines de semana iba a comer en el restaurante del último piso, y en cierta ocasión ayudó a un árabe que había alquilado un auto. Después de hacerle el favor de cambiarle la goma, el árabe quiso pagarle con una serpiente que tenía enroscada en el cuello. ¡Yo soy administrador de un taller de mecánica, no de un zoológico! Pero el árabe, acompañado por tres mujeres con los rostros ocultos por velos, era insistente, y cambió la cobra por una de las mujeres.

—Se llama Sahara, pero es más ardiente que el desierto —dijo el árabe, abriendo los labios entre el bosque de la barba musulmana.

Trabajo pasó para convencerlo que el servicio prestado no requería de pago, y menos con una de sus amantes, que el cambio de gomas era gratis. Al fin se despidió haciendo un saludo que comenzaba en el turbante y que hacía un giro en el aire, como si la mano fuera un alfanje cortando la cabeza de un enemigo.

Mariana escuchaba complaciente mientras que, con un lápiz de encendido color rojo, se retocaba los labios para quitarles la palidez heredada de su padre, un norteamericano oriundo de Arkansas que se pasaba todo el tiempo cantando música country, mientras se llenaba las venas, por vía oral, con una transfusión de whisky. Pero el rasgo femenino de maquillarse tenía también otra intención: dejar abierta la cartera para tener a mano su Walther PPK de .380 milímetros, el arma que siempre había preferido usar, no sólo porque fuera la más empleada por los agentes de contrainteligencia de la CIA, el MI5 y el MI6 británicos, y el Mossad, sino porque, aparte de su comprobada eficacia, era fácil de ocultar. En aquel momento no conocía las intenciones reales del joven y había que estar preparada para todo, incluso para alojarle entre ceja y ceja una Corbon mortal. Quizás el hombre fuera un delincuente dedicado al asalto de indefensas turistas, o quizás no. Pero eso lo comprobaría más tarde.

—La otra vez —dijo el joven en el instante en que comenzaba a apretar las tuercas— fue una turista alemana . ¡Je, que hasta los BMW se ponchan! Venía con un viejo tan flaco que parecía acabado de salir de un campo de concentración hitleriano.

Y mientras que, con las panzas repletas de pescado nadando en vodka, dos soviéticos salían de la cafetería que elaboraba comida rusa en el primer piso del edificio, él les describía a la alemana, con sus ojos vidriosos, transparentes, hablando de Berlín, que el frío, que Cuba sí era bella porque era dueña del sol, y los dos marcos aquellos, percudidos y estrujados, que le dio de propina y que él aceptó para guardarlos de recuerdo. Y claro, ahora, ellas, que no sabe cómo se llaman, "mi nombre es Roca", y que les han dado la satisfacción de hacerles el favor. "No, gracias, esos veinte dólares no me hacen falta. Ustedes, con su hermosa presencia ya me han pagado". En el instante en que guardaba sus herramientas en el maletero, Susy se identificó, y a ella, por una cuestión de educación, no le quedó otra salida que hacer lo mismo.

—Mariana, Mariana Broward —y entonces permitió que, como un gavilán apresando una paloma, su mano masculina dejara su cálida presión sobre la suya. Eso fue hace un año.

—¿Me permite?

Y ella dejó la copa de vino a medio beber para fijar sus ojos verdes en el hombre que se había detenido delante de la mesa. Vestía pantalón oscuro, camisa gris claro y jacket de piel. Pero él no esperó respuesta y, separando una silla, se sentó frente a Mariana.

—Confío en no haberte hecho esperar mucho.

—Diez minutos.

—Sólo cinco.

—Tu reloj debe estar atrasado.

—Lo dudo —sonrió justificativo y luego miró su Rolex Oyster Perpetual Submariner—. Este "bicho" no falla.

—Muy bonito, ¿dónde lo compraste?

—Me lo regaló "el Legendario".

—Suena a Legión Extranjera.

—Así le digo a un amigo, el coronel Tony de la Guardia, tú lo conoces.

—Sí, claro.

—Una vez que estábamos buceando, sin darme cuenta me metí en el agua con el Poljot y cuando salí estaba reventado, con las agujas nadando en un océano dentro de la esfera. Me mostró el que él usaba, pero no me dijo nada, y a la semana tenía en mi poder el Rolex. Tony es amigo de sus amigos, un tipo chévere.

—Y parece que tiene una fábrica de relojes, porque hasta el ministro de Justicia, Escalona, tiene uno, también regalo del "Legendario".

Ella sonrió ruborizada, y tuvo la idea de que se había excedido al dar esos datos. No tenía la menor intención de que Roca se percatara de que ella manejaba información tan detallada acerca de los funcionarios del gobierno cubano. Su interés siempre fue el de aparentar ser una inocente palomita captada por el servicio de contrainteligencia de Fidel, y a la que sólo le interesaban los dólares que éste le hacía llegar todos los meses por medio de Roca, su principal y único contacto, y al que debía informar los documentos más importantes llegados a la Oficina de Intereses, o investigar acerca de los temas que ellos le indicaran. El contacto lo hacía mediante sus encuentros esporádicos en La Torre, y cuando Roca deseaba verla con urgencia, el cartel con letras rojas: "Se cogen ponches", situado a la entrada del taller que el agente aparentaba administrar.

Para Roca no pasó inadvertida la observación de Mariana, pero calculó que a lo mejor él mismo, en otra ocasión, le había suministrado ese dato. Por otro lado, no resultaba extraño que ella pudiera conocerlo por medio de su trabajo. Como era secretaria del cónsul, tenía a su alcance mucha información confidencial, y el que un ministro cubano usara esa marca de reloj no era ni mucho menos un secreto de Estado, ni constituía un hecho alarmante que se debía investigar. Por eso Roca no le dio importancia al asunto y continuó:

—¿Ya pediste?

—No —dijo ella, sonriente—, esperaba por ti para hacerlo. A propósito, ahí viene Pablo.

El camarero, a quien ya Roca conocía por ser el que siempre atendía esa mesa, se acercaba con la hamaca de una sonrisa colgándole de oreja a oreja, y cuando llegó a la altura de la mesa, saludó:

—Buenas noches, señor.

Mientras Roca exploraba la carta en busca de un plato que mitigara el hambre que traía, pues el almuerzo breve y escaso había sido despachado por las tripas en un santiamén, la dulce voz de Pablo, adiestrada para complacer, dejó flotar la pregunta en el aire.

—¿Están listos para pedir?

Roca dobló la carta y la depositó sobre la mesa. Tras mirar a Mariana, como si buscara su aprobación, se dirigió a la cincuentona figura estatuaria, que con su cara de ángel bien comido, esperaba como un centinela gastronómico la orden culinaria.

—Lo de siempre, Pablo.

—Riñonada con papas fritas y arroz vegetal, y cerveza Tropical para el señor —dijo mientras rasgaba con su bolígrafo en la libretica de los pedidos—. Y para la señorita, sopa de pollo, camarones con salsa rusa, y repetir el vino tinto.

Cuando el camarero estuvo lo suficientemente lejos, camino de la cocina, Roca miró distraídamente a su alrededor. Los comensales más próximos a ellos estaban del otro lado de la pista central, y sentado en una de ellas Bryan, el agente de la CIA que seguía a Mariana, siempre y cuando ella, haciendo uso de su habilidad para despistar seguimientos, no lo dejaba rascándose la cabeza y preguntándose dónde se había metido la mujer.

—Tu escolta está allá enfrente —dijo Roca señalando con la cabeza.

—No es mi escolta, aunque bueno, tú lo sabes, algunos funcionarios son chequeados para supervisar los contactos, la gente con la que se reúnen. Podrían ser captados por el enemigo, ¿no?

—¿No tendrá un micrófono direccional y nos está grabando en estos momentos?

—Lo dudo. Bryan es un imbécil, un frustrado sexual que se pasa el tiempo tomando ron y persiguiendo jovencitas en el Paseo del Prado. Además, en estos días está purgando la posibilidad de que tenga SIDA. Posiblemente una de esas prostitutas se lo transmitió.

Roca asintió y entonces expresó en voz baja.

—Reynaldo Ruiz, el tipo de quien te hablé la semana pasada, está detenido en Miami, por drogas, y los yanquis quieren complicar a funcionarios cubanos en el asunto, sobre todo a Miguel Ruiz Poo.

—¿Quién es él? —inquirió ella con natural interés, aunque conocía bien al mencionado.

—Gerente de Interconsult, una empresa que hay en Panamá. Hay que detectar cuánto saben los norteamericanos de este asunto, y lo más rápido posible. Creo que hay una campaña para desacreditar a la revolución. La Oficina debe tener algo acerca de estas cuestiones.

—Veré qué averiguo —dijo ella mientras acababa su Cabernet Sauvignon y situaba la copa encima del blanco mantel.

—La DEA, el Departamento de Estado, la Fiscalía de Miami, toda esa gente, tú sabes, hace tiempo que quieren hacer pedazos el prestigio de…

No concluyó la frase para darle la bienvenida a Pablo, quien, haciendo valer el principio de primero las damas, depositó con delicadeza de barman la copa con el vino al alcance de la señorita, y luego vaciaba en la delgada copa y con leve inclinación de la botella, el oro de la cerveza, coronado por una leve nube de espuma.

—En diez minutos regreso con el pedido —anunció en evidente intento por mostrar la eficiencia del servicio, y enseguida se retiró llevando en la bandeja la copa vacía dejada por Mariana.

—Hace tiempo que están tratando de acumular pruebas.

—Verdad.

—En el 81 capturaron al agente cubano Mario.

—Mario Estévez González —amplió ella, y él asintió.

—Lo capturaron en las costas de la Florida, con dos mil quinientas libras de marihuana, y por ahí se encausó al colombiano Jaime Guillot Lara. Dicen que enviábamos cocaína a cambio de armas para el movimiento guerrillero M-19, de Colombia.

Roca guardó silencio mientras tomaba la cerveza. No mencionó, cuestión que Mariana conocía muy bien, que en esos días Fidel había dicho que el narcotraficante era un gran amigo de Cuba. Las investigaciones dieron por resultado que, no el portero del hotel Plaza, sino el almirante Aldo Santamaría, jefe de la Marina de Guerra de Cuba, así como otros funcionarios cubanos, eran los responsables de este tráfico.

—Ya empezaron a sacar ronchas con el caso de Robert Vesco, tú sabes, que también estuvo por aquí en sus asuntos.

—El tipo ese que anda huyendo de sus acreedores. Sí, es famoso. Estafó a medio mundo, y dicen que Fidel lo protegió. ¿Quién no lo conoce? —concluyó como si estuviera hablando de una estrella de cine.

Mariana sabía todos estos detalles, y posiblemente mucho más de lo que el capitán Carlos Roca podría imaginar. Esta información obraba en su poder no por ser secretaria del cónsul de la Oficina de Intereses de Estados Unidos en Cuba, sino porque ella era un agente especial de la CIA, dato que, aunque pudiera sospecharlo, el agente cubano no lo sabía.

Su carrera había sido excelente. A los diecisiete años, con la recomendación de un congresista de la Florida, solicitó beca universitaria en la Academia Militar de West Point, donde la admitieron en 1977. Graduada en 1982 con una licenciatura en Ciencias Políticas, recibió su comisión como segundo teniente en el US Army. En agosto del mismo año comenzó estudios de analista de inteligencia militar en Fort Huachuca, Arizona, donde la entrenaron en análisis de información, criptología y destrucción de material sensitivo. Se graduó del curso de oficial de inteligencia en 1983. Al concluir, la enviaron al Defense Language Institute, en California, donde adquirió conocimientos avanzados de español. En octubre la asignaron al Comando Sur, en Panamá, como supervisora de una unidad de inteligencia militar. En noviembre de 1984 regresó a Fort Huachuca para entrenarse como agente de contrainteligencia. Se hizo especialista en operaciones clandestinas, métodos de infiltración y exfiltración, así como detección de personal de inteligencia extranjero. También recibió un entrenamiento intensivo en defensa personal, tácticas de comando y armas de fuego, detección de terroristas, espionaje y traición. La adiestraron a manejar ofensivamente a alta velocidad, y a escapar de emboscadas con automóviles. Su expediente le ganó que la enviaran a Fort Sherman, en Panamá, para entrenamiento de supervivencia en la selva. Luego, en Fort Ord, California, pasó la escuela de supervivencia en desiertos. Finalizó estos tipos de cursos en Anchorage, Alaska, con los métodos para sobrevivir en climas árticos.

En julio de 1985 se entrenó en paracaidismo en Fort Benning, Georgia, y luego la asignaron por seis meses a operaciones clandestinas en Nicaragua y Honduras, como consejera militar de las guerrillas anticomunistas, operaciones supervisadas secretamente por el coronel Oliver North. Al concluir con éxito esta tarea, la oficina de Operaciones Clandestinas de la CIA la reclutó y la envió al centro de entrenamiento en Camp Perry, conocido como La Granja, y ubicado en las afueras de Langley, Virginia, donde perfeccionó sus estudios anteriores, y además se entrenó en camuflaje de identidad y en creación de identidad falsa.

Fue cuando concluyó esta etapa que la asignaron al servicio clandestino y contrainteligencia, y la enviaron a la Sección de Intereses de los Estados Unidos en Cuba, bajo la identidad de asistente administrativa del cónsul. Teniendo en cuenta el cargo que iba a ocupar, el cual ha sido siempre una tentación para los órganos de seguridad cubanos, y siguiendo instrucciones de sus superiores, Mariana se dejó contactar, y luego captar, por la Seguridad cubana. El "fortuito" caso de la goma ponchada, encuentros posteriores en La Torre, así como viajes a Varadero, posibilitaron que Roca, poco a poco, le fuera adelantando proposiciones que llegaron a lo que ella esperaba: una oferta para trabajar a favor del régimen socialista. Por supuesto, el tipo no era un tonto. Sabía que ella, por presupuestos ideológicos o de tipo familiar, no iba a embarcarse en empresa tan peligrosa. Mariana había nacido en los Estados Unidos, y aunque era hija de madre cubana, el lazo sanguíneo no garantizaba fidelidad a Cuba. Tampoco se le conocían manifestaciones de tendencia izquierdista, ni familiares en la isla que pudieran generar compromisos sentimentales, o la posibilidad de hacerle un chantaje. Por eso, desde el primer momento, el método de penetración fue económico: veinte mil dólares mensuales. Roca tuvo que insistir durante más de tres meses, pero al fin ella cedió.

Roca alargó el sobre que contenía el dinero, y Mariana lo guardó con gesto natural dentro de su cartera, junto a la Walther. Luego ambos se dispusieron a consumir la comida que Pablo organizaba minuciosamente sobre la mesa.

Bryan, por su parte, se dedicaba, más que a espiar a la bella y elegante empleada de la Oficina, la cual gozaba de la confianza de Taylor, a dejarse notar por una alemanita que, sentada una mesa más a la derecha, consumía tragos de ron como si fuese agua mineral. Al paso que iba, en una hora era una presa fácil digna de ayuda para llevarla al hotel y entonces, encuerarla y hacer el amor con ella. ¿La señorita Broward? Bah, siempre estaba con el mismo amiguito, su amante, porque él los había visto juntos entrando en el hotel Capri, y en el Internacional de Varadero. Bill, el jefe de la seguridad, dice que el tipo podría ser un espía. Pero Bill ha de estar equivocado, porque ellos no andaban ocultándose como suelen hacer los espías. Bueno, en definitiva cada cual hace con "eso" lo que quiere, como él, que ahora velaba a la blancuza alemanita para, en la primera oportunidad, ponerla al "rojo vivo" en la cama.

—Tengo que darte una "podrida" —dijo ella al concluir el plato de camarones.

Él dejó suspendido el tenedor, con el último pedazo de bistec, entre el plato y su boca. Luego, lentamente, lo depositó sobre la loza, junto a dos papitas que había encontrado crudas.

—Hace unos días vino un barco a buscar 600 kilos de cocaína. Tony, Abrantes, Fidel, creo que hasta el valet parking del Riviera lo sabe. Uno de los tantos, y la operación estaba penetrada por la DEA.

—Anjá —respondió él y se mantuvo en silencio, en espera de mayor información. Esta no demoró un segundo.

—Y en el barco vino un cargamento de contrabando de uniformes de camuflaje para un general de división.

—¿Un general?

—Sí, Carlos Fernández Gondín, ¿lo conoces?

Claro que lo conocía, Gondín era, además, miembro del Comité Central del Partido, del Consejo de Estado y de la Asamblea del Poder Popular. Sin lugar a dudas los norteamericanos estaban pescando piezas de altura, y no era en el mar Caribe, sino en la más alta nomenclatura militar cubana. Ciertamente, la "podrida" olía muy mal.

Mariana había dejado filtrar esta información porque según orientaciones de su jefe, un hombre al que no conocía, ni siquiera de nombre, debían darse datos reales a la contrainteligencia cubana acerca del tráfico de droga, contrabando y lavado de dinero que los funcionarios de la isla practicaban, de manera que se mantuvieran "preocupados y ocupados" en estos asuntos, y así no prestaran atención a otro más importante que ella, por supuesto, desconocía.

—Se me olvidó decirte una cosa —expresó Roca con una sonrisa en los labios.

Ella observó que el agente trataba de no demostrar sorpresa, pero la noticia lo había impactado. La joven lo conocía bien.

—Estás muy bella con ese juego de pantalones.

Mariana se miró el vestuario, como si se hubiera dado cuenta en ese instante de que lo llevaba puesto, y sonrió complacida.

—Te queda muy lindo el verde. Creo, si mal no recuerdo, que es el mismo que llevabas puesto la noche que...

La noche que ella cayó rendida en sus brazos. Mariana la recordaba muy bien. La habitación del hotel Internacional, aquel pedazo de paraíso limitado por las paredes que encerraron su secreto amoroso, la bebida despojándola de limitaciones, el baile en medio de la semioscuridad, su soledad espiritual, todo ello cooperó a que entregara su cuerpo, por primera vez, tras el fracaso amoroso que había sufrido con Douglas Preston, un joven oficial de la CIA, que la hizo mujer. Amoroso el tipo, de esos que solían regalar flores y hacer poesías para conquistar a primerizas como ella en eso del amor. Más tarde, olvidado de sus trucos iniciales, llegó a maltratarla y engañarla. Douglas, un tipo que vivía siempre en la cuerda floja de la violencia. Su imagen de adolescente, con sus espejuelos montados al aire, que le daban un aspecto intelectual, era sólo un camuflaje de su verdadera personalidad. Y entonces, al cabo de varios años, surgía Roca para hacer que se sintiera nuevamente humana, que eso que le latía en la oscuridad del pecho no era sólo un músculo cuya tarea era la de bombear la sangre, sino un órgano sensible, capaz de latir de emoción ante el contacto de una mano, ante una frase de amor.

Aunque la relación sexual con el enemigo estaba contemplada en su entrenamiento, ella nunca pensó que fuera tan agradable. Esto, en ocasiones, la asustaba, pues no quería, y no podía, anteponer sentimientos personales a los estrictamente profesionales. La mujer que llevaba dentro del personaje debía morir si fuera necesario, no por una bala de la Walther, sino por un disparo de conciencia y de responsabilidad, pues ella era, ante todo, una espía, una agente especial de la CIA.

—Hace días que no nos "vemos" —dijo ella con un leve tono de reproche.

—Es cierto, pero estoy muy ocupado últimamente. Desde diciembre del año pasado vengo corriendo. Pero no te preocupes, pronto vamos a estar solos, aislados de intrigas y sin la mirada de Bryan.

Después de consumido el postre, él iba a pagar, pero ella le detuvo el gesto.

—¡Nunca dejas que te invite! —exclamó Roca con natural enfado.

—Aquí siempre pago yo. No vas a gastar los dólares que te hacen falta para otras cosas.

Y extrajo de la cartera varios billetes de a veinte que introdujo en la carpetica dejada por Pablo, junto a la cuenta.

—Estos son para ti, Pablo, y gracias por todo —dijo al mismo tiempo que agregaba al pago algunos billetes de cinco dólares.

—Tengan una noche feliz, y espero que regresen otra vez —expresó el hombre con la mejor de sus gastronómicas sonrisas.

Pablo los vio dirigirse a la salida para tomar el ascensor, y al americano Bryan dudando si se levantaba para perseguirlos, o esperar a la joven blanca, sueca, suiza o alemana, váyase a saber, a la que el ron le hacía regalar sonrisas a todo el que pasaba a su lado, y que ya había saludado con una frágil mano de lirio al americano que no dejaba de encuerarla con la mirada. Dejando escapar su oportunidad de progresar en el campo del espionaje, Bryan optó por la aventura femenina, y, en un osado gesto de comando de Tropas Especiales, decidió asaltar la mesa de la mujer, quien pareció aceptar con agrado la invasión de sus ciento ochenta libras corporales.

Pero Pablo no disponía de tiempo para disfrutar aventuras ajenas, pues ahora tenía una misión muy importante que cumplir. Con cuidado separó y dobló el último billete de cinco dólares recibido como propina, y lo introdujo en uno de sus bolsillos de la chaqueta blanca.

Esa noche, al concluir el turno, debía llegar al "buzón" para dejar el billete, y con él, el mensaje que llevaba adherido en microfilm.

* * *

Te detienes un momento para contemplar las montañas de la Sierra Maestra, ahí a tus pies. Es como si miraras desde el cosmos, montado en un satélite de gloria, o desde el trono de Dios, tu dios, tú. La maqueta, que abarca todo el salón, está tatuada con banderitas que Chomi ha puesto para señalar los diferentes combates sostenidos durante tu vida guerrillera contra las tropas del ejército. Era la época en que luchabas contra la dictadura de Batista. Dictadura, mala palabra que tus enemigos emplean ahora para caracterizar a tu gobierno, el más democrático del mundo… ejemm…

Esas montañas te revelaron el secreto del escondrijo para escapar al bombardeo que los pilotos de Batista tenían que hacer indiscriminadamente al no encontrar objetivos precisos. Allí conociste de la sombra protectora de los árboles altos, de las enredaderas, y la seguridad que otorgaba la distancia del campo de operaciones. Eso te garantizó ser el comandante de una guerra en la que no sufriste ni una sola herida. La única sangre que derramaste fue la que los zancudos te extraían sin permiso, aprovechando el sueño reparador de inútiles caminatas, cuando, subiendo y bajando lomas, cruzando ríos moribundos y oscuras cañadas, para cambio de posiciones que evitaran un encuentro peligroso con las tropas enemigas, te acostabas extenuado en la hamaca, o en tu acogedora casita donde radicaba la Jefatura desde la que impartías las órdenes para que las columnas, integradas por tus aguerridos combatientes, ejecutaran las operaciones militares. Batista en su trono del Palacio de Gobierno, y tú en tu Olimpo vegetal, a nivel de las nubes. Desde allí veías, hacia el este, el bostezante sol apareciendo por el horizonte, y más tarde su agonía sanguinolenta, cuando se retiraba zambulléndose en el crepúsculo rojo del atardecer. Al frente, allá abajo, el mar dejaba sus orgasmos de espuma en las arenas de las playas, o esparcía con furia sus espermatozoides de sal contra la dureza de los arrecifes.

Pero ahora no estás para recuerdos históricos que pueden producirte nostálgicas evocaciones. La trinchera ahora es otra, aunque la lucha es la misma. Y penetras en tu despacho, porque en unos minutos llegará Raúl, a quien has citado para analizar asuntos de extrema gravedad.

Sobre tu buró de caoba negra, hecho con troncos de la Sierra Maestra, descansan cuatro teléfonos negros también, en espera de que algunos de los pocos dirigentes que conocen sus números secretos, los hagan despertar de su silencio. Te sientas en la silla italiana, dándole la espalda al librero y a la imagen que plasma la ciudad de La Habana. El cuadro tiene la firma del autor: Portocarrero. El tipo será maricón, pero pinta bien. De todas maneras un día de estos lo vas a cambiar por algo más global, algo que te sirva de background general, algo así como el planeta Tierra, el cosmos, ya verás. Porque hablando de arte, fue una idea genial esa de mandar a pintar dos cuadros, representando cada uno la imagen que veías desde el cuartel general en la Sierra Maestra, hacia el este y hacia el oeste. Eso te da la impresión de que todavía estás inmerso en tu mundo vegetal, y te parece oír el canto de los pájaros en las mañanas, y el chirriar de los grillos bajo el techo de constelaciones. No, todavía no habías probado la deliciosa leche de búfalo, es decir, de búfala.

Pero dejas todo eso a un lado porque Gorbachov te mira desde su cara de satisfecho burgués, con su manchita en el cráneo, que parece un tinterazo recibido en su época de estudiante, te mira desde las fotos en colores de las revistas que Chomi te ha acumulado sobre el escritorio, para que revises la información publicada por los medios de prensa acerca de la visita que Gorby había realizado a Cuba a principios de mes. El agente británico, amiguito de Margaret Thatcher, la Dama de Hierro, y del MI6, que quiere socavar las bases del socialismo, parece que se burla de ti con su sonrisita barata de político ruso. Menos mal que ya se fue. Visitante molesto el Gorby. ¡Mira que venir a bailar en casa del trompo! Pero se jodió, porque se tuvo que llevar sus ideas perestroikas sin poderlas sembrar, como minas antitanques, en el camino de tu revolución. Lo esperabas desde diciembre, después de que se reunió con la Thatcher y con Reagan, para tomar acuerdos sin contar contigo, pero el terremoto en Armenia el 4 de diciembre hizo que regresara a la URSS. Tiempo habrá tenido para leer el discurso que soltaste, unos días antes, como medida preventiva, y en el que dejaste bien claro, aunque el programa es bien disparatado, que con el "proceso de rectificación de errores y tendencias negativas" no ibas a aceptar que el otro viniera a exponer sus ideas para socavar las bases ortodoxas del socialismo, de tu socialismo. Además, el discurso no era solamente para los de afuera, sino también para los de adentro. "Aquellos que dentro del Partido Comunista se manifiestan a favor de la *perestroika* y el *glasnost* son de la misma camarilla que esos disidentes de allá afuera y de los contrarrevolucionarios. No vamos a tolerar este desviacionismo". Te quedó bonita la oración. Una clara advertencia para los del patio, porque al compararlos con los contrarrevolucionarios los estabas condenando de antemano al paredón. Si alguien movía la colita con ideas subversivas iba a oír, por última vez, y con la espalda contra los muros de la Cabaña, el cañonazo de las nueve. Lo bueno que tienes es que tú adviertes a la gente lo que es peligroso hacer. Y después dicen que no eres democrático, que eres un asesino. Equivocados que están tus enemigos. Pero bueno, el mundo está lleno de gente ingrata y mal intencionada. Ejemmmm...

Lo cierto es que esos nuevos ideólogos quieren tumbar las estatuas de Marx y de Lenin destruyéndoles el pedestal, que es decir que te quieren joder el tuyo también. La gente creía que el oso ruso le iba a robar el show al león caribeño, pero se equivocaron. Al parecer todavía ignoran que eres un genio en eso de la propaganda.

Desde el principio el Gorby te quiso hacer un yogur la leche de búfala, cuando ese domingo retuvo su avión una hora en el aeropuerto de Shannon, para entrevistarse con el primer ministro irlandés, el percudido Charles Haughey. Tuviste que esperar más de cincuenta y cinco minutos hasta que el Ilyushin de Aeroflot aterrizó el dos de abril, después de una breve lluvia, en la húmeda pista del aeropuerto internacional José Martí. Y luego el tipo, dándole prioridad a la prensa, dejó que los periodistas subieran al jet para filmarlo antes de bajar las escaleras para saludarte. Y tú abajo, dentro del cascarón histórico de tu traje verde olivo, sonriendo a tus allegados para disimular el disgusto y la picazón del molesto chaleco contra balas. Unos cuantos pelos, históricos, por supuesto, quedaron entre los dedos de tus finas manos después de estrujarte la barba patriarcal, al mismo tiempo que murmurabas unas cuantas frasecitas que, en un concurso lingüístico, hubieran puesto colorado al más bajo representante del mundo delincuencial. Hasta que el tinterazo, la manchita indeleble apareció en medio de la semicalvicie, y la sonrisa y la mano soviéticas, desde la puerta del avión, se hicieron íconos coyunturales para consumo de las cámaras de televisión. Lo recibiste con fingido entusiasmo de camarada, aunque sabías que el tipo se estaba destiñendo con sus teorías de nueva factura revisionista. Enfundado en su traje gris de calle, para contrastar con tu atuendo de verde matojero, te abrazó y besó, como suelen hacer ellos, cuestión que es lo único que no te agrada en este tipo de ceremonia. Pero bueno, aceptaste el besuqueo en aras de lo que llamas "imagen exterior", porque más tarde le cobraste lo que te hizo. Tras la pólvora malgastada en las 21 salvas de cañón, que tanta falta te hace para mantener el cañonazo de las nueve, lo instalaste a la derecha del plateado Zil convertible en el recorrido de veinticuatro kilómetros desde el aeropuerto hasta la calurosa residencia encargada de disolver su frío polar. También lo jodiste en la Asamblea Nacional del Poder Popular. En una intervención no programada, y para presentarlo, como si todo el mundo no lo conociera, le despachaste, dulce venganza, un discurso de cincuenta y cinco minutos, los mismos que te hizo esperar en el aeropuerto. Pero el discurso, aparte de su trasfondo de venganza personal, tenía el propósito de poner el "parche" de tus criterios antes de que saliera el "grano" perestroiko. Pero, ¡icoño!, como si el tipo estuviera jugando ping-pong te devolvía la pelotica en cuanto podía, porque no te gustó nada eso de que dijera: "... el Partido Comunista de la Unión Soviética está dispuesto a admitir el pluripartidismo y las elecciones en aras de una apertura social, puesto que el pueblo ha vivido engañado por la propaganda oficialista". "¡Coño, el más alto dirigente de la Unión Soviética diciendo, admitiendo, que el pueblo ha vivido engañado por la propaganda oficial! Eso es decir que hemos sido unos mentirosos. Está bien que lo digan los enemigos, pero nosotros no podemos, aunque sea verdad, ni mencionarlo. Y a continuación eso del pluripartidismo. Si esa idea gana terreno, adiós Lola con mi gobierno, pues el control que ejerzo en el Partido Comunista me permite autoelegirme por los siglos de los siglos, amén".

Y más adelante: "... nadie debe enviar más armas a Centroamérica". ¡Coño, aquello era demasiado! El tipo estaba sembrando minas de profundidad en medio del Parlamento cubano, en contra de tu poder absoluto, porque precisamente podías mantenerte en el trono gracias a tu inteligente fórmula de armar conflictos regionales para tener ocupado al imperialismo y que desviara sus ojos de Cubita la bella. El Gorby estaba hablando de distensión, que es hablar de paz. Si los colosos se ponían de acuerdo, ¿adónde ibas a encontrar otro Goliat con el cual enfrentar tu guapería de David, ese gesto heroico y digno que tus enemigos dicen es el del clásico ratón contra el gato? Tom y Jerry está bien, aunque ellos, sin darse cuenta, admiten hasta en los animados un principio justo: siempre el ratón vence al gato. Pero ¡coño!, dejando a un lado los muñequitos, no basta que estén desapareciendo del planeta regímenes parecidos al tuyo, para que este tipo con su manchita y sus ideas originadas por la Inteligencia británica, el imperialismo yanqui y la mafia de Miami, venga a joderte el potaje y poner en peligro la base en que apoyas tus canillas y sientas el culo guerrillero. ¿Qué se había creído el Gaby, digo, el Gorby? Porque no es lo mismo el mar Negro que el mar Caribe. De contra que te limita el suministro de petróleo y pretende cobrarlos en divisas convertibles, quiere descojonarte en el campo de las ideas. No, no es hora de admitir revisionismos, aunque tú hayas hecho de las doctrinas socialistas un trapo de cocina.

Pero bueno, aunque dejó una estela de dudas en el aire, ya el Gorby se marchó. Tremendo alivio sentiste cuando el Ilyushin, rumbo al Este, era sólo una balita plateada en medio del cielo, y luego las nubes te lo borraron de la imagen. Te hubiera gustado verlo descender de cabeza al mar, pero desgraciadamente, los bolos tienen buenos aviones. Y te estremeces al recordar que tú los usas para tus viajes internacionales, esos que sueles hacer de cuando en cuando, vacaciones que aprovechas para sembrar la semilla de la discordia. No, pensándolo bien, mejor que lo hubiesen derribado los ameriquechis, o la mafia de Miami, aunque no, la mafia de Miami los únicos cohetes que tiene es el bla bla bla radial de unos cuantos tipos que tienen que agradecerte que estés en el poder, porque sino ¿de qué iban a vivir? ¡Coño, estoy hablando mierda otra vez! Eso es lo que piensas mientras dejas al estático soviético que continúa saludando desde las páginas de las revistas, y te diriges al baño, a tu derecha, para hacer algo que nadie puede hacer por ti. Durante el trayecto le tiras un vistazo a las matas de areca que dan un toque de verde vegetal a las maderas de las paredes, y a la pelea de gallos de Mariano. Te gusta el cuadro porque representa, de cierta manera, tu carácter. El cuadro es un rafagazo de acción congelada en medio de multicolores destellos de violencia. Y también está la pintura de orishas, del maestro Mendive, con toda esa misteriosa plasmación religiosa que importaron los africanos, y que tú, en secreto, a veces practicas, en honor a los caracoles que tu abuela solía lanzar para descubrir el destino de los humanos. El destino... y sacudes el muñecón después de hacer tu biológica necesidad en medio de este baño de azulejos azules. El ruido de una puerta que se cierra te hace pensar que Raúl ha llegado. No te equivocas. Al salir del baño lo ves cuando viene desde la entrada donde está la centralita telefónica. Ha pasado el último nivel de la seguridad del Comandante, y deja detrás, a su derecha, la mesa rectangular, de caoba, con sillas de madera, de fina ebanistería y tapizadas con material beige en los asientos y el espaldar, que empleas cuando te reúnes con más de dos personas.

Tu hermano, el general de Ejército, el segundo en todo, el que te sigue como un doberman bien entrenado, trae cara de sargento americano. Te saluda, como siempre, con su engolada voz, adobada con el afecto que aporta la sumisión. La cara de marañón no le impide, diríase que lo impulsa, para dirigirse al barcito que conoce muy bien, y, tras destapar la botella de Chivas Regal, meterse un gran fogonazo de whisky. El disparo le quema la garganta, porque se sacude como hacía la abuela Dominga cuando se daba sus tragos de alcohol barato para convocar a los espíritus, allá, en el olvidado Birán. Luego se sienta en uno de los dos sillones situados frente a tu escritorio. Buscando comodidad de burgués, deja a un lado rigidez militar, y dobla la pierna izquierda sobre la rodilla derecha. Los files que trae los sitúa sobre el Florsheim, brilloso botín de media caña que suele usar. A él tampoco le gustan las toscas botas rusas. Mientras se atusa el fino bigotillo, y ajusta las gafas de grandes cristales, te mira con sus ojillos de gato, como un oriental ante el ícono que adora.

Gracias a Dios, es decir, gracias a tu sabio consejo, Raúl hace tiempo que no usa la colita de caballo esa que se trajo desde el Segundo Frente Oriental, y ahora se hace un peladito de corte militar, nada que pueda parecerse al pelucón de los Beatles, aunque bueno, hablando de pelucones, el que usa Abel Prieto, el de la UNEAC, es del carajo. Si lo miras por detrás lo confundes con Vilma Espín. No sabes si la confusión sexual le agrada, porque los artistas son un poco raros y esas rarezas las usan para distinguirse y sobresalir, llamar la atención, como los marinos mercantes que al regreso de sus viajes, desembarcan con una grabadora al hombro, bestial, enorme, comprada en algún mercado callejero de Europa o de Asia, y que muestran a sus amistades con el mismo exagerado entusiasmo que si hubiesen recibido una de las tantas medallitas niqueladas que repartes, como si fueran confeti, para estimular el orgullo y el patriotismo nacional.

De todas maneras, principio histórico que no se le puede cuestionar, Raúl conserva las fotos donde se le ve con su colita de caballo. ¡Coño!, y hablando de eso, hace tiempo que el pueblo no te nombra, alabanza de puro cubaneo, con el apodo de "El Caballo", para relacionarte con ese animal tan hermoso, símbolo de poder, independencia, rebeldía, brío y virilidad. Desgraciadamente, y por metamorfosis de origen spilbergiano, ahora te vinculan con un dinosaurio que trata de sobrevivir en un castriarcado moderno. ¡Ni que tus enemigos fueran arqueólogos! De todas maneras, por si acaso, fue buena idea esa de quitar todos los espejos del Palacio de la Revolución.

Raúl sabe comportarse, y espera a que digas la primera palabra. ¡Carajo!, exclamas, y das unos pasos hacia la derecha, allí donde están los muebles forrados con damasco beige con rayas, la escenografía donde sueles conceder entrevistas a los periodistas extranjeros. Ya de regreso, rodeas el buró y apuntas con el dedo hacia tu hermano, como si él fuera culpable de algo. "Nos quieren joder, Raúl, nos quieren joder!"

Raúl saca un cigarrillo para ahogar en humo su inquietud, pero lo guarda de inmediato al recordar que, desde que abandonaste el vicio de la nicotina, no te gusta que fumen en tu presencia; y porque se ha dado cuenta de que no está en su despacho, rodeado de generales siempre dispuestos a sacar la fosforera para, con gestos de camarero barato, ofrecerle servicial candela para quemar el tabaco cultivado en Pinar del Río.

Tras ocultar el cigarrillo en un bolsillo superior de la camisa militar, se quita la gorra y la tira en el otro sillón, al mismo tiempo que asiente con pausado gesto, como un camarógrafo haciendo tilt-down en un estudio de televisión. Abre uno de los files y te lo entrega. Reynaldo Ruiz admitió su culpabilidad en el tráfico de drogas con Cuba, y un jurado de Miami ha comprobado que dejaban caer droga cerca de las costas cubanas, y luego las autoridades militares lo dejaban aterrizar, junto con su hijo Rubén, en el aeropuerto de Varadero para reabastecerse de gasolina. Además, y eso es lo que te encojona de verdad, dicen que las naves patrulleras de Guardafronteras protegían a los lancheros que venían desde la Florida a recoger la droga. Hay videos y todo. Y tu hermano explica, con esa manera que tiene él de enredar las cosas cuando habla, pero que tú sabes desentrañar, que lo quieren implicar a él también, porque saben que sólo el jefe del Ejército tiene el mando supremo de las fuerzas que permiten los aterrizajes de los contrabandistas, así como la asistencia de radar, y protección marítima y aérea. "En eso tienen razón esos cabrones", dice Raúl sin dejar de insultar, una manera de emular contigo en ese tipo de retórica. "Yo soy el que doy los permisos para que los aviones con la droga vuelen fuera del espacio autorizado para las líneas comerciales. Además, uno de los "topos" que tenemos sembrados allá, me informa que saben todo lo relacionado a la compra de equipos especiales que hice a Checoeslovaquia para la producción de narcóticos en Colombia, y también acerca de la planta de procesar cocaína que conseguimos en Alemania y que se instaló al norte de Oriente. También tienen información sobre la acetona y el éter etílico que hemos enviado al Cártel de Medellín para producir el clorhidrato de cocaína. Mi hermano, esos cabrones nos tienen puesto un telescopio detrás de todos nuestros pasos. ¡Nos quieren joder el negocio!".

Con esta información no hay quien duerma. Por eso la preocupación asalta tu instinto del peligro, y pone en juego tus capacidades de maniobrar con acertada estrategia. Sin lugar a dudas los ameriquechis están de lleno en el proceso investigativo y quieren reunir todas las pruebas posibles para sentarte en el banquillo de los acusados como un burdo narcotraficante internacional. El cómodo sillón italiano te recibe con un leve quejido de sus cueros. Revisas los papeles para comprobar lo que ya sospechas: quieren propiciar las deserciones de Ruiz Poo, tu capitán del MININT, y del coronel Tony de la Guardia. Buscan testigos, ¡y de los buenos! ¡Pero, coño!, todo este problema ha surgido porque los cabrones esos del MININT, Tony y su gente, han estado haciendo operaciones no autorizadas. Junto con Raúl, Furry y Abrantes llevabas el control del tráfico de droga hacia los Estados Unidos, y estos comemierdas ambiciosos te están jorobando el asunto ahora.

Raúl te interrumpe para informarte que Furry había contactado hace dos días con Ruiz Poo para investigar cómo estaba el cobro de las operaciones, y el capitán dijo que, de momento, "el barco estaba varado". Es el instante en que indicas a Raúl que no es conveniente que altos oficiales, como Furry, el segundo al mando del Ejército, actúen directamente con gente que está de lleno en el asunto. Se trata de no complicar más las cosas. Porque nada hubiese pasado si estos ambiciosos hubieran seguido tus orientaciones al pie de la letra. Este siempre fue un asunto muy delicado y el descontrol y la ambición han puesto en peligro el negocio. ¡Mal rayo los parta, coño! Por eso es que, gracias a informaciones que te llegaron a tiempo, ordenaste al general Fernández Gondín, de la CIM, una investigación del Departamento MC, el que dirige tu querido Tony. Por ahí también conociste del plan para secuestrar a tu ministro del Interior, crees que se llama "Operación Galgo", o algo parecido. ¡Qué ilusos! Sobre todo el comisionado de aduanas ese, William Von Raab, un ultraconservador que Reagan había nombrado en el puesto, y que pensaba que Abrantes iba a ir en persona a los cayos a recibir secretos militares yanquis, a cambio de que un tal "Papito" Fernández pudiera recoger un cargamento de más de dos mil libras de cocaína procedente de Colombia. La "Operación Galgo", que así se llamaba, y era dirigida por un tal David Urso, contemplaba el uso de un submarino, cazas F-16, el destructor "Spruance" y un equipo especial de comandos SEAL. Menos mal que te diste cuenta a tiempo, que a veces tienes un babalao que te ilumina, o, a lo mejor, el collar que te dio abuela Dominga tiene poderes que aún desconoces. De todas maneras, al pensar en el secuestro se te erizan todos los pelos del cuerpo. No quieres imaginarte al general que ha sido y es tu mano derecha en todos estos negocios, sentado en la Cámara de Representantes, o ante un tribunal ameriquechi declarando sobre estos asuntos.

¡Coño, de película! Y la cosa no para ahí, porque Raúl te informa que el Pelotero, ¿quién es el tipo ese?, un tal William Ortiz, había llegado de Miami para gestionar la devolución del barco Caribean Express. El tipo vino con las fotos que el MC le había entregado. Se veía el barco atracado en los muelles de la Marina Hemingway. Pero más que el barco al tipo lo que le interesaba era la carga, y estaba dispuesto a pagar unos cuantos millones de dólares. Pero no, que toda esa historia te parece una trampa para cogerte con las manos en la masa. Por eso, bicho que eres, ordenas a Raúl que acabe de sacar la carga, la guarde y la venda, y el barco, que lo hunda o lo deje a la deriva de los vientos alisios.

Raúl está mal en eso de la botánica, es decir, de la geografía, cuando pregunta qué carajo son esos vientos, y, para no hacerlo quedar mal, le dices que olvide los vientos y deje entonces el barco en medio de la corriente del Golfo. Este "pelotero" te ha lanzado una curva para poncharte y le vas a disparar un jonrón con las bases llenas. Coño, que es verdad que las bases se te están llenando, pero de trampas, peores que las que suelen armar los vietnamitas para hacer caer al enemigo en ellas. ¡Esos cabrones yanquis no te dan paz ni sosiego!

Para compensar el disgusto que te invade, te das un trago de whisky, sólo que no te meneas como tu hermano, y aguantas como todo un hombrecito cuando el líquido te registra las entrañas. Aaaahhhh... Pero no saben, ignorantes que son, que tu aparato de contrainteligencia también trabaja. Y Raúl te lo confirma con Mariana Broward, la agente que Gondín ha captado, por medio del capitán Roca, nada más y nada menos que en la Oficina de Intereses de los Estados Unidos. La secretaria de Jay Taylor es una fuente vital de información importante. Ella fue la que dio los detalles acerca del intento de captar a Ruiz Poo y a Tony de la Guardia para que desertaran, así como los planes para secuestrar a Abrantes. Y ahora, bendita sea ella, te advierte que los yanquis conocen muy bien tus relaciones con el general Noriega, y el negocio del laboratorio para procesar coca montado en Panamá. El laboratorio fue confiscado y tuviste que mediar con la gente de Colombia para que todo quedara resuelto. ¡Cojones, esos ameriquechis hijos de puta se meten en todo! Vas a tener que revisar tu bello baño de losetas azules no vaya a ser que por la tubería del bidet un día se te aparezca un rubito de ojos azules con una lupa, tipo Sherlock Holmes.

La cuestión de la droga ha tomado un giro inesperado, aunque desde el año pasado vienes tomando medidas preventivas, que den una imagen de que en realidad estás en contra del tráfico hacia los Estados Unidos. Mierda, ojalá se vuelvan locos esos desgraciados. Pero bueno, liberaste a un montón de narcotraficantes, y firmaste el convenio ese internacional para combatir la droga, bah, burocracia, papeles que en definitiva no determinan nada. De todas maneras, y es lo que le dices a Raúl, todo eso no resulta suficiente. Parece que los ameriquechis tienen bastantes pruebas, y en ese caso... habrá que sacrificar piezas en el juego. Te parece correcto, y Raúl te apoya, destituir a Tony del Departamento MC, por si acaso las cosas se complican. Ya verás qué haces, aunque lo que más te encabrona es la falta de disciplina que se viene observando en las fuerzas armadas del país, tanto en el MINFAR como en el MININT. Abrantes no te ha entregado informes de las investigaciones que le ordenaste hiciera sobre los asesores soviéticos Boris y Alejandro. Los tipos te dan la impresión de que están en el ala de Gorbachov, y para la puñeta, si es así, vas a descabezarlos, igual que hiciste con el embajador soviético Kudriatsev, al que exigiste se retirara del cargo diplomático, y al consejero principal de la KGB en el Ministerio del Interior... ¿cómo se llamaba el tipito, coño? ¡Esos puñeteros y complicados nombres rusos! Y Raúl te lo recuerda cuando lee en uno de sus documentos: Rudolf Petrovich Shliapnikov. Estaban conspirando para derrocarte. Eso fue hace años, pero el tiempo no importa, pues te enseñó que no se puede confiar ni siquiera en los camaradas.

Tony desobedeciendo tus órdenes en Nicaragua y haciendo aquí lo que le da la gana con el negocio de la droga. Por otro lado, el más peligroso, Ochoa, que ya desde Angola viene imponiendo su criterio militar, en contra de tus planes estratégicos. Buenos berrinches te hizo montar con su actitud en la guerra africana, que si Cuito Cuanavale, que si el aeropuerto, que si los sudafricanos, que la guerra estaba perdida porque a los angolanos les importaba tres pitos que otros blancos vinieran desde lejos para batallar por principios que no les interesaban, y que Savimbi tenía un gran poder sobre los nacionales. Todo era negativo en Ochoa. Por eso no lo mandaste, como castigo, a la firma de la paz en Nueva York, que se joda. Porque no quieres que se repitan casos como el de Húber Matos, cuando renunció en Camagüey al darse cuenta que lo que estabas implantando en Cuba era comunismo. Tuviste que culparlo de conspirador y fue a purgar su indisciplina en la cárcel, durante veinte años. Ochoa se te está convirtiendo en otro Camilo o en otro Che, pero más peligroso: está vivo. Ciertamente te preocupa Ochoa...

* * *

—... el general Ochoa, que ahora anda repartiendo entre la tropa plumitas Parker, relojitos Seiko, visitando amigos, y hablando de sus hazañas militares, dando a entender que él es el bárbaro del ritmo, el mejor, el militar más humano del Ejército.

La voz de Fidel Castro tenía a veces un matiz metálico, y en otros parecía como si saliese de ultratumba. En ese instante Urano ajustaba una de las grabadoras, la que recogía las emisiones del micrófono que el Comandante en Jefe tenía instalado en una de sus muelas. El dentista que atendía sus problemas bucales había ejecutado el trabajo con una técnica y un secreto insuperables. Pero este micrófono tenía la deficiencia de captar solamente lo que Fidel hablaba, y no de las personas con que se reunía, y también, debido a la humedad del ambiente en que estaba instalado, y su cercanía del aparato fónico, muchas palabras no se percibían con claridad. Sin embargo, el micro instalado en uno de los botones superiores de su chaqueta verde olivo de cuatro bolsillos, sí funcionaba a la perfección. Por supuesto, las grabaciones sólo podían efectuarse cuando usaba esa chaqueta, y en dos lugares específicos: el Palacio de la Revolución, y en su búnker de Jaimanitas, pues los reproductores o transmisores de señales que recogían y amplificaban las emisiones de los micros, estaban instalados en postes del alumbrado público cercanos a dichos lugares. De repente se escuchó un ruido parecido al que produce una cascada, o la crecida de un río.

—¿Qué es eso? —preguntó el general Sombra, sentado en un sillón al lado del agente soviético.

—El hijo de puta se acaba de dar un trago de Royal Salute.

El general Sombra sonrió tras mirar a Urano maniobrando en los dos equipos de grabación. Urano, nombre en clave de Serguei Balkin, agente especial de la *Narodni Kommisariat Gosudarstvenool Bezopasnosti*, conocida como Comisionado para la Seguridad del Estado, o por sus siglas, KGB. Balkin era miembro del cuerpo diplomático radicado en la embajada de la Unión Soviética en Cuba, y un hombre de extraordinaria experiencia en el campo del espionaje. Había pasado cursos especiales en el Instituto Andropov, en la Facultad de Contrainteligencia de la FCD, primer directorio de la KGB, en la época en que era dirigida por Ivan Alexandrovich Shishkin. De ahí pasó a trabajar en la Inteligencia Política, PP. Fue él quien ayudó a descubrir a los servicios soviéticos que Oleg Gardievski, director de estación de la KGB en Londres en 1985, era desde 1974 miembro del SIS, el Servicio de Inteligencia británico, y actuaba como agente de penetración dentro de la KGB. Además de otros trabajos realizados en América Latina, Balkin era el contacto en Cuba y en Bolivia de Tamara Bunke Bider, quien llegó a conocerse más adelante como "Tania, la Guerrillera" al unirse al líder Ernesto Che Guevara. Tamara era agente de la KGB. Había ido de Alemania Oriental a estudiar periodismo en la Universidad de La Habana. El general Sombra la recordaba recorriendo las calles de la capital en su motocicleta Berlín, siempre vestida con la camisa azul de las milicias, y portando una pistola Makarov.

El alto oficial cubano, vestido de civil, y el agente soviético se encontraban en los sótanos de la embajada de Moscú, el edificio que se elevaba en una concurrida avenida habanera y que tenía la forma de una fortaleza sin ventanas. Ya desde su construcción la inteligencia cubana había tratado de hacerse de los planos, pero los soviéticos conservaron en secreto la arquitectura del edificio, el cual tenía en su interior diversos departamentos de espionaje, así como túneles de comunicación con el exterior, de manera que nadie pudiera detectar la entrada o la salida de su personal. Por uno de estos canales secretos había entrado a la embajada el general Sombra.

—Creo que lo mejor es apagar el micrófono de la boca, y dejar el de la chaqueta —dijo Urano al mismo tiempo que paralizaba la actividad de una de las grabadoras.

Un brillo de alegría surgió en sus ojos azules cuando la voz de Fidel se escuchó más nítida.

—Cuando se reunió conmigo, hace poco, me pidió que le asignáramos también el control de la aviación y de la marina. ¡Coño, un poco más y quiere ser el presidente de Cuba!

—¿Ya sabes lo de Angola?

—No en detalles.

—Déjame buscar en estos files. Se trata de un asunto de "faldas"...

Hubo una pausa hasta que se volvió a escuchar la voz de Raúl.

—Aquí hay un reporte de las fiestas que formaba "el Negro" en Futungo de Belas. Templaderas, tortillas, ya tú sabes. Aparte de templarse a la doctora Aliusha, la hija del Che, hay una denuncia de la hija del actor este... de la Cruz se llama, que trabaja en el programa de la TV.

—¿También se ha metido con la gente de la televisión?

—Sí, se llama Patricia. Dicen que es muy bella, una rubita de diecinueve años, y también una mujer muy provocativa. Andaba por todo Luanda, vestida con unos *jeans* y una chaquetica corta enseñando las tetas y el ombligo, como si fuera una medalla de combatiente internacionalista.

—Parece que también enseñó el culo —se le escuchó decir a Fidel—. ¿Quién la llevó?

—El general Patricio de la Guardia.

—Ese es otro que bien baila. Pero bueno, a lo concreto. ¿Qué pasó?

—Dice ella que la obligaron a hacer tortilla y a templar con todo el mundo, desde Ochoa para abajo ni se sabe...

—Hummm... Así que en vez de estar atendiendo los asuntos de la guerra, mi generalito invertía el tiempo en aberraciones sexuales. ¡Coño, este Ochoa es un desmoralizado!

* * *

No tanto, piensas para tus adentros, porque en realidad eso que cuenta Raúl, y tu hermano lo sabe tan bien como tú, es algo normal entre la nomenclatura civil y militar que dirige el país. No hay un general en las fuerzas armadas que no haya hecho algo similar o peor. La presencia de tu hermano te hace recordar tus primeras aventuras, porque tú tampoco has estado exento de inmoralidades. Y de pronto te ves en la Comandancia de la Sierra, bajándole los blumers a tu querida "Deborah", nombre clandestino de Vilma Espín, acabada de llegar desde Santiago de Cuba, con mensajes de Frank País, pero también con un fresco y urbano olor de mujer, y el capitán Antonio Yibre, tu ayudante, en la puerta, de posta, cuidándote el palo, mientras introduces el "muñeco" en la joven vagina santiaguera, apurado, como siempre, porque la falta de tiempo no te ha hecho quedar bien en eso de hacer el amor, pero sobre todo presionado para evitar la presencia de tu fiel secretaria Celia, la que, a pesar de su inocultable inclinación lesbiana, te miraba a veces con ojos indefinidos, antes que, matrimoniado como estabas con el onanismo, te la "tiraste" varias veces, cerrando los ojos y diciéndote que ante la ausencia de chivas y de burras, o de algo mejor, Celia era una reina de belleza mundial, una Miss Sierra Maestra.. El único triunfo que obtenías era un quebrar de costillas enfundadas en el sucio uniforme verde olivo, y unos indescifrables suspiros que te parecieron de macho cabrío. Por eso esperabas la llegada de Vilma con la misma ansiedad de un enamorado que se ha dado cita con la amante en una esquina cualquiera. Y recriminabas a Frank País que no te tuviera bien informado acerca de las actividades de los grupos urbanos, y que empleara más a menudo a la valiosa mensajera Vilma para el intercambio de documentos e información.

Desgraciadamente no todo sale según los planes, y debido a la persecución urbana, Vilma tuvo que alzarse para el Segundo Frente Oriental. Sus relaciones con tu hermano Raúl (menos mal que todo quedó entre familia) culminaron con una boda en plena manigua. No pudiste asistir, pero pensaste, porque tú también tienes tu orgullo en estas cosillas, que ella, en su luna de miel, se acordaría de los "palos" en la hamaca, o encima de la mesa de madera que empleabas para las reuniones.

El imberbe de tu hermanito, ahora frente a ti, pero en aquella época alzado cerca de la Sierra Cristal, la hizo su esposa, ajeno a que tu regalo llevaba en sus entrañas los cadáveres espermatozoicos acumulados de las noches pasadas bajo el peso del cuerpo por el cual corría su propia sangre. Fue como si le cedieras, burdel campesino a nivel de matorral serrano, un premio generoso. En realidad el chinito la veía como la amiga de Frank País, y no como la amante que se concede tras explotar con ella los placeres de la carne, el beso, la lujuria, el sexo, entre alacranes y culebras, allí donde las nubes llegan para besarle la tapa de los sesos al Turquino. Más tarde, y ante la ausencia de Vilma, no te quedó más remedio que acudir nuevamente a tu valiosa mano derecha, y acostarte por las noches con las imágenes de Naty o de Mirta, o con la foto de la *Playboy* que se le había quedado al querido Matthews, o que dejó intencionalmente, cuando te entrevistó en tu cubículo manigüero.

El recuerdo te borra la imagen de la Sierra y te transporta a los muelles de La Habana, ahí donde está anclado el Berlín, un navío turístico que trajo a un montón de curiosos alemanes ávidos de conocer los contextos caribeños, y a la hija del capitán, una belleza con el sol prendido a los cabellos, unas tetas de concurso, y unos deseos tremendos de templarte, admirada como estaba de tu personalidad, adobada con esas ideas trovadorescas que recitabas con retórica convincente, y en las que se destacaba un romanticista enfoque ideológico en cuanto al desarrollo futuro del hombre, una nueva sociedad, y un raro concepto de justicia que involucraba a los pobres, los humillados del mundo, en sus aspiraciones más puras. Se llamaba, o se llama, Marita Lorenz. Y, acostumbrado como estás a las alturas, la "pasaste por la piedra" en el piso 23 del hotel Habana Hilton, donde te instalaste los primeros días de enero, acabado de llegar a la capital. Te gustó el menú de la recién llegada. Plato fuerte de carne blanca con mucho sexo, el entremés de lengua, y el postre, servido en cueros y en cama de lujo. De tanto repetir el plato, Marita quedó embarazada, cuestión que te creaba un tremendo dolor de cabeza, pues la noticia de tus relaciones con ella podría desatar un escándalo que perjudicaría tu carrera política, este, es decir, el prestigio de la revolución. Por eso ordenaste a Yáñez Pelletier, antiguo oficial de Batista que te salvó la vida cuando estabas preso en la cárcel de Boniato, después del asalto al cuartel Moncada, y que en ese instante era tu ayudante personal, para que convenciera, y si no podía convencerla, para que obligara a la joven a que despachara la criatura. Si era una hembrita, a lo mejor no te habría salido traidora como Alina. Pero no te arrepientes de haber ordenado el crimen del feto, y privarte del llanto de la hembrita concebida por tu espermatozoide guerrillero, que es decir histórico. Tampoco te remordió la conciencia crear las condiciones para acusar a Yáñez Pelletier de traidor a la Patria, cuando se corrió que el mulato se había acostado con Marita. El tipo, que había sido jefe militar de la cárcel de Boniato, ahora iba a probar lo que era no "amor de mulata", sino "amor de alemana", al interpretar el duro papel de preso. Diecisiete años le empujaste por la cabeza a quien una vez te salvó la vida. Sí, muy bien, pero intentó pegarte un tarrito, y eso no se lo perdonas a nadie. Por un lado te libraste de alguien a quien agradecerle algo durante el resto de tus años, y por el otro, de la alemanita, la cual, según te enteraste luego, había sido captada por la CIA para que te asesinara. Ella, a lo mejor por amor, no hizo nada, pero por si... "adiós lucero de mis noches", que lo más probable era que, junto al libro de Marx, tuviera una Colt 45 lista para partirte los cojones.

No siempre has tenido la oportunidad de asesinar a tus hijos antes de que vengan al reino de este mundo. En un viaje relámpago que hiciste al interior de la Isla, cuando estabas preparando el ataque al cuartel Moncada, en Santiago de Cuba, te deslumbró la pupila del deseo una joven nombrada Amparo. En aquel instante no tuviste tiempo para darle a conocer, como hacías con tus allegados, el papel glorioso que te había asignado la Historia, y el susto que pensabas darle al dictador Batista; pero sí te armaste de respiro, en medio de tareas conspirativas, para asaltar la inocente admiración de una vagina, en la que sembraste la semilla cabezona de un espermatozoide clandestino que, nueve meses después, se llamó Jorge Ángel Castro. En ese mismo tiempo nació también, con diferencias de días, Fidelito, fruto oficial de tu matrimonio con Mirta Díaz Balart. También tu actividad sexual, la encubierta, te llevó a concebir, con otra de tus amantes, Naty Revuelta, a una de tus dos hijas: Alina. La otra es Francisca, Francisca Pupo. A la madre, Micaela Cardoso Rodríguez, la conociste en un viaje a Santa Clara. Resulta significativo, cuestión que deberán tener en cuenta los historiadores cuando revelen tu vida privada, que en casi todos tus viajes has tratado de preservar la especie, la estirpe de los Castro, aunque a ninguno de estos hijos le has dado tu apellido.

Los interesados en tu vida privada andan investigando también si has tenido hijos con una meteoróloga de la televisión y con tu traductora de inglés. Déjalos que se rompan el coco, pues tú no estás dispuesto a estar divulgando donde metes el pipí y donde no.

Pero bueno, pensándolo bien, lo que te hizo Yáñez Pelletier, y sin que te condenaran a diecisiete años en prisión, lo hiciste tú con tu gran amigo, el capitán, historiador y espeleólogo Antonio Núñez Jiménez. Mientras el tipo andaba registrándole los secretos a las cuevas, tú hacías lo mismo con las cuevas de la mujer, la rolliza Lupita, Lupe Véliz, quien se dejaba maniobrar mientras buscaba en los refrigeradores y la cocina golosinas para satisfacer su gula estomacal. En realidad, el apetito voraz lo tenía por todos los huecos. Pero bueno, estas fueron sólo algunas de tus diabluras, diríase mejor, aventuras de cama, la misma cama en la que se han acostado todos tus generales, sin que ello constituya delito alguno, pero que ahora, por conveniencias coyunturales y de interés a la Patria, resultan bochornosas cuando las ejecuta el general Ochoa. Claro, ¿así que a la hija del Che y a la tal Patricia esa? ¡Carajo, este Ochoa me está llenando la cachimba de tierra!

"Creo que al Negro no hay que quitarle la vista de encima, es más, el agente Roca está detrás de él", te informa tu medio hermano sin ocultar el desprecio que siente por Ochoa, y que tú también compartes. Sí, a Ochoa hay que vigilarlo de cerca, porque en la reunión te pidió, aparte de las jefaturas de marina y aviación, que era necesario hacer cambios políticos, que había que adaptarse a los nuevos tiempos. Y todo eso después que habló en ruso con Gorbachov durante la recepción que hubo que organizarle al tipo del tinterazo. Y tú sin entender ni jota, porque si el inglés es difícil, los rusos de la comieron en eso de inventar letricas que no están en el alfabeto, por lo menos en el nuestro. "¡Me cago en Dios, coño, si eso no es *perestroika*, qué cosa es entonces?" Y Raúl te acaba de cortar en el estómago la leche de búfala cuando te dice que Abrantes está haciendo regalitos a sus amistades. Nada más y nada menos que Ladas comprados en Panamá. ¿De dónde saca el dinero para eso? ¿Por qué lo hace? Estos regalos no son las plumitas Parker y los relojitos Seiko que Ochoa reparte, como si fueran medallas, entre su tropa llegada de Angola. Todo eso está muy extraño. Como también está extraño, y aquí tu hermanito engola mucho más la voz, al estilo de Barry White, "que ande un rumorcito por ahí, unas calumnias mal intencionadas de que me han visto, a mí, al general de Ejército, Raúl Castro Ruz —inflama el pecho lleno de condecoraciones— con unos maricones, tomando té en la Casa de las Infusiones, un café ubicado en 23 y G, en El Vedado. Todo eso es obra del MININT, de Abrantes, de todos esos hijueputas que quieren echar por el suelo mi prestigio". Eso dice mientras ajusta nuevamente el trasero a la piel del sillón, como si algo, de repente, le molestara. Pero no le prestas mucha atención a lo que dice tu hermano, pues esos comentarios los conoces hace años, y no sólo proceden del MININT, sino de las Fuerzas Armadas, de los Comités de Defensa, en fin, del pueblo. Todo te lo informan, pero como no has querido confirmar de que a tu hermano le gusta que lo asalten y perforen por su entretenida y descuidada retaguardia, has preferido hacerte de la vista gorda, por aquello de lo que te puede tocar como familiar cercano que eres. Además, sabes lo débil que se pone en cuanto se da unos cuantos traguitos de whisky. Entre la mierda que habla, que también lo hace cuando está sereno, dice que tiene separado un lugarcito en el Segundo Frente Oriental, donde piensa que lo entierren cuando se muera, y que le vayan a poner flores allí, y empieza a llorar como una niña a la que le han robado la virginidad. Y las lagrimitas se le desprenden por las mejillas, ante la emoción que lo estremece. Luego se las seca, junto con los mocos, porque, y ahí le entra el orgullo, un personaje como él no puede ser tan débil, tan sentimental, y entonces engola la voz.

Es en este momento que recuerdas la noche infortunada en que tu hermanito, borracho como una uva, y no sabes por qué motivo, fue a parar al apartamento de Celia, en Línea. Discusiones van, discusiones vienen, el asunto es que ambos se insultaron: que tú eres una lesbiana, y tú un maricón que te has templado a un centenar de oficiales del ejército, y de repente la Makarov en la mano de Raúl, y no te tengo miedo, so maricón, y el disparo perforándole el hígado a tu Celia, y el corre corre, y luego a inventar, para no dar la cara sucia al pueblo, que Celia había muerto de cáncer. Raúl quiso ocultarte lo ocurrido, pero Miñoso, el de contrainteligencia, te lo hizo saber sutilmente. Por eso guardas silencio, que es como decirle a Raúl que no toque ese tema y continúe si tiene algo más que informar, porque con tantos papeles sobre las rodillas... Y continúa, para hacer que la leche de búfalo, es decir, de búfala, se te acabe de agriar entre las tripas cuando te recuerda el discurso que disparó

Abrantes el veintitrés de marzo en ocasión del decimotercer aniversario de los órganos de la Seguridad del Estado. Ya lo habías leído, pero ahora le agradeces a tu ministro de las Fuerzas Armadas que te lo recuerde. Abrantes les habló en su oficina del octavo piso a un grupo de intelectuales de la UNEAC, la Unión de Escritores y Artistas de Cuba. Los agasajó con saladitos y generosos cocteles, que los artistas nunca rechazan. Traguitos van, traguitos vienen, y luego el discurso que algunos consideraron progresista. "Te voy a leer algunos párrafos", te dice Raúl tras ajustarse las gafas.

"No queremos una cultura oficialista, ni domesticada, ni pasiva ni formalista, porque eso sería una cultura muerta, incapaz de ofrecer soluciones a los problemas. Ese podría ser el ideal de un burócrata, pero nunca el de un revolucionario". "¡Coño, está invitando al caos, a la protesta, a la disidencia, y lo hace en nombre de la revolución", exclama Raúl sin esperar tu reacción. Pero te contienes, acumulas energías. Y Raúl te sigue leyendo párrafos de lo discurseado por Abrantes, de que "había que llegar a una creatividad libre y auténtica, en la que se encuentren los artistas fuera de la estructura partidista... Me refiero a los que tienen ideas distintas a las de nosotros".

Abres la gaveta central del buró, tomas la Stechkin APS que está ahí para cualquier imprevisto, como si fueras a entrarle a tiros a alguien, pero te contienes, porque a quien tienes frente a ti es a tu hermano menor y no a la gente que desearías meterle por la cabeza los veinte tiros del cargador. Es por eso que la devuelves a su nicho, ante los ojos de Raúl, que el asombro de momento les ha quitado el rasgo asiático, y cierras la gaveta, para entonces levantarte con las manos a la espalda y dar paseítos, como un león enjaulado.

¿Quién carajo es Abrantes para decirles a los intelectuales el papel que deben desempeñar dentro de la revolución? ¿Qué está persiguiendo tu ministro del Interior con estas orientaciones? Y menos él, que no se caracteriza como orador. Ahora resulta que es un Platón cualquiera, repartiendo saladitos, coctelitos, autos, y también ideas. Sin lugar a dudas quieren debilitar tu poder para decidir lo que deben escribir los artistas. Tú y nadie más que tú eres el que orienta la línea a seguir en el plano intelectual, que es decir ideológico. Porque ni siquiera en Aldana puedes confiar. Resulta que el ideólogo de la revolución, el individuo que debía, con su ejemplo y palabra, mostrar la pureza de los principios revolucionarios es el primero en cagarla. A esa conclusión has llegado, después que a tu querido jabao, miembro del Buró Político del Partido, que tú mismo recomendaste para el cargo, luego de que lo hiciera Raúl, le interceptaron una llamada hecha a Tony de la Guardia, en la que le solicitaba un apartamento bien amueblado con todos los hierros, televisores, VCR, tapes de relajitos, revistas pornográficas que el tipo nombraba en clave. Un buen aire acondicionado, y, por supuesto, no faltaba más, hombre, un refrigerador lleno de buena bebida para compartirla con la jevita de turno. ¡Coñoooo, qué buen ejemplo de corrupción te estaba dando el jabao!

Por eso, menos mal que no eres hijo del chino Miraval, no puedes descansar y debes andar con los ojos bien abiertos, porque en eso de las ideas, del campo ideológico, no se puede perder ninguna batalla. Porque una de las cosas que tienen que agradecerte los actuales descreídos es que siempre has tratado de elevar el nivel cultural del pueblo, incorporando al habla popular neologismos tales como paredón, trabajo voluntario, proletarios y otros de corte obrero, y les cambiaste la música y letra del Himno Nacional por La Internacional, y le diste una nueva significación al vocablo gusano al aplicarlo a todo aquel que te traicionara, es decir, que traicionara a la revolución, y deseara ejercer eso que tus enemigos dicen que es un derecho internacional, de viajar adonde les saliera de los cuequitos de mamoncillo, sin contar que internacionalmente les estabas dando a conocer personalidades ajenas y lejanas, como los alemanes Marx y Engels, y el ruso Lenin. Y del lado oeste, embargo norteamericano, con el que has pretendido demostrarle al pueblo donde radica la fuente de todos los males, fruto, inventiva diabólica del imperialismo yanqui. Nadie puede negarte tu aporte al habla nacional con el invento de términos como libreta de abastecimiento, un engendro que las malas lenguas dicen que sirve para controlar lo que no llega a la tienda. Aunque, y eso debes reconocerlo, el pueblo viene creando desde hace unos años un lenguaje peculiar que se ha hecho popular: "la malanga no ha llegado este mes y la úlcera me va a comer las tripas", "me dieron el tubo de pasta dental que me tocaba hace cinco meses", "¡llegó la merluza del mes pasado!", "se fue del país", "se ganó la lotería de visas", "se quedó en la Yuma".

118 | Arnoldo Tauler

El pueblo, tu pueblo, para que no se olviden que es tu propiedad, tiene a veces buena imaginación, aunque hay algunos que quieren socavar tu atracción y poder de líder. Cuando lo del Mariel comenzaste a darte cuenta de que tu popularidad se estaba haciendo mierda. Luego vendría lo de los balseros, y mandaste a confiscar, cosa imposible de hacer, todo lo que pudiera flotar, hasta los sueños. Pero lo más preocupante del asunto no era que en la travesía se embarcara gente humilde, sino que lo mismo en un tanque de manteca lleno de aire, en un Lada con una hélice adaptada al eje transmisor, o a cuatro palos sobre viejos neumáticos, se montaban, como perseguidos por el diablo, artistas, intelectuales, médicos, peloteros, dirigentes del Partido, miembros del MININT y generales del Ejército. Coño, si la cosa seguía así te ibas a quedar acompañado nada más que por tu hermano Raúl, y Furry, y Ulises, el general, no el de la Odisea. Entonces tuviste que cortar por lo sano, porque si no, ¿quién va a hacer trabajo voluntario, quién va a pasar necesidades, quién va a abrir huecos y túneles para cuando los ameriquechis se acuerden de que Cuba existe, y lo más importante, ¿quién va a gritar: viva Fidel? Por eso deportaste a Supermán y al Pato Donald, y trajiste al viejo Jotabich, al que siempre has envidiado el poder ese de arrancarse un pelo de la barba y hacer con él un milagro. Porque hablando de barbas, esta vez orientales, diste visa y pasaporte gratis a los tres cristianos esos que, montados sobre camellos, traían regalos a los niños en respuesta a las carticas que dejaban dentro de las medias, al lado del ramito de yerba y el pozuelo de agua para que los animales saciaran el hambre y la sed del viaje. Porque el único mago que puede existir en la isla es el barbudo que vino montado sobre las jorobas de la Sierra Maestra, y tomó el poder un primero de enero para repartir la felicidad a todos los niños de Cuba y del mundo. No importa que no tengan leche después de los siete años, que carezcan de juguetes, de ropa, de zapatos, de futuro, de fantasía. En definitiva tú entretenías tu niñez con los caracoles de la abuela Dominga. Todavía no te gustaba la leche de búfalo, es decir, de búfala, ni las películas norteamericanas, las mismas que le suprimiste al pueblo, para entonces, en aras de superarlo culturalmente, darle la obligada opción de que disfrutara las tediosas películas rusas, en las que predominaba el único tema de la desgracia, la guerra, la muerte. Las ligeras comedias musicales, los oestes y las películas de acción del mundo occidental fueron eliminadas del consumo popular, para ser patrimonio exclusivo de la clase dirigente, de la nomenclatura, tus ministros y generales, y tus escoltas, los cuales, al parecer, estaban inmunizados contra toda contaminación ideológica que pudieran contener tan atractivos y bien realizados filmes. La imagen del jabao Aldana pidiendo un apartamento para sus puterías y aberraciones, te hace mierda el recuerdo. Pero bien, que de eso se trata, nadie puede negarte que has hecho un aporte extraordinario en la aplicación de los conceptos ideológicos que deben regir el campo cultural y social, como ese de, olvidándote de los guerrilleros cuando bajaron de la Sierra, prohibir el pelo largo, y la música de los Beatles, representación malévola del campo capitalista, muestra de un patrón que no se debía seguir. Así pasaría con toda música que no cantara al proletariado y a tu revolución. "Noches de Moscú", eso sí, y la Nueva Trova, Silvio Rodríguez, Pablito Milanés, mientras se mantuvieran dentro de los parámetros de los intereses nacionales, con los cuales te has fundido eternamente. Nadie, pues, puede dejar de reconocer tu originalidad, tu espontánea y forajida inspiración, tu instinto bestial de concebir siempre lo mejor para el pueblo. Ejeeemmm... que ahí están tus discursos, una verdadera joya oratorio-literaria.

Pero bueno, hablando de discursos, este de Abrantes está del carajo, y lo dijo antes de que llegara Gorbachov, como para que el tipo se enterara de que aquí había gente que estaba dispuesta a implantar el *glasnost*. Eso es lo que te parece, aunque no estás seguro. Tantos años junto a Pepe son una coraza en contra de las apariencias. No puedes concebir que el hombre al que has confiado tantas veces tu vida, pueda estar en estos momentos pensando distinto a ti, o lo que es peor, tratando de sumar adeptos que acepten o sigan sus opiniones. Ciertamente, aunque toda esta situación se te presenta bastante confusa, hay que, como dice tu hermano menor, mantenerse alerta. El ministro del Interior es una pieza importante en la nomenclatura gobernante, uno de los pilares en que asientas tu extraordinario poder, una de las piernas del Coloso de Cuba, vaya Rodas para el carajo, y si esa pierna se está debilitando, puede hacer que tu gobierno se tambalee, como la torre de la Catedral cuando tiembla en Santiago, e incluso, cosa que no vas a permitir, que tu figura, la estatua del David caribeño, caiga del pedestal y se vaya de cabeza al mar de las derrotas.

Pero, coño, Raulito lo que trae es un collar de desgracias y malas noticias. Porque ahora, cuando acabas de recostar tu humanidad al cuero italiano del sillón, buscando comodidad para el cuerpo y sosiego para el espíritu, te dice que dos oficiales de la contrainteligencia, gente importante dirigida por el general Gondín, que estaban desaparecidos hace tiempo, hicieron acto de presencia, hinchados como condones humanos y comidos por los peces, flotando frente al pueblo costero de Santa Fe.

* * *

El general Sombra le hizo una seña a Balkin, pasándose un dedo por el cuello, y de inmediato expresó:

—Esos fueron los dos tipos que nos estaban chequeando. Al parecer la carnada era...

—Rebeca Martínez —se escuchó decir a Raúl, como si continuara en la grabadora lo dicho por el general Sombra en los sótanos de la embajada soviética.

En el rostro anguloso del agente de la KGB apareció una sonrisa de satisfacción. Ya él le había advertido al general Sombra los peligros que implicaba la reunión con el general Abrantes en el yate de Tony de la Guardia, el Tomeguín. Balkin tenía la convicción de que Abrantes era seguido por agentes de la contrainteligencia que controlaba Raúl Castro y el general Furry, archienemigos del MININT, y personalmente de su ministro. El MINFAR siempre estaba buscando argumentos para poner en entredicho al organismo que controlaba la Seguridad del Estado, y a su máximo dirigente, y en esta investigación se corría el riesgo de que lo pudieran identificar a él. En ningún momento podía ponerse en peligro la Operación Cocodrilo Verde, y esta dejaría de existir si se llegaba a conocer la identidad del general Sombra.

—Rebeca es la rubita de la televisión. Sabíamos que adonde ella fuera, allí estaría Abrantes —concluyó Raúl con un tono de admiración por la lógica desarrollada por su aparato de contrainteligencia, elemental si se tenía en cuenta que la especialista en ejercicios aeróbicos era la amante oficial del ministro del Interior.

—¿Ella sabía que la seguían?

—No, claro que no. Ella estaba ajena de que era una carnada para coger al tiburón.

—Bien —dijo Fidel impaciente—, ¿qué pasó? Acaba de desembuchar.

—Los oficiales, expertos submarinos, estaban en Santa Fe, adonde habían llegado siguiendo a la tal Rebeca y a otra joven que la acompañaba. Se embarcaron en un bote cuando las mujeres cogieron una balsa de playa y se dirigieron a un yate que había anclado cerca de la costa. En el yate, dos hombres las esperaban.

—¿Identificaron el nombre del yate? —se escuchó decir a Fidel.

—Al parecer no, pues no está reportado en las informaciones que los agentes iban transmitiendo por radio.

—¿Y a los tipos del yate?

—Tampoco. Parece que estaban muy lejos, además, y eso fue un fallo que tuvieron, no iban provistos de binoculares, lo cual les hubiera permitido...

—Tu gente es una mierda, Raúl —interrumpió Fidel—. Tienen mucho que aprender todavía del MININT. Hay que mandarlos a Jaimanitas para que... bueno, ¿qué más hicieron tus expertos en buceo?

La voz de Raúl, luego de la reprimenda, era menos engolada.

—El último informe que se recibió de los dos agentes es que se lanzaban al agua para clavar un micrófono en el yate y grabar las conversaciones.

—Hay que sacar dos conclusiones de esto, mi hermano —exclamó Fidel, y se escuchó el ruido del sillón al desplazarse sobre sus cinco ruedas, señal de que se había vuelto a levantar—. Si la rubita esa, la amante, era la que iba hacia el yate, debemos suponer que en la embarcación estaba Abrantes, digo, si es que no le están pegando los tarros.

El general Sombra sonrió y luego movió la cabeza en sentido negativo. La voz de Fidel volvió a invadir la habitación plagada de grises equipos electrónicos que contrastaban con el amarillo pálido de las paredes.

—Me parece que la contrainteligencia debe enfocar su trabajo hacia otras esferas. La reunión de Abrantes con la rubita lo único que nos va a suministrar es un buen guión de frases románticas, de tangos de Gardel, que al tipo le gustan, y suspiros y quejas cuando estén templando.

—Es verdad.

—Eso, en el caso de que realmente fuera el ministro del Interior quien estuviera en el yate. ¿Se investigó lo que hizo Pepe ese día y a esa hora?

—No, tú sabes que el tipo se desplaza con una gran libertad, por lo que sus movimientos son difíciles de prever y de seguir. Lo protege su cuerpo de Seguridad, las Tropas Especiales, todo el mundo...

—Bien, volviendo a tu aparato de contrainteligencia, ¿los buzos se ahogaron?

—Aparecieron flotando, al parecer fueron atados a algo pesado, y estuvieron un tiempo en el fondo del mar.

—¿Qué dio la autopsia?

—Muerte producida por explosión de granadas y balas de AK.

—Eso es un indicio importante. Con seguridad los descubrieron y los eliminaron antes de que pudieran cumplir su objetivo. Esto cambia la situación, el enfoque del asunto... Cuando se mata es porque se quiere eliminar testigos, y cuando se quiere eliminar testigos, es que se está haciendo algo que no debe descubrirse, algo que no puede salir a la superficie, como salieron los cuerpos de esos comemierdas.

—Hemos tratado de sacarle información a las muchachas, de manera indirecta, pero no se ha logrado nada todavía. Es posible que ellas hayan sido testigos de...

—Raúl —interrumpió Fidel—, hay que mantener vigilancia sobre Abrantes, y no dejar a un lado a Ochoa. Haya sido Abrantes, o cualquier otro, uno de los individuos que estaban en el yate, no importa, lo que importa es que algo extraño tramaban cuando se dan el lujo de matar a dos personas.

—Me voy, que tengo reunión con Furry y con Gondín, para ver qué plan elaboramos —dijo Raúl en forma de despedida, y luego preguntó:— ¿Alguna orientación específica?

—¡Sí, coño, que tu gente abra los ojos y no deje de lado este asunto, que ahora viene a complicar la cosa, como si con la droga no tuviéramos suficientes problemas! Es verdad que uno no puede vivir tranquilo.

—Cualquier cosa me llamas —dijo Raúl, y sus pasos se fueron alejando.

En la habitación sólo se escuchaba el ahogado ruido de la grabadora haciendo girar la cinta. De repente, una puerta que se abre y luego se cierra, y la voz de Fidel maldiciendo.

—¡Este molesto chaleco antibalas, coño, debieran hacerlos más cómodos!

Y, tras una breve pausa, el agua corriendo por la taza del servicio.

—Está en su baño de azulejos azules —dijo el agente soviético, y el general Sombra agregó:

—Sí, se está cagando.

El agente de la KGB apagó la grabadora y se volteó hacia el general Sombra. Balkin era oriundo de Volgogrado, y hablaba cinco idiomas, pero le encantaba el español, que había estudiado desde pequeño. Su pronunciación era perfecta, aunque a veces se le notaba un rasgo de dureza cuando hacía gala de su conocimiento del Quijote, los versos de Antonio Machado y la picaresca española. Pero ahora no estaba para cuestiones literarias. El general Sombra hablaba y entendía perfectamente el ruso, pero se comunicaba con el agente por medio del idioma de Cervantes, pues sabía que al otro le gustaba.

—El asunto se está poniendo delicado —dijo el agente de la KGB, con voz grave y arrugando la frente—. Hay que darle más elementos a Fidel acerca del asunto de la droga, de manera que dirija su atención y sus fuerzas hacia ese tema.

—Creo que debemos reunirnos urgentemente para planificar los próximos pasos, Urano —dijo el general Sombra usando el nombre en clave del agente—. Ya tenemos el plan operativo, y está caminando, pero debemos crear el plan estratégico de la operación.

—Creo que sí, que debemos reunirnos lo más pronto posible. Ochoa, Abrantes, usted y yo. Ya veremos el día y la hora, ¿de acuerdo?

—De acuerdo.

Y el general Sombra se levantó del cómodo sillón forrado con damasco azul. Sabía que la reunión había terminado, y se dejó conducir por el agente soviético hacia una puerta lateral que al abrirla, mostró un pasillo estrecho débilmente iluminado. Antes de cerrar la puerta, el agente se despidió:

—Ya usted conoce el camino. Espere mi contacto. Hasta pronto.

—Hasta pronto.

El general Sombra caminó durante algunos minutos por el túnel, abierto por debajo de las avenidas que rodeaban la fortaleza de la embajada rusa. Calculó unos trescientos metros en su recorrido. Al final se topó con una puerta de blanco metal que se abrió de inmediato al apretar un botón que encendía una señal al otro lado. El general Sombra penetró en la cocina de Aliusha, la rusita dueña de la casa, esposa de Yuri, un técnico que laboraba en la textilera Ariguanabo. El matrimonio, dos alegres y sanos trabajadores, que vivían modestamente, en realidad eran agentes de la KGB y servían como puente para introducir personal a la Embajada por medio del túnel que se abría detrás de la falsa puerta del viejo refrigerador soviético.

Después de cerrar la doble puerta del equipo, Aliusha lo acompañó hasta la salida de la casa. Ya allí el general se despidió de ella, pero antes de dirigir sus pasos hacia la calle, miró a su alrededor en busca de alguna camioneta española marca Mebosas, con su rótulo de Ministerio de Comunicaciones, o de CUBALSE, la Empresa de Servicios a Técnicos Extranjeros, o algún van soviético marca Guaz, que en realidad ocultaban en su interior equipos de grabación, con micrófonos direccionales y cámaras de video, miniaturizadas y con zoom; pero no encontró ninguna. El Departamento K-J de chequeo visual y persecución no estaba detrás de él. Por eso, con la mayor tranquilidad del mundo, abandonó el portal de la casa y caminó unos cincuenta metros hasta su Lada, parqueado a un costado de la calle.

En el mismo instante en que el auto del general Sombra se perdía en el tráfico de la Quinta Avenida, y a cierta distancia de allí, un hombre, en medio de un mar de azulejos azules, pujaba para vencer un repentino estreñimiento de las tripas, y se preguntaba, como si estuviera sentado en el trono de un rey, quiénes eran los plebeyos que estaban haciéndole un yogurt la leche de búfala.

*   *   *

Mientras atravesaba el barrio conocido como Nuevo Vedado, poblado de casas dignas, pero modestas, habitadas por la clase media habanera, el capitán Roca recordaba el tiempo pasado con el general Ochoa en Nicaragua. Dentro de algunos minutos se encontraría con él, y era bueno tener fresca toda la información relacionada con el general de División que le habían ordenado contactar nuevamente. Había sido durante la etapa de consolidación del régimen sandinista. Ya las tropas especiales del MININT, que comandaba Tony de la Guardia, habían promovido el inicio de la guerra armada contra el dictador Somoza. Primero fue el traslado de las armas desde Costa Rica, y luego el asalto al puesto fronterizo de Peñas Blancas, y la apertura del Frente Sur, dirigido por Edén Pastora, el Comandante Cero. Más tarde, el triunfo y la entrada en Managua para ocupar el poder.

Ochoa fue asignado al país centroamericano para lograr el perfeccionamiento orgánico del ejército sandinista, y posibilitar su victoria en el enfrentamiento con el movimiento Contra en Nicaragua. Aunque el jefe de la misión militar cubana gozaba de la absoluta confianza del alto mando militar cubano, era vigilado y controlado por el Departamento de Contrainteligencia Militar, CIM, especialmente por el coronel Eduardo Delgado Izquierdo y por el primer teniente Carlos Roca. El hecho de que lo asignaran como ayudante del general le permitió desarrollar una relación muy estrecha no sólo con el militar, sino con el hombre. En ocasiones habían salido de fiesta juntos, y habían compartido con nicaragüenses de la clase pobre. Ochoa se consideraba igual que ellos, y comprendía su pobreza, porque él la había vivido de chico.

Ochoa, así lo recordaba Roca, era un hombre campechano que hacía honor a su origen humilde. Siempre estaba haciendo bromas, y algo que nunca olvidaba Roca: una espontánea y natural generosidad hacia sus subordinados. A pesar de ser un oficial que podía hacer ostentación de sus grandes victorias militares, rara vez las mencionaba, y cuando lo hacía, no lo movía la presunción personal ni resaltaba su participación en esas batallas. Esa generosidad y esa modestia le ganaban simpatías y fidelidad. Aunque su leyenda lo sobrepasaba, seguía siendo la misma persona sencilla de siempre. Ser amigo de Ochoa, o simplemente conocerlo personalmente, era un orgullo para cualquier miembro de las Fuerzas Armadas.

Roca había estudiado ampliamente su expediente, suministrado por el CIM, y había palpado que el general Ochoa era un militar extraordinario, un gran amigo, y un mito formado a partir de su historial, más de tres décadas peleando en diferentes frentes fuera de Cuba. Desde su alzamiento en la Sierra Maestra, y la toma de Santa Clara junto con Camilo Cienfuegos, su trayectoria no dejó de transitar la vía militar. La confianza que el régimen de La Habana le profesa lo convierte en "anónimo embajador de la guerra", y se le ve, luego de que las costas de Chichiribichi lo reciben en una noche sin luna, rodeado de anacondas y caimanes, mientras entrena guerrilleros en las selvas venezolanas. Durante

dos años adiestra en Sierra Falcón a las guerrillas de Douglas Bravo y
los hermanos Petkoff. Más tarde, está abriéndose paso en las espesuras
de Brazzaville, en las riberas del río Congo. La selva congoleña, junto al
asombro de los pigmeos y los bantúes, lo acoge en su intrincada maleza
para dar entrenamiento a las fuerzas de tendencia marxista de
Mozambique, África del Sur y Namibia. De repente, cambia el clima
húmedo de los árboles altos y las enredaderas por uno más cálido y seco,
el de los desiertos argelinos, donde entrena soldados para la guerra contra
Marruecos. Con propósitos similares se le ve en Zaire, junto al Che,
recorriendo la meseta de Ahaba. A su regreso a Cuba funda el Ejército
de La Habana. Regresa nuevamente al continente africano, campo
escogido por Fidel Castro para expandir su hegemonía de guerrillero
internacionalista. Las tierras de Guinea, Sierra Leona, Angola y Etiopía
conocen de su bota viajera, y los hombres, de su rigor profesional y su
sonrisa. Del continente africano salta al mar Rojo para llegar al Medio
Oriente. Su experiencia militar lo acredita para suministrar entrenamiento
especial a los ejércitos de Yemen del Sur, Libia, Irak y Siria. En este
último país entrena a los soldados sirios en su enfrentamiento contra los
israelíes en la guerra de los Altos del Golán, una meseta al suroeste de
Siria, ocupada por Israel desde la guerra de los Seis Días, en 1967. Su
pasaporte militar registra nuevos caminos, y algo más al oriente, las
tropas de Afganistán asimilaron su asesoramiento. La península de
Indochina conoce también de su constante viajar, y el embajador de tez
trigueña y sonrisa amplia se mezcla entre los hombres amarillos. Las
anegadas siembras de arroz y las intrincadas selvas orientales son la
nueva trinchera donde ejerce su maestría. Las tropas de Viet Nam y de
Laos acogen con beneplácito su pedagogía militar, su plan de ataque y
defensa, su forma de vencer y lograr el triunfo sobre el enemigo. Sus
victorias en África le hacen merecedor del grado de general de División,
y es catalogado como "el maestro de la estrategia".

Es en Nicaragua donde las trayectorias del general Arnaldo Tomás
Ochoa Sánchez y el primer teniente Carlos Roca, paralelas hasta ese
momento, se encuentran.

La primera impresión de Roca ante aquella figura legendaria
condecorada con la Estrella Roja de Ogadén, que había sido un estratega
genial en los desiertos de Ogadén y Namibe, y que había comandado un
ejército blindado del Pacto de Varsovia, a través del paso Kara-Marda en

los montes Amhar, a más de dos mil metros de altura, para conducirlo a la victoria, fue de que estaba delante de un dios: Ares caribeño vestido de verde olivo. Pero después de conversar con él durante tres minutos, el pellejo de dios que Roca le atribuía se deshizo para mostrar la piel del hombre que era Ochoa. El dios plantó sus botas llenas de fango encima del escritorio y lo invitó a tomarse un trago de Bacardí. "Arriba, teniente, métele un estimulazo a las tripas, que ahorita nos vamos para el monte". Y Roca le extendió el sobre conteniendo el documento de presentación que le habían dado en La Habana. Ochoa lo tiró, sin abrirlo, encima del escritorio. "La gente se conoce por sus hechos, teniente, no por sus papeles. El blanco aguanta todo lo que le pongan". Roca asimiló el consejo, se cuadró y saludó militarmente. "Como usted ordene, general". Entonces él se levantó de la silla, y tras dar unos pasos en la pequeña oficina que ocupaba, le tendió un brazo por encima del hombro. "Déjate de tanta ceremonia. Vamos, Roca, que los nicas nos esperan, digo, si antes no nos mata una bala Contra o nos traga uno de los volcanes".

Por eso, mientras conducía su viejo Chevrolet, el capitán Roca no dejaba de preguntarse cuáles eran las razones que motivaban la investigación del hombre al que él había llamado al 32 6504, dos días antes, para saludarlo, y que lo había invitado a su casa en la calle 24 para "compartir un rato, tomar café y hablar boberías". Era una casa modesta, pintada de blanco, que nadie hubiera pensado, teniendo en cuenta el nivel de vida de los militares de alta graduación, que pudiera ser el hogar del general Ochoa. Debido al poco espacio del jardín delantero, Roca tuvo que recurrir a sus mejores habilidades de chofer para parquear detrás del Lada color sangre, en cuyo maletero se destacaba una antena de radio. El hueco dejado por la puerta al abrirse lo llenó una trigueña de baja estatura, que le sonreía desde una cara llena, y en la que brillaban dos cocuyos de luz: los ojos verdes que deslumbraron a Ochoa cuando la conoció en una parada de bus, y la invitó para llevarla. "Nine lo espera", dijo, adornando las palabras con una sonrisa. "Maida, cuela un poco de café", se oyó decir a Ochoa, "y trae un poco de ron para bautizarlo". Ella sonrió y lo condujo al comedor, donde el general organizaba las medallas y condecoraciones recibidas durante su vida militar.

—¿Por dónde andabas, muchacho? —dijo mientras le daba un abrazo fuerte, y le palmeaba la espalda con amistosa rudeza—. Desde que llegué de Angola, no te he visto, pero bueno, siéntate, ¿no?

—Estoy de administrador de un taller de mecánica, pero no he dejado el ejército, estoy en la reserva.

—Eso no sirve, hay que estar activo. Ahora voy a ocupar la jefatura del Ejército Occidental, ¿lo sabes?

—No, primera noticia.

—Es que todavía no se ha publicado. No me gusta el trabajo de escritorio, pero bueno... ¡Pero, coño, siéntate, que pareces un cederista haciendo guardia!

Roca se sentó a la mesa donde estaban regadas infinidad de medallas adornadas con trazos de tela con diversos colores. Entre ellas pudo observar la Orden Máximo Gómez, de primer grado, una condecoración que, por su valor, era concedida a muy pocas personas.

—Es verdad que hay que estar activo. Precisamente por eso quería verte.

—¿Te gustaría venir conmigo?

Ochoa preguntó y clavó sus ojos oscuros en los de Roca. Pero su mirada no era un puñal de agresión, sino una mano tendida para el auxilio.

—Mi hermano, tú sabes que trabajar contigo es un placer y un honor para mí.

Miró hacia el interior en busca de Maida, y al no verla, continuó:

—Además, siempre contigo se pega "algo".

—¿Qué es "algo"...?

—Quiero decir, que no todo es tiro y olor a pólvora. Siempre detrás de un fusil hay una faldita bonita que...

Ochoa sonrió y sus músculos se tensaron por debajo de la piel trigueña, acentuada aún más por la camiseta blanca que la cubría. Ante el silencio de Ochoa, a quien el tema al parecer no le gustaba que se tocara en su casa, Roca continuó:

—La calle está de anjá y acullá. No sé cómo piensas tú, pero la cosa está que arde. Creo que esto va de mal en peor.

Sin duda Roca estaba cumpliendo al pie de la letra las orientaciones recibidas. Debía contactar al general por tres razones. Una: para recordar tiempos pasados y consolidar su amistad, perdida momentáneamente desde que Ochoa se dedicara a la guerra en Angola. Dos, tratar de unirse a él como forma de estar más cerca de sus actividades y poderlo controlar de manera efectiva. Tres: tantearlo para captar su criterio acerca de la situación nacional, y especialmente sobre Fidel.

—¿No estuviste en Angola? —preguntó Ochoa mientras pulía con un paño blanco una de las medallas.

—No, me fracturé una pierna, pero ya estoy bien.

—¿Te caíste en un volcán nicaragüense?

Y rió espontáneo. En ese mismo instante llegaba Maida con dos tazas de humeante café. Roca tomó una de las tazas y aspiró el humo de la infusión. Luego, se aventuró a lanzar un símil.

—Un pequeño volcán cubano en erupción.

—¿Cómo que volcán cubano? No comprendo —dijo ella mostrando la duda en sus ojos esmeraldas.

—No me haga caso, señora, pero Ochoa sabe.

—Puedes tomarlo con confianza, Roca. Mi esposa es profesora de química, aunque a la hora de hacer sus ligas, bautiza el trago con muy poca "agua bendita".

—Esta "agua bendita" que tú dices es un veneno.

—Es verdad, pero te tengo a ti como antídoto —y le tomó la mano con cariño.

—¡Ay, Nine, no cambias! —exclamó ella y, tras una excusa relacionada con quehaceres hogareños, se retiró al interior de la casa.

—¿Sacándole brillo a las medallas? —preguntó Roca al ver el esmero con que Ochoa limpiaba sus condecoraciones y las situaba dentro de las cajitas protectoras.

—Son una basura, lástima que sean de hojalata, y que hayan costado tanta sangre. Las preparo para que mis hijos y nietos jueguen con ellas.

En ese instante sonó el teléfono y Ochoa lo tomó con gesto mecánico. Tras escuchar unos segundos, preguntó:

—¿Cuándo... el domingo... en tu casa? ¿Quiénes van? Está bien. ¡Oye! ¿Puedo llevar un invitado?

Sonrió y colgó. Mientras tomaba su café bautizado dijo:

—Era Diocles.

Roca conocía a Diocles Torralbas como el niño de catorce años que, hacía ya bastante tiempo, un día se presentó en un campamento guerrillero para incorporarse a la lucha contra Batista. Su trayectoria militar lo hizo jefe de la Defensa Aérea, y luego de la Fuerza Aérea. Su actividad civil lo había llevado al cargo de ministro de la Industria Azucarera, y más tarde al de Transporte, cargo que ocupaba actualmente.

—Diocles Torralbas —dijo Ochoa, sonriendo con amabilidad—, buen socio. Estuvo conmigo en Frunze y en Voroshilov. Allí estudiamos juntos.

Ochoa se refería a la academia militar Frunze y a la escuela del Comando Voroshilov, para oficiales superiores, ambas en la Unión Soviética.

—Creo que Diocles está casado con una hija de Tony de la Guardia, ¿te acuerdas? Estaba en Nicaragua, al mando de las Tropas Especiales.

—Estás equivocado, Roca, es al revés. Tony es el que está casado con una hija de Diocles.

—Valga la rectificación —dijo Roca, y concluyó de un sorbo el líquido contenido en su taza—. Uno aprende todos los días. A propósito de Nicaragua, ¿te acuerdas de aquella vez que fuimos a ver el volcán ese que está abierto al turismo?

—Ya ni me acuerdo cómo se llama.

—Yo tampoco, pero hablando de volcanes, hay otro que está echando humo y que en cualquier momento entra en erupción.

—¿En Nicaragua?

—No, aquí.

Ochoa paralizó su acción de limpieza para mirar fijo a Roca. Buscó en sus pupilas las respuestas a una pregunta que en ese instante el general se estaba haciendo. ¿Por qué su antiguo colaborador en Nicaragua se expresaba tan abiertamente, pero al mismo tiempo de una manera ambigua, acerca de la situación en Cuba? Pero sólo encontró sinceridad en los ojos del joven.

—¿Estás disgustado con el socialismo?

—No, realmente, pero tampoco estoy muy contento, ya te dije que la cosa está que no sabemos adónde vamos a parar. Claro, hay que sobrevivir.

—Por eso te dije si querías trabajar conmigo, después que ocupe el mando.

—De acuerdo. Si en algo puedo serte útil, estaré a tu lado. Para mí es un honor.

—Déjate de guataquería, eso no va conmigo.

—No es guataquería, yo no soy de esos. Es verdad lo que te digo, hermano.

—¿Qué vas a hacer el domingo?

—Tenía una cita con una chiquita ahí, pero creo que no va a poder ser. ¿Tienes algo en particular?

—Diocles da una fiesta. Me invitó, ¿quieres ir conmigo?

* * *

Miró el reloj. Eran las 3 y 15 de la madrugada. El ascensor se detuvo en el octavo piso, y, seguido por un capitán del Ministerio del Interior, avanzó con pasos firmes por el pasillo con alfombra roja, escoltado por palmas enanas a los lados. El oficial que lo había trasladado en un Lada azul, con cristales negros en las ventanillas, se adelantó a su derecha para abrir la puerta del ministro.

La reunión, por cuestiones de seguridad, se había programado para llevarla a cabo en horas de la madrugada. Todos los citados serían trasladados en autos especialmente equipados con cristales oscuros, y recogidos por personal de confianza, en lugares muy bien seleccionados, de manera que no se despertaran sospechas. Por otro lado, se habían tomado medidas muy sutiles para, en caso de que estuvieran chequeados, evadir todo tipo de persecución.

Él sabía que de los resultados de aquella reunión dependía el destino de Cuba. Por eso le atribuía una extraordinaria importancia.

El general Sombra campaneó la mirada para ver al ministro sentado detrás de su buró de madera preciosa, en forma de L. A su espalda un cuadro mostraba la bahía de Matanzas en 1800. Vestía su tradicional uniforme verde olivo tornasolado, de mangas cortas, y su pistola con cacha dorada y plateada. Se levantó para darle la bienvenida con un apretón de manos, e indicar hacia los que esperaban.

A la derecha, una mesa con cuatro sillas. El general Ochoa lo recibió con una sonrisa amplia en su rostro trigueño, y un brillo indefinible en los ojos protegidos por las gafas de armadura de carey. Aunque el oficial era unos años más joven que él, Sombra lo admiraba por sus hazañas. A su lado, Serguei Balkin, más conocido como Urano, el agente de la KGB, esbozó una sonrisa en el rostro de piedra, y extendió su mano angulosa para estrechar la del general Sombra, en aquel instante vestido de civil, por lo que resultaba muy difícil para el que no lo conociera personalmente, identificar en su persona a un general del MINFAR. Las cortinas del gran ventanal que daba a la Plaza de la Revolución habían sido corridas. Sobre la mesa, botellas de vodka y de Havana Club. Copas, vasos y una cubeta con cuadritos de hielo. También botellas de agua mineral Ciego Montero. Varias libretas de papel blanco, y un vaso con bolígrafos amontonados en promiscuo abrazo. A un lado, y montada sobre un pequeño eje que le servía de apoyatura, una bala calibre 50 con casquillo dorado semejaba un cohete antiaéreo.

Se sentaron casi al mismo tiempo. En el ambiente, a pesar de que todos se conocían, predominaba una atmósfera de cargada seriedad.

Ya Abrantes había discutido previamente con el general Ochoa todos los detalles relacionados con la Operación Cocodrilo Verde y su ejecución en el plan táctico. A sugerencia de Ochoa, se habían incorporado al plan algunas variantes y se habían analizado detalles importantes que no habían tenido en cuenta el ministro del Interior y el general Sombra al elaborarlo durante el paseo marino en el Tomeguín.

La reunión comenzó sin preámbulos, pues todos conocían la razón de la misma y la necesidad de establecer un programa definitorio de lo que pudiera llamarse el Plan Estratégico, que se llevaría a cabo después de eliminar al Buró Político del Partido Comunista de Cuba.

—Bien —dijo el general Sombra al mismo tiempo que tomaba una libreta y un bolígrafo para hacer apuntes—, debemos definir con claridad la política que seguiremos cuando el Buró Político pase a la historia y su eliminación sólo sea noticia en la prensa, la radio y los canales de televisión.

El general Ochoa se ajustó los espejuelos y se dirigió al soviético.

—Yo estoy seguro de que los americanos nos van a apoyar, pero ¿y los rusos?

—Es cierto —y Abrantes se adelantó al agente de la KGB, quien había hecho un gesto para hablar—, no conviene que surjan opositores a la operación. Porque, aunque los americanos nos apoyen, todavía necesitamos la ayuda de ustedes.

Serguei Balkin asintió. En sus ojos claros chisporroteó una lucecita fría como el invierno siberiano.

—No se preocupen, contamos con Gorbachov para eso. Además, estamos convencidos de que a Fidel hay que eliminarlo. No estamos dispuestos a tenderle más nuestro manto protector para que pueda desarrollar su vocación guerrillera.

Urano hizo una pausa, tomó un poco de agua, y continuó al mismo tiempo que hacía piruetas con los dedos.

—Vocación que desarrolló en Angola, Nicaragua y Etiopía, y en la que nos vimos envueltos. No, señores, Gorbachov, y el ala de la KGB que lo apoya, no queremos defender la dictadura personal de este aventurero que ha hecho del marxismo una coartada ideológica, y del Partido una estructura de gobierno absoluto.

—¿Está seguro entonces el apoyo de Gorbachov? —inquirió el general Sombra.

—Claro, mi general —y Urano se pasó la mano por los pelos rubios que le caían a un costado de la cara—. Gorbachov entiende que no resulta lógico apoyar a un enemigo público de la *perestroika*, del *glasnost* y de todo lo que huela a democracia.

—Sobre todo ahora, compadre —dijo Ochoa y se acomodó en la silla—, que Estados Unidos y la Unión Soviética están por la colaboración y el desarme. Y este comemierda que tenemos de jefe sigue empecinado en fajarse con todo el mundo, y que todo el mundo se faje por él.

—Ochoa tiene razón —dijo el general Sombra, y continuó con voz de profesor—. El tipo es una espina de irritación permanente entre los americanos y los rusos.

—Bien, Gorbachov, el gobierno, están con nosotros, pero ¿y el pueblo?

La pregunta la había hecho Abrantes. Urano movió la cabeza en forma negativa.

—El pueblo está cansado de apoyar con su esfuerzo, su sudor y sus limitaciones, que las tiene, a un líder que sólo busca su propia gloria. Muchas cosas que se envían a Cuba se les quita a nuestros trabajadores, y no se ve ningún progreso.

—Bien, esperemos que todo salga como dice Urano —dijo el general Sombra, y mirando paulatinamente a los presentes, continuó—: Creo que debemos establecer los pasos concretos a seguir tras la ejecución del Plan Táctico.

—¿Qué propones? —preguntó Abrantes al mismo tiempo que vaciaba en una copa un trago de Havana Club.

—Alguien que asuma la dirección principal del movimiento, su cabeza principal, y que sea el que marque la pauta, el guía ante los ojos de la opinión interna y de la mundial.

—Tú mismo —sugirió Abrantes y dejó que la bebida le corriera por la garganta.

—No, yo no soy el más indicado —y el general Sombras negó con la cabeza para luego fijar la vista en el general que tenía frente a sí—. Entiendo que la persona con más prestigio, militar y personal, para asumir esa responsabilidad es... Ochoa.

Arnaldo Ochoa se movió inquieto en la silla, volvió a ajustarse las gafas y, sin ocultar el orgullo que le producía el señalamiento del general Sombra, expresó su criterio.

—¿Por qué yo? Ustedes saben cómo soy, a mí no me gustan estas cosas de estar en primera plana. Además, yo no soy ducho en eso de los discursos, y habrá que discursear, ¿no? Yo no soy Fidel que se pasa todo el tiempo hablando... mierda.

—Eres la máxima figura militar de la acción —dijo el general Sombra, y dirigió la mirada hacia el ministro del Interior—, y luego Abrantes, por eso debes asumir la dirección. No resulta tan difícil. Se trata de convocar de inmediato una rueda de prensa nacional e internacional, y explicar al pueblo, y al mundo, los objetivos del movimiento, el cual, por supuesto, no llevaría la palabra revolución para identificarse.

Sin esperar la respuesta de Ochoa, Abrantes se adelantó.

—Oye, Griego, el asunto es explicar las razones, conocidas por todos nosotros, que motivaron el uso de la fuerza para eliminar la dictadura, y usa bastante esa palabra cuando hables: ¡dictadura!

—Anunciarías la creación de una Comisión de Transición que organizaría en un plazo sumamente breve, la convocatoria para elecciones libres en todo el territorio nacional —sugirió el general Sombra al mismo tiempo que hacía anotaciones en su libreta.

—Creo que lo primero que hay que hacer es destruir la estructura del partido comunista y crear diversos partidos que garanticen la competencia —dijo Ochoa, en ese instante más entusiasmado—. Se trata de implantar la democracia en el país, ¿no?

—Me parece que una cuestión de inmediato cumplimiento —dijo el general Sombra, y volvió a apuntar algo en su libreta—, es el restablecimiento de relaciones con el gobierno de Estados Unidos, y otros países con los cuales Cuba no tiene vínculos comerciales y diplomáticos.

—Eso afectaría, en cierto sentido, nuestras relaciones comerciales —dijo Urano mientras se servía un largo trago de vodka. Lo bebió como si fuese agua y continuó—: Pero comprendemos que debe ser así. Cuba debe abrir sus brazos al mundo, tener una apertura económica y comercial con todo el mundo y no con una parte de él.

Todos asintieron ante la opinión del agente de la KGB. El general Sombra aprovechó una pausa para opinar.

—Debemos establecer, de inmediato, las libertades democráticas, tales como la reunión de las familias dispersas por todos los países del planeta, el libre derecho a viajar y a vivir donde el cubano quiera, así como la libertad de expresión, tanto en el campo personal como en el cultural y periodístico.

—Antes que todo, como dijo Ochoa hace un rato, hay que eliminar toda la estructura comunista que abarca los organismos de Estado, políticos, culturales, de trabajadores, de masas, y llevar a cabo la total descentralización de la economía —concluyó Abrantes dando un pequeño golpe con el puño sobre la pulida superficie de la mesa.

Urano se movió inquieto en la silla y dejó que otro trago de vodka le corriera por la garganta. Esta vez se le aguaron los ojos al ingerir la fuerte bebida.

—No debemos ser extremistas tampoco —dijo el ruso mirando a todos los presentes—. No se trata de destruir el andamiaje comunista para sentar al Tío Sam en el gobierno. Creo que debemos hacer cambios en la estructura, no destruirla de momento, porque nos puede hacer falta.

Las palabras de Urano no parecieron tener mucha influencia en los tres militares. El general Sombra se adelantó a decir:

—Después de las elecciones, se debe ir a la creación de los poderes Ejecutivo, Legislativo y Judicial, y, a partir de este último, la elaboración de una constitución acorde con las aspiraciones humanas y culturales del hombre libre.

—Además —y Abrantes comenzó a jugar con la bala calibre 50 entre sus manos, haciéndola girar en redondo—, debemos evitar a toda costa que se produzcan venganzas de tipo personal, y darle derecho de defensa a todo aquel que sea enjuiciado por crímenes y asesinatos.

Ochoa asintió, y apretando fuertemente los dedos de las manos, dijo, como si con ello diera término a la reunión, o su frase fuese el colofón de la misma.

—¡Y hacer de Cuba un país de libertad y de progreso, coño!

* * *

El general de Ejército Raúl Castro se paseaba de un lado a otro en su amplio despacho en el edificio del MINFAR, en la Plaza de la Revolución. Al mirar por el gran ventanal se topó con el rostro del Che Guevara, desplegado a todo lo largo del edificio del MININT. Eran las ocho de la mañana. Escasamente hacía sólo tres horas, desde ese edificio habían partido, con intervalos de cinco minutos, tres autos Lada con cristales oscuros, los cuales llevaban en su interior tres personalidades que en aquel instante estaban conspirando de manera efectiva contra el gobierno comunista. Pero Raúl no conocía, ni llegaría a conocer jamás, acerca de esa reunión y sus motivos. A las tres de la madrugada estaba dándose palos de Chivas Regal en una casa de visita del gobierno, junto a una amistad muy querida, un oficial jovencito, de bello aspecto varonil, que él había incorporado a la Jefatura del MINFAR, como segundo asistente del general Gondín.

Y había sido precisamente el general Gondín quien le había echado a perder la fiesta cuando se apareció para informarle acerca de una reunión, una reunión muy importante.

Sentado en uno de los butacones del despacho ministerial, el general Gondín, jefe de la contrainteligencia de las Fuerzas Armadas, tenía en los ojos un brillo especial que suavizaba un poco su cara de funeral. No era para menos. Él había sido el mensajero de la noticia traída por el agente que se encontraba bajo sus órdenes, y que respondía al nombre de Carlos Roca, en aquel instante sentado también en uno de los sillones, en espera de la reacción del hermano de Fidel.

—Así que van a organizar una fiesta en casa de Diocles... vaya, vaya... —decía Raúl, y en sus ojos brillaba una luz que no era de admiración o de miedo, sino del whisky acumulado en las venas y que ahora le salía por las encendidas pupilas que el rasgo asiático trataba de ocultar.

Roca asintió, y amplió la información.

—Ochoa me invitó, y dijo que iban a estar presentes Tony de la Guardia, Padrón...

—¿Quién más? —y Raúl detuvo su paseo para fijar sus ojos vidriosos en el joven oficial.

—Creo que iba a ir Abrantes, pero el ministro dijo que no puede, y va a enviar a un representante.

—Un emisario... je, como si allí se fuese a hablar algo importante, y el tipo tuviera la tarea de informarle luego, ¿no es eso?

—Eso parece —y fue Gondín quien respondió—. La persona que va por Abrantes es un capitán, Rigoberto Urquide, del grupo 49 de Seguridad Personal. Creo que podemos utilizarlo también como segundo informante, puesto que Roca va a estar presente.

—No, no, que sea Roca el único que informe, y que vigile al Rigoberto ese. Va y a lo mejor es un incondicional de Abrantes y... —Raúl calló, pues no era necesario hablar delante de un agente de segundo orden acerca de sus sospechas sobre Abrantes.

—¿Qué propones, Raúl? —preguntó Gondín, haciendo ostentación ante Roca de su vínculo personal con el ministro, que le permitía tutearlo.

—¿Para cuándo es la reunión? —dijo Raúl, tocándose la diminuta barbilla desde la que se desprendían hacia el cuello algunos pellejos de carne vieja.

—Para el domingo 28 —se apresuró a informar Roca.

—Bien, Gondín —dijo el general de Ejército al mismo tiempo que se quitaba la gorra y la tiraba encima del buró—, preséntame un plan para ejecutar de inmediato, y grabar todo lo que se hable en esa reunión.

—¿Videos y micrófonos?

—Sí, pon cámaras y micrófonos por todos lados en la casa de Diocles. Adentro, en el jardín... en fin, tú sabes cómo es eso.

—Como ordenes, Raúl —dijo Gondín levantándose y haciéndole una seña a Roca de que lo siguiera.

Como Raúl le había dado la espalda, Roca obvió el saludo militar y optó por seguir los pasos del general Gondín hasta salir del despacho del ministro.

Raúl Castro se paseó pensativo por el amplio salón que le servía de oficina, y de repente se detuvo delante del buró.

Tomó un teléfono y presionó una tecla. Cuando escuchó que alguien descolgaba del otro lado y preguntaba quién llamaba, reconoció la voz del general Francis Virgilí, jefe de la escolta personal del Comandante en Jefe. Raúl engoló la voz y dijo:

—Francis, soy yo. Ponme con Fidel.

* * *

La siembra técnica se había llevado a efecto el día anterior. La contrainteligencia militar, siguiendo instrucciones precisas de Raúl Castro, había instalado tres micrófonos en el interior de la residencia del ministro de Transporte, Diocles Torralbas, y dos más en lugares claves del jardín. Además, se había dado una orden de que se suprimiera todo chequeo exterior que pudiera poner en alerta a los invitados de ese domingo 28 de mayo. Sólo la camioneta española, con el anuncio de una empresa de asistencia a extranjeros, quedaría parqueada a una cuadra de la casa, con el propósito de grabar todo lo que allí se hablara.

Las casas de los altos funcionarios pertenecientes a la nomenclatura castrista habían pertenecido a la alta burguesía que se vio obligada a abandonar el país tras el triunfo de los rebeldes alzados contra Batista. Estas residencias, ubicadas en zonas especiales, que mostraban sus modernas edificaciones en medio de una fiesta de áreas verdes, fueron "heredadas" por los generales, ministros y miembros del Partido Comunista de Cuba, quienes las disfrutaban a gusto a pesar de su "origen burgués y capitalista".

La residencia del ministro de Transporte, a diferencia de las de muchos dirigentes del gobierno cubano, no estaba cercada por muros ni disponía de un grupo de seguridad personal encargado de la custodia del funcionario. Sus paredes exteriores, de piedra trabajada y color crema, contrastaban armoniosamente con la madera barnizada de sus puertas. Aunque disponía de piscina, símbolo de lujo en el mundo de las construcciones, no era una residencia que despertara la admiración.

En esto pensaba el capitán Roca cuando arribaba a la casa de dos pisos ubicada en la Séptima Avenida, entre las calles 66 y 70 del reparto

Miramar, momentos antes de que María Elena Torralbas, la hija del ministro y esposa de Tony de la Guardia, le abriera la puerta barnizada de la entrada. Ya Roca, al parquear su viejo auto en el jardín del frente, había notado que el Lada 2107 del coronel Tony de la Guardia estaba a un costado de la casa, pues el capitán Jorge de Cárdenas, su ayudante, y chofer en ocasiones, se ocupaba de probar el motor Niva 1600, de cinco velocidades y carburación alemana. El capitán Cárdenas era un oficial muy celoso y trataba de mantener siempre el equipo al kilo. Roca pudo observar la AKSU-74 adosada al interior de la puerta delantera, antes de que el ayudante de Tony la cerrara con sumo cuidado, y se dirigiera a la vivienda para penetrar en ella por una entrada lateral.

"Soy Carlos Roca, invitado de Ochoa...", iba a continuar explicando la razón de su presencia, pero la hija de Diocles no lo dejó continuar. "Pase, Roca, pase, Ochoa llamó temprano para decirnos que usted venía, pase", concluyó con una sonrisa en el rostro juvenil.

Aunque conocía la casa por dentro, pues había estado en ella el día anterior cuando verificaba la instalación de los micrófonos, después de que Diocles Torralbas y su esposa Noelvis abandonaron la residencia para cumplir con una invitación especial de Fidel, recibida a última hora, Roca se comportó como si fuera la primera vez que visitaba el local. Luego de unos segundos, se levantó del mueble de mimbre, en el que se había sentado, para saludar a Tony, a quien conocía mucho más de lo que el coronel podía imaginar. "¿Cómo estás, Rigo? ¿Quieres volver a Nicaragua otra vez?", fueron las preguntas que sirvieron de saludo. Roca no pensaba que Tony pudiera recordar su nombre, y calculó que Ochoa había hablado con el coronel. Pero se equivocaba. Cuando le mencionaron a Tony quien era la persona invitada por Ochoa, lo primero que hizo el oficial del MININT fue llamar a la jefa de su Oficina Secreta, Ana María Presno, para que localizara los datos de Carlos Roca. A los quince minutos recibía por radio una llamada desde su oficina del Departamento MC, ubicada en una vieja mansión con el número 21406 en la Séptima Avenida del barrio Siboney. "X-60 para X-2... X-2 adelante", dijo Tony tras descolgar el equipo de la planta japonesa Yaesu, instalada debajo de la guantera del Lada 2107. A continuación recibía toda la información reunida en la computadora, información que abarcaba las actividades de un teniente nombrado Carlos Roca, en

Nicaragua, en la época en que Arnaldo Ochoa estaba asesorando a las tropas que lucharon contra Anastasio Somoza y tomaron el poder. El teniente Roca había sido dado de baja del ejército regular por una herida recibida en la cabeza. Un fragmento de una granada F-1 lo escogió como blanco durante un entrenamiento del ejército sandinista. Lo que no sabía Tony, puesto que no estaba en la computadora de su oficina, era que el accidente había sido inventado con posterioridad a su salida de Nicaragua por la contrainteligencia del Ejército cubano, para justificar su baja y que Roca realizara su trabajo de espionaje bajo una fachada de civil. El tipo conocía bien Managua, lugar donde estuvo destacado como ayudante del general Ochoa, por lo que a Tony le resultó fácil hablar de sus aventuras en Nicaragua, mencionando a Ochoa muy brevemente. Roca sabía que entre el coronel Antonio de la Guardia y el general Ochoa existía una rivalidad oculta por cuestiones que se derivaban de sus propias actividades. Cada uno quería tener el control total en el país centroamericano, y esto, por supuesto, creaba conflictos de tipo profesional que luego se hicieron extensivos al plano personal.

Tony, sin mencionar ninguna de estas desavenencias con el general Ochoa, se dedicó a narrar la forma en que siendo Jefe del Grupo de Tropas Especiales radicadas en Costa Rica, había preparado las condiciones que permitieron el tráfico de las armas destinadas a abrir en Nicaragua el Frente Sur, al mando del Comandante Cero, Edén Pastora. Y entre tragos de whisky y sonrisas de orgullo, la forma en que organizó y ejecutó la toma del punto limítrofe de Peñas Blancas, ubicado en la frontera entre Nicaragua y Costa Rica, acción que dio inicio a la guerra en Nicaragua, cuestiones que ya Roca conocía.

Pero, sobre todo, lo que para él era lo más importante: fue el primer cubano que, integrando las fuerzas sandinistas, entró a Managua y tomó la jefatura del Ejército y la casa del dictador Anastasio Somoza.

La conversación hubiese continuado con los cientos de aventuras vividas por este hombre al que Carlos consideraba un mercenario con carnet del Partido, si no hubiese sido interrumpida por Diocles Torralbas, quien apareció de repente en escena para llevarse a Tony con el objetivo de que probara el cuerito del puerco que soltaba sus grasas en el horno de la cocina. "Con el permiso, se lo devuelvo enseguida, vamos ahora a una misión especial", dijo y lo hizo desaparecer detrás de una de las paredes divisorias de la casa.

Roca había arribado temprano con el propósito de ser testigo de los que fueran llegando a la fiesta, y no un paracaidista tardío que aterriza ya cuando el festín ha comenzado. Diocles regresó al minuto para darle un fuerte estrechón de manos, y acogerlo con la confianza que le aseguraba el hecho de ser un invitado del general Ochoa, y también quizás por el origen campesino del ministro, que se mostraba en la campechana alegría y espontánea solidaridad que no podía opacar el alto cargo que ocupaba en el gobierno cubano. Para Roca no era ajeno que muchos altos oficiales del Ejército y del MININT, así como ministros y funcionarios del Partido Comunista, habían tenido un origen humilde al incorporarse a la lucha armada contra la dictadura del general Batista. Algunos, después del triunfo y la toma del poder, se habían olvidado completamente del bohío de palmas, de la guardarraya, y de cómo se sembraba la yuca y el boniato. Pero otros, no obstante el lujo y la buena vida de que disfrutaban gracias a sus cargos, mantenían vivo, bien en el recuerdo o en sus hábitos, el carácter y las costumbres adquiridas durante su niñez y su crianza.

Por eso el puerco asado, los tostones, el congrí oriental, la yuca con mojito, la ensalada de tomates y de roja remolacha, que constituían el menú de aquella noche. ¿La bebida? Toda la que se quisiera, cervezas, whisky, coñac, y, por supuesto, el ron cubano de 7 años de añejamiento, el Matusalém elaborado en la lejana Santiago de Cuba.

El capitán Roca, mientras ayudaba a poner la mesa, después de que Diocles solicitara su asistencia, fue testigo de la llegada del general de brigada Patricio de la Guardia, hermano mellizo de Tony; del mayor Amado Padrón, del Departamento MC (Moneda Convertible) del MININT, del cual era jefe Tony de la Guardia. Quince minutos después arribaba el capitán Jorge Martínez, junto al más importante de los visitantes: el general de brigada Arnaldo Ochoa Sánchez.

Sin embargo, el capitán Roca, siguiendo instrucciones precisas de Raúl Castro, centró su atención especial en un hombre joven que arribó a la residencia con paso lento y gesto autoritario, y que paseaba su mirada orgullosa entre los presentes como si los observara desde el segundo piso de la residencia. Aunque vestía pantalón azul y pulóver crema con rayas negras y marronas, así como zapatos Florsheim en cuya superficie de cuero pulido la luz resbalaba en brilloso destello, no podía ocultar su educación militar en los gestos rígidos que acompañaban sus más mínimos movimientos. Al enfrentarse a cada uno de los presentes esperaba a que lo saludaran primero para entonces él mostrar una breve sonrisa y extender la ruda mano en la que se notaba la huella de los ejercicios de kárate. Sólo con dos personas tuvo la gentileza o la habilidad de saludar primero: con el general Ochoa, y con Tony de la Guardia, quien lo conocía muy bien como el capitán Rigoberto Urquide, perteneciente al Grupo 49, encargado de la custodia personal del Comandante en Jefe.

El capitán Roca se había situado, inteligentemente, al lado del general Ochoa, de manera que cuando se saludaran, surgiera la oportunidad de que él fuera presentado al orgulloso representante del general José Abrantes, ministro del Interior. Todo ocurrió como Roca había previsto. Después del estrechón de manos y la sonrisa adulona con que recibió al general de Brigada, Rigo dejó escapar su inevitable información personal: "Oficial Rigoberto Urquide, del Grupo 49, a sus órdenes, mi general". Rigo evadía mencionar su grado de capitán, quizás humillante para él entre tantos oficiales de alta graduación, pero ponía énfasis al mencionar el Grupo 49, pues ninguno de los presentes desconocía la importancia del mismo en la seguridad personal de Fidel Castro.

Después agregaba para reafirmar su presencia en el lugar:

—Abrantes me solicitó que lo representara en la fiesta, y que les pidiera a ustedes que lo disculparan. Asuntos de extrema urgencia requieren de su atención en estos momentos.

El capitán Rigo trató de mantenerse en el grupo de Ochoa, Tony y Diocles, pero le resultó imposible, pues ellos, de una manera muy sutil, se apartaban para entablar conversaciones individuales en las que no podía participar el capitancito, por muy enviado que fuese de Abrantes, y por muy escolta que fuese de Fidel Castro.

Esto facilitó que Roca pudiera abordarlo en un momento en que trataba de ahogar su soledad con generosos tragos de whisky. Sin duda el capitán Rigoberto deseaba que se le considerara un personaje importante, pero sus aspiraciones no guardaban correspondencia con sus méritos, los cuales, si los tenía, estaban bien ocultos. Y como el amigo de Ochoa, el civil invitado a una fiesta donde todo el mundo estaba vinculado a la vida militar, era un blanco fácil en el cual depositar sus experiencias y proyectos, Rigoberto prácticamente secuestró a Roca para hacerlo su víctima en el monólogo que su egocentrismo utilizaba para expresar su personalidad de capitán miembro del Grupo 49.

Roca y Rigo conversaban como si se conocieran desde niños. Mientras Roca se mantenía con una expresión triste en el rostro, como si algo lo tuviera sumido en una angustia interior, Rigo mencionaba, con orgulloso gesto militar, las diferentes etapas y entrenamientos que había pasado hasta llegar al grado de capitán, los diversos países conocidos cuando acompañaba al Comandante en Jefe en sus viajes al extranjero, los méritos que sus superiores le reconocían, y sobre todo, la confianza del ministro del Interior, el general de Brigada José Abrantes. En el plano personal, se mantenía soltero. No había querido unirse todavía a ninguna mujer. Eso sí, "pasaba por la piedra" a toda belleza que conociera en su camino, ya fuera miembro del MININT o de algún otro ministerio, ahora con más razón y mérito porque disponía de un Lada nuevecito que Abrantes le había regalado hacía sólo una semana.

Roca, inteligentemente, al mismo tiempo que aprobaba todo lo que Rigo decía, comenzó a tocar algunas fibras de tipo personal, dándole a conocer una situación que tuvo que ir inventando en el aire, y que de cierta manera justificaba las expresiones de su rostro, que cambiaban desde el asombro que aparentemente despertaban las hazañas de Rigo, hasta la de pesadumbre al recordar algo interiormente doloroso. Para ello aprovechó una pregunta que hacía rato esperaba.

—¿Tienes algún problema, Roca? —inquirió Rigo al notar la mirada triste de su interlocutor.

—Es la fecha, Rigo. Un domingo como hoy, el año pasado, mis padres murieron.

—Lo siento. ¿Qué pasó?

—Murieron por falta de antibióticos, después de varias operaciones que sufrieron tras un accidente en un camión que utilizaban como transporte urbano en Santiago de Cuba. Compadre, la segunda capital de Cuba y para ir de un lugar a otro había que utilizar camiones descubiertos. Los viejos, al igual que todo el mundo, tenían que subir por escalerillas improvisadas de metal, y viajar sujetándose unos a otros para no ser despedidos en las curvas o por los frenazos. Esto se complicaba aún más cuando el sol rajaba las piedras, o cuando se desataba un furioso aguacero.

Roca hizo una pausa y clavó la vista en un cuadro que Tony le había regalado a su suegro y en el que se mostraba su tendencia primitivista. La pintura, situada en un lugar especial en una de las paredes del salón adjunto al jardín interior y a la piscina, mostraba multitud de personas en diversas actividades. Roca continuó, dándole a sus palabras una dolorosa entonación.

—Precisamente un día de lluvia fue el accidente. Ambos fueron operados, pero murieron después por las infecciones derivadas de las operaciones quirúrgicas. Algunos bulbos de penicilina que conseguí y que envié a Santiago no les pudieron salvar la vida Se les aplicó ya cuando era demasiado tarde para controlar el mal. En el hospital provincial de Santiago de Cuba, donde estaban ingresados, no había antibióticos, ni anestésicos, ni siquiera hielo para aplicarles en las contusiones que sufrieron en las piernas.

El capitán Rigo no hizo comentario alguno, pero asintió dos veces con la cabeza, como si con este lenguaje del cuerpo se estuviera solidarizando con el dolor de quien había devenido no sólo en un compañero de fiesta.

Por la posición que ocupaba, cercana a Fidel, tenía acceso a ciertas informaciones que se filtraban dentro del grupo. Por eso se reía interiormente cuando el gobierno anunciaba con voz de Luciano Pavarotti que era una "potencia médica", cuando no ya medicamentos indispensables, ropa de cama o comida, sino ni siquiera higiene había en los hospitales. Nadie podía negar la enorme diferencia existente entre lo que se anunciaba y la realidad.

—Vamos, conformidad, Roca, que todos tenemos nuestros dolores. Yo tengo a Daniel —dijo Rigo tras consumir otro trago—. Daniel es mi hermano. Es médico, pero no está con el proceso y fue despedido del Ameijeiras sólo por reclamar medicamentos para el Centro, y que se aplicaran las medidas de higiene que requiere todo hospital.

—¿Qué especialidad tiene?

—Médico cirujano. Pero ahora está de taxista con un Chevrolet del 62, que mantiene rodando gracias al genio de los mecánicos cubanos. Oye, nuestros mecánicos sí son mecánicos de verdad, no como los de los países capitalistas. Esos nada más que cambian piezas nuevas por viejas. Así, claro, cualquiera es mecánico.

—Es verdad —dijo Roca, quien trataba de ser breve para que su interlocutor tuviera tiempo y espacio en que expresarse—, pero siendo como eres del Grupo 49, ¿no hiciste gestiones para el caso de tu hermano?

Rigo miró a Carlos Roca con cierto orgullo en los ojos, como si el otro tuviera que haber calculado que él no podía abandonar a su hermano a la suerte de Dios, pero su mirada se suavizó de repente para luego tornarse dura.

—Claro. Hablé con el ministro de Salud Pública, con Abrantes, con Fidel, pero nada. Daniel se había pasado a la llamada resistencia pasiva, cosa mala, ¿no?, y ya estaba fichado como un enemigo de la Revolución. "Lo sentimos, Rigo, pero tu hermano..." Ellos, de alguna manera, tenían razón —concluía el capitán Rigo con cierta amargura—. La culpa era de Daniel por nadar en contra de la corriente, aunque bueno, quizás la corriente cambie de curso algún día.

Roca, como el tigre que huele en la distancia el aroma característico del venado o de la cebra, se puso en alerta, y enfiló muy sutilmente el diálogo hacia temas cotidianos, mencionando la escasez de alimentos, de combustible, la agonía en que se vivía con los constantes apagones, la falta de todo tipo de artículos de primera necesidad, como el agua.

—No podemos ocultar que el pueblo está pasando hambre —se aventuró a decir Roca al mismo tiempo que llevaba a sus labios un buen pedazo de puerco asado.

Y clavó sus ojos en los de su interlocutor, al tanto de su reacción. Esta no se hizo esperar.

—Es verdad —y Rigo quedó pensativo por un segundo—. Pero bueno, debemos luchar para resolver estos problemas. Y si es necesario sustituir a funcionarios ineficaces, hay que hacerlo.

—Pero eso es difícil, hay gente que está agarrada al poder con las pezuñas. No sé cómo lograr que esto mejore.

—Amigo Roca, quiero que sepas que me has caído bien. Se ve que estás a favor de que esto se solucione. Déjame decirte que tengo muchas esperanzas. Hay quienes piensan de una manera distinta, gentes que tienen sus planes.

Roca no supo si las frases expresadas por Rigo eran debidas al abundante consumo del whisky o le habían salido a flote, desde el subconsciente, al evocar la situación familiar y la del pueblo, pero una cosa resultaba evidente: algo sabía el representante del ministro del Interior sobre ciertas personas "que tienen sus planes, y que piensan de una manera distinta...".

—Ahora mismo, yo soy un simple capitán —dijo Rigo y volvió a darse otro trago de whisky—, pero mañana puedo ser un general —sonrió satisfecho—. Claro, no con la fama de Ochoa, o de Abrantes, o de Patricio, pero un general a lo mejor de Brigada, todo depende...

—Sí, claro. ¿De qué depende?

—Depende de...

Rigo, eufórico, le dio una palmada en el hombro a Roca.

—... depende del tiempo, y de dos o tres personalidades que...

Se detuvo de repente, como si se diera cuenta de que estaba hablando de más.

—Bah, estoy hablando boberías, olvida lo que te he dicho.

Pero el capitán Roca se había dado cuenta de que Rigoberto no estaba hablando boberías, y de que su ego lo había traicionado.

—Está olvidado, pero debo decirte que estoy de acuerdo contigo.

Y levantó su vaso de whisky, casi lleno, para chocar con el de Rigo, a manera de brindis.

—Salud, mi amigo. Por que pronto seas general de Brigada.

—Salud.

Roca bebió al mismo tiempo que, a la luz de los bombillos situados en el jardín interior, observó a Diocles Torralbas y a Tony que se apartaban de los demás para ponerse a conversar precisamente debajo de uno de los árboles en que se había instalado un micrófono. Tony gesticulaba en ocasiones.

—Oye, ¿qué vas a hacer cuando salgas de aquí?

La pregunta le hizo volver la mirada y su atención hacia el interior de la casa.

—No sé, ¿tienes algún plan? —contestó Roca al capitán Rigo.

—Sí, tengo dos chiquitas ahí, unas empleadas de tiendas de ropa que en sus momentos libres, pues, vaya, les gusta el trago, la música, y, por unos dólares hacen lo que tú quieras.

—¿No tienes miedo de que te peguen el SIDA?

—Roca, no te preocupes por eso. Esas chamas tienen carné de salud y, oye, están riquísimas, como para chuparse los dedos. Anda, vamos.

—Okey, mi general, adelante.

Casi todos los presentes habían consumido la abundante comida servida en la fiesta, y una música suave se mantenía de fondo en el interior de la casa, escapando hacia el área de la piscina. Alrededor de una mesa de centro, y sentados en cómodos sofás y sillones de mimbre forrados, el general Ochoa, el mayor Padrón, Patricio de la Guardia y otros charlaban animadamente.

La despedida de Roca y Rigo fue breve, y ambos solicitaron a la esposa de Diocles y a la hija de Tony que cuando éstos regresaran del jardín les dijeran que ellos habían partido después de disfrutar plenamente de la fiesta. "Gracias, todo ha sido fenomenal, y el puerquito estaba como para comérselo entero, y la yuca, y los tostones, y la atención de ustedes. Hasta pronto y muchas gracias".

La noche había caído y Roca y Rigo se dirigieron hacia el Lada que Abrantes le había regalado a éste último. El auto estaba iluminado a medias por las luces frontales de la casa, y por una luna llena que flotaba en medio de la oscuridad del cielo. "Lo compró en Panamá, y es el último modelo, ven a ver. Ese Abrantes es un bárbaro con sus amigos".

—Está muy lindo —dijo Roca alabando el auto que Rigo le mostraba—, con ese carro no te hace falta ser general para conquistar a todas las mujeres de La Habana.

—Deja eso, compadre, que los grados no hay quien me los quite, seguro, seguro, y entonces a lo mejor lo que tengo es un Mercedes.

—Bien, en ese caso, Rigo, debo decirte algo. Creo que te vamos a adelantar las condecoraciones y los grados.

—¿Qué dices? —inquirió Rigo con los ojos llenos de interrogantes.

Y en el mismo instante que tres hombres armados con AKSU-74 emergían desde las sombras del jardín rodeándolos, el capitán Roca le puso en el cuello el frío y duro cañón de su Browning 45.

Rigo intentó hacer un movimiento, y entre la bruma que le producía el alcohol, sintió un golpe en la cabeza. En el instante en que todo se le iba poniendo oscuro, escuchó la voz de Roca, como perdida en el tiempo.

—Mi general sin estrellas, desde este instante estás detenido. Tenemos muchas cosas que conversar.

* * *

Contempló con orgullo de coleccionista el arsenal que mantenía en una de las habitaciones de su residencia, la número 20606 de la calle 17 en el reparto Siboney. Nadie, ni siquiera Fidel, podía darse el lujo de tener tantas armas y de tan variadas marcas y calibres, pues el Comandante en Jefe no había tenido el privilegio que la suerte y su vocación militar le habían otorgado a él. El cumplimiento de más de 30 misiones internacionales, y la responsabilidad en la compra, trasiego y suministro de armas para infinidad de países, cuyos nombres, por tantos, a veces olvidaba, le habían permitido coleccionar las más diversas armas de fuego. Su almacén podría ser motivo de orgullo para cualquier museo militar, o para algún asesino profesional.

Es por eso que un estremecimiento especial recorrió su cuerpo cuando dejó vagar su vista por los G-3 portugueses, los FAL belgas, los M-16 y los M-4 norteamericanos, las subametralladoras UZI y las MP-5, las AKM-47 búlgaras, chinas, rumanas; las AKSU-74; las pistolas Walther, las Glock y las Berettas. Un ligero giro hacia la izquierda lo enfrentó a las poderosas calibres 50, Barret BMG, semiautomática, y al McMillan, extraordinario rifle de carabina especial para atentados, que dispara proyectiles explosivos capaces de penetrar la coraza de los tanques de guerra, o autos blindados de presidentes. La punta de la bala es de uranio limpio, y la parte trasera del proyectil está llena de miniproyectiles que explotan después que la bala penetra el acero del vehículo. A un lado de las ametralladoras, en un estante, las cajas con los binoculares especiales, entre ellos el de visión nocturna; y mirillas potentes, como las de día y noche, con visión infrarroja, con la cual realizar infiltraciones y atentados en la oscuridad; los cuchillos Whirlwind, Marine Combat, Fighting y otros que lo mismo servían para supervivencia en las selvas, como para degollar al enemigo, así como uno especial que le habían regalado en un viaje a Europa, el "kukri", empleado por los comandos especiales ingleses, los gurkas.

Colgados en percheros, uniformes de camuflaje Urban Camo, Woodland Camo, Color Desert, Vietnam Tiger Stripe, Midnight Navy, y entre ellos, algunos Ghillies elaborados para diversos ambientes. Junto a los uniformes, jackets de la Policía, de aviación, jackets tácticos de asalto, de las SWAT, CWU-45, y jackets militares tácticos M-65.

Situadas sobre el piso, cajas con botas en cuyas tapas podían leerse las marcas o estilos: German Tanker Boot; Desert Boot; la Matterhorn, útiles tanto para los lugares árticos como para los desérticos; Special Forces Boot, y las ideales para la jungla, como la Steel Toe Jungle Boot. Un poco más a la derecha, y colgados, algunos chalecos contra balas, entre ellos el preferido por él, el Sabertex 911, con plato de cerámica Nivel IV. Guantes, camisetas, pasamontañas, mochilas de todo tipo, se amontonaban en un rincón de la habitación.

En el costado derecho, en un estante sin puertas, los más diversos equipos se mostraban como si estuviesen expuestos para su venta. Unos al lado del otro, en promiscua reunión exposicional, se podía ver un diminuto vehículo Humvee cargado con explosivos y accionado por control remoto, Stealth Laser; radios de comunicación; walkie talkies, Rearview Spy Glasses, espejuelos especiales que permitían ver hacia el frente y hacia detrás al mismo tiempo; teléfonos para cambiar la voz; equipos para detectar micrófonos; telefotos de 1000 mm; micrófonos direccionales; en fin, una cantidad de equipos y uniformes adquiridos en la zona libre de comercio de Panamá, y también gracias al contacto con traficantes de armas del Medio Oriente.

Se pasó la mano por la cabeza, donde la calvicie pretendía quitarle un poco su imagen juvenil. Sonrió satisfecho, como el buzo que de repente encuentra el cofre con el tesoro, y agarró el estuche que contenía una Desert Eagle Magnum, calibre 44, de 6 pulgadas, para entonces dirigirse hasta la mesa central del jardín, a la que una amplia sombrilla proporcionaba agradable sombra. En la mesa había un servicio completo de comida que minutos antes Erasmo, cocinero jefe del restaurante Tocororo, uno de los más famosos de La Habana, le había enviado, previa llamada telefónica, pues esperaba una visita importante. "Esmérate en el menú que es para alguien especial", le había dicho al hombre que se consideraba un experto culinario en la preparación de platos cubanos e internacionales, y que habitualmente le enviaba la comida a la casa. El sol del mediodía resbalaba con destellos de oro sobre las vajillas de plata, de las que emanaba un aroma, al que Tony no prestaba mucha atención, pero que tenía alborotados los delicados olfatos de los pastores alemanes, los cuales se acercaban de cuando en cuando en plan de observación.

Tony se sentó en una de las sillas plásticas con cojines acolchonados y abrió el estuche. Tomó la pistola como si fuese una delicada prenda de joyería. Para él lo era, sin duda. Después de quitarle el peine, rastrillarla y comprobar su funcionamiento, apuntó hacia Gringo, el pastor alemán blanco que se revolcaba patas arriba en el césped a unos metros del lugar. Un leve chasquido se escuchó cuando la engañada aguja mordió el vacío. Sonrió. Esa era el arma que pensaba regalar al único oficial en el ejército cubano con el grado de general de Cuerpo de Ejército, grado en jerarquía después del de Comandante en Jefe, de Fidel, y el de general de Ejército, de Raúl Castro, uno de los hombres que en ese momento estaba dirigiendo la investigación acerca del tráfico de drogas, y que respondía al nombre de Abelardo Colomé Ibarra, más conocido por el apodo de Furry.

El coronel Antonio de la Guardia introdujo el peine dentro del arma y la volvió a situar dentro de su estuche. Era un arma formidable. Con una igual había "ajusticiado", según el término castrista, al terrorista Aldo Vera, quien había sido uno de los participantes en la voladura de un avión cubano en Barbados. El atentado aéreo, llevado a cabo el 6 de octubre de 1976, costó la vida de las 73 personas que viajaban en el vuelo CU-1201, cuando el avión fue sacudido por una explosión y cayó al mar.

Y de repente Tony se ve en un tiempo pasado traído por los recuerdos, se ve montado en la parte trasera de la moto que avanza rápidamente por las calles de San Juan. Esa vez se ha despojado de su uniforme militar y va vestido de civil. El conductor va sorteando hábilmente los obstáculos naturales del tránsito de la capital puertorriqueña. Cuando llegue el momento, disminuirá la velocidad para que él, el artillero, proceda a ejecutar la operación. Y es lo que hace cuando desenfunda la Magnum 44 y le vacía cinco tiros a quemarropa al hombre. Ni siquiera mira hacia atrás para ver si Aldo Vera es hombre muerto. Lo sabe por tres factores importantes: la distancia a que se hicieron los disparos; el calibre del proyectil y la calidad del arma; y, por supuesto, la puntería del artillero. Tony sonrió. Había sido una tarea fácil para un militar experimentado como él, un profesional.

La idea de regalarle un arma especial a Furry se la había dado su hermano, el general Patricio de la Guardia. Los mellizos iban a tener una reunión en los próximos días con él, y a Patricio le pareció "convenientemente político", aunque pareciera un gesto amistoso, hacerle un regalo de esa naturaleza. Furry sabía que Tony le había hecho regalos parecidos a Fidel y a Raúl, y hacerlo con su persona era una manera de sumarlo a la lista de exclusivos a los que el coronel Antonio de la Guardia congratulaba, y a los que deseaba mostrar su admiración. Furry sabía que los mellizos no lo admiraban ni mucho menos, pero no dejaría de considerar el regalo como un acto de buena voluntad.

La situación de los mellizos se había vuelto muy tensa en los últimos días debido a que el asunto acerca del tráfico de la droga era tema cotidiano entre los más altos dirigentes del Partido y el Ejército. A Tony le había advertido personalmente, hacía ya un mes, el ministro del Interior, su amigo personal Abrantes, cuando le informó que debido a presiones de los Estados Unidos, apoyadas por amplias investigaciones realizadas por la DEA, los Departamentos de Aduana, la CIA y el FBI, se tenían suficientes pruebas para sentar a Fidel y a Raúl en el banquillo de los acusados y sancionarlos como burdos narcotraficantes internacionales.

Abrantes le advirtió que no era de dudar que Fidel, Raúl y el propio Furry, quien también estaba involucrado en el asunto, tratarán de limpiarse la caca acusando a otros de sus responsabilidades. Hacía ya dieciocho días que Abrantes le había advertido acerca del asunto. Tony clavó la vista en el caballete situado a su lado, en el que tenía una pintura a medio acabar. Pero no veía lo plasmado en el lienzo, su mente estaba ausente.

Se habían reunido en la oficina del ministro, en el octavo piso del MININT. Eran las doce de la noche cuando arribó al edificio que se erguía semioscuro en un costado de la Plaza de la Revolución, en ese momento vacía de autos y transeúntes. Abrantes le dio como bienvenida un estrechón de manos y una fuerte palmada en la espalda, pero su rostro no presagiaba nada bueno.

—Tony, hay problemas. El asunto de la droga... —dijo sin preámbulo alguno.

—Bueno, tú sabes que es difícil recaudar diez millones en un año. Fidel pide demasiado para...

—Esa fue la cantidad que pidió Fidel —interrumpió el ministro—, pero el asunto no es ese, no se trata de recaudar dinero, sino de borrar las huellas de todo este asunto.

—¿Qué es lo que pasa, mi hermano?

—Hay que separarte del cargo, y ya lo estoy haciendo, y es posible que haya que cerrar el MC.

—No entiendo.

—Los americanos están detrás del asunto de la droga.

—Siempre lo han estado, eso no es nada nuevo.

—Ellos le tienen abierto a Fidel un expediente sólo dedicado a la droga, desde que nuestro comandante sembraba mariguana en la Sierra Maestra para consumo guerrillero, y también para venderla en las ciudades.

—Al campesino encargado de su cultivo y control, Crecencio Pérez, Fidel le puso los grados de comandante por esa labor "militar" —dijo Tony esbozando una sonrisa irónica.

—Sí, una manera muy peculiar de estimular el negocio.

—Después la mariguana se siguió cultivando en Manzanillo, para enviarla a los yanquis.

—Sí, pero el negocio de la droga ha crecido mucho desde ese tiempo para acá. Ahora la cosa es más grave, tienen muchas pruebas.

—Anjá, y Fidel quiere limpiarse.

—Sí, pero no con nosotros. ¿Quieres un trago? —y giró la silla ejecutiva para alcanzar en el secreter una botella de whisky que descansaba sobre una bandeja de plata junto a varias copas.

—No, quiero estar bien lúcido en este asunto —contestó Tony en aquella ocasión, y unas arrugas de preocupación surgieron para surcarle la piel de la amplia frente—. Dices que Fidel quiere limpiarse, pero no con nosotros. Entonces, ¿con quién?

La pregunta se le repitió nuevamente en el tiempo para martillarle el cerebro.

—¿Y con quién entonces, Pepe? ¡Coño, esto me huele a podrido!

* * *

Ciertamente el lugar olía a podrido. Una celda de seis por doce pies, con paredes húmedas por el moho y ausente de ventanas. En uno de los laterales una puerta de hierro cuyas bisagras emitían un quejido de lamento cuando se las accionaba. La puerta tenía en su parte inferior una abertura para pasar alimentos y agua, y en su parte más alta, una bocina de audio. En el techo, una lámpara con un gran bombillo de 400 bujías se mantenía constantemente encendida. Al fondo de la celda, un hueco en el piso que parecía una cueva de ratones, pero que en realidad era un retrete.

El capitán Rigoberto Urquide, completamente desnudo, estaba en el centro de la celda, sentado en el piso y con la espalda recostada a una de las paredes. Ni siquiera giró el rostro cuando las bisagras de la puerta chirrearon para dar paso a una persona. Es más, no podía oír el ruido que producían los goznes. Todavía tenía en los oídos el torturante silbido que emitía la bocina situada encima de la puerta, aunque ésta, él no lo sabía, se había apagado hacía más de diez minutos. El ruido desesperante con que lo torturaban para hacerlo enloquecer vibraba aún en sus tímpanos.

Sólo levantó la vista cuando el bombillo proyectó una sombra a sus pies. Sonrió con amargura al reconocer al hombre vestido con uniforme verde olivo y grados de capitán, que lo miraba desde su altura: el amigo del general Ochoa, el hombre con el cual había compartido tragos en la fiesta de Diocles Torralbas, el tipo que respondía al nombre de Carlos Roca y que ahora se le aparecía vestido de completo uniforme militar.

—¿Cómo está mi general? —dijo Roca con una sonrisa burlona en el rostro.

Rigo escupió sangre sobre el piso. Todavía le sangraba el hueco donde había estado el diente que, no se acordaba en qué momento, un teniente le había sacado de un puñetazo cuando lo interrogaba y él se negó a hablar.

—No sabía que...

—¿Que soy un oficial de la contrainteligencia? Ah, Rigo, siento haberte engañado, pero todo ha sido en bien de la Revolución.

—¿Por qué estoy aquí?

—Lo más interesante de todo este asunto, mi general, no es por qué estás aquí, sino la fórmula para salir de este lugar.

—Quiero que Fidel lo sepa, el general Ronda, el ministro, ellos responderán por mí.

154 | Arnoldo Tauler

—Ninguno de ellos va a interceder por ti. La única persona que puede hacer que salgas de este lugar —y Roca miró a su alrededor con un gesto de asco— eres tú mismo, Rigo, tú mismo.

—¿Qué tengo que hacer? —preguntó, cubriendo su cuerpo con los brazos para abrigarse del frío y la humedad reinantes en el lugar.

—Hablar. Sencillamente decir la verdad acerca de esas personas que quieren cambiar el gobierno, los mismos que te han prometido las estrellas de general.

—No conozco a nadie que quiera hacer eso. Nunca he dicho tal cosa. Pienso que pueda haberlas, pero no las conozco.

—Rigo, no dispongo de mucho tiempo para estarlo perdiendo miserablemente. Sabemos que estás comprometido en un plan conspirativo, y que tu vida depende de que cooperes para capturar a los culpables.

—No sé de lo que habla —contestó Rigo en forma balbuceante y volvió a escupir sangre.

—Rigo, ¿sabes qué es la Desorientación Circadiana?

—Ni me interesa.

—Te puede interesar —respondió el capitán Roca al mismo tiempo que se paseaba por el estrecho lugar—. Esta palabra proviene del latín *circa diem*, y se refiere a un misterioso ritmo de veinticuatro horas que controla nuestro rendimiento físico y capacidad mental.

—No estoy para clases, carajo, tráiganme un teléfono, quiero hablar con Fidel, él me conoce, soy del Grupo 49.

Sin hacerle caso, el capitán Roca se llevó las manos a la espalda y continuó hablando.

—Todas las personas que vivimos en el planeta Tierra tenemos un control automático neuroendocrino que tiene un ritmo debido al paso de las horas, a las luces y a las sombras. El día, la noche. Sabemos cuando amanece al ver aparecer el sol en el horizonte, o su luz invade nuestro contorno.

—¡Vaya el Sol para el carajo, tráigame un teléfono!

—O cuando llegan la noche y las estrellas y sentimos sueño después de un día de trabajo.

—Está usted hablando mierda.

—Pero, ¿qué sucede cuando este sistema se altera, por ejemplo, cuando uno no ve el sol, ni la noche, y sólo un bombillo que nos ilumina y que nunca se apaga? Mi estimado Rigo, sencillamente el cerebro se desorienta, no sabe cuándo es de noche o de día, se pierde el concepto del tiempo, y el cuerpo comienza a segregar hormonas tales como tiroxina, adrenalina, cortisona, insulina, melatonina, que al no tener canales de evacuación, van a parar a la sangre.

—¡Me importan un pito las hormonas, usted va a pagar bien caro lo que está haciendo conmigo! —dijo Rigo y trató de levantarse, pero no pudo. Todavía tenía el cuerpo molido por la paliza recibida.

—Todo esto afecta la glándula pineal y hace que uno piense y actúe de forma irracional. Esto es sólo por veinticuatro horas. O sea, mientras más tiempo tarde usted en hablar, mi amigo, las consecuencias para su cuerpo y su cerebro serán peores.

—¡Váyase al carajo, quiero saber por qué estoy aquí, coño!

—Está aquí por la sencilla razón de querer quitarle las estrellas a sus jefes para ponérselas usted en su charretera. Piense en lo que le he dicho, volveré.

Cuando la puerta se cerró tras la figura del capitán Roca, el silbido agudo y mortificante comenzó a brotar de la bocina. Rigo se taponó los oídos con los dedos de las manos y entonces introdujo la cabeza entre las rodillas, buscando apagar el sonido, pero todo su esfuerzo fue inútil. Los dedos y las manos le dolían de tanto usarlos como atenuantes del infernal ruido. En aquel instante quiso disponer de algo punzante para perforarse los tímpanos y quedarse sordo. Con las uñas raspó el hongo de las paredes y cuando tuvo una especie de masa lanuda la introdujo como tapones en los oídos, pero el ruido continuaba. Fue entonces que reparó en la cucaracha que salía del hueco que se usaba como retrete. Lentamente se fue arrastrando hasta estar cerca del insecto, ocupado en buscar algo que comer, y, con un gesto rápido que lo sorprendió, lo agarró con un apretón de manos. Luego lo partió en dos y se introdujo cada mitad en los oídos. Sintió que algo líquido le humedecía los tímpanos, pero el cuerpo del insecto, afortunadamente, le sirvió para bloquear el torturante sonido que invadía el pequeño mundo en que lo habían sumido, y daba un descanso a sus entumecidos dedos.

"Desorientación Circadiana", pensó, y se estremeció. Luego lo invadió un sentimiento de esperanza. Esperaba que Abrantes lo sacara de allí en cuanto supiera lo sucedido. El era el ministro del Interior, su amigo, y tenía suficiente poder, mucho más que el del hijo de puta que lo había amenazado momentos antes. Abrantes...

* * *

Abrantes era el que arribaba en el Lada 2107. Tony lo reconoció por el azul claro del auto y las tres antenas. Cosa rara, venía vestido de civil y solo. Cuando él dejaba escolta personal y chofer detrás era que no quería testigos. Luego de parquear el auto de espalda a la cerca de alambre galvanizado, listo para partir rápidamente, se bajó del transporte con gesto juvenil. Aunque había engordado algunas libritas últimamente, se mantenía en forma. Avanzó por el sendero de los setos verdes y rojos del marpacífico para de inmediato acariciar a Gringo, el pastor alemán blanco, y a Rocky, el pastor alemán amarillo con manchas negras, que le daban la bienvenida con breves ladridos de alegría y saltos que amenazaban rasgarle con sus uñas la camisa de colorines y los *jeans* azules que le daban el aspecto de un turista de las Bahamas.

Los perros cambiaron la orientación de su alegría cuando Tony les lanzó a cada uno una pieza de muslo y pechuga de pollo que los perros atraparon en el aire para luego retirarse a devorarlas con sus poderosos colmillos.

"La Avispa", uno de los nombres con que Tony conocía al ministro del Interior cubano, llegó con una sonrisa en el rostro, y después de saludar afectuosamente al coronel, se sentó en una de las sillas, bajo la protección de la sombrilla azul con rayas blancas. El mueble de terraza que Tony había ubicado en el jardín estaba situado, a su vez, debajo de una gran mata de mangos de bizcochuelo. Hacía años que había sembrado una semilla en el lugar, pero los mangos, su sabor y su textura, quizás debido a las características de la tierra, no eran idénticos a los que crecían en el pueblito de El Caney, cerca de Santiago de Cuba. De todas maneras el árbol brindaba una sombra acogedora.

La llegada de Abrantes no era una sorpresa para Tony, pues hacía dos horas que el general lo había llamado al teléfono de su casa, el número 21 5259. Abrantes lo había hecho a propósito, para que los órganos de inteligencia del CIM que vigilaban a Tony, y que tenían controlado su teléfono, supieran que él lo estaba visitando. Y conocieran, además, el motivo de la visita. "Tony, te habla 27. Voy para allá, tengo una buena noticia de parte de Fidel".

Eso fue lo que dijo por teléfono, y aunque ciertamente llevaba al coronel una buena noticia, ésta era sólo una cobertura para hablar con su amigo y subordinado acerca de otros asuntos quizás más importantes. De todas maneras, Tony aún mantenía latente la sospecha de que alguien deseaba convertirlo en víctima, y eso lo tenía tenso gran parte del tiempo. Daba la impresión de una persona acechada por muchos peligros, como el que avanza por una calle del *underground* neoyorquino después de las seis de la tarde, pero esperaba que la tensión desaparecería con la buena noticia anunciada por su jefe.

—No te dije que venía a pegar la gorra —dijo Abrantes al mismo tiempo que levantaba una de las tapas de plata y aspiraba el agradable aroma que emanaba de una suculenta carne de puerco asado.

—No, pero por si acaso, como me dijiste que tenías una buena noticia, pues nada mejor que una comida para celebrarlo, ¿no?

—Tienes razón.

—¿Y bien?

—Propuse a Fidel tu ascenso para general.

Tony se había dirigido al caballete donde tenía montado el lienzo, y daba algunos trazos en la pintura que mostraba verdes colinas que iban a morir a un mar que aún no había sido pintado. Se destacaba en la tela un rojo framboyán y dos palmeras en forma de V. La playa, en la parte inferior del dibujo, estaba totalmente vacía. Ante la noticia, Tony dejó el pincel congelado en el aire. Sus ojos claros brillaron de interna alegría. Depositó el pincel sobre el borde inferior del caballete y apoyó sus dos manos sobre la mesa. Sus ojos se clavaron en los del ministro del Interior.

—¿Y qué dijo?

—Lo aprobó, por supuesto. Él reconoce todos tus méritos, todas las operaciones que has hecho en favor de la Revolución y...

—¡Cojollo, esa es una buena noticia! —y una sonrisa afloró en su rostro.

—Claro que lo es. Pronto te veo en el uniforme las estrellas de general. Fidel dijo que ya era hora.

—¿Lo dijo? —y desde el fondo de sus pupilas el orgullo afloró en el brillo de la mirada.

—Sí, y que había muchos generales que la llevaban en las charreteras

158 | Arnoldo Tauler

y no tenían los méritos tuyos. Vaya, habló bien de ti. Tengo que preparar por escrito la proposición para que Fidel la firme.

—Si sigues hablando así, Pepe, me vas a inflar como un globo y voy a desaparecer como Matías Pérez. ¡Coño, eso hay que celebrarlo! Es el mejor regalo que me pueden hacer por el día de mi cumpleaños.

—¿Cuándo es?

—El 13 de junio, martes. Cumplo 51 años, es decir, cumplimos, Patricio y yo.

—Nos estamos poniendo viejos —comentó Abrantes al mismo tiempo que se daba una palmada en el vientre.

—No creas, para algunas cosas todavía somos unos jovencitos.

Sin averiguar a qué cosas se refería Tony, Abrantes tomó de la parte inferior de la mesa, entre algunas *Newsweek*, una revista *Soldier of Fortune*, la cual comenzó a hojear distraídamente. Al mismo tiempo que lo hacía, tiró un bojeo visual a los alrededores para detectar posibles puntos de vigilancia. No encontró nada significativo, y volvió a posar su vista en el *green beret* que, desde la cubierta, le apuntaba con un fusil. Al dejar la revista reparó en el estuche de la Magnum 44.

—¿Estás preparando algo?

La pregunta para ellos estaba clara. "Algo" significaba alguna operación violenta.

—¿Piensas eliminar a del Pino?

Abrantes se refería a una orden dada por Fidel a través de Raúl y el general Colomé Ibarra para asesinar al general Rafael del Pino Díaz, segundo comandante de la defensa antiaérea y fuerza aérea cubana, quien el 28 de mayo de 1987 había desertado de las filas del Ejército y había aterrizado en la base estadounidense de Boca Chica, en Key West, tripulando un avión bimotor Cessna 402. Para Fidel ese había sido un golpe duro del que no se había podido reponer. Del Pino era el oficial de más alto rango que había desertado de las filas revolucionarias, segundo Jefe del Estado Mayor del MINFAR, y el encargado de planificar, controlar y organizar el empleo del espacio aéreo en Cuba, bajo las órdenes directas de Raúl Castro, el cual era quien definía qué cargamento de cocaína se dejaba pasar hacia los Estados Unidos, y cuáles se intervenían para luego venderlos en el mercado.

Del Pino conocía muchos detalles acerca del tráfico aéreo de la droga a través de Cuba, y era necesario eliminarlo antes de que pusiera en evidencia la responsabilidad del gobierno cubano en el narcotráfico.

Pero Tony negó con la cabeza. No tenía ningún interés en ocuparse del general desertor, ni tampoco de un plan que le habían sugerido para volar el puente de Brooklyn. En esos momentos estaba preocupado por otras cuestiones que le tocaban más directamente.

—No, no pienso eliminar a Del Pino por ahora. Para eso hay que elaborar un plan muy cuidadoso. Es que la Magnum es un arma que me gusta y la estaba limpiando —sonrió—. A estos bichos hay que mantenerlos listos, por si acaso.

Tony evadía así darle información a su amigo Abrantes acerca del regalo que pensaba hacer al general Abelardo Colomé Ibarra.

Abrantes se levantó de su asiento e hizo una señal inteligente a Tony. Este comprendió y ambos comenzaron a caminar entre los cultivos de orquídeas. La conversación, para evitar que fuera captada por micrófonos direccionales, se produjo en voz baja. Abrantes sabía que el servicio de contraespionaje del MINFAR, en la calle 66 y la Séptima Avenida, en Miramar, bajo las órdenes del coronel Reynaldo, alias con el que se identificaba, había desplazado todos sus equipos para instalar en diferentes locaciones micrófonos clandestinos y escuchar conversaciones telefónicas, incluso direccionales. Por eso al dar la noticia del ascenso de Tony, lo había hecho proyectando la voz, como lo hubiera hecho cualquier actor en un drama teatral o en una telenovela.

Pero en ese instante, si acaso se trataba de grabar la conversación con Tony, caminando, y hablando en voz baja iba a ser muy difícil lograrlo. Abrantes arrancó una orquídea y comenzó a jugar con ella entre sus manos.

—¿Ya "limpiaste" el Departamento?

—Creo que no queda ningún papel que nos pueda comprometer.

—¿Y el dinero?

—Hace una semana le llevé, junto con Patricio, unos cuantos sacos de dólares al vice, a Pascual.

—Sí, Martínez me informó.

—Pero ahora me acaban de llegar quinientos mil dólares de España, y los he estado distribuyendo. Tengo dos sacos ahí que voy a ver a quien escojo para esconderlos.

—Creo que es bueno tener cierta reserva. No podemos dárselo todo a Fidel.

—Claro, tenemos que mirar hacia el futuro. Si este asunto se jode y Fidel tiene que suspender el negocio, nosotros podemos seguir en otros frentes.

—¿A qué te refieres? —y Abrantes se llevó la flor a la nariz para olerla.

—A negocios en África, electrodomésticos, ropa, marfil y un montón de cosas. Esos negros están falta de todo aunque les sobre el petróleo, los diamantes y los elefantes.

Abrantes sonrió escéptico, y Tony continuó:

—En cuanto se libere a Namibia, se levante el embargo a Sudáfrica, y la guerra en Angola termine, oiga, eso va a ser un mercado que ni mandado a hacer.

—¿Para montarlo dónde?

—En Angola, contamos con el apoyo del coronel José María, de las FAPLA. El tipo es ayudante del presidente Eduardo Dos Santos, y el mismo presidente está de acuerdo. Nos vamos a hacer millonarios con estos negocios. Además, Ochoa está de acuerdo en eso.

—¿Ochoa?

—Sí, él y Patricio tienen buenos contactos en Angola. Son buenos amigos del presidente.

—Okey, veremos —concluyó Abrantes, al pensar que en estos posibles negocios pudiera estar involucrado el general Patricio de la Guardia, de quien era antagonista. Ambos se acusaban de favoritismo, de abuso de poder, y se describían como oportunistas. No eran los únicos exponentes de las luchas intestinas que con verdadera razón se desarrollaban dentro de los mandos de poder y militares del gobierno cubano, pero el ministro del Interior no consideró oportuno manifestar sus inquietudes acerca de Patricio, sobre todo por estar, en ese instante, conversando con su hermano mellizo.

—Pepe, ¿te has dado cuenta de cómo han cambiado las cosas?

—Bastante, mi hermano, bastante.

—Pero hay que cuidarse, Fidel es un camaleón que cambia de casaca según el viento que sople. Gángster, antibatistiano, marxista-leninista, fidelista, papista, antiyanqui, maoísta, prosoviético, antiperestroiko, terrorista, narcotraficante, capitalista de estado, en fin…

—Je, el tipo es un socialista más capitalista que ese de Microsoft... Gates.

—Esta puñetera vida en realidad es una actividad comercial. Todo el mundo vende algo en un tiempo donde todo tiene precio.

—Es verdad, Pepe, por eso no hay ninguna diferencia entre el vendedor de *hot dogs* en Broadway y el Testigo de Jehová que te sonríe ·cuando abres la puerta y te clava en el estómago su librito de profecías.

—Hablando de profecías, las de Fidel se han ido para el carajo. Todos estos años se ha pasado el tiempo profetizando el paraíso en la tierra, el bienestar de los trabajadores, y esto va cada vez más camino al precipicio.

—Él le puede hablar de socialismo al pueblo, porque en realidad el pueblo no conoce las virtudes del capitalismo. Todo lo que aquí se habla de allá afuera es negativo, y tú lo sabes mejor que nadie, Pepe, ellos tienen cosas muy buenas, casi todas.

—Es verdad. Por eso los profetas del socialismo en los Estados Unidos terminan vendiendo *picking-chicken* en tenduchos de cuarta categoría, o tocando jazz en las fiestas de beneficencia.

—Mira, mi hermano, nosotros no somos dioses ni una mierda, no vamos a estrellarnos contra un sistema que es tan vulnerable como el Empire State ante el choque de una gaviota.

Abrantes miró a lo lejos con la misma expresión de Rodrigo de Triana cuando atisbaba el horizonte en busca de tierra. Pero esta vez no era tierra lo que le interesaba al ministro, sino la camioneta que de repente se había parqueado en el jardín de la casa situada a doscientos metros del lugar donde ellos estaban. Los K-J habían llegado al terreno, y era hora de establecer la conversación con temas inocentes.

Tony comprendió de inmediato la indicación de la Avispa, y propuso atacar el objetivo comestible situado encima de la mesa. Abrantes lo secundó, pero cuando se disponían a devorar los platos exquisitos elaborados por el cocinero del Tocororo, una llamada inesperada detuvo la operación gastronómica.

—Aquí U-35... para 27... U-35 para 27... favor reportar P-1.

Abrantes presionó un botón del radio intercomunicador y respondió con tono grave:

—Aquí 27... recibido...

Tony observó que el rostro del ministro se había ensombrecido de repente. No se equivocaba, pero el coronel De la Guardia no sabía que

162 | Arnoldo Tauler

la persona que llamaba al general Abrantes por la frecuencia del MININT era un agente especial. Este poseía un radio entregado personalmente por el ministro, pero debía utilizarlo sólo en caso de extrema urgencia. Los códigos recibidos respondían a las coordenadas siguientes: P-1 significaba "prioridad uno del asunto a tratar", y el U-35 era el código de un planeta del sistema solar, el tercero en tamaño, el cual tiene cinco satélites: Urano.

Quien llamaba en ese momento al ministro del Interior cubano era nada más y nada menos que el agente especial de la KGB, Serguei Balkin.

Abrantes se excusó con Tony. Segundos después el Lada azul, perseguido por los ladridos amistosos de los pastores alemanes, se perdía rápidamente calle abajo.

Para Tony la visita de Abrantes había constituido un respiro. Veía el anuncio de su ascenso a general desde un punto de vista distinto al de un simple militar que logra una estrella más para su charretera. El ascenso significaba que dentro de los planes de Fidel para limpiarse en el asunto del narcotráfico, el coronel Antonio de la Guardia no estaba contemplado como una posible víctima. Y si lo era, nadie le iba a aguantar la lengua para denunciar ante el mundo que los negocios de narcotráfico realizados en Cuba por medio del Departamento MC o de otros, todos se llevaron a efecto con la aprobación de Fidel, de Raúl y de los altos mandos militares gobernantes. Tanto él como Abrantes conocían todos los detalles de las operaciones realizadas. Existía la posibilidad de que el mayor Padrón y otros miembros del MC hubieran llevado a cabo "operaciones no autorizadas" para beneficio personal, como decía Abrantes, y no era de dudar que serían entonces los chivos expiatorios en el caso de que el asunto reventara para conocimiento público.

De todas maneras, había que tomar medidas, y eso era lo que él venía haciendo.

No le preocupaba la camioneta situada a doscientos metros de su residencia. En cuanto él enfilara su Lada calle abajo, les iba a dejar un polvo a la gente del CIM, y no lo iban a encontrar ni en los centros espirituales. En eso de escabullirse de persecuciones, él era especialista. Por eso, con la mayor naturalidad del mundo, y ante la guardia que le montaban sus dos perros, en espera de algún saladito, comió algunos camarones y un filete de emperador que acompañó con un jugo de naranja que vació de una jarra que sudaba su frialdad interior. El resto de la comida la tapó para que fuese recogida más tarde por María Elena, su esposa, en ese instante en camino a la ducha después que una amiga peluquera le hiciera un peinado en la terraza de la casa. En eso estaba cuando llegó Abrantes.

Dos pechugas de pollo fueron el pago con que gratificó a los dos centinelas lanudos, que se alejaron para disfrutar la sazón que el jefe de cocineros del Tocororo ponía en la elaboración de sus alimentos.

Tomó el estuche con la Magnum y se dirigió a su habitación. Al entrar escuchó el ruido de la ducha, y la voz de su esposa.

—¿Tony?

—Sí, me estoy vistiendo, voy a una diligencia. En cuanto termines, por favor, recógeme el caballete, no quiero que si llueve se me eche a perder la pintura.

—Está bien, mi amor.

—Y de paso la comida que dejé... Ah, no le des nada a los perros, ya comieron conmigo.

—De acuerdo.

Tras guardar el estuche en una gaveta de la´coqueta, decidió cambiar de vestuario. Todo el mundo lo identificaba en La Habana por sus pantalones cortos y su camisa de camuflaje. Se las quitó. Se calzó unas botas italianas hechas en China, y unos *jeans* de fabricante desconocido, pero que llevaban la etiqueta de Levi's. La piel de las botas estaba labrada. Un caballo con las patas delanteras alzadas y un par de winchester cruzados como si fuesen tibias de una calavera. Una serpiente de cuero con una gran hebilla con una herradura tan grande que debió pertenecer a un caballócrata del Paleolítico, le rodeó la cintura y se le afincó en el ombligo.

Con cuidado se puso una canana de cuero negro, Omega 6, de asalto, en la que tenía enganchado un portamagazines, y situó en la cartuchera una Heckler & Koch calibre 45. Acto seguido se puso una camisa McGregor hecha en Hong Kong, cuyos cuadros azules y blancos armonizaban con el azul claro de los *jeans*.

Antes de coger una maleta que parecía un baúl de filibustero, y que estaba repleta de billetes de 20 y 100 dólares, se acomodó sus Ray Ban y se miró al espejo Las gafas le daban un aire de mafioso, y lo denunciaban un poco. Los Ray Ban y el Rolex Oyster Perpetual Submariner eran otros dos elementos con los que la gente reconocía a Tony, pero no iba a dejar de usarlos. Además tampoco se trataba de pasar totalmente inadvertido. Un disfraz demasiado evidente, en vez de evitarla, llamaría más la atención.

Abrió la puerta interior del garaje y situó la maleta en el maletero. Lo hizo antes de que María Elena saliera del baño y, por curiosidad natural femenina, le preguntara adónde iba con ese vestuario. Encendió el motor del Lada y dejó que funcionara durante dos minutos para que calentara el aceite. Cuando ya estuvo listo, abrió la puerta del garaje, se montó en el auto y salió disparado como una flecha.

Después de realizar un periplo de despistaje y comprobar que no era seguido por ningún transporte, enfiló el auto hacia la residencia de un amigo que con seguridad se prestaría a guardar durante algún tiempo los dólares que llevaba en dos sacos dentro de la maleta. Ese amigo era el escritor Norberto Fuentes.

*   *   *

El teléfono estaba instalado en una pared despintada que iba soltando sus viejos ladrillos poco a poco, como un pez al que se le fueran cayendo las escamas. El equipo, algo maltratado por el uso, era uno de los pocos que funcionaban en la capital cubana, y Abrantes lo había seleccionado por encontrarse en una calle no muy concurrida de la Habana Vieja. La llamada que pretendía hacer tenía que realizarse desde un teléfono público para evitar que la controlaran los servicios del CIM.

Parqueó el Lada azul a un lado de la acera. El auto parecía negro en la oscuridad de la noche. El ministro del Interior miró hacia ambos lados de la calle. Estaba semidesierta. Un borracho venía dando tumbos, y apoyaba su equilibrio en la fortaleza de las paredes mientras entonaba una vieja canción de Ernesto Lecuona. Con seguridad había ahogado el hígado en alcohol en la Bodeguita del Medio, taberna muy conocida por los turistas. De una entrada con escaleras, una prostituta salió a la calle tratando de maquillarse los labios. Cuando Abrantes marcaba los números para hacer la llamada, la mujer pasó a su lado y, tras mirar con admiración el Lada con tres antenas, se detuvo provocativa y comercial.

—Hola, muchachón. ¿Estás solo?

Abrantes le dio la espalda al mismo tiempo que echaba las monedas por la ranura colectora del equipo.

—Servicio completo y barato... veinte dólares —dijo ella encendiendo los ojos que en la oscuridad parecían dos faroles del Malecón habanero. Luego, ante el silencio del hombre, hizo un gesto de desprecio con la cara y dijo:

—¡Ni que fueras ministro, mijito! —y entonces contoneó el cuerpo y se alejó como si estuviera modelando en alguna pasarela de exhibición. Los tacones altos, que contrastaban con la falda corta, se introducían entre las ranuras del empedrado y dificultaban su avance. Por eso decidió subir a la acera. Abrantes la vio detenerse en la esquina, mirar hacia ambos lados, en busca de clientes, y luego avanzar hasta un auto que se había detenido ante su reclamo de comercio carnal. Montó en el vehículo. Esa era su noche de suerte.

—¿Qué sucede? —preguntó en cuanto alguien descolgó del otro lado de la línea.

—Hoy estuve en la oficina y el expediente 7446 no aparece, la secretaria dice que alguien lo ha tomado. Hace falta confirmar el asunto.

Abrantes comprendió lo que Urano decía. El agente de la KGB usaba números de teléfono para identificar los nombres de determinadas personas. En este caso estaba informando que alguien conocido dentro de la Operación Cocodrilo Verde había desaparecido del entorno natural donde desarrollaba sus actividades. La secretaria a la que el agente se refería era seguramente la persona que le había dado la información.

—De acuerdo, en cuanto tenga los datos lo llamo.

Abrantes colgó, y, con la ayuda de una luz amarillenta y débil, con la que una bombilla del alumbrado público luchaba contra las oscuras y obstinadas sombras de la noche, buscó los números en el teclado telefónico y las letras equivalentes que le darían el nombre de la persona.

Un leve estremecimiento de temor recorrió su cuerpo cuando completó el nombre: Rigo.

Mientras el Lada subía por la calle Neptuno, el ministro del Interior pensaba que la llamada de Urano se correspondía perfectamente con un hecho que lo venía preocupando. El capitán Rigoberto Urquide había sido enviado por él a la fiesta que Diocles Torralbas había dado en su casa. La misión de Rigo, aparte de evitar la presencia del general, estaba dirigida a compartir con los presentes y captar el ambiente político que surgiría con seguridad en la fiesta. Los datos que obtuviera debía informárselos a la mayor brevedad posible. Sin embargo, Rigo no había reportado aún, y varias llamadas hechas por Abrantes a su hogar no habían tenido respuesta.

El semáforo de la calle Galiano y Neptuno puso la roja. El auto de Abrantes se detuvo. Fue el instante en que se hizo algunas preguntas claves. "¿Rigo había sido detenido? ¿Y si había sido detenido, por qué? ¿Dónde estaba el capitán Rigoberto Urquide?"

* * *

Le agradó ver las estrellas diseminadas en el manto oscuro del cielo antillano. La brisa del Atlántico, que le llegaba por encima de los altos muros de la Cabaña, le acarició el rostro con delicadeza de mano femenina. No podía ver las luces de La Habana, pero las imaginó en su entusiasmo. El uniforme de tela burda le quedaba grande, pero no se quejó cuando al ponérselo para cubrir su desnudez, el capitán Roca, su "amigo" de fiesta, le dijo que iba a dar un paseo. La voz del capitán le llegó algo lejana. Con seguridad era que estaba perdiendo la audición. Tenía los oídos inflamados debido a la infección contraída con el moho y la cucaracha. Y aunque los oídos le dolían, por lo menos la inflamación atenuaba el desesperante y maldito silbido que emitía la bocina de su celda.

Con las manos atadas a la espalda, y custodiado por el capitán Roca, había atravesado un pasillo a cuyos lados se alineaban numerosas celdas. A la tenue luz de los bombillos, pudo ver los mal alimentados rostros de los presos que lo miraban con cierta compasión al pasar por delante de ellos. Uno de los prisioneros, un hombre mayor que debió haber visto alguna vez en los periódicos, quizás algún miembro de la organización de derechos humanos, le dijo con voz que le pareció era la de su padre. "Que Dios te acompañe, hijo". Y otro más adelante: "Ten fe y vencerás a tus verdugos".

Pero Rigo no prestó atención a estas y otras frases que lo asaltaron durante su trayecto.

No comprendía la razón por la que habían sido dichas, y no le preocupó tampoco. Después de subir unas escaleras de piedra, salieron al exterior. Era un callejón estrecho, custodiado por altos muros de piedra. A una orden de Roca, se detuvo.

—Ponte de espaldas a la pared.

Fue en ese instante en que Rigoberto reparó en que detrás de ellos venían siete hombres armados con fusiles AKM. Los hombres se situaron frente a él, del otro lado del muro y adoptaron posición de descanso. Rigoberto pudo distinguir el color verde oscuro de sus uniformes.

—Bien, mi general, si quieres puedes bajar ahora mismo todas las estrellas que puedas y ponértelas en la charretera —dijo Roca al mismo tiempo que con la mirada hacía un gesto hacia el estrellado cielo cubano. Y continuó con el mismo tono irónico—: Sólo tienes que pronunciar los nombres de esas personas que tú conoces y que pretenden cambiar las cosas en este país.

—No conozco a nadie. Usted se ha equivocado conmigo, y lo va a pagar en cuanto salga de aquí —respondió Rigo y miró con desprecio a su interlocutor.

—Es difícil que salgas de aquí, Rigoberto Urquide —respondió Roca, arreglándose la gorra de campaña que llevaba—, a menos, por supuesto, que hables.

—No tengo nada que decir, no sé de ninguna conspiración, quiero hablar con mis jefes, ellos me sacarán de aquí.

—Tus jefes saben en el lío en que estás metido, Rigo, y no se van a quemar las manos metiéndolas entre las brasas. No seas tonto.

Rigo asintió con la cabeza. Posiblemente el capitán Roca tenía razón, pero no toda.

Miró hacia los hombres que esperaban frente a él. Iba a ser fusilado si no hablaba. Debía conservar la vida hasta el último momento, en espera de que Abrantes, el general Sombra, o cualquier otro lo rescatara. Decidió decir algo, nada comprometedor.

—Sé de una persona, el jefe de un movimiento contra Fidel.

—¿Cómo se llama? —inquirió Roca, interesado.

—El general Sombra.

—El general Sombra —repitió con lentitud el capitán, y a continuación, como si de pronto reaccionara a un pensamiento interno—. Eso es un alias, dime el nombre verdadero.

—No lo sé, no sé quién es. Sólo conozco su nombre en clave.

—Sí lo sabes, Rigo, sí lo sabes, pero no lo quieres decir. En ese caso, no me queda más remedio que...—miró su reloj de pulsera—. En un minuto el cañonazo de las nueve anunciará la hora a los habaneros, y entre ellos, a tus cómplices, esos que te han abandonado. Esta es tu última oportunidad. ¿No vas a decirme quién es el general Sombra?

Roca lo miró fijo por un instante, velando la reacción del otro, pero el prisionero infló el pecho al aspirar la brisa nocturna, como si fuera la última vez. Tenía un cierto olor a caracolas, a algas, a rocas del Malecón. El olor era idéntico al que sentía cuando niño y lanzaba su anzuelito de pesca hacia el mar con la esperanza de coger un tiburón y mostrárselo luego a los muchachos del barrio. ¡Miren lo que capturé en el Malecón! Rigo dejó a un lado los recuerdos y apretó los labios con fuerza.

El capitán Roca se volvió al pelotón de soldados.

—¡Atención!

Los soldados asumieron la posición ordenada.

—¡Preparen!

El ruido de los fusiles al rastrillarse llegó muy débil a los oídos de Rigo.

—¡Apunten!

Rigoberto Urquide vio cuando los soldados levantaron las AKM y dirigieron los cañones hacia él. Elevó el rostro y miró hacia las estrellas. Fue en ese instante en que pensó en su hermano Pablo.

El capitán Roca, con el brazo derecho levantado, miraba su reloj de pulsera, de manera que la descarga de fusilería coincidiera con el ruido que produciría el disparo del cañón.

Unos segundos después, Roca bajó el brazo al mismo tiempo que ordenaba:

—¡Fuego!

Rigoberto Urquide vio siete lengüeticas anaranjadas que brotaban de los cañones. En ese mismo instante un trueno de pólvora invadió la noche habanera.

Eran las 9 p.m.

* * *

A pesar de que el edificio del MINFAR, construido por el gobierno de Batista para albergar la alcaldía de La Habana, constaba de veinte pisos, el ministro de las FAR, el general Raúl Castro Ruz, había escogido el cuarto piso para su oficina. En ese lugar sería la reunión.

Cuando el general Ochoa hizo su entrada al enorme despacho, ya Raúl Castro, el general Abelardo Colomé Ibarra y el general Ulises Rosales del Toro estaban en el local.

La bienvenida al hombre que habían citado para la reunión no tuvo nada de cordial o afectuosa. Los tres oficiales que, enfundados en sus vistosos uniformes, esperaban a Ochoa, lo recibieron con un frío y lacónico saludo que presagiaba el tono del encuentro.

Raúl, detrás del buró, aparentaba estar ocupado en revisar tres voluminosos expedientes. Sin levantar la vista de los papeles, invitó a Ochoa a que se sentara en uno de los sillones situados frente a su escritorio.

A un costado, el general Furry se hundía en otro asiento, con los dedos cruzados en forma de V delante del rostro. Parecía como si estuviera mirando a Ochoa a través de la mirilla telescópica de un arma. Además, con el mejor estilo de espionaje barato, tenía un aire misterioso y una mirada suspicaz, que si en realidad hubiera sido un espía, lo habrían descubierto mucho antes de preguntar siquiera dónde estaba la parada de autobús más cercana. A Ochoa le dio la impresión de que el espermatozoide que lo formó había sido mal dibujante, pues al parecer se había entretenido haciendo garabatos en el óvulo materno a la hora de la fecundación. Pero Ochoa sabía que su peor deformación estaba en el alma, y no en el físico.

A pesar de que ambos habían sido condecorados con la más alta distinción que se le puede otorgar a un militar, las medallas no los hermanaban, al contrario, los diferenciaban notablemente. Ochoa arribaría a esa convicción más adelante, cuando llegó a conocer la actividad rastrera y traidora del otro, y no en aquel glorioso instante en que en el Palacio Provincial de Santiago de Cuba, con ceremoniosa complacencia, les ponían en el pecho, hacía ya unos cuantos años, los títulos de Héroes de la República de Cuba y la Orden Máximo Gómez de Primer Grado. Furry llevaba las condecoraciones en el uniforme; Ochoa en el corazón.

Junto a Furry estaba el general Ulises Rosales del Toro, viceministro del Estado Mayor de las FAR. Más que un toro, su nariz aguileña le daba el aspecto de un buitre. Eso es lo que pensaba Ochoa al dirigirle una mirada fría que el otro evadía, porque el oficial que tenía enfrente, con un rostro tan inexpresivo como el asiento de un viejo Chevrolet, no era el amigo y compañero de armas con el cual, junto a un grupo de combatientes, se infiltró en Venezuela por Chichiribichi para fomentar e impulsar la lucha guerrillera. Ese militar que parecía un iceberg de frío, congelado en un silencio cómplice, no podía ser el compañero herido que él, Arnaldo Ochoa, cargó en sus hombros por las selvas venezolanas para salvarle la vida.

Raúl tosió levemente para pedir atención general, se arregló las gafas de armadura negra, y, engolando la voz más que de costumbre, quizás para comenzar con un buen nivel de hombría, aunque sólo fuese oral, dijo con voz de juez rural:

—Negro, te hemos citado porque... —hizo una pausa para volver a revisar los papeles, y entonces, por primera vez, miró al general Ochoa— Fidel está preocupado acerca de algunas cosas que necesitan aclaración.

Raúl Castro había utilizado el alias de "Negro" por dos razones: una de ellas, la menos importante, quitarle a la reunión el aspecto seco que suele primar en los encuentros de tipo militarista, y darle de inicio, un aire camaraderil, de compañerismo, y si se quiere, de amistad. Segunda: tratar de recordarle al general Ochoa su origen y raza, como si el color de su piel y el hecho de haber nacido en el seno de una familia campesina, fueran motivos de vergüenza.

Ochoa consideró el empleo del alias como un intento falso que no lograba borrar la atmósfera de gravedad reinante en el despacho, y entendió que el mismo no era un gesto ingenuo de espontáneo y honesto origen, sino que respondía a una bien dirigida ironía.

Pero él era un soldado que sabía contraatacar en los combates. Educado en la lucha militar, había aprendido también mucho en la universidad de la vida para combatir en la trinchera de las ideas, y en los sutiles venenos que suelen contener determinadas palabras por medio de sus variados significados. Por eso, y empleando el mismo tono afectuoso y la oculta ironía utilizada por el general Raúl Castro, le respondió con una sonrisa falsa que no intentó ocultar.

—Tú dirás, Chino.

Raúl se volvió a ajustar los ajustados espejuelos, tosió y dejó que su vista vagara por los documentos, como un arqueólogo tratando de descifrar un antiguo manuscrito recién descubierto. Ochoa sabía que el alias de "Chino" había sido como una patada en los cojones para su jefe. A Raúl solían identificarlo sus allegados con dos motes: el Chino y el Cuate. Este último, de procedencia mexicana, tenía un sentido de camarada, amigo íntimo, y era el preferido por él. El otro poseía un origen familiar que el hermano de Fidel no deseaba recordar.

Ochoa conocía que Raúl era hijo del sargento Miraval, y que el oficial batistiano sostuvo, a espaldas de Ángel Castro, amorosos encuentros guardarrayeros con Lina. De uno de ellos surgió Raúl, quien jamás perdonó a su padre el haberlo concebido en forma extramatrimonial, y con esos ojos rasgados que no podían ocultar el sello paternalmente asiático, tan distinto al cantábrico de su hermano Fidel.

Además, su padre era una oveja negra en el rebaño familiar. Había llegado a coronel y, capturado como criminal de guerra cuando los rebeldes triunfaron, fue acusado y condenado a muerte por su participación en el atentado que el 13 de marzo de 1957 dejó sin vida al político Pelayo Cuervo. Raúl todavía no tomaba Chivas Regal, y una mañana lo sorprendió con el corazón conmovido por un sentimiento atávico, y le perdonó la vida. Esto no evitó que se consumiera en la cárcel, bien encerradito y alejado de la prensa, para que no pusiera una podrida en el árbol genealógico de los Castro, en ese instante los puros y relevantes dirigentes de la Revolución. Afortunadamente, y sin que narrara las historias vividas en Birán, el chino Miraval había muerto a principios de 1986, en la prisión del Combinado del Este, a sólo quince kilómetros desde donde su hijo, convertido en jefe de las FAR, ocupaba una amplia oficina. Allí recibió la noticia del fallecimiento de su padre, y no supo definir en aquel instante si le había producido dolor o placer.

—Ochoa —comenzó obviando los alias—, hay informes de que has violado y traicionado la confianza del gobierno de Angola, que has estado traficando con diamantes, maderas preciosas y colmillos de marfil.

El general Ochoa entornó los ojos por la desconfianza, y su semblante se tornó seco y severo.

—No comas cascarita de caña, Raúl —había empleado ese término, pero le hubiera gustado haber utilizado el de mierda—. Ustedes saben, y bien que lo saben, que ese comercio era para adquirir divisas y poder cubrir las necesidades de las tropas.

—Nosotros les enviamos lo necesario —intervino Ulises con voz de mayordomo que cree un deber apoyar al amo.

Ochoa le contestó como si se estuviera dirigiendo a una cucaracha kafkiana.

—¿Lo necesario para qué, Ulises? Bah, era igual que una libreta de racionamiento, sólo que a nivel de la selva. Si no es por la kandonga, a nuestros soldados los hubiera matado el hambre y no el enemigo.

—Exageras, mi hermano —respondió Ulises, ajustando su cuerpo bien alimentado en la comodidad del asiento.

—No exagero, no, había que estar allí para ver que los cuatro frijolitos, las libritas de enlatados y las galleticas que nos enviaban no alcanzaban ni para darles de postre a los angolanos que rondaban nuestros campamentos en busca de migajas de bondad para matar también su hambre.

—Tengo entendido que no se hizo buen uso de lo recaudado —dijo Furry al mismo tiempo que se enroscaba como una serpiente de cascabel—. Me refiero al dinero.

—No se recaudó mucho porque una buena parte de la madera y de los colmillos los envié personalmente a Fidel. Hay que ver si él los vendió y pedirle que entregue el dinero del pago.

Al concluir, Ochoa sonrió, como si lo dicho hubiera sido una broma, pero todos comprendieron que no lo era. Las palabras del general tenían mucha verdad, sólo que esta era amarga, y había que endulzarla. Los otros se mantuvieron en silencio, en espera de que fuera Raúl el primero en reaccionar. Como buenos pícaros, no fallaron en el cálculo.

—Eso que dices, ¿es en serio o en broma? —dijo Raúl, atusándose el fino bigote que se había dejado desde los tiempos en la Sierra Maestra, para compensar la falta de barba, ausente en su rostro lampiño—. Nunca me ha gustado la forma en que hablas, Ochoa —comentó al mismo tiempo que comenzaba a dar paseítos de oficial de academia. De repente se detuvo—. Hay cuestiones muy serias que parecen chistes, y algunas tonterías a las que le das un tono de seriedad que... Hace falta que te definas.

Ochoa lo miró con el mismo interés científico de un arqueólogo al descubrir un objeto paleolítico. Tras dejar de mirarle la papada surcada de arrugas, dijo:

—¿Es que se puede hablar seriamente en este país? Esto es un relajo, Raúl, una verdadera mierda —y sonrió irónico.

—No sé a qué mierda te refieres, a no ser la que te persigue desde Angola —tomó un file y lo abrió para mostrar unas páginas escritas—. Aquí hay serias informaciones acerca de los relajitos que montaban tú y Patricio de la Guardia allá —concluyó con mirada fugitiva, incapaz de enfrentarla a los ojos del general Ochoa.

El general Ochoa iba a replicar, pero el general Colomé Ibarra se le adelantó.

—Hay reportes de que te tiraste a Aliusha. Ella iba como médico, ni siquiera respetaste que es la hija del Che —concluyó con una mueca en el rostro anguloso, de matiz expresionista.

—Estuvo conmigo, es verdad, pero es una mujer, y acostarme con ella no mancha la memoria del Che.

—El Che está muerto —continuó Furry como un ave de rapiña que atisba en el horizonte la posible víctima, la herida por la que sangra y de la que se nutre y alimenta—. Pero hay una denuncia de unos artistas... de la Cruz, la pianista y el actor de la televisión, que sí están vivos. La hija les ha contado horrores que le hicieron en Angola, tú y Patricio. Se la tiraron en colectivo y la pusieron a hacer tortilla.

A Ochoa no le extrañaba que Furry aprovechara la reunión para descargar su odio amparado en supuestos informes de contrainteligencia. Y lo hacía contra él y contra el general Patricio de la Guardia, del MININT. El generalito de postalita, como Ochoa lo clasificaba por su paso almidonado y postura de robot, no perdonaba el triunfo de las Tropas Especiales del MININT contra los distintos grupos armados que asediaban a Luanda, la capital de Angola. Llegaron apresuradamente en los viejos pero eficientes Britannia ingleses, para salvar la situación militar, después que él estuviera rogando cobardemente que lo sacaran de allí, porque no había forma de ganar ya que estaban rodeados por el norte por las fuerzas de Holden Roberto, por el Este por Jonas Savimbi y la UNITA, y por el sur por las tropas de Sudáfrica. El condecorado soldadito de escritorio y guataquería, como le decía Ochoa, no mencionó el mar, al oeste, como enemigo. Era demasiado. Tampoco supo reconocer los futuros triunfos que obtendría Arnaldo Ochoa durante su mando de las tropas de Angola. La envidia lo cegaba, el orgullo enmudecía su lengua, el odio socavaba su corazón.

Por eso Ochoa miró con desprecio a aquellos hombres que decían ser sus hermanos de lucha y que en realidad parecían ser monstruos paridos por la ambición y amamantados por una enfermiza ansia de poder. Él conocía perfectamente a la persona a la que Furry había hecho referencia, sin mencionar su nombre. Se trataba de Patricia de la Cruz, una rubia y hermosa chiquilla de diecinueve años que había ido a Angola, como muchas, a cumplir misiones internacionalistas, que nunca usó uniforme militar, y que se paseaba por toda Luanda, entre mujeres que usaban túnicas sin formas, luciendo sus contornos femeninos en la prisión sexy de unos *jeans*, y la tentación inevitable de sus senos sueltos y a ratos visibles, gracias a una blusita recortada a propósito. Decían que era tan ardiente, que en cuanto veía la portañuela de algún hombre la nalga le brincaba de alegría. Todo el mundo quedaba cautivado no sólo de sus tetas, sino de sus pupilas. La joven miraba de tal manera que parecía tener dos vaginas en los ojos, y en la entrepierna una prostituta sonrisa vertical que todo lo succionaba. Además, se sabía suficientemente bella como para ser ociosa. Sol venusino caído del cielo, los demás girarían a su alrededor, igual que planetas o satélites, presos de la fuerza gravitacional de su oscuro instinto sexual.

—A mí no me gusta hablar de las mujeres —dijo Ochoa mirando fijo a Furry—, porque eso es para maricones, pero si vamos a hablar de relaciones sexuales, hay mucha tela donde cortar, y si no, cualquiera de ustedes que tire la primera piedra.

De repente se hizo un respetuoso silencio. Ochoa amenazaba con quitarle la tapa a la caja de Pandora y eso no resultaba saludable. Raúl, con la intención de desviar la atención de un tema en el cual no saldría bien parado, volvió a retomar el asunto de los negocios.

—Hay un problema ahí de un avión que ustedes les vendieron a los angolanos.

—En primer lugar, para poner los puntos sobre las íes —dijo Ochoa moviéndose inquieto en su asiento—, ¿quiénes son ustedes?

—Tú, Patricio, Tony —respondió Raúl volviéndose a arreglar las gafas.

—Ya, nosotros... y el avión, por supuesto, es el C-130 que Eduardo Dos Santos quería comprar.

—Ese mismo.

—Pero tú me perdonas, Raulito —dijo Ochoa, un poco despectivo—, pero hablas del avión como si no supieras nada del asunto.

Raúl, incapaz de negar lo dicho, se limpió la garganta y buscó apoyo con la mirada en los dos testigos que tenía sentados a un lado. Pero ninguno de los generales dijo nada. Ochoa continuó.

—Yo sólo tramité una solicitud del presidente de Angola, por medio de Patricio, y este se la hizo llegar a Tony. ¿Quién no sabe que Tony es un mago consiguiendo cosas? ¿Quieres un helicóptero silencioso, un Cadillac último modelo, un extraterrestre? Tony te lo consigue. Tú lo sabes, Raúl, ¿o te has olvidado el caso de tu hijo?

Raúl asintió con gravedad. Ciertamente el coronel Tony de la Guardia había sido el individuo que buscó bajo cielo y tierra, en el negativo mundo occidental del malvado capitalismo, la información necesaria con la cual curar a su hijo, a quien había mandado a Angola, a manera de ejemplo, y que de comemierda se situó muy cerca de un lanzacohetes RPG-7 y los escapes le dañaron el ojo derecho.

—Pero hubo una comisión cubana, oficial, que tramitó la venta por cinco millones, y eso tú lo sabes, Raúl, no te me vengas haciendo el sueco ahora.

—Sí, una co... comisión —tartamudeó el jefe de las FAR.

—Si mal no recuerdo —dijo Ochoa, poniéndose el pulgar en la sien—, creo que estaba formada por un tal Jacobo Levi, Julio Antonio Machín, Tony, otra gente y el escritor Norberto Fuentes. Además, mi socio —Ochoa sonrió, irónico—, tienes una memoria de comején marroquí, porque la dichosa comisión la anunció por cable, por ahí debe andar el documentico, un miembro del Departamento de Relaciones Internacionales del Comité Central, Alcibiades Hidalgo, tu antiguo jefe de despacho, y para rematar, mi querido jefe, fue cifrado en tu propio despacho.

—Sí, sí, ahora recuerdo. Por aquí debe estar el dato —dijo Raúl, revisando papeles de manera mecánica—. Pero los vendedores se quedaron con el dinero y de avión nada, y lo que es peor, unos 500 mil dólares que cobró Tony también se han esfumado.

—No sé del otro dinero, pero dudo que los 500 mil dólares que recibió Tony hayan desaparecido —y Ochoa volvió a sonreír con ironía—. Patricio me dijo que Tony los había entregado a Abrantes, y bueno, el ministro del Interior tiene que haberlos entregado más arriba, ¿no?

—No sé, estamos averiguando —contestó Raúl, dando la impresión de un delincuente que es sorprendido de repente en un acto deshonesto—. Pero lo cierto es que has utilizado el mando militar para andar en negocios, como un comerciante barato.

La mirada de Ochoa era la de un jabalí africano, y estuvo a punto de levantarse del asiento y abandonar aquella reunión que más parecía un juicio sumarísimo.

—No se podía hacer otra cosa para garantizar el suministro de las tropas. Además, ¿a qué tanta preocupación entre lo militar y lo comercial? Los más grandes comerciantes de Cuba son el MINFAR y el MININT, ¿quién no lo sabe?

—Nosotros usamos los organismos militares para recaudar fondos en beneficio nacional, del país.

—¿Y yo para qué lo hacía? ¿Para comprarme una casa en Varadero? Todavía vivo ahí en el Vedado, en una vivienda modesta, mientras que generales con menos prestigio e historia que yo habitan palacetes.

Ochoa se levantó y comenzó a dar breves paseos, como una fiera enjaulada.

—¿Para comprarme un yate como el tuyo, "El 26", o el "Tuxpan", de Fidel? Ni siquiera tengo una lanchita en la que pasear a los hijos.

—Pero estás haciendo regalos a tus oficiales y soldados —subrayó Furry, al acecho de la primera oportunidad, como un mastín. Como no avisaba su ataque resultaba temible.

—Es verdad, pero los regalos que hago no son casas con piscina, ni autos último modelo, porque no los tengo. Son pequeños obsequios a esos infelices que arriesgaron sus vidas mientras otros tenían el culo bien protegido a miles de kilómetros de distancia. Son reconocimientos a esos que sólo encontraron aplausos y cartelitos dándoles la bienvenida al llegar aquí, porque hasta los puestos que tenían los perdieron.

—A esa gente se les va a ubicar, Ochoa, todo a su tiempo.

La voz del general Ulises del Toro llegó ondulante, como si fuese una serpiente verbal, aunque no venenosa, sólo informativa.

—Ah, estabas ahí, Ulises —y Ochoa volvió a sentarse. Al cruzar la pierna derecha sobre la rodilla, continuó—: Creí que habías perdido la lengua, pero déjame decirte una cosa —Ochoa le hablaba como si fuese un subordinado, pues en realidad el general Ulises Rosales del Toro, desde la aventura de Venezuela, siempre lo llamaba jefe—. Esa gente, como ustedes dicen, no necesitan tiempo, sino que se les reconozcan sus derechos. La medallita que le clavan en el pecho sólo sirve para alimentar el orgullo personal, pero no les resuelve sus problemas.

—Bien, dejemos ese tema —intervino Raúl, no en plan pacificador, sino con la intención de no continuar con una conversación en la que el general Ochoa tenía toda la razón—. Aquí hay algo mucho más delicado que todo lo que hemos hablado.

—No hemos hablado nada delicado —aclaró Ochoa, siempre desafiante.

—Se trata de cuestiones de tipo político.

Ochoa esperó en silencio y entornó los ojos como un cocodrilo en plena selva angolana. Daba la impresión de que tenía sueño, pero en realidad afilaba la mirada. Esta se volvió cortante.

—Aquí hay algunas manifestaciones tuyas y de otros poniendo en tela de juicio a la Revolución y la capacidad de Fidel —dijo Raúl, engolando la voz para darle gravedad tonal al asunto—. Conversaciones que tuvieron tú, Tony, Padrón y otros en una fiesta en casa de Diocles. Y claro, ejem, eso es delicado. Parecían disidentes en una reunión clandestina.

—La reunión no era clandestina, en primer lugar —respondió Ochoa, descruzando la pierna y asumiendo una postura más rígida—. Todo el mundo sabía de la fiesta, incluso ustedes, que supongo que la grabaron, ¿no?

—Sí, todo fue grabado.

—No sé a qué te refieres cuando dices que "todo", lo que sí puedo decirte es que lo que comenté en la fiesta se lo he dicho a Fidel en su propia cara. Y te lo puedo repetir. Uno: que hace falta una apertura comercial, hacen falta cambios para abrirnos al mercado internacional, coño, que metidos en este cabrón sistema de esconder la cabeza para no ver lo que pasa alrededor nos tiene bien jodidos —Ochoa no cedió pausa alguna para evitar intervenciones, y continuó—. Dos: que el mundo está cambiando y este país da dos pasos adelante y cinco para atrás, y así no hay forma de suprimir la puñetera libretica de abastecimientos que nos persigue desde que estamos en el poder. Tres: que el internacionalismo tiene los días contados. Ya la Unión Soviética no apoya estas luchas, y no vamos a agotar nuestro pequeño presupuesto para invertir en otros países recursos que necesitamos para el nuestro. ¿Eso es una cuestión política?

—Es económica, pero tiene un trasfondo político —respondió Raúl sin mirar a Ochoa—, sobre todo cuando es el criterio de un colectivo, y ese colectivo está integrado por altos funcionarios civiles y militares del gobierno, las FAR y el MININT.

—Lo que comentamos allí, y no hacía falta grabarlo, no hacía falta que se hubieran molestado en instalar microfonitos de mierda, se lo he dicho yo a Fidel, lo digo en la Asamblea Nacional, y si quieren en el *Granma*, porque eso no es invento mío, coño, ese es el sentir del pueblo. ¡Eso es lo que piensa todo el mundo, y hay que estar ciego para no verlo!

—Cuestionaron a Fidel también —dijo Raúl con cierto tono de reproche. No podía hacerlo de otra manera, pues para ser justo y actuar con honestidad se requería intelecto analítico y ausencia total de vanidosa presunción o lealtad familiar que permitieran pesar los hechos en la balanza de la verdad, pero el ministro de las FAR carecía de esos atributos.

—Cualquiera se equivoca, ¿no? Y no me refiero a nosotros, lo digo por Fidel. Que me perdone, pero el Comandante en Jefe no es infalible, y ha hecho muchas cosas que... por favor... —y Ochoa concluyó con un gesto que evidenciaba su disgusto—. Además, tiene un gran defecto, yo se lo he dicho, no acepta consejos. ¡Todo tiene que ser como él dice y ya!

—¡Ochoa, no te permito que hables así de Fidel en mi presencia!

—Perdona, no me acordaba que eres su hermano.

—¡No lo digo porque sea mi hermano, sino porque es el Comandante en Jefe! ¡Si él no hubiera nacido nosotros no estaríamos aquí!

Ochoa prefirió no contestar a un argumento tan débil e injustificado y se mantuvo en silencio. Raúl pensó que su frase anterior había sido concluyente, demoledora, que no tenía respuesta y, considerando que se había anotado un triunfo a su favor frente al enconado rival que tenía enfrente, continuó:

—Te has pasado la vida llevándole la contraria, disgustándolo.

El general Ochoa hizo una mueca de que no entendía.

—En realidad no comprendo, porque me he pasado la vida luchando por la Revolución, desde que a los diecisiete años cogí el camino de las lomas.

—Has desobedecido sistemáticamente las órdenes que Fidel impartía para lograr el triunfo en la guerra de Angola, y eso es un acto militar condenable, tú lo sabes.

—¿Ahora, a los treinta años de estar luchando en todos los frentes internacionales a que el mismo Fidel me ha enviado, me dicen eso? Si no fuera una cosa tan seria me iba a echar a reír a carcajadas. Lo que pasa, y esa es la verdad, es que una cosa es con guitarra y otra con violín.

—Déjate de comparaciones musicales y aclara el asunto —dijo Raúl, asumiendo la actitud de un padre que regaña al hijo por una falta cometida.

—Es fácil, una guerra no se puede dirigir a miles de kilómetros de distancia, poniendo alfilercitos y banderitas en los mapas. Una cosa es trabajar con mapitas y otra estar en el campo de batalla, con el tiro y los cañonazos andando. En el terreno es donde hay que desplegar la capacidad militar, y los cojones, y no formar una gritería boba con mensajitos codificados, sino en medio de la selva, entre cocodrilos y serpientes, y frente a las tropas de Holden Roberto, de Savimbi y de Sudáfrica.

—¿Estás insinuando que el Comandante en Jefe es un pendejo? —inquirió Raúl al mismo tiempo que tomaba un bolígrafo, como si se dispusiera a tomar constancia escrita de la posible respuesta.

—No he dicho eso. Sería una falta de respeto. Lo que digo es que se me envió a Angola para que asumiera el mando de las tropas cubano-soviéticas después de que el ruso este... el general Konstantin Shagnovitch, tuvo una ofensiva desastrosa. ¿Ya se olvidaron de ella? —inquirió Ochoa, quien alternaba la mirada de un general a otro—. Me dejaron como herencia militar una situación desastrosa: la 47 brigada cubano-angoleña fue hecha mierda por las tropas sudafricanas, y cerca de Lomba perdimos un escuadrón completo de tanques T55 y una batería de misiles Sam-8.

—El Servicio de Inteligencia informó que... —comenzó a decir Furry, pero Ochoa lo interrumpió de manera brusca.

—Mira, Furry, ahórrate las palabras para tus misterios. No me vengas con cuentos cuyos finales me conozco. No me vas a impresionar. Sin ver el último de los capítulos, ya sé cómo termina tu historia de suspenso e intriga.

—Se te envió para que cumplieras las órdenes de Fidel —dijo Raúl, enfrascado en la trinchera familiar, tratando de obviar el hecho cierto de que el general Ochoa estaba mucho más capacitado para la guerra que ellos, y que el mismo Fidel. Ochoa había estudiado Ciencias Políticas en la Universidad de La Habana y había cursado la academia militar de Frunze; la Escuela de Entrenamiento Oficial en Matanzas, Cuba, y la Escuela del Comando Voroshilov para oficiales superiores. El hombre que Raúl tenía enfrente no era un improvisado, ni un guerrillero todavía atrincherado detrás de un matojito en la Sierra Maestra, sino un militar de academia con treinta años de experiencia en el terreno.

—Cumplí las que me parecieron lógicas —admitió Ochoa—, pero otras, que no respondían a las realidades de la guerra, tuve que adaptarlas al terreno militar. Fidel quería una gran concentración de tropas en Cuito Cuanavale y este puesto se podía defender con los Mig-23 y minando el área. Así tendríamos más hombres para atacar al enemigo al sur, y la posibilidad de construir un aeropuerto que nos permitiera hacer uso de la aviación contra posiciones de Sudáfrica, pero Fidel no entendía que eso era lo correcto.

—Pero tú si entendías correctos tus planes —volvió a ripostar Raúl.

—Sin lugar a dudas, yo estaba en el terreno, frente al enemigo. Además, y así lo dije, nunca ganaríamos esa guerra.

—Bien, creo que hemos hablado bastante... Informaremos a Fidel de esta reunión —dijo Raúl, y sin mirar a nadie en particular, continuó—: El general Ochoa puede retirarse —concluyó con un tono frío y distante, muy alejado del cordialmente falso con que había recibido a uno de sus generales más brillantes.

Ochoa se levantó y saludó militarmente, de manera respetuosa.

—Con el permiso.

Abrió la puerta que conducía al exterior. Ya en el pasillo, camino a los ascensores, el general Arnaldo Ochoa desechó la idea inicial que traía en mente cuando lo citaron por teléfono para una reunión sumamente importante con el ministro de las FAR y los generales Abelardo Colomé Ibarra y Ulises Rosales del Toro. En realidad, pensó en aquel instante que la Operación Cocodrilo Verde había sido descubierta, y lo iban a detener. Respiró al salir al parqueo para abordar su Lada color sangre. El encuentro se había caracterizado por un clásico dime que te diré de cosas conocidas, algunos trapitos sucios sacados al aire, y la oportunidad de conocer que, si bien no existían argumentos sólidos que permitieran su detención, estaba en la mirilla del CIM. La grabación efectuada en la fiesta de Diocles Torralbas era sólo una muestra. Arrancó el auto.

Los tres entorchados generalitos de escritorio que había dejado atrás, con seguridad hablando mierda sobre él, no le iban a echar a perder la cita que tenía con la Nica, su amante, una mujer que tenía un clítoris afectuoso, entusiasta y disciplinado. Bastaba que él hablara de amor y erectaba con la misma rapidez que un soldado al que, en medio de la barraca, le han dado el "de pie", listo para la guerra. Por supuesto, en una batalla donde el enemigo es tan hermoso y con armas que siempre resultaban nuevas e invencibles, él salía orgullosamente derrotado. Esa era su gran victoria.

* * *

El general Sombra no contestó el saludo del hombre vestido de civil que, después de comprobar el número de la chapa en el van azul, le abrió la puerta de verjas de aquella apartada residencia en el reparto Kohly. No era descortesía militar, sino que el agente del Ministerio del Interior no veía el gesto amistoso de su mano detrás de los oscuros cristales del transporte que manejaba en esos momentos. El guardia, quien había cambiado su uniforme por una clásica guayabera cubana, tenía orden especial del general Abrantes de dar entrada inmediata a un van con el número de chapa que había comprobado, y que, él no lo sabía, era falsa.

Se trataba de que nadie, ni siquiera el personal de confianza encargado de la seguridad de la mansión, supiera quien era la persona que el ministro del Interior recibía a esas horas de la noche. Los agentes calcularían que se trataba de la visita de alguna otra de las aventuras amorosas a las que Abrantes los tenía acostumbrados, pues la Avispa, como lo conocían algunos de sus subordinados, solía utilizar esa casa de Seguridad, custodiada exclusivamente para su uso personal, para picar amorosamente a bellas jovencitas que se escurrían bajo el manto de la noche para compartir la cama con una figura de tanto nivel, quien, además de colmarlas con buena comida y bebidas, les dejaba caer en los bolsos algunos dólares para que fueran a la peluquería.

El general Sombra sonrió ante la posibilidad de que lo confundieran con alguna de esas jóvenes, o con alguna improvisada prostituta. Parqueó el van en el garaje interior. Antes de abrir la puerta del transporte, comprobó que no había nadie cerca. Entonces se bajó para, después de algunos pasos, extender la mano hacia el picaporte de una puerta de madera labrada, pero Abrantes, al abrirla antes que él, lo dejó con el gesto congelado en el aire.

—Adelante, amigo.

A pesar del gesto afectuoso el tono grave de la voz no presagiaba temas muy agradables.

—Vine lo más pronto posible que pude —respondió el general Sombra, y Abrantes asintió.

Tras cerrar la puerta con llave, caminaron por un pasillo alfombrado que los condujo a una sala amplia con muebles forrados de damasco. Una lámpara de pie luchaba por vencer la oscuridad del ambiente, el cual parecía apropiado para un filme inglés al estilo de Sherlock Holmes. Una mesa de centro sostenía en su lomo de cristal una botella de ron Matusalém, de 7 años de añejamiento, dos vasos de cristal, y una copa de plata que contenía hielo en cuadritos. Contoneándose como una anaconda, la voz de Frank Sinatra emergía desde una casetera para dejar oír su interpretación de *"New York, New York"*. El casete había sido un regalo de Tony de la Guardia, "para que lo disfrutes, 27", dijo en aquella oportunidad. Pero la música, que en otro momento hubiese sido golosina para el oído, ahora tenía la función de mezclarse con la conversación. Aunque la casa estaba totalmente limpia de micrófonos, Abrantes, quien sabía ser un calculador frío y un analista de todos los posibles peligros, no dejaba de tomar medidas preventivas. Además, la situación no estaba como para estarse deleitando con placeres estéticos.

Se sentaron uno frente al otro. Ambos vestían de civil. El uniforme militar era un medio de identificación que evitaban regalar al posible enemigo que, ellos lo sabían, les estaba siguiendo los pasos.

El primero en hablar fue el general Sombra. Mientras lo hacía sirvió dos pedazos de hielo en cada vaso y luego los puso a nadar en ron. Un trago doble, diría cualquier cantinero.

—Hablé con Ochoa antes de que me llamaras —y extendió el vaso al general Abrantes.

—Anjá. Tengo entendido que lo citaron al MINFAR —tomó el vaso y miró el líquido a trasluz—. Raúl, Furry y...

—El general Ulises del Toro —concluyó el general Sombra, y se limpió los labios con el dorso de la mano. Luego, como si tratara de matar con el alcohol toda posible impureza dejada por el nombre que había pronunciado, se dio un trago de ron que al pasarle por la garganta le puso húmedos los ojos.

—Dice el Griego que lo citaron para desmoralizarlo —continuó diciendo Sombra—, pero que se cogieron el culo con la puerta.

—No lo dudo, Ochoa es un tipo valiente y no les tiene miedo a ninguno de ellos.

Abrantes reconocía en Ochoa a una persona con plena conciencia de su dignidad personal, y difícil de ser abordada a partir de presupuestos chantajistas o traidores, como los que solían emplear los tres inquisidores a los que se había enfrentado. Para celebrar el hecho levantó el vaso en forma de brindis y se dio un trago del añejo.

—Ochoa me dijo que los tres mosqueteros del Rey se han propuesto ensuciarlo y que ve su nombramiento en el pico del aura.

—Ochoa es clave para nuestros planes, pero si ellos no lo hacen lo nombramos nosotros cuando ocupemos el MINFAR.

—De acuerdo, pero dice Ochoa que hay que actuar con cuidado. En la fiesta de Diocles grabaron todo lo que hablaron allí. O sospechan algo o están armando un muñeco para joder a alguien.

Abrantes se levantó hasta el ventanal que daba al jardín. Apartó un poco las dobles cortinas de seda y terciopelo. La noche le llenó los ojos de oscuridad. Cerró el cortinaje y giró hacia el general Sombra.

—Están buscando a quien joder, sin duda, y hay algo que me preocupa —dio unos pasos hacia el general Sombra—. Rigo ha desaparecido. Me han informado que Fidel le ha dado una misión especial.

—Eso no es bueno. Fidel está moviendo tus oficiales sin contar contigo, igual que trató de hacer en Angola con la gente de Ochoa.

—Sin duda —respondió Abrantes, y se golpeó la palma de la mano con el puño—, pero lo que me preocupa no es eso, sino esta movida especial, precisamente con una pieza como Rigo.

—No quisiera ser pesimista, Pepe, pero me sospecho que esta gente está detrás de una buena pista.

—Es posible, es posible. Rigo debió informarme acerca de la reunión en casa de Diocles, y no lo hizo. Tal y como te dije, desapareció del mapa.

—O lo desaparecieron.

—Todo esto es muy extraño, y ordené una investigación con gente de confianza. Estoy esperando informes.

—¿Cuándo?

—Esta misma noche.

* * *

—Ese es su nombre: Rigoberto Urquide, y es capitán del grupo 49, que, como tú sabes, está encargado de la custodia personal del "hombre".

Roca dejó de mirar hacia el Malecón, en ese instante con las luminarias encendidas. No le interesaba el cordón de luz que surgía desde la base del Focsa y se curveaba hacia el Morro para desaparecer detrás de unas edificaciones, sino el destello húmedo que veía emerger, desde el abismo de su mirada, en los ojos verdes de Mariana, como dos cirios temblorosos por la brisa de una emoción interna.

—Trataré de averiguar —dijo ella mientras observaba a Pablo que se acercaba con el coctel de camarones, la cerveza Tropical y una copa de Cabernet Sauvignon.

Esa noche no cenarían. Solamente un saladito, la cerveza y el tinto de siempre. Las letras rojas del cartel: "Se cogen ponches", desplegado en el taller que Roca administraba, significaban una cita urgente. Por eso, después de salir de la Oficina de Intereses de los Estados Unidos, fue directo a La Torre en vez de dirigirse a su residencia. Cinco minutos después llegaba Roca.

—La Oficina debe conocer a Rigo, debe tener información acerca de él.

Mariana sabía que cuando Roca mencionaba la Oficina, no se refería al aparato burocrático en que ella trabajaba, sino a la CIA.

—¿Biografía? —y ante el silencio de Roca prosiguió—: ¿O hay algo más?

—Creo que se está gestando una gran conspiración.

—¿En contra de Fidel?

—Parece que sí. El problema es que no estoy seguro.

—¿Crees que la CIA esté mezclada? —y ella clavó las esmeraldas de sus ojos en los de Roca.

—No lo sé, no lo puedo asegurar, por eso te pido que investigues.

—Si hay algo, va a ser difícil averiguarlo. Yo no soy agente de la CIA, pero sé que esa gente trabajan fino, son muy compartimentados.

—Sé que es difícil, pero no imposible —dijo y cogió un camarón para triturarlo entre sus dientes.

—Y yo no tengo acceso a toda la información de la Oficina —ella bebió su Cabernet.

—El método lo dejo a tu discreción, pero te pido que tengas cuidado. No quisiera que esa gente te descubriera. La Seguridad cubana perdería un buen agente y yo te perdería a ti.

Ella sonrió, y Roca saboreó un largo trago de cerveza. Al concluir se limpió con una servilleta el bigote de espuma formado encima del labio superior. Entonces extrajo un sobre del interior de su jacket, y lo puso encima de la mesa.

—Por esta vez, y teniendo en cuenta lo importante de la información que te piden, han subido la parada.

Ella miró el sobre con indiferencia.

—Cincuenta mil —dijo Roca alargando las palabras, como para darle mayor valor a la cantidad.

Ella sonrió con satisfacción, y dejó que la ambición brotara a sus verdes pupilas. Por lo menos eso era lo que deseaba demostrar a Roca. Tomó el sobre y, con un gesto que hubiese envidiado un usurero, lo guardó dentro de su bolso.

Mariana fue a tomar la copa de vino cuando de repente Roca le agarró la mano. Pero esta vez a ella no le pareció, como el día que se encontraron por primera vez, un gavilán ladrón atrapando una paloma en el aire. Su gesto fue suave y cálido. Él la miró con ternura a los ojos, y con el mismo tono que emplean los que confiesan algún pecado, dijo:

—Mary —ese era el nombre que usaba cuando estaban en la intimidad, alejados de toda influencia profesional—, te voy a hacer una pregunta que no debía hacerte.

Ella guardó silencio y sonrió levemente. Lo que Roca acababa de decir era muy peligroso. Preguntar cosas que no se deben es como enseñar las cartas en el juego del espionaje. Toda pregunta, aunque parezca lo contrario, implica una información: la que está detrás de ella misma.

—Mary, voy a violar un principio inviolable en nuestro trabajo, pero confío en ti.

Lo dicho por Roca venía a confirmar lo que Mariana pensaba en ese instante.

—Gracias.

Roca hizo una pausa parar mirar a su alrededor. El salón estaba casi desierto. Hasta Bryan, la sombra de Mariana, estaba ausente esa noche. Roca habló en voz baja.

—En este asunto hay un general, no sé si del MININT o de las FAR. Desconozco su nombre real, pero usa un seudónimo.

—¿Cuál?

—Sombra, el general Sombra.

Ella quedó pensativa durante unos segundos y después negó con la cabeza.

—No, no conozco a nadie con ese nombre, pero voy a tratar de entrar en la computadora de la CIA. En estos días he obtenido algunos códigos, y es posible que entre ellos esté el password que necesito.

—Mary, esto es sumamente importante, necesito conocer quién es el oficial que se esconde tras este seudónimo. Es una cuestión de vida o muerte.

—Ya te digo, voy a hacer todo lo posible. En cuanto tenga algo concreto te aviso.

—Bien, ahora me voy.

Mariana observó como su contacto con la contrainteligencia cubana terminaba su cerveza con un trago largo. Evidentemente el capitán Roca estaba de prisa. Se levantó y despidió con un saludo de la mano y una leve inclinación cortesana.

—Cuídate —dijo ella y le guiñó un ojo.

Segundos después de que Roca desapareciera por la puerta que conducía al pasillo, camino de los elevadores, Pablo se acercó a la mesa.

—¿Algo más, señorita Mariana?

—Sí, la cuenta, Pablo —dijo mientras le hacía una seña de que esperara. Entonces comenzó a hurgar debajo de la mesa. Tras sonreír extrajo un pequeño micrófono que tenía adherido un imán. Lo mostró a Pablo y luego lo dejó caer en la copa de vino. El pequeño equipo de espionaje, dejado por el capitán Roca, se hundió en el pequeño océano color sangre.

Pablo sonrió también, admirado de la perspicacia de Mariana.

—Enseguida regreso, señorita.

Mientras el camarero se alejaba con destino a la caja, ella extrajo del bolso una libreta de notas y comenzó a escribir. No le quedaba otro camino que el del deber. Por otro lado, pensaba, lo que hacía no era en realidad una forma de traicionar la confianza que Roca tenía en ella, sino la posibilidad de ayudarlo. Por eso debía informar de inmediato a su jefe lo conversado esa noche con el agente cubano. Roma decidiría qué pasos tomar en el futuro.

Cuando Pablo regresó con la cuenta, ella introdujo la nota entre algunos billetes y entonces los sacó del bolso. Una pareja de enamorados se levantó dos mesas detrás.

—Ahí va la propina, Pablo.

Mariana esperó a que la pareja se alejara rumbo a la salida, y cuando comprobó que no había nadie cerca, dijo en tono bajo, pero firme:

—Entrega esa nota lo más pronto posible, y bota el vino, tiene cierto sabor a... traición.

—Gracias, señorita Mariana —respondió el camarero al mismo tiempo que recogía la copa y guardaba en su bolsillo el billete con el papel—. Que tenga una buena noche.

Y se alejó con paso rápido. Mariana quedó en su sitio hasta comprobar que Pablo, tras pedir permiso al administrador, salía a cumplir la misión encomendada. Esa misma noche el agente especial de la CIA, al que ella sólo conocía como Roma, la capital italiana, tendría conocimiento de la posible conspiración militar contra Fidel y del seudónimo de uno de los oficiales que participaba en esa conjura: el general Sombra.

* * *

El general Sombra se paseaba con pasos rígidos de un lado a otro de la amplia sala. La inquietud había hecho presa de su ánimo y analizaba mentalmente el desarrollo de los acontecimientos. De repente se detuvo. Había llegado a un criterio definitivo y creía conveniente que Abrantes lo supiera. En el mismo instante en que iba a dirigirse al ministro del Interior, el timbre del teléfono paralizó su gesto.

Abrantes, sentado en uno de los sillones, extendió el brazo izquierdo para descolgar el equipo situado en una mesa lateral.

—Sí —hizo una pausa para escuchar.

El general Sombra se acercó, y a pesar de la semioscuridad del ambiente, pudo apreciar el gesto de disgusto de Abrantes.

—¿Adónde? Anjá, ya veo. Sí muy peligroso, muy peligroso. Oye, ¿tenemos a alguien allí en quien podamos confiar a ciegas? —Abrantes hizo una pausa para escuchar a su interlocutor—. Sí, claro. Bien, espero tu llamada.

Y colgó para quedar pensativo por unos segundos. Al mismo tiempo que se preparaba otro trago de Matusalém, se dirigió al general Sombra.

—Rigo está detenido en La Cabaña. Lo están torturando con la Desorientación Circadiana y con fusilamientos en falso —bebió el trago, esta vez sin mezclarlo—. Al parecer está aflojando y ha dado cierta información.

—¡Pepe, esto nos obliga a movernos rápido! ¡Creo que debemos adelantar el plan para agosto!

—Sí, no cabe duda, hay que actuar, pero Rigo es una pieza clave. Si lo perdemos, necesito tiempo para asignar otro jefe que dirija a los hombres del grupo 49.

—¿No lo podemos rescatar de la Cabaña?

—Lo tiene prisionero la CIM.

El teléfono volvió a timbrar. Abrantes se apresuró a descolgarlo.

—Sí, sí, soy yo —y mientras escuchaba con atención miró al general

Sombra, de pie frente a él—. Bien, ¿crees que se pueda llevar a cabo?

Abrantes esperó la respuesta, que llegó de inmediato. Entonces, con gravedad en la voz, ordenó:

—Entonces apliquen la operación MI.

Y colgó al mismo tiempo que la voz de Frank Sinatra llenaba el ambiente con la melodía *"My Way"*.

* * *

El capitán Rigoberto Urquide se dijo que algo extraño estaba pasando. Le habían dado la oportunidad de tomar un baño con agua tibia, y luego un barbero improvisado le afeitó la barba de días. Vino un otorrinolaringólogo y le estuvo registrando los tímpanos, le limpió los oídos y ordenó que le pusieran una inyección. No supo de qué. Además, su custodio de cara huraña le entregó un pijama azul y lo trasladó de celda. Rigo se acostó en la colchoneta y reposó la cabeza sobre las dos almohadas. Se sentía nuevo. Hacía no sabía cuánto tiempo que dormía desnudo sobre un piso húmedo, frío y áspero. En ese instante las viejas colchonetas forradas con una sábana desteñida le parecieron nubes del cielo. El desayuno había mejorado en calidad y cantidad. Todo eso era manifestación de un cambio. Y pensó, en un momento de lucidez, que Abrantes se había acordado de él. Si lo que pensaba era cierto, pronto estaría libre y se las iba a cobrar bien al capitán Roca.

De todas maneras, se sentía muy débil, e incapaz de ningún esfuerzo físico. En ocasiones la mente se le ponía en blanco y tenía la impresión de que se desmayaba. Con la esperanza de compañera, puso los brazos por detrás de la cabeza y fijó los ojos en el techo, allí donde una araña se dedicaba a devorar el mosquito atrapado entre las redes de su tela.

* * *

La tarde comenzaba a caer cuando atravesó el patio colectivo de aquel viejo edificio en Centro Habana. Un grupo de inquilinos salió corriendo desde sus apartamentos, pues un grito de alegría, como el de una monja que estuvieran violando, se esparció por el patio de cemento, subió escaleras y trepó por las paredes hasta el quinto y último piso:

"¡Llegó el agua!". Era un grito parecido al de por las noches cuando de repente una voz colectiva gritaba triunfal por encima de la vencida oscuridad: "¡Llegó la luz!".

Más que pronto los habitantes de aquel destartalado edificio, que mostraba viejas cicatrices en sus paredes despintadas, formaron una cola frente a la llave donde un débil chorrito del líquido iba adquiriendo fuerza al mismo tiempo que luchaba por expulsar el aire de las tuberías. "¡Ya era hora, coño, que tengo los mojones flotando en el servicio hace más de una semana!", se le oyó decir a una vecina que, disciplinadamente, tomaba su turno en la cola.

La gente, ante el acontecimiento, echaba mano a los más diversos recipientes, desde palanganas que habían perdido sus esmaltes, hasta los floreros que unos momentos antes eran adornos en las salas. Todo lo que pudiera contener el precioso líquido era utilizado para almacenarlo, pues no se sabía cuando la CONACA se acordaría nuevamente de que la gente tenía que lavarse la boca, bañarse, cocinar lo que aparecía, y tomar un elemento tan vital, después, por supuesto, de hervirlo debidamente. Roca sonrió con amargura al ver a un niño de unos cinco años situarse en la cola, con los pies descalzos y el ombligo botado hacia afuera, como si fuese un biberón, quien, inocentemente, llevaba entre sus manitas un orinal con la intención de llenarlo y así participar en la denominada cooperación colectiva familiar.

Aprovechando la confusa algarabía desatada por el acontecimiento se detuvo delante de la puerta del apartamento número 2, donde un hombre, sentado sobre un sillón roto, desarmaba un viejo carburador. En ese instante lo dejaba a un lado para coger dos cubos vacíos, seguramente con la intención de sumarse a la actividad de colmena violada en la que participaban sus vecinos.

—¿Daniel Urquide?

—Sí, ¿qué se ofrece?

—Soy Antonio Blanco, capitán de la CIM, y quisiera hablar con usted —dijo al mismo tiempo que mostraba con rapidez un carné que guardó de inmediato en uno de los bolsillos de la guayabera, sin tiempo para que el otro pudiera leer que en realidad correspondía al capitán Carlos Roca.

—Mire, yo no hago nada malo —dijo al mismo tiempo que situaba los cubos en el piso—. Yo sólo tiro pasajes en ese viejo Chevrolet que usted vio a la entrada..

—No se trata de usted. ¿Puedo sentarme?

—Si quiere, ahí tiene una caja de cerveza. Póngala boca abajo.

Roca pasó por alto la falta de cortesía del hermano de Rigo, y acercó una maltrecha y vacía caja de cervezas que mostraba con letras casi invisibles el nombre de Hatuey.

—Usted dirá —dijo Daniel con impaciencia—. Pero sea breve, tengo que ir a cargar un poco de agua, eso, si no la cortan antes.

—Se trata de su hermano.

Daniel hizo una mueca que en su rostro adquirió ribetes amargos. La tristeza de sus ojos evidenciaban que para él la vida no había sido una bicoca ni mucho menos, pues parecía haberlo tratado como una pelota de fútbol, a patadas.

—Mi hermano... ¿Rigo?

Roca asintió y, sin darle tiempo a su interlocutor a preguntar, continuó:

—Está preso. En La Cabaña.

—¿Rigo preso?

Pensativo, Daniel se sentó en el viejo sillón y miró distraído hacia unos inquilinos que subían cubos con sogas hacia los pisos superiores. Con el movimiento el agua se derramaba mojando a los de abajo, lo cual originaba alegres protestas. "No jorobes, Pitirre, que me toca el sábado". "Está bien, mi "cúmbila", fue sin querer".

—¿Qué le pasó?

—En realidad no lo sé. Estoy asignado a la Cabaña y me dieron la orden de venir a verlo a usted.

—¿Verme a mí? ¿Para qué?

—Es el único familiar de Rigo. Le estamos informando que ha sido detenido y que puede pasar a visitarlo.

—¿Cuándo?

—Ahora mismo si quiere.

—No puedo, tengo el auto roto, le estoy arreglando el carburador — e hizo una seña hacia la pieza situada en el piso.

—No se preocupe, yo puedo llevarlo y traerlo.

—En ese caso, voy a lavarme y a cambiarme de ropa.

Daniel iba a dirigirse al interior cuando una voz infantil lo detuvo.

—Hola, Dany.

—¿Qué tal, Sandra?

—Bien. Hola, señor —saludó al capitán Roca. Este asintió con la cabeza.

Una chiquilla con uniforme escolar y libros y cuadernos en la mano, se había detenido frente a ellos a saludarlos. Después les dio la espalda para llamar a un negro que respondió al nombre de Francisco, y que rápidamente abandonó la cola donde había logrado uno de los primeros puestos.

—Toma —y le extendió un dólar—. Lléname los dos barriles que hoy no tengo tiempo.

—¡Claro que sí, mi niña! —respondió Francisco en un español con acento patuá—. Se los lleno antes que los míos —exclamó y se persignó con el billete— ¡Bendito sea Dios y este señó que ta aquí retratao, "guesintón".

Tras darle un beso a "guesintón", el negro salió corriendo a ocupar su puesto en la cola. Segundos después la niña, a la que Roca calculaba unos doce años, desaparecía tras la puerta de uno de los apartamentos en el primer piso.

—¡Una niña manejando dólares! —dijo para sí el capitán Roca.

—Por eso es que sobrevive. Tiene a la madre incapacitada. Hace un año le dio una isquemia cerebral y no puede trabajar.

—¿Y el padre?

—Murió. Desapareció en el Estrecho de la Florida. Se fue con cuatro amigos más en una balsa y nunca llegó a Miami. Se lo comieron los tiburones.

—¿Quién trabaja en la casa?

—Ella. Con sólo catorce años estudia y trabaja. Ahorita se quita el pellejo del uniforme y se va para el trabajo. Pero bueno, espere, enseguida vuelvo.

Mientras Daniel se perdía en el interior del apartamento, el capitán Roca dejó vagar la vista por el patio. El negro Francisco, quien debía tener unos sesenta años, vaciaba tres cubos de agua en unos barriles vacíos situados en el frente del apartamento de Sandra, y regresaba con gran alboroto a ocupar el último puesto en la cola. Parecía estar acostumbrado a aquella forma de vida, totalmente inestable, caminando en la cuerda floja de lo inesperado, a punto de caer, pero siempre en constante y delicado equilibrio.

Un anciano que se apoyaba en un viejo bastón de caguairán asomó por detrás de unas columnas. La mano izquierda la tenía extendida hacia delante, como tratando de agarrar el aire o detectar, como si fuese una antena, los posibles obstáculos que pudieran estar a su paso. Después de pasar por delante de una puerta descolorida de la que colgaba boca abajo un sucio letrero en el que se leía: "Esta es tu casa, Fidel", se arregló los espejuelos oscuros y, ajeno a la imagen del patio colectivo, preguntó entusiasmado: "¿Qué fue lo que llegó?" Un hombre que pasaba a su lado le contestó eufórico: "¡El agua, Manolón, llegó el agua!", y el ciego, como si no lo creyera, preguntó: "¿Llegó?"

Roca pudo confirmar que el pretérito del verbo llegar se había convertido en la palabra más popular en la Isla, tanto o más que la frase que se utilizaba en las colas: "¿Quién es el último?". Hasta los niños habían sustituido el "Viva Fidel" por las frases que oían a menudo: "Llegó el pollo de dieta; la merluza con cabeza; la compota de hace seis meses; el arroz que nos debían del año pasado; el barco que estaba perdido en el Triángulo de las Bermudas, con la leche en polvo para los cabezones; las cuatro onzas de aceite de comer; la librita de manteca de puerco, en fin..."

El capitán Roca no desconocía esta trágica situación que sufría el pueblo. No hacía falta leer los reportes que el Ministerio del Interior recogía de la opinión pública, y que luego eran enviados a la nomenclatura. Bastaba con recorrer los barrios de los pueblos para palpar una realidad que hacía pedazos toda la teoría y toda la propaganda oficialista. Esa era una de las contradicciones con las que el capitán se había enfrentado en sus análisis personales sobre el desarrollo social del pueblo del cual formaba parte.

Por eso no le causó mucha impresión la imagen de aquella gente alborotada que se apuraba en almacenar el agua, puesto que no sabían, ni siquiera las espiritistas y los babalaos lo sabían, cuándo los encargados de hacerlo abrirían nuevamente las llaves de la CONACA. Había que guardar la más mínima gota del líquido porque ni el delegado del Poder Popular, ni el presidente del CDR, ni el secretario del Partido municipal les iban a resolver el problema. Ellos sabían, por experiencia de años, que los problemas que se presentaban en la Asamblea de Rendición de Cuentas recibían una poca esperanzadora respuesta: "Este problema, es decir... este asunto, lo elevaremos al Municipio... a la Provincia... al Consejo de Estado... al Partido". Las quejas se elevaban tanto que, como el globo de Matías Pérez, no se sabía con seguridad adónde iban a parar. Los problemas navegaban en el mar de la irresponsabilidad, la indolencia, la incapacidad y la impotencia, para entonces naufragar y hundirse en el fondo del olvido.

Junto a la alegría espontánea por la llegada del preciado líquido, emanaban crudos comentarios de familia: una mujer anunciaba que la hija estaba recogiendo jabón de lavar entre los parientes porque la pastilla que daban una vez al mes no alcanzaba para lavar los pañales meados y cagados, hechos con los doce metros de tela antiséptica que le dieron de por vida al cabezón que llevaba un mes desgañitándose la garganta por un biberón de leche. Una vecina llegada de la Yuma mostraba unos *pampers* que había traído para su sobrina, y ella se quiso morir de rabia, y entonces la arremetió contra los sabios que perdían el tiempo planificando la economía de basura, los planes quinquenales y toda la mierda que hacían que no resolvía absolutamente nada. Ahí estaba la cuna del "bicho", hecha por carpintero improvisado, con maderas robadas de cajas de pescado. La cuna olía, a pesar de los lavados y fregados, a merluza enana y pargo criollo. Estaba sin colchoncito, porque para que se lo entregaran había que llevar un certificado firmado por el ginecólogo, el doctor de guardia, el secretario general del sindicato, el del núcleo del Partido, confirmando que la criatura había nacido allí y que había sobrevivido la muerte que le agenciaba unos fórceps asesinos y la ausencia de antibióticos para desinfectar las rajaduras de la madre. Luego, el aval del CDR y del MINCIN de que la madre vive en el lugar y está registrada legalmente como consumidora. Después de caminar como una condenada, tiene que gestionar la compra de nuevos zapatos, con Chicho que los hace a mano con pieles robadas, no se sabe de dónde, pues el par que el Gobierno da cada dos años han quedado destrozados, y los pies besan el sucio asfalto por los huecos de las suelas.

Sandra salió de su apartamento, pero Roca, de momento, no la reconoció. La niña había sufrido una transformación total. En ese momento vestía una falda corta negra que le llegaba casi al nacimiento de los glúteos. Una blusa roja, con amplio escote en V, dejaba ver parte de sus senos pequeños, en aquel instante sin sostenes. Unas botas altas, de negro brilloso, le cubrían hasta cerca de las rodillas.

Con el maquillaje azul de los ojos, y el rojo de los labios, el rostro había cambiado su angelical belleza por una imagen más adulta, como de artista de cine. El vestuario y los coloretes la hacían parecer de más edad, pero el aspecto sensual y vampiresco que deseaba mostrar no lograba opacar totalmente la frescura de su juventud.

—Dany —dijo al mismo tiempo que el hermano de Rigo salía de su apartamento—, voy a necesitar tu ayuda mañana. Tengo un examen de biología ahí que está difícil, y hoy no tengo tiempo para estudiar, tengo que salir a luchar la vida.

—No te preocupes, Sandra, yo te ayudo.

Ella sonrió y clavó sus ojos en el capitán, de una manera tan provocativa que Roca tuvo la impresión de que aquellos ojos oscuros se tornaban un volcán de ardientes sugerencias.

—¿No me vas a presentar a tu amigo, el turista? —dijo ella, presintiendo un posible cliente en el hombre de la guayabera bordada.

—No es mi amigo, ni es turista.

—¿Ah, no?

—No, es un oficial de la CIM.

—¿Policía? —preguntó ella con el temor de que la fueran a detener por ejercer la prostitución—. Tengo un carné de identidad —hizo ademán de buscar algo en el bolso que le colgaba desde el hombro izquierdo—. Soy mayor de edad, aunque aparente menos.

—No, Sandra, no soy policía, pero puedo ser tu padre —sonrió con cierta amargura—, y no te voy a arrestar, no te preocupes.

—Bueno, en ese caso —hizo un gesto sensual— los dejo. Tengo que caminar todavía un buen tramo hasta el Riviera. Chao, anduriño —y se alejó con un andar tan provocativo que la gente en la cola dejó de prestar atención al chorrito del agua para observar sus glúteos de carne dura y joven que hacían brincar la tela que los cubría. "¡Caballeros, ver para creer! ¡De estudiante a jinetera!". Seguida por los comentarios que dejaba a su paso, Sandra desapareció en unos segundos, tragada por el tráfico callejero.

Roca había llegado a la conclusión de que la gente tenía una ambición común: obtener dólares. Y si bien el camino de la venta de artesanías, el de las propinas de los turistas, el de los bicitaxis, o el de las remesas que recibían algunos desde los Estados Unidos, gracias a la generosidad de sus familiares, resultaban vías carentes de peligro, había otros que echaban a un lado la paciencia y se aventuraban a transitar por sendas de riesgo, osadía y valor. Sandra, al igual que muchas estudiantes como ella, no era una prostituta que se alborotaba con los maniquíes que, en las vidrieras, anuncian ropa interior de hombres. Su metamorfosis era motivada por una inevitable y triste necesidad económica.

—¿Qué esperamos?

—Nada —la voz de Daniel lo sacó de sus pensamientos—. Pensaba que... bah, no tiene importancia. Vamos.

*　*　*

Después de atravesar las postas de seguridad, la fortaleza de la Cabaña los acogió con su silencio de siglos. Al transitar por la edificación, Daniel tuvo la impresión de que había retrocedido en el tiempo, pero pronto este sentimiento desapareció de su mente cuando un sargento, debidamente uniformado, les ordenó que lo siguieran.

Bajaron dos niveles de escaleras y avanzaron por un estrecho pasillo de piedra. En cada uno de los descansos el sargento, tras buscar con sorprendente habilidad la llave que correspondía en un abultado manojo que le colgaba de la cintura, abría las rejas con un chillido de goznes oxidados.

—¿De qué lo acusan en concreto? —preguntó Daniel al capitán Roca mientras llegaban al final del pasillo—. ¿Es algo grave?

—Grave ha de ser cuando lo han confinado a la celda número 8.

—Usted me dijo que estaba conspirando.

—Eso mismo, y mire, Daniel, no me gusta el engaño y usted me ha inspirado confianza.

—¿Tengo cara de fidelista?

—No sea irónico —respondió Roca y continuó dándole a sus palabras un tono de convicción—. Creo que va a ser difícil que su hermano pueda salir de aquí. A menos que... —Roca calló a propósito, dejando al final de la elipsis una enorme interrogante.

—¿A menos que...? —preguntó ansioso el médico convertido en taxista.

—A menos que alguien poderoso lo saque de aquí.

—Poderoso —repitió Daniel para sí.

El sargento, quien iba unos pasos delante de ellos, se detuvo delante de un calabozo con una ventanita de rejas y cristal en la parte alta de la puerta, y una pequeña compuerta en su parte inferior, por la que se les suministraba a los prisioneros el pan y el agua. Esta compuerta servía, a su vez, como única fuente de ventilación. Al lado de la cerradura y el pestillo de metal, había un 8 pintado a mano.

—Lo dejo con su hermano. Tiene quince minutos.

—Gracias.

Al entrar en el calabozo, Daniel sintió el ruido metálico del cerrojo sonar a su espalda. A la pálida luz de un bombillo que colgaba a gran altura, inaccesible para el prisionero, distinguió el bulto de un cuerpo en el camastro. Se acercó hasta descubrir el rostro de un hombre que lo miraba y parecía no verlo, pero que sonrió débilmente.

—¡Rigo!

El maquillaje a que había sido sometido no podía ocultar las inflamaciones de los labios y los oídos. Al oír su nombre, el prisionero levantó la cabeza y un brillo de esperanza brilló en sus pupilas. Daniel lo ayudó a incorporarse.

—¡Mi hermano! ¿Qué te han hecho estos hijueputas?

Una mueca que deseaba ser sonrisa apareció en los labios de Rigo. Daniel lo abrazó acomodando su cabeza adolorida en su hombro de hermano.

—¿Daniel?

—Sí, soy yo, estoy aquí a tu lado, no te preocupes.

—Gracias, mi hermano.

Daniel le acarició los cabellos, como si fuera un niño al que estuviera durmiendo. Rigo era menor que él. Aunque no se llevaban en total armonía familiar, pues ambos tenían criterios políticos totalmente opuestos, nadie podía destruir el vínculo sanguíneo que los unía, y que era más poderoso que cualquier ideología.

—Rigo —lo separó un poco para poder mirarlo a los ojos—, dime qué tengo que hacer para sacarte de aquí.

—No sé.

198 | Arnoldo Tauler

—¡Yo sí! —respondió Daniel con firmeza—. ¡Mañana mismo voy al Parque Central a cagarme en la madre de estos comunistas de mierda! ¡Y voy a denunciar lo que están haciendo contigo, coño! ¡Criminales!

—Daniel.

—Sí, dime, dime qué tengo que hacer. ¿Me oyes, Rigo? —y lo sacudió suavemente, como para no hacerle daño— ¿A quién tengo que ver?

—A... Ochoa... el general —balbuceó Rigo—. Y a... Abrantes... diles que... que yo estoy aquí... y... que... que tengan cui... cuidado.

Daniel iba a preguntarle a su hermano la forma de contactar a los mencionados, pero Rigo inclinó la cabeza, desmayado.

—¡Capitán Blanco, capitán! —gritó Daniel pidiendo ayuda.

—¿Qué sucede? —preguntó el capitán Roca al mismo tiempo que abría la puerta.

—Mi hermano necesita atención médica, se ha desmayado.

—¡Sargento! —dijo Roca, asomando medio cuerpo hacia el pasillo.

Unos segundos después el sargento que los había acompañado, un hombre de rostro frío, que parecía hecho de las mismas piedras de la prisión, acudía para cuadrarse delante del oficial, aunque este estaba vestido de civil.

—¡Que un médico vea de inmediato al prisionero!

—Como usted ordene, capitán —dijo, y cuando iba a iniciar la retirada, Roca lo detuvo.

—Un momento. Nosotros nos vamos.

El sargento asintió y esperó a que Daniel acomodara al hermano en la camilla. Entonces lo abrazó y le dio un beso en la frente.

—Hasta pronto, mi hermano —dijo como despedida.

Salieron al pasillo y comenzaron a caminar hacia la salida. Roca parecía satisfecho. Había oído, gracias a un micrófono oculto en la lámpara, toda la conversación sostenida por los hermanos. Dos nombres habían sido pronunciados por Rigoberto, y ambos correspondían a oficiales con el rango de general. ¿Sería alguno de ellos el general Sombra? ¿O sencillamente Abrantes y Ochoa constituían piezas importantes de la aparente conspiración de la cual Rigoberto Urquide era un peón más? De todas maneras había que actuar con cuidado. Era muy riesgoso acusar al general Ochoa y al ministro del Interior de pertenecer a un complot en contra de Fidel si antes no disponía de pruebas concluyentes. Por eso decidió guardar para consumo propio el resultado de la grabación efectuada a los hermanos Urquide. Todavía necesitaba averiguar muchas cosas para decidirse a elevar un informe a las instancias superiores. Por el contrario de Roca, el semblante de Daniel era de tristeza. Parecía que llevaba sobre los hombros todo el peso de las milenarias piedras de la Cabaña, y no se percató del sargento que se adelantaba a cumplir la orden de Roca. Habían subido las escaleras cuando, de repente, Daniel se detuvo para mirar fijo a los ojos de Roca.

—¿Sucede algo?

—No —respondió Daniel, con voz entrecortada—, pero a veces me pregunto, y ahora más que nunca, si los hombres no somos en realidad sino estreptococos de dos pies y espiroquetas pálidas que tratamos de sobrevivir en el cosmos.

Entonces, una lágrima le recorrió la mejilla y luego se descolgó en el vacío. La piedra caliza, insensible, absorbió su húmedo dolor.

* * *

En realidad no hay que darle muchas vueltas al asunto. La historia de la humanidad, tú lo sabes, ha estado dividida de una manera muy ingenua, pero que todos aceptamos con más o menos complacencia. La humanidad está compuesta por malos que asesinan y matan para su provecho, al margen de la ley; y los buenos que hacen lo mismo, pero en nombre de esa ley.

Por eso, bicho que eres, prefieres estar en el bando de los buenos, pues aunque no lo seas, la apariencia a veces es más poderosa e importante que la verdad. Eso es lo que piensas mientras te paseas en el despacho de tu querido hermano Raúl, que, dicho sea de paso, ¡coño!, tiene una oficina que parece un campo de fútbol. No cabe duda de que pretende compensar su complejo de inferioridad, su posición de segundón, con escenografías propias de la Metro Goldwyn Mayer. No sabe que en un contexto tan grande su figura, de por sí pequeña, se reduce aún más a los ojos ajenos.

Tu despacho es distinto. Con unas cuantas zancadas sobre el mármol negro del piso, recorres el espacio vital de tu oficina, y alcanzas de inmediato tu objetivo: que si el trago de Chivas Regal, que la mesa de reuniones, que el área donde concedes entrevistas a pasmados periodistas extranjeros, y el imprescindible baño de azulejos azules, ese minidespacho íntimo en el que a veces resuelves casos a los que en otra posición y actitud no hubieras encontrado solución satisfactoria, y eso, a pesar del olorcito, porque la gente de mantenimiento de Palacio no han acabado de resolver el problema del extractor. Ineficientes que son.

Pero coño, aquí en el despachón de Raulito si te dan deseos de orinar, que a veces los esfínteres no hay quien los controle, te meas en el trayecto, a menos que seas un experto en eso de los cien metros planos, que ya no estás para alardes propios de competencias olímpicas, ni para dar el ejemplo de que el orine, insubordinado, se te salga sin control gubernamental, después que los riñones históricos concluyan su tarea de filtración y depuración, eliminando toxinas e impurezas propias del proceso biológico.

Porque eso mismo es lo que pretendes hacer con las impurezas y toxinas que han sido descubiertas en la estructura del gobierno por el microscopio imperialista. Hay que limpiar el organismo del Estado de los estafilococos que le están haciendo daño, en este caso, el blanco veneno de la droga. Pero para acabar con la enfermedad hay que eliminar a los agentes que la causan. Genial conclusión a la que arribaste no hace mucho cuando, en abordaje filibustero, el insomnio te asaltó en medio de la madrugada, y aprovechaste la vigilia para meditar.

Las conclusiones, después del análisis dialéctico de todos los factores, es muy simple: hay que sacrificar cuadros intermedios en el negocio de la droga, de manera que no se afecten los capos superiores, por lo que, contradicciones de la vida, estos últimos deben aparecer como inmaculados acusadores de los que, inconsultamente, se convirtieron en burdos narcotraficantes que manchan la imagen indestructible de los dirigentes de la Revolución y su tradicional política ética, su moral partidista.

Esos son los resultados que esperas que produzca la reunión sostenida por el general Furry con los mellizos, el general Patricio y el coronel Tony de la Guardia. Porque, según Furry te acaba de narrar, los "melli" fueron en plan de paz, y hasta le regalaron, para endulzarlo, una Magnum 44 que es una belleza de arma. Los hermanitos, que son iguales en todo, se han comprometido a no mencionar a ningún oficial por encima de ellos. Buena noticia, así el nombre de Abrantes no aparecerá complicado en el asunto. Eso es indispensable, porque tu ministro del Interior es el puente, el lazo más directo entre tú y los mellizos, el mayor Padrón y demás compinches. De momento se trata de aislar a Abrantes de toda esta mierda, no vaya a ser que tu caquita salga a relucir. Ya verás luego qué hacer con quien ha sido tu ángel de la guarda durante años, pero que últimamente parece influido por los aires perestroikos del ruso ese de basura con la manchita en la cabeza.

Ahí está Furry hablando, enfundado en el uniforme militar, y los espejuelos calobares esos, que no se quita ni para dormir. Parece una habichuela, y aunque está resultando sumamente hábil para echarle leña al fuego en la guerra que, desde la Sierra, tu hermanito sostiene contra Ramiro, Abrantes y todo lo que huela a Ministerio del Interior, debes tener cuidado porque es un tipo en el que es muy difícil determinar qué parte de sus reflexiones corresponden a su propia cosecha, y qué parte es plagio del pensamiento ajeno. La hipocresía la había convertido, seguramente imitándote, en un hábito profesional, y resultaba muy complejo descifrar la línea divisoria entre la mentira aparentemente real, y la realidad aparentemente engañosa con que solía vestir sus expresiones.

Tu medio hermano te mira con sus ojillos de mandarín. Hay un brillo asiático en ellos que él quisiera borrar, pero que no puede. Su voz de huracán no te engaña, porque sabes que detrás de la ráfagas iniciales, a lo Barry White, los vientos son bien flojitos, de brisa caribeñamente emplumada.

Raúl te pregunta si vas a recibir al coronel Serrano, el jefe directo del agente especial Carlos Roca. Claro que sí, que para eso lo citaste, y entonces Raulito da una orden por el walkie-talkie, y unos segundos después una puerta lateral se abre para dejar paso a un hombre de pelo cano y corto, de ojos claros a los que unas gafas con aros de metal corrigen una miopía congénita. Los cristales de aumento hacen que sus ojos se vean más grandes de lo que en realidad son. A pesar de que está vestido de civil se cuadra, saluda militarmente situando la mano en una gorra imaginaria y luego pide permiso para pasar, aunque ya está dentro del local.

Con el dedo ese que tienes, como si fuese un cañón, para apuntar a los ameriquechis en tus discursos de encendida retórica antiyanqui, le señalas que avance. El coronel lo hace y responde sin titubear cuando preguntas sobre los resultados del interrogatorio al traidor del Grupo 49. "No hay nada nuevo, Comandante en Jefe, lo único que sabemos es que existe un general, al que llaman Sombra, y que suponemos es el oficial que está detrás de lo que, aún sin confirmar, parece una conspiración".

Todo lo que ha dicho el coronel Serrano ya lo sabes. Esperabas algo nuevo en la investigación, pero, sin duda, tu aparato de contrainteligencia está comiendo mierda. Hay que apretarle la tuerca al capitancito ese, ¿cómo se llama? Rigoberto, anjá, hasta que hable todo lo que sabe, porque algo sabe, estoy seguro. Lo dices con firmeza, y claro, respondiendo a esa capacidad que tienes de alertar todos tus sentidos a partir de la más mínima evidencia de amenaza, ordenas que lo fusilen nuevamente en falso, una, diez veces, hasta que se le revienten los nervios, pero hace falta conocer al oficial que se esconde tras el seudónimo del general Sombra, y, por supuesto, a los que con seguridad lo acompañan en su alocada aventura de enfrentar tu poder, que es lo mismo que la Patria, que la soberanía de la Nación.

Y tus presentimientos se hacen realidad, que a veces eres médium, síquico, brujo o pitoniso, váyase a saber, pues en el mismo instante en que Serrano abandona el local, tras veinte saludos y murumacas, la puerta abierta deja entrar a un teniente del Centro de Comunicaciones del MINFAR. Raúl, en función de secretaria ejecutiva, se levanta para recibir el sobre lacrado. El mensaje ha sido descodificado, y procede de Panamá. Tras despedir al oficial, Raúl se dirige al buró y te entrega el sobre manila. El lacre te parece una gigantesca lágrima de sangre, destinada a mantener la virginidad del sobre. Con tu dedo histórico de apuntar al imperialismo, lo violas sin miramientos, porque no hay tiempo para consideraciones estéticas que pudieran ser de utilidad en una novela, o si, desconfiando de las muchas plumas que se te brindarán, decidas escribir tu propia autobiografía, porque, ¡coño!, los que la han hecho por su cuenta no acaban de interpretar en toda su magnitud el papel extraordinario que te ha tocado desempeñar en la historia de la humanidad.

Roto el lacre, el mensaje es una severa y seria advertencia, diríase que una preocupante afirmación. Los medios de inteligencia panameños tienen elementos para considerar que en Cuba hay militares que están fraguando una conspiración en tu contra. ¡Carajo! Y lo firma tu socio el general Antonio Noriega, tipo honesto a pesar de ser un narcotraficante, tipo de alma buena a pesar de tener cara de delincuente al que le ha explotado una granada en el rostro. Todos los pelos del cuerpo, incluso los más recónditos e íntimos, se te erizan en actitud de temor y defensa.

Hay que devolverle el mensaje al presidente de Panamá dándole las gracias, y que si conoce detalles del complot que te los haga llegar de inmediato. ¡Coño, Raúl, nos quieren joder!, y ordenas hacer una revisión urgente de los expedientes de todos los generales y coroneles, activos y retirados, tanto de las FAR como del MININT. Hay que intensificar el trabajo de contrainteligencia que ya existe sobre ellos. Hay que averiguar quiénes son proclives a usar equipos procedentes del campo imperialista, porque eso es una manifestación evidente de traición a la Patria y... no, mejor deja eso, dices cuando te acuerdas de tu televisor, de tu VCR, de tus autos, de tus relojes, de... Eso sí, que les hagan pruebas de laboratorio, que les analicen las heces fecales y la orina a cada uno de ellos. La pista de lo que están comiendo y bebiendo puede ser importante, pero bueno... deja eso, dices nuevamente al acordarte del queso francés en tu desayuno diario, y el Chivas Regal, y la cerveza Beck, en fin... ¡coño, los capitalistas nos tienen penetrados con sus artículos de consumo!

Porque no bastaba el problema de la droga, y ahora viene a sumarse esto de la conspiración para hacerte mierda la tranquilidad de tu espíritu histórico. Con el primero quieren ensuciar tu imagen, con el segundo te la quieren hacer cacafuaca de comején marroquí. Ah, pero no les vas a dar la oportunidad de bajarte del trono, de tu trono, mucho más sólido que el de los españoles y el de los ingleses. Tu monarquía no es tradicional, sino a base de cojones.

Por eso admites con absoluta complacencia la convicción de que tu ocupación de líder indiscutible, de dirigente histórico, es una de las irregularidades más regulares en el andamiaje de apariencia democrática que has construido para sostenerte en el poder a pesar de tus numerosos enemigos. Pero para que funcione, sin llamar la atención de avispados teóricos y osados periodistas, lo mejor es tener engrasados los mecanismos que la hacen posible. Uno de ellos, y quizás el más importante, es el de la imagen pública.

Un traguito del Royal Salute no viene mal, gracias, Raúl, y ves cómo el chino se dispara dos. De tanto whisky ha de tener los glóbulos amarillos y los leucocitos navegando borrachos en los conductos arteriales.

Furry se pone de pie con gesto de títere, como si los ocultos hilos de la sumisión y la obediencia pusieran en juego sus articulaciones, cuando tu puño, histórico, por supuesto, golpea con fuerza el buró de tu hermano. ¡Coño, si tenemos que usar la violencia la usaremos! Je... lo dices como si fueses un hombre de paz al que obligan tomar una actitud diferente a sus creencias. Pero no es así, porque precisamente la violencia ha sido el sello que ha distinguido tu personalidad guerrillera, desde aquel primer combate berrinchoso cuando pedías a gritos la teta materna para satisfacer tu hambre biológica. Ahora esa hambre es de poder.

Y claro, no te faltarán los enemigos, que ya son un número considerable, que alzarán su voz para acusarte. Pero bueno, oídos sordos y ya, que la violencia no la inventaste tú ni mucho menos. En todo caso habría que preguntarle al primer Caín que tuvo un hermano nombrado Abel, o al burro que prestó su quijada para que se cometiera el primer crimen humano. Pero tus enemigos dicen, y repiten hasta el cansancio, imitándote en eso de tus discursos, que eres un ser implacable, un asesino consumado, un ser sin entrañas, sin sentimientos humanos. Sin duda son injustos contigo. Ellos olvidan que, como lo hacían tus antepasados, no practicas costumbres bárbaras y salvajes que puedan conmover tu sensible corazón. Los asirios desollaban a sus enemigos, y tú, que se sepa, no lo haces. El tiempo es oro, como dicen los ameriquechis, y no vale la pena perderlo quitando dermis y epidermis, como hacía Raúl cuando acuchillaba paticos allá en Birán, para, frustrado cirujano, operarlos de una apéndice inexistente. A tu hermano siempre le ha gustado ver correr la sangre, pero la culpa no es de él, sino de las cuchillas Gillette.

Tú no eres, como los mexicanos, que ahora sí, son mucho mariachi, tequila y música de caballito, pero que antes se dedicaban a sacrificar doncellas para ofrendarlas a los dioses. Je, pero tus enemigos, que a veces tienen buena imaginación, dicen que le has sacado el corazón y las tripas a esa doncella que es la Libertad, para devorar sus entrañas y luego cagar, en metamorfosis biológica, una dictadura peor que la de los césares, porque no quieren ver, el odio los ciega, que los romanos empleaban aceite hirviente contra sus enemigos, y tú, todo lo contrario, lo que haces es negarle el aceite a todo el mundo, porque a veces, cuando llega al mercadito, no alcanza ni para la ensalada. Esos mismos romanos crucificaban a la gente, y tú la cruz sólo la usas para adornar las tumbas de los que se te oponen. Pero son ciegos, no quieren ver la verdad. Va y un día los invitas para que vean el cementerio que has creado desde el Cabo de San Antonio hasta la Punta de Maisí. ¡Coño!, porque esos mismos romanos, que ahora son italianos, con entusiasta gritería de la gente que poblaba el Coliseo, echaban a los cristianos a los leones, para que las fieras se los despacharan con arena y todo. Sin embargo, tú aquí tienes que cuidar a los leones del Zoológico para que el pueblo no se los coma, pues el hambre les hace ver que el infeliz animalito es una vaca con melena.

Tú no eres, como los turcos, que se complacían con el empalamiento de los adversarios, costumbre cruel que hoy sería bien recibida por la numerosa familia *gay* que puebla nuestro querido planeta, porque eso de que lo atraviesen a uno con un palo, introduciéndoselo por el fotingo, no debe ser muy agradable que digamos, aunque nunca se ha hecho una encuesta al respecto entre los maricones para ver qué opinión tienen. El día que se te ocurra hacerla en Cuba, vas a poner a Raúl para que la organice y controle. Entre las reglas que pudieras adoptar ya estás pensando en una sumamente importante: "los organizadores no pueden ser entrevistados".

Y, volviendo al tema, ¡qué decir de las costumbres de esos reyes del Medio Oriente!, que castraban, creo que todavía lo hacen, a los hombres encargados de la custodia de las mujeres en los harenes, para que no se les ocurriera pegar su tarrito, a partir del principio de que, como los gobernantes tenían tantas esposas, si ellos, los eunucos, hacían uso de alguna más que otra, el barbudo con turbante no se daría cuenta. ¡Coño, barbudo...! A propósito, que tu cuerpo de seguridad no se entere de esta mutilante y criminal costumbre, aunque bueno, el primero en protestar contra la posibilidad de que se aplique en tu monarquía va a ser tu hermanito Raúl. Es posible que tus enemigos hayan recibido sus descarguitas eléctricas en el pene, o que algún golpecito con energía mal calculada, se lo haya convertido en un moco de guanajo, pero nunca, y eso lo puedes asegurar, nunca has limitado a la gente la posibilidad de orinar por la vía natural. Sin embargo, tus enemigos te acusan, haciendo honor a tu nombre, de haber "castrado" la fe, la esperanza y la libertad. Pero bueno, esa opinión no te afecta si consideras lo injustos que son tus opositores, y estás de acuerdo con Raúl cuando dice que toda esa gente lo que se merece es una patada por el trasero. En sus planes de defensa y ataque, tu hermano siempre tiene presente la retaguardia. Aunque, tratándose de patada, cualquiera que sea el lugar que se utilice como objetivo, a la hora de darla debe emplearse el ñame del negro Lazo, que para algo debe servir el tipo, y no sólo de muñecón simbólico en el Gobierno y el Partido. Porque ese negro manda una pata que puede dormir de pie si se lo propone, no como tu querido hermano Raulito, quien, no sabes si cumple el fetiche chino de pies pequeños a base de amarres y martillazos, pero lo cierto es que tiene los pies diminutos, e incluso, uno más pequeño que el otro. ¡Este Raúl tiene cada rarezas!

Tus enemigos parecen olvidar a los inquisidores que ordenaban ejecutar a los herejes del sistema, o morir achicharrados en la hoguera. Nunca has tenido sobre tu conciencia el haber convertido en chicharrón a uno solo de tus opositores. Dicen que es porque necesitas la madera de las piras para los hoteles de cinco estrellas que vendes a los españoles, pero la verdad es que no dispones de suficientes fósforos.

¡Carajo, los españoles! Esos son otros que bien bailan, con su garrote para exprimir a la gente como si fueran toronjas, que toronjas son las que tú consumes a diario en el desayuno, y no son españolas, sino cubanas. Aunque... si de exprimir se trata, entre nos, el presupuesto y las reservas del país están tan flacos como los balseros que llegan a la Florida, y eso, debido al extraordinario plan de inversiones y depósitos en dólares que has desovado en cuentas numéricas en las bóvedas de los bancos suizos, y que esperas algún día no sean material de estudio y noticia para la revista *Forbes*, y te veas en la portada como uno de los hombres más ricos del mundo. Como estás casado con la mentira, no te conviene eso de aparecer, emulando en riquezas, con el tipo ese de Microsoft y con los reyes musulmanes, mientras tu pueblo pasa hambre, no tiene con qué iluminar sus noches, cada vez más oscuras por falta de petróleo, y tiene que enterrar las esperanzas de un futuro mejor en la tumba de las desilusiones. No, eso no es aconsejable desde el punto de vista ideológico, y demostraría que has erigido tu fortuna y poder sobre el sudor y el sacrificio de los proletarios "desuníos" de tu caimán caribeño.

Pero, volviendo al tema de la violencia, tus adversarios no quieren admitir que no eres como los franceses, que hacían rodar cabezas como pelotas de fútbol, pero insisten en decir que has guillotinado a la Patria, poniendo su cabeza en la picota del Golfo de México, para situar la tuya sobre el cuello ensangrentado de la víctima. La Patria, simbolizada en una mujer, ahora es un guerrillero que huele a manigua serrana, viste de verde olivo, usa barba de terrorista, y blande un AKM-47 para proteger a sus hijos.

Con tanto bien que has hecho a la humanidad, y quieren compararte con Hitler, y eso, a pesar de que nunca has usado hornos crematorios para asar judíos, puesto que los pocos hornos de que dispones, la mayoría del tiempo están apagados por falta de corriente eléctrica, de carbón o de madera, para dorar el pedacito de pan de boniato que se le entrega al pueblo, en medio de una falta de higiene que es jubiloso acontecer diario para ratones y cucarachas. Sin embargo, ¡ah, tus ingratos enemigos!, publican a los cuatro vientos que la democracia, esa de los capitalistas, por supuesto, la has lanzado de cabeza al horno de tus ambiciosas aspiraciones personales, para que arda y se consuma en la llama de los logros socialistas, los mismos que, en verde promiscuidad de cifras millonarias, descansan silenciosos en las bóvedas de los bancos suizos, las que abrirán sus puertas cuando les apliques los códigos secretos que obran en tu poder. Ejem...

Por todo lo anterior puedes pararte en cualquier tribuna pública para argumentar que eres un dirigente humano al emplear el fusilamiento, masivo o individual, como método más limpio, rápido y económico, que los utilizados por esos salvajes que han manchado, con sus costumbres bárbaras, el prestigio de la humanidad.

No tienes por qué avergonzarte. En realidad la historia del hombre está signada por la violencia. Hasta el nacimiento del humano lo es, y no se ha definido aún si nuestra primera forma de expresarnos es un grito de amor, de espanto, o de protesta porque nos han convocado, sin pedirnos permiso, a un mundo irracional, un mundo que espera por tu tarea histórica de modificarlo, y gracias a tu capacidad de líder, implantar en él los principios de tu filosofía universal: el fidelismo, el castrocomunismo, el... no estás seguro todavía del nombrecito, aunque es el mismo perro con diferente collar. Ya lo escogerás con tiempo, porque ahora hay que prestar atención a esta jodedera nueva que ha surgido en tu camino histórico. Por eso le expresas a Raúl y a Furry tu estrategia a seguir: hay que continuar haciendo énfasis en el asunto de la droga, cuidar la pureza de la ideología revolucionaria, aunque sabes que la ideología es una jinetera más utilizada que una parada de autobús.

Ah, y mucho cuidado con la prensa. Buena advertencia que haces, porque no deseas ser pasto de periodistas, fuente de escándalo público que puede poner en peligro tu prestigio personal. Sabes que muchos de ellos están locos por mostrarte en la primera plana de los periódicos, o en los noticieros de televisión, fumándote una marihuana o disfrutando alegremente del veneno blanco. ¡Coño, quieren hacer mierda la Revolución!

Por eso es necesario que no se filtren, ¡en ningún momento!, las palabras complot y conspiración, porque eso sería un signo de debilidad estructural, ideológica y política, una muestra de que los pilares del gobierno presentan grietas, de que existe un movimiento opositor dentro de las filas militares, ¡y la solidez inquebrantable de la Revolución no debe ser cuestionada, coño!

Otro golpe, y en esta hora histórica, el Chivas Regal, en sustitución de la leche de búfala, te resbala como dinamita derretida hasta el estómago.

¡Aaaaaaaaagggggghhhhhh...!

* * *

El mensaje del general Noriega, presidente de la República de Panamá, alertando a Fidel acerca de una conspiración, no era del conocimiento exclusivo del gobierno cubano, pues había sido interceptado y descodificado por los agentes de la CIA.

Esa mañana, cuando Mariana tuvo en sus manos el reporte de la Sección de Comunicaciones, se apresuró a dejarlo, junto a otros documentos, sobre el escritorio de Jay Taylor. Acto seguido, y empleando la vía rápida y urgente de contacto, envió un fax en forma de factura en la que los números correspondían a otros números que, a su vez, significaban letras. Roma recibiría de inmediato esta información, la cual venía a confirmar la preocupación que el capitán Roca le había hecho llegar acerca del desconocido general Sombra.

Mariana se acercó al ventanal de cristales verdes en el quinto piso del edificio que su país ocupaba en el malecón habanero. En ocasiones le encantaba ver los húmedos puños del Atlántico cuando golpeaban las duras rocas del litoral, para luego deshacer sus nudillos en una espuma blanca que estallaba para salpicar a descuidados transeúntes, jineteras o travestis que modelaban para atraer la atención de los turistas, u osados pescadores que, con el anzuelo del optimismo, trataban de capturar algún pez destinado a llenar de alegría la mesa de un núcleo familiar.

A lo lejos, hacia el oeste, el crepúsculo teñía de rojo las nubes bajas, en agónico esfuerzo pictórico, antes de sucumbir frente al gris plata de la tarde. Mariana se maravillaba de estas cosas que antes eran naturales, pero que ahora tenían una nueva significación para ella. Por eso se entusiasmaba ante el cotidiano amanecer, o el encaje de la espuma vistiendo de blanco las babosas piedras del malecón, y el nido que en el marco de la ventana estaban construyendo las palomas, y que pronto, con seguridad, albergaría los huevecillos que iban a garantizar la continuidad de la especie.

Estaba consciente de que no miraba las cosas de forma distinta, sino que apreciaba en ellas facetas y matices que antes estaban ocultas a sus ojos, no a los de la cara, sino a los del alma. Las cosas cambiaban, y ella también. El médico vino a confirmar lo que al principio era sólo un presentimiento en ella y luego se fue convirtiendo en algo real.

Estaba encinta.

Las relaciones amorosas con el capitán Roca habían desembocado en algo que ella hubiese querido evitar, pero que ya eran una realidad palpable: cinco meses de embarazo. Y aunque no estaba segura, tenía la impresión de que los lazos profesionales de su trabajo adquirían una nueva connotación en la misma medida en que el ser que llevaba en sus entrañas crecía y daba señales de vida. Ella captaba sus pulsaciones, los movimientos leves de sus extremidades, el ensayo dinámico de sus articulaciones, e incluso, los latidos de su pequeño corazón. Es así que, con asombro, descubrió un día la fórmula maravillosa de querer a una persona sin haberla visto nunca.

Mariana suspiró y, de repente, se sintió feliz. Su pasado amoroso no había sido dulce y el presente parecía traer de la mano la felicidad. Ella nunca sabría hablar japonés, ni tampoco experimentaría las sensaciones que pudiera producir una visita a la Luna, ni le interesaba saber lo que piensa una iguana cuando se pone a tomar el sol en el desierto. Todas esas cosas, al igual que muchas, no las necesitaba para vivir. Pero otras sí. Y en cariñoso gesto, puso la mano sobre su vientre. Sonrió. Ella era joven, de la edad en que todavía el amor se mira con los ojos del corazón.

Las manecillas del reloj eléctrico situado en la pared llamaron su atención: las 6 y 29 de la tarde. A pasos lentos regresó al buró. En un minuto, exactamente a las 6 y 30, Roma debía enviar nuevas instrucciones. El personal oficial se había retirado hacía media hora, y Mariana estaba sola en el instante en que el fax comenzó a transmitir un mensaje. Cuando el equipo concluyó su tarea, tomó la hoja y la situó sobre su buró. Acto seguido abrió una gaveta y extrajo un libro cuya cubierta anunciaba recetas de cocina, pero que en realidad contenía el sistema criptográfico para descifrar los mensajes en clave de su jefe.

Quince minutos después ya tenía el texto descifrado:

> *Informe Noriega confirma investigación de R-1. Langley ha decidido salvar complot antes de que R-1 informe a sus superiores. Debes reunirte de inmediato con R-1 y aplicar la variante 99.*
> *Roma*

Un estremecimiento sacudió el cuerpo de Mariana, y el bolígrafo resbaló de su mano temblorosa. La variante 99 significaba *dar muerte*, y la clave R-1 correspondía al agente de la CIM, el capitán Roca.

Estuvo unos segundos con la mirada perdida. Luego, como si despertara de un letargo de siglos, pestañeó varias veces antes de tomar el teléfono entre sus manos. Marcó un número y esperó un minuto. Nadie contestó. Colgó con el dedo y, decidida, volvió a llamar. Alguien descolgó el auricular del otro lado de la línea.

—Oigo.

—Soy yo.

—¡Hola, bella! ¿Algo nuevo?

—Sí, quiero verte mañana.

—Tengo la tarde y la noche ocupadas. ¿Puede ser por la mañana?

—De acuerdo. ¿En el lugar de siempre?

—Anjá, a las nueve. ¿Está bien?

—Okay. Mañana sin falta, a las nueve. Hasta pronto.

—Chao.

Mariana colgó. Aunque en sus ojos verdes se notaba cierta humedad brillosa, con gesto firme abrió una gaveta del escritorio para extraer su Walther PPK. Comprobó que el peine estaba lleno de proyectiles, y la guardó en su bolso.

En ese instante un leve movimiento en el ventanal llamó su atención: las palomas volvían al nido.

*   *   *

El general Sombra se sentía preocupado, y no era para menos. La Operación Cocodrilo Verde estaba presentando una grieta por la cual podría filtrarse información que, con seguridad, pondría en peligro el desarrollo de las acciones en contra de la nomenclatura gobernante en Cuba.

El arresto del capitán Rigoberto Urquide por parte de la contrainteligencia militar era sólo un síntoma. El general Arnaldo Ochoa lo había llamado hacía sólo dos minutos para informarle que una persona se había presentado en su casa en el Vedado, insistiendo en verlo. Él se negó, pues no acostumbraba a recibir desconocidos, aunque se llamaran Daniel, pero cuando mencionó que era hermano del capitán Urquide, y que le traía un mensaje a él y al general Abrantes, no tuvo más remedio que dejarlo entrar.

A Daniel le habían permitido entrevistarse con su hermano, preso en La Cabaña, y este le pidió que hablara con el general Abrantes o con Ochoa para que lo ayudaran. Como se le hizo difícil contactar con el ministro del Interior, lo hizo con él. Ochoa, salvando responsabilidades, le explicó al mensajero que él no conocía al capitán Urquide, pero que le haría llegar el mensaje al general Abrantes.

El general Sombra descolgó nuevamente el teléfono y marcó un número secreto, el cual, por cuestiones propias de seguridad, llevaba escrito solamente en la memoria. El número correspondía a una línea superprivada de que disponía Abrantes en su casa. Ni siquiera los miembros más allegados al ministro conocían el número. Abrantes se lo había dado apenas unos días atrás con la advertencia de usarlo sólo en caso de urgencia, y empleando nombres en clave.

Hacía una hora que llamaba, pero sin suerte. El general Sombra suspiró con alivio cuando del otro lado de la línea alguien contestó.

—¿Sí?

—¿Es Alejandro?

—Sí. ¿Quién habla?

—David.

—Dime.

—El vecino se está quejando de que le están cortando las ramas del árbol.

—Eso ya lo sabemos.

—Sí, pero envió a su hermano a ver al jardinero principal, quien me llamó para decírmelo. Si no tomamos medidas, ahorita todo el barrio conoce el asunto.

—Ya están tomadas, y espero que el vecino no se queje más.

—Gracias.

—Hasta luego.

Y el ministro del Interior colgó del otro lado de la línea. El general Sombra quedó pensativo por unos segundos y entonces situó el auricular en su sitio. Con pasos lentos se dirigió a la ventana de su habitación, en el segundo piso. A lo lejos, el faro del Morro dejaba escapar su rayo de luz para perforar la oscuridad de la noche. Al lado del faro, tenuemente iluminada por la luna llena, la fortaleza de la Cabaña se erguía mostrando sus muros tenebrosos, tras los cuales, el vecino que se quejaba estaba prisionero.

El general Sombra miró su reloj: eran las 8 y 40 de la noche.

* * *

De tanto recorrerlo, ya conocía el pasillo y las escaleras que conducían al exterior. Pero esta vez iba acompañado solamente por Carlos, el oficial de la contrainteligencia militar, su "amigo" de fiesta en casa de Diocles

Torralbas. El sargento cara de piedra se había quedado atrás, tras esposarle las manos a la espalda.

—Gracias por dejarme hablar con mi hermano —dijo Rigo en un gesto de agradecimiento al cual se sentía comprometido.

—No tienes que darme las gracias —respondió indiferente el capitán Roca—. El encuentro fue preparado.

—¿Preparado?

Subieron los escalones de piedra que conducían a una terraza exterior.

—Sí, te dejamos hablar con él para grabar lo que conversaron.

—¡Hijo de puta! —giró indignado el prisionero, pero Roca no se inmutó.

—En vez de insultarme, cosa que no me agrada, puesto que mi madre está muerta y nunca fue una puta, debías ir pensando en decirme qué pintan Ochoa y Abrantes en la conspiración.

Ante el silencio de Rigo, que caminaba mirando al frente, Roca continuó:

—¿Son tus jefes?

—Abrantes lo es, pertenezco al Ministerio del Interior. En cuanto a Ochoa... pues, porque sé que es un hombre bueno, y como militar, podría sensibilizarse ante mi situación. Mencioné a Ochoa como hubiera podido dar el nombre de Almeida, de Ramiro, de... Por otro lado, no sé de qué conspiración me habla.

—La del general Sombra, el que quiere cambiar las cosas en Cuba. Vamos, Rigo, no seamos niños. ¿Eran ellos los que te iban a poner en tus charreteras los grados de coronel, o eran estrellas de general? ¿De Brigada, Rigo?

El aire fresco de la noche alertó los sentidos del prisionero. Respiró profundo el viento salitroso que le llegaba del norte, y se mordió la lengua con rabia impotente.

—Si hablas, te pondremos en libertad y nos olvidaremos de tu participación en el complot.

—¿Cuál complot?

—Claro, tendrás que testificar en el juicio.

—Roca, eres un miserable. Si para salir de aquí tengo que acusar a gente inocente, entonces me pudriré entre estas piedras.

—No seas ingenuo. Además, no creo que tengas alma de mártir, y si es así, te vas a sacrificar por gente que no piensa en ti. Ya era hora de que te hubieran tirado un cabo. Tu hermano visitó a Ochoa y...

Un chispazo de luz brilló en los ojos de Rigo. Si su hermano había logrado hablar con Ochoa, existía la posibilidad de que Abrantes supiera de su arresto. Una nueva esperanza se le anidó en medio del pecho.

—¿Vas a hablar?

—No tengo nada que decir.

Habían llegado al final de la terraza exterior y Rigoberto pudo ver los siete soldados que esperaban en perfecta formación, junto a uno de los muros.

—¿Puedo decirte un secreto? —dijo Roca después de situar al prisionero de espaldas al muro.

—No me interesa.

—Sí te interesa. Esta vez el fusilamiento es real. Es tu última oportunidad.

Rigo sonrió, pues ya conocía el truco, y esto le permitía neutralizar el efecto sicológico que le causaba al principio. Sabía que todo era un efecto de intimidación. Por eso respiró profundo y confiado. Ellos no lo matarían pues lo necesitaban como fuente de información. Rigo tenía la certidumbre de que minutos después volvería a su celda, como lo había hecho en casos anteriores.

Por su parte, el capitán Roca sabía que el fusilamiento en falso ya no era un acto capaz de influir en el estado de ánimo del prisionero. Por eso le había mentido esta vez diciéndole que ahora sí iba en serio el asunto. Rigo no lo sabía, pero había llegado una orden de Fidel, por medio del coronel Serrano, de que lo fusilaran en falso cuantas veces fuera necesario. Y las órdenes son para cumplirlas. Roca miró el reloj. Faltaba un minuto para las nueve de la noche.

—¡Preparen! —y el pelotón asumió la posición adecuada.

—¡Apunten!

Los AKM se elevaron y los soldados situaron el punto de mira en el objetivo.

—¡Fuego!

Rigoberto vio las lengüeticas rojas que brotaban de las bocas de los AKM, pero no escuchó el ruido de la descarga, confundida con el trueno producido por el viejo cañón anunciando las 9 p.m. a los capitalinos.

Rigoberto no llegó a asombrarse, pero el capitán Roca sí, al ver cómo el cuerpo del prisionero retrocedía ante el impacto de las balas y parte de su cerebro se esparcía en el muro de piedra, sumándose a las manchas sanguinolentas dejadas por anteriores fusilados.

Miró hacia el pelotón, y, entre confundido e indignado, preguntó:

—¿Quién puso balas reales en los fusiles, coño, quién?

El capitán Roca no lo sabía, pero la Operación MI (muerte inmediata) ordenada por el ministro del Interior, se había cumplido.

* * *

Debía tomar una decisión lo más pronto posible. Pero necesitaba estar bien seguro de lo que pondría en el reporte que elevaría a su jefe, el coronel Serrano, quien, de inmediato, lo haría llegar a Fidel.

Por eso había llamado a una persona que él sabía no lo iba a engañar con criterios falsos, y cuya experiencia en el campo militar le había dado el honor de ostentar en su uniforme militar las estrellas de general: su padre.

Hacía tres meses que no lo veía, por eso el abrazo fuerte y las palmadas cariñosas en la espalda.

—¿Dónde estabas, bribón?

—Es una operación especial.

—Fuera del país, ¿no? —y cerró la puerta principal de la modesta casa que habitaba en el Vedado—. Porque si no es así, no te perdonaría que ni siquiera me has dado una llamadita telefónica. Coño, tu viejo se muere y ni te enteras.

—Estaba aquí, pero créeme, viejo, no he tenido tiempo ni para pestañear.

El general asintió, pero en sus ojos Roca pudo descubrir un brillo de afectuoso reproche.

—¿Cómo estás, papá?

—¿De salud?

—Te ves bien.

—No estoy mal. Vivo bien, no me puedo quejar —se dio una palmada en el vientre—. Pero la burocracia militar tiende a engordar a uno, por eso hago mis ejercicios todos los días.

Llegaron a la sala tras recorrer un pequeño pasillo. Roca se sentó en el sofá de siempre, el mismo en el que había dormido muchas veces cuando regresaba tarde en la noche, después de dejar en su casa a la novia de turno. Llegaba en silencio y, para no despertar a los viejos, se quedaba a dormir en el cómodo sofá. Pero la preocupación y la mano nocturna de su mamá se evidenciaban cuando al otro día amanecía tapado con una colcha. Luego, la taza de café caliente que ella traía, desde la cocina, con una sonrisa amorosa y los buenos días anunciando el comienzo de la mañana.

—¡Ah, mi vieja, cuánto te extraño! —dijo al mismo tiempo que tomaba un cuadro de la mesa central. En la foto estaba su papá, que en ese tiempo era capitán; la vieja, siempre bella y sonriente antes de que el cáncer le destruyera eternamente los deseos de verlo a él hecho un hombre, y no el bejigo ese de ocho años que mantenía entre sus manos el trofeo de un libro de José Martí.

El general Roca fue hasta un mueble en la sala y, tras abrir una de sus gavetas, extrajo un libro que mostró al hijo.

—Te lo regaló ella, ¿recuerdas?

El capitán Roca tomó el libro entre sus manos y asintió con la cabeza. En la portada se veía el rostro de José Martí y una bandera cubana de fondo.

—Nunca se me olvida, porque quiero que sepas que, aparte de tus consejos, siempre he tenido a Martí como un maestro —abrió el libro, escogió una página al azar y leyó:

El amor, madre, a la Patria
no es el amor ridículo a la tierra,
ni a las yerbas que pisan nuestras plantas;
es el odio invencible a quien la oprime,
es el rencor eterno a quien la ataca.

Al concluir lo cerró con delicadeza y lo puso sobre la mesa.

—Recuerdo que cuando en la escuela te daban el primer lugar en composición sobre la historia de Cuba, y la obra de Martí, ella se ponía orgullosa como un pavo real. "Ese es mi hijo, un verdadero patriota", decía a todo el barrio.

—Sí, mi vieja.

—Hace ya veinte años que se nos fue —comentó el general, y arregló el ramo de rosas ubicado en un florero de cristal, al lado de la foto que el capitán Roca había devuelto a su sitio en la mesa. Luego, esbozando una sonrisa, preguntó—: ¿Vas a tomar algo?

—¿Qué tienes?

—Whisky.

—Si es del bueno, dame un trago.

—No es del malo —y el general se dirigió al comedor adjunto para extraer de un mueble de pared una botella de Johnny Walker, etiqueta negra, y dos copas. Roca se dio un trago sin mezclar y se limpió los labios con el dorso de la mano.

—Necesito tu consejo.

—¿Como padre?

—No, como oficial que eres.

—¿Qué sucede?

—Es algo sumamente confidencial e importante.

—Dime.

En unos minutos el capitán Roca narró al hombre que, sentado frente a él, saboreaba su trago de whisky, los pormenores del caso que investigaba y en el que, al parecer, estaban implicados el general Ochoa y el ministro del Interior.

El general escuchó atentamente, sin ocultar un asombro natural ante lo que su hijo le contaba. Luego, tras una pausa de meditación, comentó:

—Creo, hijo, que no tienes suficientes pruebas de que en realidad exista un complot en contra de Fidel, y de que esa gente que has nombrado esté conspirando. El hecho de que el capitán Urquide los haya mencionado a su hermano Pablo, no es nada significativo, concluyente.

Ante la duda reflejada en el rostro del capitán, el general continuó:

—Abrantes es su jefe, es lógico que trate de contactarlo. Ochoa, no sé, pero podría ser su amigo. Además, no hay documentos que prueben que realmente existe un complot. Por otro lado, y esta es una opinión muy personal, tú sabes que admiro a Fidel, y no creo que alguien se atreva a organizar una acción militar en su contra.

—¿Por qué?

—Fidel tiene un control absoluto de sus oficiales, los cuales son chequeados constantemente, incluso tú y yo. Y eso lo sabes muy bien. Además, no creo que alguien se atreva a enfrentársele, es muy peligroso.

—De acuerdo, pero...

—No digo que no haya quien ha pensado o piense en eliminar a Fidel por la violencia, pero ese no es el caso de Abrantes, ni el de Ochoa. Si algo hay de cierto, habría que investigar a otros oficiales. Abrantes y Ochoa son dos pilares de la Revolución, manos ejecutivas de Fidel.

—Ciertamente son dos figuras muy ligadas a Fidel.

—Abrantes ha sido, durante años, y creo que lo es todavía, su hombre de confianza, el encargado de su seguridad personal.

—Creo que tienes razón, hay pocos elementos para sospechar de Abrantes, pero el caso de Ochoa es diferente. Es el único general que suele confrontar los criterios de Fidel. Hay rumores de que en Angola no cumplió una sola orden del Comandante en Jefe.

—Puede ser, pero hay que analizar las causas por las cuales hizo eso. Ochoa es un militar experimentado, un militar de terreno, no de escritorio. Se ha pasado treinta años fuera de Cuba luchando por esto, tiene una gran experiencia personal, y Fidel, desde que bajó de la Sierra, sólo ha usado el AKM para disparar al aire o a las auras cuando va de visita a la Sierra Maestra a recordar sus días de alzado. Fidel no ha pasado escuelas, Ochoa sí. No soy amigo personal de él, pero eso no impide que reconozca que todo eso no es prueba de que esté conspirando ni mucho menos.

—¿Y qué me dices del general Sombra?

Roca observó cómo en el rostro de su padre se dibujaba una sonrisa irónica.

—No conozco a ningún general con ese apodo, pero si me entero te lo haré saber.

—Hay otros indicios también.

—¿Cuáles?

—El general Noriega advirtió a Fidel acerca de un complot militar en su contra.

—No creas mucho en Noriega. Los americanos se lo quieren echar al pico y debe estar más preocupado por su seguridad que por la de Fidel.

—Ellos son socios.

—Por eso mismo. Mira, Carlos, ojalá encuentres pronto a los culpables, si es que existe realmente un complot, pero mi consejo es que si no tienes pruebas contundentes no te atrevas a acusar a nadie, y menos a figuras como Ochoa y Abrantes.

—No acuso, sólo informo, y lo cierto es que algo hay en el ambiente. Y si no, ¿por qué el capitán Urquide fue eliminado?

El general se dio un trago largo de whisky y entonces preguntó:

—¿Para que no hablara?

—Exacto. Los fusiles, a pesar de que se sabía que era un fusilamiento en falso, fueron cargados con proyectiles reales.

—Alguien los preparó.

—Encontramos los proyectiles de salva abandonados en el armero, o sea, que fueron sustituidos por balas reales momentos antes del fusilamiento. Estamos investigando, pero cualquier militar de la Cabaña pudo hacerlo.

—Creo que más importante que todo eso es averiguar quién dio la orden de matar a Urquide.

—Sí, tienes razón. ¿Quién?

* * *

¿Quién? Esa es la pregunta que hace rato anda perdida por los vericuetos de tu cerebro, sin encontrar una respuesta satisfactoria. Sí, ¿quién ordenó la muerte del capitán Rigoberto Urquide? Tu ministro del Interior te ha dicho que ya se iniciaron las investigaciones pertinentes. Abrantes es así, oficialista, burocrático, y tú necesitas en vez de procesos, culpables; en vez de investigaciones, resultados. El capitán Urquide, no cabe duda alguna, era sólo un hilo de la tela que alguna araña te ha estado tejiendo, en espera de que caigas en la trampa de su red. Y ese hilo ha sido cortado, pero no evitará que, más tarde o más temprano, des con la identidad del general Sombra ¡Pero coño!, la tarea no es fácil y observas a Raúl barajando los files de todos los generales, con el mismo entusiasmo que un obrero su paga mensual. Pero nada, tu hermano, que parece un mandarín vestido de soldado, sólo sabe negar con la cabeza, y entre expediente y expediente, mandarse un trago de whisky para tratar de ahogar en el Chivas Regal ese complejo de inferioridad que lo agobia. Pero el hijo de puta sabe nadar, y lo que es peor, parece que le gusta la bebida.

De todas maneras la muerte del capitancito ha puesto en evidencia que hay personas ubicadas en niveles claves dentro de tu nomenclatura que no deseaban que Urquide hablara, y eso es señal de que algo existe en realidad, de que hay intereses ocultos que se mueven en la oscuridad del anonimato para tratar de bajarte del trono. En la nueva nomenclatura gobernante creada por ti, las reglas de juego de la supervivencia tienden a desarrollar individuos suspicaces, temerosos, cínicos, interesados. Una estructura donde los valores humanos no radican en las virtudes personales, sino en las posiciones que se ocupen en el Partido, las Fuerzas Armadas y el Estado, determina ambiciones que a veces resultan incontrolables. No hablemos de tus ambiciones, por supuesto. Eso es caca para consumo personal. Lo cierto es que existe una conjura, y la esperanza de dar con sus promotores te ha acompañado en la vigilia de estos últimos días, sin que pudiera sobrevivir a tu necesidad de soluciones inmediatas. Pero que se jodan los que te odian y andan a caza de mayores privilegios para compensar ambiciones ocultas, porque no vas a dejar que tu poder y la suerte que te acompaña, escapen por medio de la sorpresa, la sorpresa de una conjura, una conspiración, un feto al cual hay que abortar. ¡Coño, Raúl está conspirando también, haciéndote mierda el almacén de Chivas Regal!

Pero bueno, como buen estratega que eres, has pensado ya en convertir en victoria lo que es una derrota en tu batalla por sobrevivir en el poder. Porque el que exista una conspiración entre tus fieles, ¡y nada menos que en las fuerzas armadas!, es una terrible derrota ideológica, política y militar. La moneda ha mostrado la cara, y hay que voltearla para que enseñe la cruz, la única cruz que les tienes reservada a los que osen enfrentarse a la Patria, a la Revolución, ejem..., a ti, la cruz de los cementerios.

Por eso le pides, es decir, le ordenas a Raúl que deje a un lado la botella y atienda tus planes, los cuales abarcan dos objetivos fundamentales dentro de una misma estructura. Se trata de neutralizar de alguna manera las investigaciones que el gobierno de los Estados Unidos ha venido haciendo sobre la participación de Cuba en el narcotráfico. Los ameriquechis tienen pruebas contundentes, pero como no las han presentado todavía, hay tiempo para, asumiendo una actitud positiva, neutralizarlas o restarles importancia a nivel internacional. Tal y como has orientado, hay que sacrificar algunos peones y alfiles para salvar al rey en este dichoso juego narcoajedrecístico. Al mostrar a otros como únicos culpables en el narcotráfico, evitarías que se te inculpara directamente. Esto haría un efecto de detergente al limpiar un poco tu imagen, y la de Raúl, lo cual les permitiría asumir una posición de incorruptos, de intransigentes morales, ajenos al malvado mundo de la droga. Se trata, pues, de orquestar los clásicos berrinches para alertar de que quieren ensuciar el prestigio de la Revolución y de sus líderes. Estribillo que ya se conoce, pero que funciona todavía.

Por otro lado, el asunto de la droga serviría para involucrar, de manera directa o indirecta, a aquellos de quienes sospechas están en el complot militar, no porque tengas pruebas, sino porque tu histórica intuición te lo indica. El tema del narcotráfico te permitiría realizar una limpieza que tienda a eliminar la estructura conspirativa. Y esta limpieza ha de tener en primer plano de atención al general Ochoa. Hay que desmoralizarlo, hay que sacarlo de las reglas de juego haciendo énfasis en sus negocios en Angola, el tráfico de colmillos de marfil; por cierto, tienes que ordenar a Chomi que saque de tu oficina esos cinco colmillos que Ochoa te regaló, y que los últimos 45 mil pies de madera preciosa que el general te envió desde Angola, los hagan llegar al Ministerio de la Construcción, para que la usen en los nuevos hoteles dedicados al turismo internacional, es decir... al pueblo.

No vale la pena revisar expedientes, Raúl, ahí no vas a encontrar nada. En esos files todo el mundo está claro. Hay que ver más allá de los expedientes, de los cuéntame tu vida, de las fotos sonrientes. Nada de burocracia, que para eso posees el maravilloso poder creado por tu histórico ingenio para implantar y desarrollar con él toda una trama de tenebrosa urdimbre capaz de amortajar el cadáver insepulto de tu más peligroso enemigo político y militar, el generalito que había osado desobedecer tus orientaciones militares dadas desde el refugio de Palacio, el soldado que, influido por corrientes adquiridas en la academia de Frunze, podía sentirse en cualquier momento, que parece que ya se siente, con derecho a bajarte del pedestal que soporta tu egregia figura de estadista universal. ¿Qué se había creído el mulatico campesino este al que con razón Raúl le decía "el Negro"? Por eso hay que escarmentar, dar el ejemplo, o se corre el riesgo de perder lealtades y de que el enemigo interno sume tropas a sus planes.

¡Coño, estos cabrones me quieren agriar la leche de búfalo, digo... de búfala!

* * *

La habitación de ese hotel siempre ha sido un refugio personal para apartarse del mundo exterior, el nido en el cual han sumado calor a su amor clandestino. Los manuales de inteligencia relacionan diversos nombres de espías que, por razones de trabajo y profesionalidad, se han visto obligados a establecer vínculos amorosos y sexuales con su enemigo. Pero para Mariana la relación con Carlos Roca parecía tener otro sentido que iba más allá del clásico deber. Por eso cuando ella cerraba la puerta de la habitación, era como si cerrara los ojos a la visión mundana que dejaba detrás, para enfrentarse a un espacio nuevo, sólo hecho para dos, y donde el tiempo nunca tenía sueño.

Para el capitán Roca, por el contrario, el encuentro con la joven carecía de tonalidades sentimentales que pudieran afectar su trabajo de penetración en el campo de la contrainteligencia. Sin embargo, como hombre, no dejaba de disfrutar los placeres que proporcionaba la relación con Mariana. Además, ella era algo especial. En un mundo donde no abundan los inocentes, Mariana asumía ciertos gestos angelicales que parecían preservarla de la descomposición social.

Cuando ella cerró la puerta, se abrazaron fuertemente, como si no se hubiesen visto desde meses, y Mariana dejó escapar su risa espontánea que Roca imaginó como un aleteo de sonoras mariposas.

—Perdona que haya llegado veinte minutos tarde, pero una reunión de última hora...

Su voz tenía el mismo tono dulzón que emplean las jóvenes de los hoteles para llamar a los huéspedes por el intercomunicador. Sólo faltaba que al final de la frase alargara un: "Por favor".

Roca, como respuesta, la besó apasionadamente en la boca. Luego la apartó para contemplarla con admiración. Mariana estaba hermosa, de la edad en que no vale la pena inventar pretextos, porque todo se le consiente. A ello se sumaba el cuidadoso alboroto de su cabellera, el color rosa de sus uñas, el juvenil y ligero maquillaje del rostro, y esa mirada de ángel inconfeso que le impartían la apariencia, en medio de la semioscuridad del lugar, de una mensajera celestial. Roca pensó que con una Eva así en el Paraíso, la función de alcahueta de la serpiente hubiera sido innecesaria.

Una música cómplice, suave como terciopelo, sirvió de guía para danzar en medio de la habitación, y para irse despojando del vestuario. Al estilo del mejor oeste norteamericano, ella desenfundó del escote sus mejores armas: un par de tetas, desafiantemente erguidas, con las que Roca estaba dispuesto a dejarse matar. Mariana quedó vestida sólo con su piel, y Roca recorrió su tentadora geografía corporal, sin detenerse en su rostro, sabedor de que nadie que enfrente a una mujer desnuda suele mirarla a los ojos. Fue entonces que se sintió como un niño ante un juguete nuevo, y, con renovado interés, comenzó a registrarle sus más íntimos mecanismos. Pronto se le humedecieron entre los dedos.

Los minutos de felicidad parecen transcurrir más rápido que lo normal, y cuando terminaron de hacer el amor, a ambos le dio la impresión de que acababan de comenzarlo.

—Eres divina —dijo él desde su agradable cansancio corporal.

—Y tú fenomenal —respondió ella al mismo tiempo que reía y, con pasos ligeros, se dirigía al baño.

Roca sintió correr el agua de la ducha y se levantó sigiloso hasta su camisa, que descansaba sobre una silla. Buscó en uno de los bolsillos y extrajo un lápiz labial. De inmediato abrió la cartera de Mariana. Buscó dentro de ella por unos segundos hasta encontrar otro lápiz labial similar, con la misma marca. Procedió a cambiarlo.

Cuando ella salió del baño, rodeada su desnudez por una toalla cómplice, Roca la esperaba acostado en la cama, con una máscara de falsa inocencia en el rostro

—No me has dicho para qué querías verme —dijo él, y al darse cuenta de que abruptamente estaba rompiendo el encanto que producía el encuentro amoroso, aclaró—. Por supuesto, aparte de la felicidad de estar contigo.

Mariana sonrió, y Roca se sintió conmovido, porque el gesto de ella era algo a tener en cuenta, sobre todo por su espontaneidad y carencia de maldad, en un mundo donde la sonrisa había perdido su significación de afecto, amistad y simpatía, y sólo se empleaba por los camareros como invitación a la propina, y por los políticos como careta oportunista y engañosa en los pasquines electorales.

—Estoy embarazada —dijo ella al mismo tiempo que, suavemente, se pasaba una mano sobre el vientre.

Roca se levantó de la cama con la misma agilidad felina de un tigre que ha olido el peligro. Dio unos pasos por la habitación, se llevó las manos a la cabeza, perturbado, y al fin se detuvo frente a ella.

—¡Eso no puede ser, Mary!

—Pero lo es.

—Me has dicho que siempre te protegías de un posible...

—Es cierto. Pero una vez, hace cinco meses, me olvidé y...

Roca volvió a pasearse por la habitación, y se detuvo frente a un gran espejo en la puerta que conducía al baño. Ya allí, reflejado en el azogue, notó como se le endurecía la mirada, y dijo:

—No podemos tener la criatura, tú lo sabes.

Ella guardó silencio al mismo tiempo que bajaba el rostro para fijar la vista, aunque sin verlos, en los arabescos de la alfombra.

—Tienes que abortarlo. No puedo, en las circunstancias en que nos encontramos, darle mi apellido al niño o a la niña —dijo él, y de pronto la imagen de Sandra con sus catorce años, ofertando a los turistas la juventud de su carne envuelta en su necesidad económica, le golpeó el presente desde el recuerdo.

—Puedo tenerla sin tu apellido.

Roca dejó de hablarse a sí mismo en el espejo y giró hacia ella.

—Puedes hacer lo que tú quieras, pero no cuentes conmigo para nada —su voz, en un *strip-tease* fonético, se había despojado de toda dulzura y suavidad.

—Comprendo —dijo ella al mismo tiempo que asentía—. Sé que tu situación profesional no te permite asumir la responsabilidad del padre. Pero bueno, también puede ser que... quizás en un futuro, cuando las cosas sean diferentes, o nosotros cambiemos.

—Mariana, te quiero, pero tienes que comprender que nada de eso va a ser posible. Nada va a cambiar y nosotros tampoco.

Ella observó que había dejado de nombrarla con el cariñoso Mary.

—No dejas ninguna puerta abierta a mi esperanza.

—¡No puedo, Mariana, no puedo! Y no hablemos más de este asunto, por favor. Recuerda que tenemos otros deberes más importantes— concluyó Roca y, tras tomar con gesto brusco la toalla, penetró en el baño para ducharse.

Ella sonrió con amargura, y entonces se levantó lentamente de la cama para dirigirse a la coqueta donde descansaba su bolso. Se sentó frente al espejo para mirarse por un instante, y secarse dos lágrimas que en ese instante le resbalaban luminosas por las mejillas.

Escuchó el agua de la ducha cayendo, y, con pausa premeditada, abrió el bolso para extraer su Walther PPK. En ese instante el mensaje de su jefe se le repitió en el recuerdo: "Langley ha decidido salvar complot antes de que R-1 informe a sus superiores". Adaptó el silenciador y entonces rastrilló el arma para que la bala marca Corbon penetrara en la recámara, lista para ser disparada. "Debes reunirte de inmediato con R-1 y aplicar la variante 99. Roma". Le quitó el seguro al arma.

Ella sonrió angelical y creyó ver en el espejo del mueble la ventana de su oficina, el alero sobre el abismo, y el nido de palomas. Pero esta vez el nido estaba vacío. Fue entonces que Mariana se tocó el vientre con cariño y recordó unos versos de Jorge Luis Borges leídos el día anterior: "Ya estabas aquí antes de entrar,/ y cuando salgas no sabrás que te quedas".

*   *   *

Coño, el tiempo es del carajo. Ya has perdido la cuenta de los días y las horas desde que entraste en la oficina de tu medio hermano para enfrentar esta situación sumamente explosiva y especial del asunto de la droga y la conspiración esa que, no sabes si existe en realidad y quien la organiza, pero que tu intuición histórica te dice que anda revoleteando por ahí como un pájaro de mal agüero, como una sombra, sí, el general Sombra, cuando lo encuentres lo vas a hacer picadillo de soya para que lo vendan en las carnicerías al pueblo, y después lo caguen con medallas y todo. Nada de juicio, nada de fusilamiento, nada de propaganda, que a ti no te conviene que se conozca que el cáncer del disgusto, de la conspiración, está dentro de tus cuerpos armados. Sólo picadillo de soya, es decir, de general.

En este lugar se pierde la noción del tiempo, y resulta difícil medir la distancia de un lado a otro, con ese globo terráqueo que tiene en el medio, sólo para estorbar el paso. La culpa de todo esto la tiene tu medio hermano, Raúl Modesto Castro Ruz, quien no es realmente Castro, sino Miraval, en honor a su padre guardarrayero, y que tampoco es modesto, cuestión que desmiente este oficinón más parecido a una sabana camagüeyana que al despacho de un general. Ahí está, revisando expedientes como si fuera a encontrar en ellos a los culpables, que, lo sean o no, ya tú los has señalado con tu histórico dedo índice, el mismo que usas para apuntar al Tío Sam en tus vitriólicos discursos.

Pero bueno, que para eso es tu medio hermano, tienes que permitirle, aparte de sus otras debilidades, este concepto de amplitud que lo envuelve, esta noción exagerada del espacio, porque bastante útil que te ha sido el muy achinado. Es el segundo en todo, pues tienes que aprovechar su fidelidad fraternal y su obediencia profesional, sustentadas en el hecho de que él sabe que sin ti no es nada. Raulito es el otro lado de la moneda familiar, casi totalmente distinto a ti, menos mal. Pero bueno, no es tan estúpido en algunas cosas, porque, bicho que ha sido, ha sacado buen partido de sus limitados talentos, sobre todo después que Camilo y el Che desaparecieron para dejar de opacarlo en su imagen de líder, de heredero de la monarquía, ¡coño, mala palabra!, de la Revolución, así con mayúscula, como te gusta que la escriban, y no en minúscula como hacen algunos ignorantes de la historia.

Y al ver la foto que Raulito conserva en el secreter, detrás de su escritorio, reparas en Vilma Espín, sonriente y rodeada de sus cuatro hijos, el varoncito que por comemierda por poco pierde un ojo en Angola, cuando se situó detrás de una bazooka a la hora en que el proyectil sale que jode. Ahí están también las tres hembras, Deborah, Nilsa y Mariela. Dicen que en eso del asunto familiar Raúl es mejor que tú, más hogareño, más dado a desempeñar, cuando las obligaciones y el Chivas Regal se lo permiten, el papel de padre y de esposo, aunque lo último es sólo pantalla pública, porque el apartamento ese que tiene en la avenida 26, con vista, ¡qué casualidad!, al cementerio chino, es sólo apariencia para dar la impresión de que vive todavía con Vilma, cuando en realidad tu hermanito reside en una base militar, en un edificio construido especialmente para él, en La Coronela, al oeste de la ciudad. Te han informado que andaba con una búlgara, pero se cansó de la carne balcánica para ligarse con una cubana que conoció escalando el Turquino, en una de esas expediciones que organiza para visitar antiguos paisajes de la región oriental. Eso es bueno, que la gente sepa, aunque sea en secreto, que a tu hermanito le gusta cabalgar una rajita y no sentarse sobre un pindongo.

Más bolchevique que tú, admirador de Stalin, y quizás de Hitler, es, sin embargo, todo lo contrario a ti, un tipo organizado, minucioso, cumbanchero, que le gusta bailar y divertirse, y, sobre todo, jaranear con un humor que ojalá imprimiera a sus insípidos discursos y desastrosas improvisaciones, como esa que hizo el último catorce de junio en el salón principal de las Fuerzas Armadas, ¡y delante de mil doscientos oficiales!, entre los que, seguramente, estaba el general Sombra. Cuando deja a un lado el discurso escrito se pierde entre los vericuetos de las contradicciones y las incoherencias. Trata de imitarte, pero se jode, y la caga, por supuesto. Porque en vez de aclarar la detención del general Ochoa, y el lacónico texto aparecido en *Granma*: "... ha sido arrestado y sometido a investigación por graves hechos de corrupción y manejo deshonesto de recursos económicos", lo que hizo fue ponerse a insultar al otro, y a sacar trapitos al aire con un alto contenido político: que Ochoa era un tipo populista, que era partidario de *glasnost* y la *perestroika*, que era un crítico tuyo y, por lo tanto, un charlatán, un mentiroso y un mequetrefe, y que Ochoa y sus amigos se estaban uniendo en contra de tu figura de gobernante, todo lo cual se sumaba para catalogarlo, al final, como una amenaza cada vez mayor a la Revolución. ¡La cagó! Por poco dice que estábamos en presencia de una conspiración a gran escala dentro de las fuerzas armadas. ¡Lo fusilo, coño, si lo dice, lo fusilo!

Tu hermanito estuvo a punto de hacerte mierda el plan que has venido urdiendo para salir del atolladero este de la droga en que te has metido y que han sacado a la luz tus ambiciosos subordinados. Si se hubieran ajustado a la actividad de narcotraficantes de manera ordenada y planificada, como has orientado todo este tiempo a Abrantes y a Tony, no le hubieran dado pie a los ameriquechis para acumular pruebas en tu contra. Pero no, la ambición personal, el ansia de enriquecimiento, los llevó a realizar operaciones no autorizadas, y ahí se formó el berenjenal.

De todas maneras, aunque la convicción anda por casa del carajo, tienes la esperanza, de que vas a salir airoso. La Operación Limpieza debe rendir sus frutos, y para evitar mayores complicaciones del gobierno en esto de los problemas económicos, y las compañías fantasmas utilizadas para diversos negocios ilícitos, y para borrar un poco el término de "fiebre del oro" que Raúl adjudicó a los implicados en el asunto de la droga, ordenaste la quema de papeles en la Cimex y la eliminación de los negocios dudosos, cerrando veintiuna empresas cubanas en el extranjero, así como el aborto de catorce que se encontraban en ese instante en proceso de creación. El Ministerio del Interior, el más complicado en este asunto, lo desmantelas en sus relaciones comerciales. Raúl se encargará luego, con su odio visceral, de descojonarlo militarmente, con lo cual, tú lo sabes, cumplirá una vieja aspiración que le carcome los intestinos desde la Sierra Maestra..

El aspecto económico fue la primera etapa de limpiarse un poco la caca, y vino entonces el segundo paso de tu plan: la detención de los implicados en el "sucio negocio de la droga". Ahí están los informes que revisas una y otra vez, como para confirmarte que son reales, en los que se reporta la detención del general de división Arnaldo Ochoa Sánchez, a las once y treinta de la noche, en el despacho de Raulito. Como no habían más elementos para involucrarlo en un juicio, fue acusado de corrupción y manejo deshonesto de recursos económicos. Coño, menos mal que Chomi ya quitó de tu despacho los colmillos de marfil que Ochoa te regaló. Tu hábil secretario, todavía dudas de que sea una medida correcta, los envió a una de tus residencias en el extranjero, la del sur de Francia.

Por otro lado, respiras satisfecho, los miles de pies de madera preciosa, sacada del corazón de las selvas del Mayombe, que Ochoa te envió y que tenías reservada para unos mueblecitos personales, ahora deben estar adornando lobbies de hoteles de lujo reservados a los turistas. Te quitaste de encima dos regalitos cómplices que te relacionaban con el acusado principal, el cual, gracias a las investigaciones del capitán Carlos Roca, has podido involucrar directamente en el asunto de la droga. Porque el hallazgo en casa del capitán Jorge Martínez Valdés, su ayudante, de una tarjeta de huésped del hotel Intercontinental, de Medellín, ha sido una prueba contundente de viajes realizados para contactar a Pablo Escobar

Gaviria, y organizar futuros tráficos de cocaína. Entre el desconcierto y la sorpresa, tu orgullo emergió con una rebeldía forajida en medio del desorden anímico que producía tan inesperada pero bienvenida información. Por otro lado, ¡menos mal, menos mal!, repites, y respiras profundo, que no llegaste a suministrarle al colombiano, a cambio de voluminosos cargamentos de droga, los cohetes antiaéreos que pedía, y mantener un avión en un aeropuerto cubano, listo para recogerlo en caso de necesidad. ¡Caca blanca! Además, le estabas reclamando a Ochoa, cosa de la cual el general no tuvo la culpa pues fue un intermediario solamente, mal manejo de la venta de un avión, que en realidad hizo Tony, al gobierno angolano. Pero bueno, de avión a avión no va nada, pero existe una gran diferencia.

La venta al gobierno angolano se llevó a cabo, con la desaparición de parte del dinero, pero tú, posiblemente por falta de tiempo, no autorizaste al zar colombiano de la droga, a utilizar los cohetes antiaéreos que te pidió, ni los aviones a chorro. Y menos mal que el cuartel general que le habías dado, ahí en Paredón Grande, el cayo ese que se une con Cayo Coco, al norte de la provincia de Ciego de Avila., fue trasladado a tiempo para Nicaragua. La verdad que el cayo era un centro operacional muy bueno. Aparte de contar con un faro de 157 pies de altura, el Diego Velázquez, para guiar a los narcotraficantes, está ubicado en un centro turístico, camuflaje que la gente no podía imaginar servía de cobertura para el tráfico de la droga. El asunto es que le endilgaste la responsabilidad a tu socio Humberto Ortega, el capo nica, para que amparara el Cártel de Medellín en la Isla del Maíz, en el departamento de Zelaya. ¡Menos mal! Pero bueno, volviendo al asunto de Ochoa, lo cierto es que la dichosa tarjetica, que el capitán Roca y el coronel Serrano te trajeron de manera urgente, cayó como del cielo para poder acusar a Ochoa de asuntos más graves, lo cual, estaba en tus cálculos, daba la posibilidad de aplicar mayores sanciones, como en realidad ha ocurrido. Si Ochoa es parte de una conspiración, bien; si no lo es, no importa, pues tienes necesidad táctica y estratégica de quitártelo de encima, y aunque te gusta más la segura senda de lo fácil que el siempre osado sendero del peligro, has escogido, para el logro de tus fines, métodos de violencia legal que esperas eviten tu enfrentamiento con la justicia internacional, a la que siempre has escamoteado, de manera inteligente, el rostro de la moral.

Pero bueno, aunque es la principal, no es sólo la espina de Ochoa la que tienes clavada en salva sea la parte, sino la de los mellizos, el general Patricio de la Guardia y el coronel Antonio de la Guardia, tu, si se quiere amigo, y suministrador de equipos capitalistas. Porque los muy condenados pensaban seguir disfrutando de sus fulastrerías, y nada menos que brindar por ellas en el marco de su cincuenta y un aniversario que cumplirían el trece de junio. Pero, y eso estaba en tus planes, les jodiste el cumpleaños. La langosta preparada por Michael Montañez, ex ayudante de Patricio en Angola, y al que apodan cariñosamente "Mico", no sería consumida por los mellizos. A la residencia de "Mico", en La Puntilla, allí donde la sucia corriente del Almendares intoxica el Atlántico, llega, vestido de noche, el coronel Filiberto Castiñeira. Aunque sabe el motivo de la fiesta, no felicita al general. Su tono es eminentemente militar. Se trata de una breve reunión, urgente, con el ministro del Interior, y el viceprimer ministro, Pascual Martínez, a la que deben asistir Patricio y Tony. El general podrá regresar más tarde.

—Mi hermano no está aquí.

—Lo sabemos, Tony está esperando ya en la oficina de Pascual.

Fue la misma noche en que detuvieron a Ochoa. Luego serían apresados los otros, los menos importantes, los peones en el juego de ajedrez político. ¡Torres, alfiles y peones serían sacrificados para salvar al rey! ¡Jaque mate para los ameriquechis. Esa noche te disparaste, imitando a tu hermanito, varios tragos de Chivas Regal. Por supuesto, era para brindar, no para tratar de matar, como en Raulito, un alcoholismo que se le agarra al píloro como si fuera una garrapata del Segundo Frente Oriental.

Pero si bien fue bastante fácil para ti acusar a los peones, y convencer a los alfiles, en este caso a Patricio y a Tony, de que todo tendría arreglo al final, con el general Ochoa era distinto. Ochoa era un rey disfrazado de torre, y había que utilizar una variante desconocida, aunque se violaran las reglas de juego, para poder derrotarlo. Era necesario crear las condiciones para que la opinión pública lo creyera culpable. Para ello se acumularon hechos que, mientras para otros oficiales constituían cosas normales, en el caso de Ochoa los mismos hechos y actitudes adquirían características inmorales, con ribetes de traición a la Patria. Había que desmoralizarlo, enfangar su imagen, todo lo cual facilitaría hacerlo culpable. El Tribunal de Honor, tal y como planificaste en sus más mínimos detalles, se encargaría de despojarlo del uniforme militar, de arrebatarle del pecho las medallas representativas de sus acciones, sobre todo la de Héroe de la República de Cuba, y de expulsarlo del ejército y de las filas del Partido. Dejarlo desnudo de méritos visibles, quitarle la imagen de general invencible y de héroe que con altivez mostró durante su presencia ante el Tribunal de Honor, para que no pudiera utilizarla en el juicio sumarísimo que debía celebrarse, con toda urgencia, a continuación.

A pesar de que el Tribunal de Honor, en general, aprobó tus secretas sugerencias, una contradicción moral imperaba en el ambiente. Manuel Piñeiro Losada, tu querido Barbarroja, uno de los hombres vinculados al narcotráfico, no estuvo presente, como tampoco Furry, pero en el tribunal estaban algunos podridos cuya presencia contradecía el principio moral que estaba en juego y que se pretendía condenar. Fallo de Raúl que hizo la lista, pero bueno, ya no se podían quitar porque habría llamado más la atención. Coño, casi revientas cuando viste, sentado entre los generales, luciendo sus estrellas, a Efigenio Ameijeiras Delgado, condenado por consumo de drogas; al vicealmirante Aldo Santamaría Cuadrado, que los Estados Unidos te han reclamado varias veces por tráfico de drogas, sobre todo en el caso Guillot Lara. También estaba, gracias que la televisión no lo mostró mucho, Antonio Lussón Battle, sancionado por consumo de drogas y abuso del poder.

Menos mal que había bastantes generales y estos malos ejemplos se perdían un poco entre tantos uniformes, condecoraciones y grados.

De todas maneras, tras la preocupada indiferencia con que trataban el asunto, se asomaba cierto temor de pronunciar algún vocablo equivocado que pudiera afectarlos, y medían sus palabras como lo haría un sastre con su tela. Era evidente que se hablaba con tacto, aunque muchas de las expresiones iban escoltadas por gestos duros y serios que hubieran envidiado torturadores de profesión. Era como si, de repente, pudieran verse en cualquier momento, en el mismo lugar que el general Ochoa. Se podría decir que el juicio de honor estaba presidido por la simulación, la hipocresía reflexiva y la cautela. Era como si un peligro desconocido gravitara sobre todos, y cada uno, desconocedor de dónde podía provenir, hacían gala de su aptitud para el mimetismo. Los rostros pasaban de un decoro disciplinado hasta el gesto morbosamente cruel de un juez que encuentra culpas en todo detalle, y se vigilaban con la misma meticulosidad con que suelen contar sus ahorros, o velar el corte de sus almidonados uniformes. Estúpidos, no sabían que el Tribunal de Honor no era sólo para denigrar y condenar a Ochoa, sino para que sirviera de ejemplo y a nadie más se le ocurriera enfrentar tu omnipotencia.

El mismo Ochoa te ayudó en tus planes. Viéndose acorralado, aunque no vencido, a sabiendas de que no le iban a perdonar unos defectos que en otros oficiales eran virtudes, apeló a un principio que has venido inculcando, desde los inicios de la Revolución, entre tus cuadros: la autocrítica. Y, quizás pensando que declararse culpable iba a ser considerado como un gesto de honestidad legal, y que ello conllevaría un análisis más profundo y comprensión humana a la hora de dictar sentencia, de una manera inesperada para ti, y para muchos, Ochoa reconoció sus culpas y pidió ser fusilado. Era un gesto que requería valentía, nada extraño en él, pero que tú supiste aprovechar en su variante contraria. ¡Ja, se suicidó él mismo!

Por eso te felicitaste internamente cuando el general de división Senén Casas Regueiro pidió directamente la pena capital para el acusado. Sabes que detrás de su decisión está el odio que le tiene al general Ochoa, quien se casó y divorció con la hermana menor de quien en ese instante levantaba su dedo acusador, gesto que sería seguido por trece oficiales más. Del resto, treinta y tres hablaron de la pena máxima prevista por la ley, y once no recomendaron ni lo uno ni lo otro. Un caso que te apoya aún más es la increíble carta del general Cintas Frías, íntimo amigo del acusado, quien pide, desde Angola, la pena de muerte para su compañero de armas. El resultado es el esperado por ti. El general Ochoa deja de ser un oficial de las Fuerzas Armadas Revolucionarias, para convertirse en un ciudadano común al que, no obstante, se le sigue juzgando como militar. Despojado de su vistoso uniforme, y de sus condecoraciones multicolores, vestirá en lo adelante una camisa azul a cuadros. Le quitaste el uniforme, pero no la sonrisa irónica con la que solía responder a los alegatos del fiscal, el general Escalona, a sus enfáticas dramatizaciones, a sus preguntas mal intencionadas, a sus giros actorales que hubiera envidiado cualquier intérprete de telenovelas. ¡Coño, ese Escalona es un artista!

En fin de cuentas el resultado fue el que esperabas: Patricio de la Guardia fue sancionado a 30 años de prisión junto con otros oficiales, y Ochoa, Tony, Padrón y Martínez, condenados a muerte, cuestión que, gracias a tu ayuda e influencia, el Consejo de Estado ratificó. Claro, gracias a tu genio de hacerles ver a tus subordinados la línea que tienen que seguir, el caminito trillado que tú les iluminas para que no cojan vías equivocadas. Porque en este rebaño de sumisas y blancas ovejas se estaban produciendo cambios de colores, y algunas se estaban poniendo más negras que el negro Lazo, ese que tienes de figurón en el Comité Central, para que la gente no diga que eres racista, aunque bueno, Lazo no es negro, es azul y con un cuello que parece un toro, gracias a los suministros especiales que en el campo alimentario mantienes para tus más fieles seguidores. Pero volviendo al caso, que ya te estabas desviando, a esas ovejitas descarriadas ya les han enseñado el camino al que conduce la desobediencia y dejar el rebaño para recorrer sendas no aprobadas por ti. Un camino sin final.

Pero con una de esas ovejas tienes una deuda, porque en realidad la culpa de que se haya descarriado es tuya y no de otro, y como a veces es conveniente dar la apariencia de que se pretende pagar, vas y cambias de chaqueta. La que te quitas tiene un olorcito parecido al del uniforme de la Sierra Maestra. Unos cuantos días con ella puesta, y no recuerdas si te has bañado o no en una semana, ocupado en estos importantes problemas de Estado. No te gusta mucho la nueva chaqueta por los botones esos de adorno, que son un poco más grandes, pero bueno, es la que tienes a mano ahora.

—Llama a Joseíto, voy a salir.

El general Sombra y Urano escuchan la orden dada, y la grabadora comienza a girar sus carretes. Fidel se había puesto la camisa que llevaba el micrófono dentro de uno de los botones dorados. Los dos hombres, sentados frente a las grabadoras ubicadas en una de las habitaciones subterráneas de la embajada soviética, mostraron una sonrisa de triunfo. ¡Al fin iban a poder grabar algo de la conversación que Fidel sostenía con el hermano!

—¿Puede saberse adónde vas? —inquirió Raúl al mismo tiempo que se escuchaba el ruido de un teléfono al descolgar.

—Voy a ver a Tony. Tengo una deuda con él, y...

—Joseíto, Fidel va a salir —dijo Raúl con voz grave, y colgó.

—¿Sabes una cosa? He estado pensando en todo este asunto y... ¿qué tú crees si les aplicamos la cirugía plástica?

—¿A quiénes, y qué tipo de cirugía plástica, Fidel?

—A Tony, y es posible que a Ochoa.

—No te entiendo.

—Coño, hacer que los fusilamos, los filmamos y les enviamos un video a los comemierdas esos de Miami para que, a su vez, llegue a la CIA, a la DEA.

—¿Y les cambiamos las caras y los mandamos de vacaciones para alguna playa brasilera?

—Eso.

El general Sombra y Urano se miraron con asombro.

—Habría que contar con ellos —dijo Raúl—, pero creo que Ochoa no lo aceptaría. Aparte de que es muy orgulloso, no nos conviene tenerlo vivo.

—Es verdad, tienes razón, creo que estoy hablando mierda, pero de todas maneras, piensa en el asunto. Ahora voy a ver a Tony.

Una puerta que se abre y cierra, pasos apresurados, gente dando órdenes, puerta de autos que se cierran con suave chasquido, y el ruido del motor Mercedes-Benz 560 SEL blindado se fue perdiendo en la distancia.

—Va para la prisión de Guanajay, ¿no lo podemos grabar allí? La entrevista con Tony ha de ser importante —dijo el general Sombra en medio de la semioscuridad del local.

—No —respondió Serguei Balkin—, el transformador no tiene poder para captar la señal desde ese lugar, que está a cincuenta kilómetros al oeste de La Habana. Podemos grabar mientras el hombre esté en el área del Palacio de la Revolución, pero cuando sale de allí, todo es inútil.

—¿Oíste lo que dijo acerca de la posibilidad de un falso fusilamiento?

—Sí, pero no sé, tengo mis dudas. De todas maneras debo informar el asunto.

—Ojalá opten por esa variante —concluyó el general Sombra, fijando la vista en la casetera que Urano había detenido—. Abrantes no ha sido acusado, o sea, que está libre de ser enjuiciado, precisamente por ser el vínculo más directo con Fidel en el asunto del narcotráfico. Pero Ochoa tiene una situación distinta.

—Sí, a Ochoa sólo lo salva un milagro —afirmó Urano—. Fidel ni siquiera ha hecho caso a las solicitudes de clemencia hechas por el Papa y los gobiernos de Etiopía, Nicaragua y Angola.

—Él se limpia la nalga con eso, aunque pudiera utilizar esas solicitudes para justificar su denominada cirugía plástica —el general Sombra hizo una breve pausa y continuó—: Ahora bien, analizando el caso desde el punto de vista jurídico, Ochoa ha sido condenado a muerte, y la sanción no se corresponde con la naturaleza del supuesto delito cometido. A Ochoa se le acusa de: "actos hostiles contra un Estado extranjero, tráfico de drogas tóxicas y abuso del cargo". Jurídicamente a Ochoa no se le comprobó en ningún momento que hubiese traficado droga, y los delitos de corrupción y manejos económicos indebidos no tenían ninguna trascendencia, salvo los que fueron a parar a la oficina del mismo Fidel. Los otros negocios de la *kandonga* se hicieron para alimentar a la tropa cubana en Angola.

El general Sombra hizo una pausa para ver a Serguei asintiendo. Entonces continuó:

—Y los denominados "actos hostiles contra un Estado"... ¿cuáles son esos Estados? ¿Venezuela? ¿Nicaragua? ¿Angola? ¿Guinea? ¿Brazzaville? ¿Congo? ¿Sierra Leona? ¿Etiopía? Ochoa no acometía ninguna acción militar de manera personal. Siempre fue enviado por los altos mandos cubanos. ¡Qué ironía ser condenado por la acción y responsabilidad de otros!

—Creo que Ochoa estaba condenado ya desde la primera vez que osó desafiar las órdenes de Fidel en la guerra angolana —dijo Urano, al mismo tiempo que guardaba las cintas grabadas en un portafolios.

El general Sombra se pasó la mano por el cabello. En su rostro se notaba la frustración.

—La Operación Cocodrilo Verde ha sufrido un duro golpe, pero no está destruida —dijo el general con una leve sonrisa en el rostro—. De manera indirecta el asunto de la droga ha detenido nuestros planes. Tengo la convicción de que Fidel no sabe nada del complot.

—Pero lo presiente. Escucha tambores de guerra, pero no sabe quiénes los están tocando. Y eso es peligroso.

—De todas maneras, estoy convencido de que Ochoa no mencionó nuestro plan en los interrogatorios a que fue sometido. Hay que agradecerle su lealtad y hombría, y esto nos permite, más tarde o más temprano, continuar la operación..

—De acuerdo, general, de acuerdo —dijo Serguei Balkin con un brillo en sus ojos azules—, pero ahora debemos esperar a que las cosas se calmen. Ver cómo se desarrollan los acontecimientos y entonces, obrar en consecuencia.

—Verdad. Además, tenemos una ventaja: sabemos dónde está el enemigo, mientras que Fidel no sabe de qué parte del cielo le va a caer el rayo.

—A propósito, ¿ha contactado usted en estos días a Abrantes?

—No, creo que es muy peligroso hacerlo ahora. Posiblemente lo estén vigilando y no conviene complicar aún más las cosas.

—Es cierto, pero necesitamos su opinión acerca de lo que ha pasado, y cómo ve el asunto, su futuro.

—Más adelante, cuando pase todo este asunto de la droga.

—Tiene razón, mi general. Bien, ahora lo dejo pues tengo una tarea importante que realizar en estos días y necesito tiempo para planearla bien.

—Te deseo suerte, Urano.

—Gracias, la voy a necesitar. Es una tarea sumamente peligrosa.

—¿Peligrosa?

—Sí, se trata de... —Urano hizo una pausa para mirar fijo a los ojos del general Sombra—. Tengo que matar a una persona.

* * *

El coronel Tony de la Guardia se asomó a la pequeña ventana que daba a las oficinas de la cárcel de Guanajay. Un ruido inusitado de autos, puertas que se abrían y cerraban, y luces que pasaban raudas iluminando en parte la estrecha celda, habían llamado su atención. Los Boinas Rojas, tropas élites del ejército, se desplazaban nerviosos alrededor de la edificación construida de urgencia, en la que todavía se sentía el olor del cemento fresco.

Empinándose un poco pudo distinguir entre las rejas la borrosa figura de un Mercedes-Benz y dos Ladas que se habían detenido en el área de parqueo. Pensó que algún "pincho" del gobierno estaba haciendo una visita al centro penitenciario. Con gesto lento, cansado, se sentó sobre la colchoneta que cubría el bastidor de flejes del camastro que le habían situado en la celda. Ciertamente se sentía defraudado. Nunca pensó que él y su hermano gemelo, fundadores del proceso revolucionario, fieles constructores de sus bases militares, y defensores de sus intereses, tanto en el extranjero como en el país, llegarían a verse degradados de sus méritos militares, acusados y confinados a una celda en espera uno, de cumplir treinta años de prisión, y el otro, de ser fusilado. Tony tenía la firma convicción de que había sido traicionado de una manera vil y planificada. Por eso no pudo contener el asombro cuando, al abrirse la puerta de la celda, Fidel Castro penetró en el pequeño cubículo en que estaba encerrado.

—Hola, Tony.

El saludo hubiese resultado amistoso si se lo hubieran dado en otro ambiente, pero en esa oportunidad casi era una irónica frase protocolar. No obstante, el ex coronel se levantó respetuoso, y, sin conocer si había causa para ello, una repentina esperanza le alteró el ritmo cardíaco. Esa misma esperanza le hizo esbozar una leve sonrisa que, en su rostro demacrado y grave, debió parecer una extraordinaria carcajada muda.

—Comandante —fue todo lo que dijo, y estrechó la mano llena de pecas que el visitante le extendía.

Después que un ayudante situó una cómoda silla frente al camastro, y Joseíto, el jefe de la escolta, se ubicó al lado de la puerta, en actitud de centinela, Fidel se sentó. Venía desarmado, seguramente una medida orientada por su escolta personal para evitar cualquier gesto romántico de inmolación o agresión por parte del prisionero. Fidel echó su gorra hacia atrás para mostrar un rostro preocupado. Cualquiera hubiera dicho que era a él a quien habían condenado a fusilamiento.

—Te felicito, Tony.

El ex coronel sonrió entre agradecido y preocupado. Agradecido porque toda felicitación implica el pago moral a un buen trabajo previo. Preocupado porque no sabía la naturaleza y objetivo de la felicitación. Como no dio las gracias y la sonrisa fue su única respuesta, Fidel continuó:

—Estuviste muy bien en el juicio.

—¿De verdad, Comandante?

—Sí, no te saliste del guión que se te entregó... de los compromisos que tú y Patricio tuvieron con Furry.

—¿De no acusar a ningún superior, Comandante?

—Sí, sobre todo a Abrantes.

—Traté de ajustarme a los temas que me dijeron, pero me costó trabajo.

—Es que la Revolución estaba en juego, Tony. Los ameriquechis nos tenían acorralados y el prestigio del proceso se iba a ensuciar, ¿comprendes?

—Sí, comprendo, lo que no entiendo es... bueno, se salvó la Revolución, pero ¿y yo? Porque lo que sí no comprendo es que me hayan condenado y esté aquí esperando que me lleven a fusilar.

—Como te dije, y te repito, todo se ha de solucionar, no te preocupes.

—¿Que no me preocupe? —y Tony miró a su alrededor, como dando a comprender que con sólo mirar el contexto, la escenografía en que lo habían encerrado, bastaba para no poder conciliar el sueño.

—Sí, mira, Tony. Raúl y yo hemos pensando en... un fusilamiento en falso... es decir, hacer todo como si fuera real, grabarlo en video para que los yanquis vean que hemos hecho justicia en esto de la droga, y...

—¿Y...? —los ojos claros del ex coronel brillaron con una luz interior.

—Hacerte la cirugía plástica, ya tú sabes, modificarte un poco, de manera que no te reconozcan, y... enviarte a otro país, vacaciones... nosotros nos encargamos de eso.

Tony respiró profundamente. Lo que el Comandante en Jefe le estaba diciendo significaba que le estaban perdonando la vida, y eso cambiaba, de cierta manera, su estado de ánimo.

Fidel comprendió a tiempo el silencioso gesto irónico de Tony mientras escuchaba sus reflexiones y planes. Maestro en la hipocresía, no sólo era capaz de practicarla, sino de descubrir en los demás las sutilezas en el lenguaje de los gestos, y Tony estaba cubierto en ese instante por la piel engañosa de una falsa dignidad humana llevada por la mano de la defraudación.

—¿Y mi hermano? —preguntó de repente Tony.

Fidel se acarició la barba y miró hacia la ventanita de la celda, como si la respuesta pudiera encontrarla en ese lugar. Entonces, dando la impresión de haberla hallado de repente, giró la cabeza hacia Tony.

—Patricio fue condenado a treinta años, pero ya tú sabes cómo son las leyes: buena conducta y dentro de unos años está en la calle. Te lo prometo.

Tony se había percatado, durante sus años de experiencia en el campo militar, ideológico y comercial, que mientras más elevada era la posición de una persona en el plano político, tanto menor era su tendencia al uso de la honestidad. La mentira, a partir de presupuestos denominados de "interés nacional", aumentaba en proporción directa con la importancia del cargo ocupado. "La habilidad del político estriba —solía decir el ex coronel—, "en que todo lo que diga parezca verdad". En el comerciante se producía algo parecido, sólo que "todo lo que vende debe parecer bueno". Uno envolvía su producto en papel celofán; el otro lo empaquetaba con la hipocresía del engaño, con la apariencia de la verdad. ¿Era Fidel el político y él, Antonio de la Guardia, el comerciante? No intentó averiguarlo y dijo:

—Esa es una buena noticia, Comandante.

—¿Adónde te gustaría ir? ¿España, Brasil...?

—Cualquier lugar es bueno. Gracias.

—No me des las gracias, la Revolución que has ayudado a salvar considera que te lo mereces, has sido un hombre muy útil a la causa revolucionaria, Tony, y todavía puedes seguirlo siendo.

—Sí, es cierto —dijo Tony con inocultable orgullo.

El hecho de que el propio Comandante en Jefe en persona lo visitara en su celda para comunicarle la forma en que lo escamotearían del fusilamiento, y que también reconociera los méritos que lo habían convertido en un defensor internacional de las ideas revolucionarias, lo inspiraron a hurgar en el pasado.

Aprovechando ese instante que quizás no se repetiría jamás, el recuerdo le devolvió al presente de la celda, en una vorágine de imágenes inconexas, pero espontáneas. Y se vio en los Estados Unidos comprando armas para luego hacerlas llegar al Fidel de la Sierra Maestra; en las montañas del Escambray luchando contra los alzados; escondido entre seborucos y uverales, en una playa cualquiera, para sorprender infiltraciones marinas de la CIA; o en las arenas de Playa Girón, enfrentando la invasión organizada por los yanquis. Más tarde sería la creación de las Fuerzas Especiales del MININT y su meteórico ascenso dentro del organismo.

—¿Se acuerda, Comandante, de los trescientos millones de dólares que lavamos en Suiza?

—¿Cuáles? ¿Suiza? —preguntó Fidel con hipocresía. Pero Tony no reparó en ello y continuó:

—Los que recibimos de los terroristas argentinos, los Montoneros.

Esos hijos de Gardel eran del carajo en eso de los secuestros para luego pedir buenas recompensas. Me acuerdo todavía de Mario Firmenichi, el jefe de ellos.

—Creo recordar algo de eso... ¿Firmenichi, dices?

—Sí, pero una de las operaciones más grandes que hicimos fue la del Líbano. ¿Se acuerda de Nayef Hawatmeth y Abu Leila, nuestros contactos con Yasser Arafat y el FDP? —Tony se pasó la mano por la cabeza para peinarse los pelos lacios que le caían sobre la calvicie frontal, y ante el silencio de Fidel, prosiguió—: Miles de millones en joyas y oro que el Frente Democrático Palestino obtuvo gracias a los asaltos de bancos. Los lavamos en Checoslovaquia... ah, Praga es bella...

Tony narraba estas operaciones fraudulentas con orgullo de comerciante. La honestidad que lo caracterizó en la juventud lo único que le había producido eran fracasos, por lo que había llegado a la conclusión de que el éxito dependía más de la habilidad que de la inteligencia, de la ausencia de moral que de una ética que no producía dólares. Como quiera que la honestidad se convirtió en un rasgo de tontería a la hora de comerciar la verdad, prefirió que lo tildaran de interesado antes que de ingenuo, pues en las cajas contadoras de los supermercados no tiene validez la honradez, y sí el verde pictórico de los billetes.

A Fidel parecía disgustarle el recuerdo de estos hechos, por lo que optó por cambiar el tema de la conversación.

—Gracias por la escopeta que me regalaste. Oye, la utilicé en la Ciénaga de Zapata y acabé con un montón de patos. Es un arma formidable. Bueno, en eso de las armas y de conseguirlas tú eres un experto.

—Sí, es verdad, he conseguido armas de todos los tipos, pero, Comandante, usted una vez me hizo llegar un pedido que me la puso en China. Creo que fue la gestión que más dificultades tuve para cumplirla.

—¿A cuál te refieres?

—A los lanzacohetes múltiples BM-21 que compré para Saddam Hussein.

—Ah, sí, para los amigos árabes —Fidel se limpió la garganta—. Este... por eso, y por otras operaciones, siempre he valorado tu actitud como militar. ¿Sabes?, te íbamos a hacer general cuando empezó todo este lío. Abrantes me lo propuso —dijo Fidel y se arrellanó en el cómodo asiento—. Además, has sido en más de una ocasión mi ángel de la guarda.

—¿Ángel, Comandante?

—Sí, ¿no te acuerdas? Tuviste la responsabilidad de mi seguridad cuando fui a Chile, durante el gobierno de Allende.

—Es verdad —y Tony sonrió agradecido.

—Y en Jamaica también.

—Sí, en Jamaica —y el rostro de Tony resplandeció benevolente y honesto, como un ícono de iglesia.

—Cuando todo este asunto sea un episodio del pasado, y puedas adoptar nuevamente tu identidad, deberías escribir tus memorias.

—No soy escritor, Comandante, usted lo sabe, soy un hombre de acción, no de letras, pero quizás le cuente mi historia a alguien que se dedique a escribir y... son tantas mis aventuras... El Salvador, Guatemala, Estados Unidos, Chile, Venezuela, Nicaragua, Angola, Puerto Rico, Europa, el Medio Oriente.

—Eso es bueno, pero no todo lo que hacemos debe publicarse. Te lo digo por experiencia.

—¿Se refiere usted a que desde los años setenta dejamos pasar droga hacia los Estados Unidos a cambio de apoyo militar a las guerrillas?

—Puede ser.

—¿Y que todo el tráfico de droga que hemos estado realizando, salvo las operaciones no autorizadas hechas por Padrón y otros, han sido orientadas por los altos mandos de la Revolución?

—Veo que estás claro. Eso dañaría el prestigio de la Revolución, y por salvar ese prestigio es que tú estás aquí. Pero no vamos a sacrificarte como a los otros. Tú eres especial, gente de confianza a la que admiramos.

El pecho de Tony se hinchó de orgullo.

—A propósito, me he enterado que tus viejos han quitado de la sala de la casa la foto en la que estoy condecorándote a ti y a Patricio, cuando regresaron de la misión en Chile. Y también la de Raúl con ustedes dos.

—No lo sabía, Comandante, pero bueno... Mimí y Popin tienen sus razones... personales. Claro, ven que sus hijos han sido condenados y ellos no saben que...

—No tiene importancia, pero me preocupaba que ellos piensen que a ustedes los hemos abandonado a su suerte. Yo no soy como Saturno que devoraba a sus propios hijos —dijo Fidel levantándose de la silla, con lo que daba a entender que iba a retirarse. Tony lo imitó y Joseíto se desplazó para buscar una posición mejor desde donde vigilar cualquier gesto del prisionero. Los ojos del guardaespaldas tenían la fijeza de las cámaras de video instaladas en los bancos y Tony se sintió igual que una bacteria observada a través de un microscopio.

Fidel le echó un brazo por encima del hombro y a Tony le pareció sentir el cálido y mortal abrazo de una boa. Sin embargo, desechó la idea y concluyó que la despedida había sido premonitoria de esperanzas.

—Nos vemos —y, tras darle una palmada en la espalda, salió de la celda seguido por Joseíto.

Después que un guardia se llevó la silla donde había estado sentado el Comandante en Jefe, Tony se recostó en el camastro. Tenía la vaga sensación de estar perdido en el laberinto de sus propias contradicciones, surgidas a partir de la lucha feroz entre la frustración que lo mantenía entre rejas, y la esperanza y las promesas de Fidel de que todo se resolvería.

Miró a su alrededor y tuvo la impresión de ser una mosca que, atrapada dentro de una copa boca abajo, trataba de evadirse de la realidad y topaba con una barrera invisible que impedía su fuga. La esperanza, vestida de verde olivo, y moribunda, se le alojó en el corazón.

* * *

Nadie que va a ser fusilado duerme la noche anterior. Como no eran una excepción, eso les había ocurrido a los cuatro hombres cuando fueron a buscarlos a uno de los albergues para estudiantes en la escuela militar Camilo Cienfuegos, lugar adonde habían sido ubicados desde el atardecer. Cuando el humano conoce el poco tiempo que le queda de vida, suele aprovecharlo para pensar en la familia, en sus seres queridos, y hacer una retrospectiva de los hechos que definieron su existencia, sus errores, y, si se quiere, las cosas que no se hicieron y que en ese instante, por falta de tiempo, no se harán jamás.

No hubo que despertarlos para que ocuparan la ambulancia militar que sirvió para transportar a tres de los acusados: el ex-coronel Antonio de la Guardia, el ex-mayor Amado Padrón Trujillo y el ex-capitán Jorge

Martínez Valdés, hasta la base aérea de Baracoa, al este de La Habana, la cual posee un campamento de Tropas Especiales y una enorme pista de aterrizaje, que suele utilizar Fidel como aeropuerto personal. A este lugar, en caso de fuga o urgencia militar, el dirigente cubano tiene acceso por medio de un túnel que comunica directamente con su búnker de Jaimanitas.

Antes que ellos, y en autos oficiales, habían arribado al lugar, el general de Ejército Raúl Castro, y los generales Ulises Rosales del Toro, Sixto Batista Santana, Abelardo Colomé Ibarra, Félix Baranda Columbié, Senén Casas Regueiro y Leopoldo Cintras Frías. Que el general Senén Casas estuviera allí para disfrutar el instante en que el ex-general Ochoa fuera fusilado no era de extrañar, pues todo el mundo conocía el odio visceral que le profesaba al condenado. Lo que llamó la atención entre los presentes fue la presencia del general Leopoldo Cintras Frías, llegado especialmente desde Angola para ser testigo de la muerte de su compañero de trinchera.

El general Alexis Reyes Reyes, jefe de la Unidad de Tropas Especiales de la Contrainteligencia Militar, iba de un lado a otro chequeando que todo el montaje del espectáculo se ajustara a lo orientado por el alto mando. Desde la noche anterior venía preparando el terreno para la ejecución: tres postes grandes de madera cogidos firmemente al terreno en una especie de polígono cerca de la pista. A su vez, como si hubiese sido un experto en programas de televisión o en la filmación de películas, orientó la instalación de un poderoso sistema de luces que garantizarían una óptima calidad en el video que recogería de manera gráfica los últimos instantes de aquellos hombres, y cuya responsabilidad estaba a cargo del teniente coronel Losada, también miembro de la contrainteligencia de Tropas Especiales. El teniente coronel Losada, con una cámara de video adquirida precisamente por Tony de la Guardia en Panamá, iba de un lado a otro programando posibles encuadres, angulaciones, y calculando los instantes más dramáticos para hacer buen uso del zoom.

Entre los presentes, y en posiciones discretas, el coronel Serrano y el capitán Carlos Roca habían sido invitados por su activa participación en las investigaciones que habían dado como resultado la condena de los hombres que esa madrugada serían pasados por las armas.

El coronel Luis Mesa, al que muchos conocían con el apodo de Rambo cubano, revisaba la pistola Stechkin con la que daría el tiro de gracia a los fusilados, y luego se dedicaba a organizar debidamente a los siete jóvenes soldados que, portando AKM-47, esperaban nerviosos el instante de cargar, apuntar y disparar contra los sancionados.

El teniente coronel Carreras, jefe de Operaciones de las Tropas Especiales de la Contrainteligencia para todo el país; el teniente coronel Valentín, de adoctrinamiento político, así como dos médicos militares y otros oficiales de Tropas Especiales, se mantenían algo alejados del grupo selecto de generales. Junto a estos últimos, mezclándose armoniosamente entre ellos y haciendo comentarios acerca de su papel como fiscal en el juicio contra los sancionados, el general de brigada Juan Escalona, ministro de Justicia, se arreglaba las gafas para ver mejor en la noche. Asistía como testigo para presenciar el acto final de la obra en la que había tenido una destacada participación, y que le valiera la felicitación personal de Fidel. Con gesto teatral miró la hora en el reloj que le rodeaba la muñeca con el abrazo de su vistosa pulsera. No se conmovió en lo más mínimo al pensar que, ironía del destino, el reloj era un regalo del ex-coronel Antonio de la Guardia. Eran las 00:15, hora militar, del 13 de julio, cuando se escuchó el motor de la ambulancia que se acercaba al lugar.

Debidamente escoltados, fueron bajados del transporte. De los tres hombres el más nervioso parecía ser el ex-capitán Martínez, quien miraba de un lado a otro sin fijar la vista en algún lugar preciso. Amado Padrón había ingerido un calmante hacía una hora, y daba la impresión de que aceptaba el fusilamiento con cierta resignación. Sus movimientos eran lentos.

Tony de la Guardia, sin embargo, parecía ser el más asombrado de los tres. Sus grandes ojos claros brillaron en la noche al percatarse del grupo de oficiales que, como en un juego de fútbol o de béisbol, presenciaban desde las gradas las mejores jugadas del partido. Quizás el ex-coronel esperaba que a última hora alguien vendría a colocarle los estopines en el pecho. Una vez él había presenciado la filmación de una película y sabía que a los actores les ponían una banda repleta de cápsulas con pequeñas cantidades de pólvora que explotaban por corriente eléctrica, y que daban la impresión de que eran las balas que el enemigo disparaba contra el héroe o el bandido. Él pensaba, hasta ese momento, no ser el bandido, sino el héroe de la película. Lo había sido en la realidad, en las mil aventuras interpretadas para la Revolución, y en las que las balas eran verdaderas, y el riesgo real. Pero había quienes consideraban que el papel de bandido le quedaba mejor. Esos eran los que habían determinado el tema y la estructura del filme del cual se estaba interpretando, en ese instante, el final. Pero nadie vino a ponerle los estopines, y en el instante en que lo amarraron de espalda a uno de los postes, pensó en las palabras de Fidel: "No soy como Saturno, que devora a sus propios hijos". Al memorizarlas, una evocación de inodoros le llegó a la mente. Entonces pidió que le vendaran los ojos.

Deseaba ver el fusilamiento con la imagen sonora que produciría la orden del oficial a los siete imberbes vestidos de verde olivo que esperaban en disciplinada posición; el chasquido de los cerrojos al introducir la bala en el directo; quería imaginarse a aquellos niños situando el punto de mira en su corazón o en la frente amplia que se prolongaba más allá de las recientes arrugas; y escuchar los disparos al unísono que pondrían punto final a su existencia. Su cabeza cayó, media despedazada, a un costado del pecho, allí donde le salía a borbotones la sangre de las perforadas arterias.

El fusilamiento de Padrón y de Martínez, amarrados también a otros postes, no tuvo mayor atractivo para los asistentes, quienes se pusieron tensos al presenciar, minutos después, una camioneta que se acercaba ronroneando en medio de la noche. Ya los cuerpos de los fusilados habían recibido sus correspondientes tiros de gracia, y los médicos, tras comprobar que clínicamente estaban muertos, habían ordenado que los envolvieran en sacos y los situaran en camillas de lona que descansaban sobre el piso.

Ochoa se bajó de la roja y vieja camioneta que ostentaba una conocida marca japonesa. Venía fuertemente escoltado, pero sin las manos atadas. Su presencia silenció comentarios y dio nervioso movimiento al grupo de oficiales. Al bajarse del equipo, el ex-general y Héroe de la República de Cuba levantó la frente con altivez. Ochoa se comportaba con una admirable dignidad en la que no se notaba un solo matiz de simulación. Sin embargo, este rasgo, tan natural en él, el grupo de generales lo tomó como una insolencia, y lo miraron con singular extrañeza, como si de pronto hubieran visto al Júpiter griego vestido con *jeans*, tenis, camisa deportiva y una gorra de los Yankees de New York.

Ochoa paseó la mirada por los presentes, con el orgullo de un marqués feudal ante sus vasallos. En su dominio personal, el ex-general era altivo sin ser arrogante; distinguido sin rozar la frontera de la fatuidad; digno sin ser orgulloso. Llamó su atención la presencia de Senén Casas, quien, incapaz de enfrentársele, desvió la vista cuando el mulato le clavó los ojos. Estaba entre el grupo el general Cintra Frías. Debía agradecerle el haber venido desde Angola a presenciar cómo su "compañero y amigo" caía ajusticiado por la traición. Ochoa sonrió irónico al verlo al lado de Raúl, celebrándole sumiso sus estúpidas ocurrencias. En un momento en que las luces no le molestaron la mirada, vio a un antiguo amigo: Carlos Roca. Al verlo vestido de militar, y con los grados de capitán, sonrió al pensar que su fidelidad a la amistad lo había traicionado.

Pero entre todos los oficiales que habían concurrido para observar su fusilamiento, era la presencia del general Ulises Rosales del Toro la que más dolor le producía. Ulises era un ser introvertido, tan locuaz como puede serlo la pata de una silla, y vivía en una constante introspección, mirándose por dentro. La gente pensaba que quizás tuviera unas entrañas interesantes, pero se llegaba a la conclusión de que las mismas eran negras. Lo cierto era que arrancarle unas palabras a este hombre era un milagro mayor que caminar sobre las olas del mar. Sin embargo, en ese instante Ochoa lo veía conversador con los que lo rodeaban, como si tratara de ignorar la presencia de su antiguo compañero de aventuras.

Ochoa pensó que si la ingratitud tenía una imagen, era la de aquel hombre al cual él había salvado heroicamente de morir en las selvas venezolanas. Erigido en su juez durante el juicio, ahora asistía vestido de verdugo a la ejecución que antes había sancionado. Aquel hombre de expresión impenetrable, cuyos ojos permanecían la mayor parte del tiempo como sin vida, parecida a la de los maniquíes que adornan las vidrieras, no recordaba, ni agradecía, aquel gesto de "Miguel", nombre de guerra de Ochoa, cuando, después de ser herido y casi moribundo, lo cargó en sus hombros entre marabuzales y cañadones, montañas y derriscos, hasta las estribaciones de Sierra Falcón, donde lo entregó a un personal de confianza que lo hizo llegar clandestinamente a Cuba.

Ochoa sonrió al pensar que debió haberlo abandonado en la selva para pasto de los cocodrilos venezolanos.

El ex-general separó la vista del grupo, como si sus figuras estuvieran contaminadas con la podredumbre de los pantanos, y se dirigió al pelotón de fusilamiento. Saludó cortésmente a cada uno de ellos, y les dijo que cumplían con su deber. ¿Acaso él no había cumplido también? Y sin embargo, ¿qué hacía él allí en medio de la madrugada?

El ex-oficial, ahora sin estrellas en la charretera, pensó que su vocación natural por la estrategia, y la astucia militar impecable que había utilizado para aplicarla, le habían fallado. El riesgo y la amenaza le crearon un sexto sentido para olfatear el peligro, y, montado sobre la cuerda floja de la osadía, arremeter contra la debilidad del enemigo. Pero esta vez no eran sus enemigos los que tenía enfrente, sino los hombres por los cuales él había arriesgado la vida tantas veces. Los mismos que lo condenaron en el juicio ratificaron una decisión concebida mucho antes, diríase que desde aquella vez en que, dentro de las selvas de Mayombe, en lo más intrincado de la jungla angolana, comenzó a desafiar el criterio militar de Fidel, concebido a miles de kilómetros de distancia, totalmente ajeno a la realidad. Esto fue lo que determinó a su espíritu independiente de guerrero universal, el tomar decisiones propias que iban en contra del criterio infalible del Comandante en Jefe, insistiendo en dirigir una guerra por medio de mensajes cifrados, y no entre serpientes, cocodrilos y leopardos, entre negros en los cuales resultaba difícil encontrar al verdadero amigo o enemigo.

Pero a pesar de todo, Ochoa no tenía de qué arrepentirse. Le han arrebatado la medalla de Héroe de la República de Cuba, pero, él no lo sabe, aunque no tenga en su pecho un pedazo de lata que lo diga, seguirá siendo para su pueblo el héroe de todas las batallas, el general victorioso que obtuvo su Waterloo, no en la guerra contra el enemigo, sino su gran derrota al confiar en un monstruo. Bendito guerrero de las mil batallas, ahora te encaminas a la última de tus operaciones, pero esta vez vas desarmado, indefenso. Esta vez eres la víctima de Saturno, que, ingratitud histórica, te fusila desde el cómodo asiento de su despacho, mientras se toma un Chivas Regal, a tu salud, guerrero.

Sin embargo, Ochoa se siente grande. Sabe que, quiérase o no, todos los días somos otros y que la metamorfosis salva al hombre del peligro

de la inmortalidad material. Presiente que pronto el abismo de la nada
lo engullirá en la oscuridad total, en el último de los silencios, en cuanto
los siete índices jóvenes aprieten lo suficiente para que las AKM-47
comiencen a vomitar el fuego que hará paralizar su corazón de guerrero.
Ya es tarde para evitarlo, pero le hubiera gustado morir en combate,
frente al enemigo, no frente a los que considera sus hermanos. Triste
situación, puesto que es la hora de las despedidas.

Y este hombre en ese preciso instante, único, que ya no se repetirá,
pues el tiempo le ha marcado con límites precisos los latidos en las
venas, y le está contando sus últimos minutos, fue asaltado por una
imagen de gloria, surgida entre las brumas del pasado. Y de repente se
ve en la escotilla de un blindado BMP-1, frente al enemigo somalí. Los
treinta generales del bloque comunista, cuatro mil asesores alemanes,
búlgaros, húngaros, polacos, dos mil quinientos yemenitas, dos cientos
mil milicianos etíopes, y veinte mil cubanos, que dirigirán los 600 tanques
T-52 y 62, los 300 blindados BMP-1 y BRDM-2, las 400 piezas de
artillería, apoyados por los MiGs 21 y 17, y los helicópteros de ataque
Mi-24, están bajo su mando, y esperan su orden de ataque para dar
inicio a la "Operación Baraguá", y atravesar los montes de Amhar, por
el paso de Kara-Marda, a dos mil pies de altura, entre Harar y Jijiga, y
así inscribirse en la historia militar del mundo en la batalla de Ogadén.

De pronto las arenas del desierto africano se le convierten al general
Ochoa en intrincada maleza selvática. Ahora, en vez de árabes enfundados
en túnicas y turbantes descoloridos, que portan barbas de profeta bíblico,
y miran sospechosamente desde sus creencias mahometanas, y pálidos
europeos orientales de mirada azul que hablan distintos idiomas y profesan
una sola ideología, lo rodean hombres de tez oscura, envolturas
esqueléticas uniformadas en cuyos rostros brillan dos lunas redondas y
un cuarto menguante de dientes blancos; hombres divididos por la
ignorancia y el tribalismo. Sesenta mil soldados angolanos y diez mil
combatientes de la SWAPO; cuarenta mil soldados cubanos, entre ellos
la División 50, dos mil soldados de fuerzas especiales, tipo Rangers;
200 aviones MiGs, dos mil piezas de artillería y equipos antiaéreos, así
como 800 tanques y carros blindados, esperan también por su orden
para avanzar hacia Namibia y, es posible, contra Sudáfrica.

Es la fuerza militar más poderosa jamás empleada en una guerra africana. Los árabes y los angolanos esperan su gesto para el avance victorioso. La orden no se hace esperar. "Vamos, andando...", dice, pero no en un pasado de gloria militar, sino para dirigirse al poste de madera.

No quiere que le venden los ojos y pide dirigir el pelotón de fusilamiento, pero se lo niegan. Sus actuales enemigos no desean actitudes heroicas que puedan crearle una aureola de leyenda, de inmortalidad. Ilusos, piensa Ochoa, no saben que se es inmortal en los demás, en el tiempo de los que aún no han nacido o nacerán. Sólo se es inmortal en la memoria o en el recuerdo escrito. Para ello el hombre ha de sembrar una flor en la roca, sólo entonces será invulnerable al olvido.

No está arrimado al poste, sino a la gloria. Ya él había aprendido que a veces, para los guerreros, la mejor condecoración de victoria es la muerte. Su último pensamiento no es para Fidel, a quien en tiempos ya lejanos admiró, sino para desearle suerte al general Sombra en sus planes, y para aquellas personas que le son más leales, más honestas y sencillas, más humanas: su familia.

Los fogonazos, en medio de la madrugada, adquieren un matiz lumínico, enceguecedor, impresionante. Es como si de pronto la noche se abriera en un camino de plomo, pero también de luz.

* * *

El capitán Carlos Roca, sentado en uno de los sillones de cuero de la oficina de su jefe, el coronel Serrano, estaba haciendo un recuento mental de lo sucedido hasta ese momento y de cómo su padre, el general Roca, fiel seguidor de Fidel, se había equivocado con relación al caso Ochoa. Aunque pensándolo bien, el general Ochoa había sido fusilado por otras cuestiones que nada tenían que ver con la supuesta conspiración en la que siempre se destacaba el seudónimo del que se consideraba su jefe: el general Sombra.

Había llegado a la oficina hacía quince minutos, pues el coronel lo había citado para hablar acerca de unas grabaciones que habían encontrado. Terminó de consumir el café que le habían traído, cuando la secretaria del coronel, la sargento Martínez, una trigueña procedente de Baracoa que una vez abandonó las agrestes montañas orientales para, después de pisar el concreto de la capital, olvidarse de los trillos y las malangas, de los grandes helechos y las ceibas de su tierra nativa. Había perdido los toscos modales con los que trataba a los animales de la finca de su abuelo, y asumido nuevos gestos de refinada y disciplinada cortesía. Una sonrisa hermosa en su rostro tostado ahora por las luces artificiales, sirvió de trasfondo para dos informaciones. Una de ellas era que el coronel Serrano estaba en una reunión importante con Raúl Castro y la misma se demoraba más de lo imprevisto, por lo que se verían en otra oportunidad. La otra era que el teniente Roger deseaba hablar con él.

Ella lo llevó hasta la Oficina Secreta y allí le extendió un teléfono. Después que el capitán se identificó, una voz se dejó escuchar por el auricular:

—Aquí, Roger. Hemos captado una llamada de un tal ROMA dirigida a AMOR, citándola para IRPAC. No sabemos qué significan las siglas, pero estamos siguiendo su auto. Se dirige al centro de la ciudad, en el área del "Coppelia".

Roger, teniente de una brigada especial, era el encargado de monitorear el micrófono instalado en el lápiz labial de Mariana, nombre en clave AMOR. El capitán Roca observó que la persona que se comunicaba con Mariana utilizaba las mismas siglas en clave de ésta, pero al revés.

—Continúen seguimiento —ordenó—, voy para el área. Próximo contacto por radio.

Y colgó.

Minutos más tarde, mientras transitaba con su viejo Chevrolet por L y 23, en el Vedado, la voz de Roger le llegó por el radio instalado debajo de la guantera.

—Aquí R-22 para Tigre-1… cambio.

—Tigre-1, adelante R-22… cambio.

—AMOR ha entrado en el hotel Capri. Estamos parqueados frente al lobby, cambio.

—Estoy con ustedes en treinta segundos, cambio.

Carlos Roca maniobró con el timón y se dirigió al hotel Capri. La persona que había citado a Mariana gustaba de los textos invertidos. Sin duda las siglas IRPAC correspondían a las del hotel Capri. Tras parquear silenciosamente detrás del minivan color blanco que anunciaba una lavandería, y saludar al chofer que permanecía sentado frente al timón, abrió una puerta lateral. Adentro lo esperaba el teniente Roger, sentado frente a potentes equipos de radio, grabadoras, así como tres monitores conectados a cámaras y reproductoras de video. Una de las cámaras, cuyo lente estaba disimulado en el dibujo exterior del minivan, apuntaba hacia el lobby del hotel. Una grabadora giraba lentamente sus carretes.

—Entró hace dos minutos —dijo Roger, un joven oficial de incipiente bigote, tras mirar su reloj donde las manecillas marcaban las seis y veinticinco minutos.

—¿Has grabado algo?

—Sí, sólo ruidos... los pasos de ella, el ascensor y ahora...

—Parece que ha entrado en una habitación —señaló Roca.

La puerta de la habitación 301 se abrió cortando la oscuridad con un navajazo lumínico.

Roma estaba de espaldas, de frente a la ventana que daba a la calle, unos metros más abajo. Su figura a contraluz no le definió a su jefe, pero ella se erizó igual que una gata al ver al perro de su vecino.

Para Mariana la reunión tenía un significado muy importante. Era la primera vez que se iba a enfrentar, personalmente, a su jefe. Esto le daba la oportunidad de conocerlo, pero le preocupaba la forma en que había sido citada. El uso del teléfono era el último recurso a emplear para contactarse entre ellos, y sólo debía usarse en caso de extrema urgencia.

—Adelante, Amor —dijo Roma—. El botón de la luz está a tu derecha.

Ella lo accionó y la luz fría invadió el local para mostrar una cama sin usar, y una coqueta cuyo espejo reflejaba parte de la habitación. A la izquierda una puerta conducía al baño. Un sillón de coloreadas rayas estaba ubicado frente al balcón, allí donde Roma miraba a través de la ventana el van blanco de la tintorería que se había detenido minutos antes frente al hotel, y luego el viejo Chevrolet, parqueado detrás del transporte, y del cual se había bajado un joven, quien, después de mirar a ambos lados, entró en el vehículo comercial. Esto le resultó sospechoso, pero no le dio mayor importancia, pues la entrevista con la joven espía era de mucho más valor para él que un posible seguimiento que le estuvieran haciendo a la funcionaria norteamericana, ya que estos seguimientos eran, en algunos casos, formas rutinarias que el gobierno cubano mantenía sobre los funcionarios con responsabilidades diplomáticas.

Mariana cerró la puerta al mismo tiempo que Roma giraba lentamente. Tenía los ojos azules y una expresión dura en el rostro como de nieve. El saco gris, algo holgado y abierto, dejaba adivinar, por debajo de la camisa blanca, su pecho de oso polar.

—Amor, no me gusta perder el tiempo así que vayamos al grano —dijo sin previa presentación ni saludo protocolar.

Mariana sintió cómo el corazón, acelerando su paso ante la inminencia de un peligro, le latió clandestino detrás de la blusa.

—No cumpliste la variante 99 con R-1.

Su mirada era punzante y Mariana sintió como si le clavaran alfileres en los ojos. Se sintió desnuda, igual que el esqueleto que usa en sus clases un profesor de ortopedia.

—No pude, es decir, quiero que comprendas, Roma...

—Langley está muy disgustada contigo —dijo con voz seca.

—Lo sé, pero deben comprender —dijo ella algo turbada por la emoción—. Es que estoy...

Roma no la dejó concluir.

—¡Por tu culpa fusilaron a Ochoa! Y el general Sombra está en peligro de ser descubierto. Si hubieses cumplido la orden que te dimos, nada de eso hubiera ocurrido.

—Él fue fusilado por otros asuntos, y no por la conspiración.

—Lo de la droga fue un teatro. Dime, Amor, ¿por qué no mataste a R-1?

Ella dio unos pasos y se sentó en la cama. Entonces, con firmeza, miró fijo a aquellos ojos impenetrables que parecían hechos con hielo ártico.

—Porque es el padre de la criatura que llevo en el vientre.

Roma sonrió irónico, y se pasó la mano sobre el pelo lacio y rubio.

—Eres una traidora doble, Amor, una traidora doble.

—No lo soy, Roma. Puedes acusarme de no haber cumplido una orden, pero no he traicionado a nadie.

—Creo que sí, y tú sabes que toda traición se paga con la vida. Lo siento, Amor, pero...

Roma extrajo su Heckler & Kosch P-7 para disparar a la joven, pero

Mariana no estaba desprevenida. Ya desde antes de entrar en la habitación había dejado abierto su bolso. Con rapidez felina se levantó de la cama y apuntó con la Walther PPK a su jefe. No titubeó en disparar, pues estaba en juego su vida y la de la criatura que llevaba en las entrañas. Apuntó primero al pecho, como había aprendido en los entrenamientos, y luego dispararía a la cabeza para rematar. El agente de la CIA recibió el impacto de la bala Corbon en el mismo centro del pecho, y retrocedió como si un caballo le hubiese dado una patada. Al caer detrás del sillón, arrastró la cortina de la ventana sobre sí mismo.

Mariana se acercó lentamente hasta rodear el sillón. Roma estaba boca arriba, con el rostro ladeado, y los ojos abiertos, fijos en la pared. La cortina le cubría desde la mitad del pecho hacia abajo. El hueco de la bala se notaba en medio de la camisa blanca.

—Te equivocaste conmigo, Roma –dijo la joven y apuntó a la cabeza de Roma.

El disparo le desgarró el vientre y luego sintió como si mil cuchillos le registraran las entrañas. Fue sólo un instante, y después todo se le puso negro. No llegó a sentir el segundo disparo que Roma, tras quitarse la cortina de encima y levantarse, le hacía directamente en la nuca.

Cuando el capitán Roca escuchó el primer disparo hecho por Roma, ordenó al teniente Roger que continuara grabando y mantuviera la cámara de video dirigida hacia la entrada del hotel y el garaje.

—Al parecer Amor ha acabado con su jefe —dijo en el mismo instante en que abría la puerta del van y sonaba el segundo disparo.

No demoró un instante más y salió corriendo hacia el hotel. Al llegar al lobby, varias personas salían apresuradamente, pues habían sentido disparos sin saber de dónde provenían. En el instante en que Roca iba a preguntar al carpetero acerca de la habitación en que podría estar Mariana, la ascensorista, nerviosa y alterada, llegó gritando:

—¡Se están matando en la 301, misericordia, sálvame, Dios mío!

Roca penetró en el primer ascensor que encontró abierto. En ese mismo instante el elevador situado del otro lado del pasillo abría su puerta para dejar pasar a varias personas.

Cuando el equipo abrió la puerta en el tercer piso, ya Roca llevaba su pistola en la mano. La habitación 301 estaba a sólo unos pasos, y tenía la puerta entreabierta. Empujó la puerta con cuidado, y de un salto entró en la habitación. Un ligero olor a pólvora se percibía en el ambiente. Se dirigió al baño. La puerta estaba abierta y no había nadie en su interior. Siguió avanzando y fue entonces que se percató de los pies que sobresalían por detrás del sillón.

—Mary —fue todo que dijo el capitán, y buscó con sus dedos la yugular, pero no encontró el latido que esperaba.

El cuerpo de Mariana descansaba sobre un charco de sangre. A pesar de la palidez propia de la muerte, en su rostro se percibía el inicio de una sonrisa, y la mirada parecía trascender la pared en la que estaba clavada. A su lado, con el silenciador puesto, su Walther PPK daba señales de haber sido disparada.

Con la voz entrecortada por la emoción, el capitán Roca se comunicó con su superior, y solicitó ayuda médica urgente. El coronel Serrano escuchó el relato que le hacían y ordenó a Roca que se mantuviera en el lugar de los hechos. Al instante enviaría personal médico, así como agentes para acordonar el área. Él necesitaba más tiempo pues tenía que consultar con el ministro lo que debía hacerse de ese momento en adelante. La situación era sumamente explosiva, sobre todo en el campo diplomático.

Ocho minutos después una ambulancia llegaba con el sonido estridente de su sirena y el multicolor alboroto de sus luces.

—Doctor, ella está embarazada —dijo Roca al médico después que éste examinó a Mariana e hizo un gesto con la cabeza, indicando que no tenía remedio—. La criatura... ¿puede salvarse?

El médico hizo una nueva observación clínica a nivel del vientre, y al concluir dijo:

—Imposible, la criatura ha de estar muerta. No hay señales de vida en el vientre. Además, lo tiene destrozado, una de las balas le penetró por la vagina hacia el útero. Le dispararon desde abajo.

La habitación fue clausurada y situada en la puerta una guardia de dos miembros de Tropas Especiales. El resto del pelotón, ayudado por policías, custodiaba el pasillo y la entrada a los elevadores.

Mientras esperaba las órdenes del coronel Serrano, Roca ocupó su tiempo revisando el video grabado por Roger. En la proyección él mismo se veía cuando penetraba rápidamente en el hotel, así como diversas personas que salían apresuradamente. Revisó con calma la grabación, pero en ninguna de las imágenes notó nada sospechoso que pudiera darle la pista para detectar al agente de la CIA que había asesinado a Mariana. Además, la tarde iba cayendo y las sombras lo invadían todo, por lo que la grabación perdía nitidez.

Roca se preguntaba quién podría ser Roma. Sin lugar a dudas era un agente especial que funcionaba fuera de la Oficina de Intereses de los Estados Unidos en Cuba, pues era la primera vez que Mariana lo veía. Una cosa le llamó la atención. En la conversación sostenida con Mariana, el agente Roma mostró un buen manejo de la sintaxis y los recursos verbales del inglés, pero se le notaba cierta afectación de origen europeo. ¿Era Roma de origen alemán, francés, suizo, israelí o...? Lo cierto era que hasta aquel instante dos enormes interrogantes le daban vueltas en la cabeza, y ambas giraban acerca de dos personas que escondían su verdadera identidad detrás de seudónimos: el agente de la CIA nombrado Roma; y el general Sombra.

El capitán le iba a pedir a Roger que revisara nuevamente las imágenes, sobre todo el instante en que un autobús que pasaba por delante de la cámara interrumpía la grabación, cuando el coronel Serrano se presentó en persona. Venía con él un equipo especial de investigaciones y personal médico militar. Ya traía instrucciones muy precisas.

El personal médico civil fue despachado del lugar con la solicitud de que no elaboraran ningún informe. El asunto era de carácter militar y los médicos recién llegados se encargarían de todo el papeleo. Un teniente médico extrajo una jeringuilla y la llenó con un líquido blancuzco. Segundos después la inyectaba en las venas de la joven. Un miembro del equipo especial introducía dentro del bolso de Mariana unos sobres con cocaína. La jeringuilla usada se dejó encima de una de las mesas de noche al lado de la cama, que en ese instante era destendida. Vasos y ceniceros fueron abandonados sobre la alfombra, y en el baño las toallas se tiraron distraídamente en el piso. Daba la impresión de que allí se había producido una lucha y que, producto de la misma, una persona había resultado muerta.. Un camarógrafo de contrainteligencia instalaba las luces para filmar la escena del crimen, "tal y como ellos la habían encontrado". Necesitaban pruebas visuales para mostrarlas en cualquier oportunidad.

El coronel Serrano, tras oír la grabación hecha a Mariana y a su jefe, el agente de la CIA, Roma, dijo que todo eso confirmaba las razones de las medidas que habían sido tomadas por el alto mando militar cubano. El asunto era claro, y así se lo hizo saber el coronel al capitán Roca. La muerte de Mariana podría ser achacada a la contrainteligencia cubana, pues no era de dudar que la CIA conocía de su contacto con el capitán Roca, y eso podía tener consecuencias desagradables en el campo de la diplomacia, e incluso en el militar.

Se trataba, pues, de fabricar una situación. Mariana Broward era la secretaria del cónsul o Primer Oficial de la Oficina de Intereses de los Estados Unidos en Cuba, y había aparecido baleada en un hotel lujoso de La Habana, por un agente de la CIA, su jefe. Además, se habían encontrado restos considerables de cocaína en sus venas, y también se habían hallado en su bolso varios sobres con el producto, aún sin consumir. Estas circunstancias evitarían que los Estados Unidos tomaran represalias contra Cuba, e incluso moderaran su actitud relacionada con el asunto del narcotráfico. Nada más desagradable para los norteamericanos que tener que reconocer que Mariana, importante funcionaria diplomática estadounidense, era agente de la CIA, y, además de una drogadicta, víctima de otro agente que radicaba en el país y al cual ellos se verían obligados a denunciar. Por otro lado, se ocultaban así las intenciones de la inteligencia cubana de penetrar o de captar informantes en la Oficina de Intereses de los Estados Unidos. No había que mencionar el hecho de que Mariana estaba embarazada, ni de quien, por ser un factor de tipo humano que el enemigo podría utilizar a su favor.

El capitán Carlos Roca pidió a Roger una copia de lo filmado esa tarde y esa noche, y que se le hiciera llegar lo más pronto posible. Con miles de pensamientos dándole vueltas en la cabeza, se retiró a su apartamento. Allí revisó algunas fotos que conservaba en las que se veía acompañado de Mariana, dándole maníes a los monos en el Zoológico, en la playa de Varadero, en una visita que hicieron a Topes de Collantes. Puso las fotos encima de la mesita de centro en la sala. Debía ser fuerte y vencer el sentimiento amoroso que lo embargaba. La muerte de Mariana lo había golpeado fuertemente, pero no podía dejarse vencer por sentimentalismos que habían tenido su base en un trabajo de índole profesional.

Encendió el televisor para distraerse un poco, pero los dos únicos canales de televisión sólo ofrecían programas insípidos o noticias trilladas sobre la zafra azucarera o los viajes de Fidel al extranjero. Apagó el equipo. El cansancio venció las últimas resistencias de la vigilia, y pronto quedó sumido en un sueño profundo.

Desde una de las fotos, una Mariana sonriente lo miraba dormir.

* * *

Fuertes golpes en la puerta principal lo despertaron. Al abrir, el teniente Roger le dio los buenos días con una sonrisa, una copia de la filmación que le había pedido, y el informe acerca de la muerte de la agente Amor. Tras despedir al oficial y darle las gracias por su eficiencia, los puso sobre la mesa de centro en la sala, y se dirigió a la cocina para colar un café bien fuerte. Después de tomarlo se daría un buen baño de agua tibia, si al calentador le daba la gana de funcionar, y entonces, con calma, le tiraría un vistazo a lo entregado por el oficial, antes de que Carmen, la señora asignada por Contrainteligencia para la limpieza del apartamento, llegara con su sonrisa de india peruana, su mirada de princesa inca, y sus valses que cantaba bajito para no perturbar al señor, pues jamás había podido pronunciar la palabra compañero.

El agua estaba tibia, afortunadamente. Al parecer, la electricidad había llegado al área y todavía estaba conectada. Roca pensó que debía apurarse, antes de que la quitaran. La zona donde él vivía no era de los miembros de la nomenclatura, ni tampoco de turismo. Por eso, y sin demora alguna, después de tomar el baño, procedió a vestirse.

Cuando estuvo listo, y con otra taza de café escoltándolo, revisó los papeles. En la habitación del hotel se había encontrado un proyectil marca Corbon, disparado con seguridad por el arma de Mariana, una Walther PPK, hallada también en el lugar, y con silenciador puesto en el cañón. Eso evidenciaba que ni él ni Roger hubieran podido escuchar el primer disparo. Con seguridad Mariana había hecho blanco en el cuerpo de Roma, pero éste debió estar protegido por un chaleco antibala, pues el plomo encontrado no tenía marcas de sangre y daba muestras de haber chocado con algún objeto duro, seguramente el plato de cerámica del chaleco.

Mariana murió debido a un primer disparo que le penetró por la vagina, y que fue disparado desde abajo. La bala, una Federal de tipo Hydra-shock, de 9 milímetros, con una potencia de 115 gramos, es un proyectil hueco para expansión controlada, con un alto nivel de fragmentación para causar efectos devastadores en el cuerpo humano. La había destrozado por dentro, así como el ser en formación que llevaba en sus entrañas. Al parecer era una niña.

Roca se estremeció al considerar que él era el padre del feto femenino, y pensó en Sandra, la niña prostituta. Pero fue sólo por un instante. Debía ser fuerte. Por algo él era miembro del Partido Comunista de Cuba y... Tomó otro trago de café y continuó con la lectura.

Se consideraba que el arma utilizada por el asesino era una Heckler & Kosch P-7, fabricada en Alemania, una pistola cara, muy empleada por agentes de la CIA, el servicio antiterrorista GSG-9 alemán, y también por agentes del Servicio Secreto de los Estados Unidos, la DEA y el FBI.

El informe continuaba detallando, tal y como le había dicho antes el coronel Serrano, que a la víctima le habían encontrado droga en la sangre, así como varios paqueticos de cocaína en su bolso.

Dejó el informe a un lado del sofá donde se había sentado, y tomó el video para situarlo en el VCR adaptado al televisor. En unos segundos las imágenes vistas con anterioridad dentro del van aparecieron en su equipo. Las vio dos veces hasta que en la tercera algo le llamó la atención. Se trataba de un auto que salía del garaje del hotel, y que desaparecía de repente al pasar un autobús y tapar las imágenes. Dio marcha atrás a la cinta y ponchó de nuevo el botón de *play*. El auto apareció en la salida del área de parqueo, y, una fracción de segundo antes de que el autobús lo tapara, Roca ponchó un botón en el control remoto para paralizar el tape. Pero no se podía ver con claridad la chapa del auto, ni al hombre que aparecía al volante. Roca salió disparado hacia su habitación y estuvo buscando en el armario durante cinco minutos, hasta que nuevos toques en la puerta principal lo detuvieron.

La eterna sonrisa de princesa inca que adornaba el rostro de Carmen justificaba en parte que hubiera llegado demasiado temprano, y le anunció que la peruana no dejaría de expresar su alegría india llenando el apartamento con la melodía de sus valses, y él no estaba en ese momento para esas cosas.

—Buenas, señor, perdone que venga tan de tempranito, pero como hace una semana que no limpio, esto debe estar, como dicen ustedes los cubanitos, "de anjá y acullá".

Le dijo que pasara y no le contestó su cubanizado criterio, pues sabía que tenía razón. Volvió a la habitación, seguido del grito de Carmen al ver el reguero imperante. Cuando ella lo vio registrando y tirando ropa y cosas desorganizadamente, le preguntó qué buscaba, que si algo se le había perdido. Lo hacía para ayudarlo a él y ayudarse ella, porque a ese paso se iba a pasar una semana organizando el apartamento.

—Busco una lupa. ¿Sabes dónde la he metido? La semana pasada la tenía aquí en esta gaveta.

—Ah, ¿el señor busca esa cosa redonda que pone las cosas más grandes de lo que son?

—Eso mismo, ¿la has visto?

Ella no contestó y, cantando uno de sus valses, se dirigió a la cocina. Abrió una de las puertas del clóset y extrajo, como si hubiese encontrado un tesoro, una lupa de tres pulgadas de diámetro.

—Gracias, Carmen, eres una belleza, gracias —dijo agradecido y le dio un beso en la frente que la vieja aceptó como el de un hijo.

Cuando la mujer vio que Roca acercaba la lupa a la pantalla del televisor, se rascó la cabeza y luego la movió en forma negativa, como dando a entender que el joven estaba loco.

—La juventud de hoy no sirve, hace cosas increíbles —dijo para sí y se retiró a organizar lo que ella consideraba locura desorganizada de soltero.

Roca sonrió al ver que la chapa del transporte aparecía mucho menos nítida, pero más grande. Era una chapa diplomática. Entonces accionó la lupa hacia el hombre que manejaba el auto.

—¡Cooooñoooo! —dijo para sí, entre asombrado y dudoso.

Volvió a mirar a través de la lupa. Ya no le quedaban dudas. Rápidamente marcó un número en el teléfono. Estaba agitado por lo que había descubierto. ¿Qué hacía ese hombre en ese lugar y a esa hora? Su nacionalidad confirmaba el tono europeo, si se quiere del Este, que él había detectado en su inglés. Si en realidad ese hombre era Roma, como sospechaba, la cosa se iba a poner en candela.

Del otro lado de la línea contestó el mayor Pérez, ayudante del coronel Serrano. El oficial estaba hablando por la otra línea telefónica, por lo

260 | Arnoldo Tauler

que debía esperar. Tras explicar al ayudante que el asunto era urgente, aguardó unos segundos hasta que la voz de Serrano surgió imperiosa.

—¿Qué sucede? —preguntó con un tono de fastidio, seguramente por la interrupción.

—Coronel, creo que he detectado al agente Roma. Al hombre que conoce al general Sombra... al asesino de Mariana.

—¡Cuenta, cuenta! —ordenó Serrano, vivamente interesado.

—En la filmación que se hizo aparece un diplomático saliendo del garaje del hotel Capri, precisamente dos minutos después de los disparos.

—Sigue.

—Este hombre, seguramente el agente de la CIA Roma, y jefe de Mariana, no es otro que Serguei Balkin, el agregado cultural de la embajada de...

—¿La Unión Soviética? —interrumpió asombrado el coronel Serrano.

—No me cabe duda. El asesino hablaba con un tono extranjero, señal de que el español no es su lengua materna.

—¿Estás seguro de todo lo que dices?

—Seguro no, pero creo que estoy en lo cierto.

—Un miembro de la diplomacia rusa agente de la CIA, y miembro de un complot para derrocar a Fidel... vaya, vaya, ¡qué interesante!

—Si Balkin es Roma va a tratar de escapar lo más pronto posible. Necesito ayuda.

—¿De qué tipo?

—Este... información por parte del equipo especial que vigila la embajada. Sé que desde el problema de Kudriatsev y su complot contra Fidel, se reforzó la vigilancia a los bolos.

—¿Qué tipo de información?

—Control permanente e información instantánea de las actividades de Balkin.

—Bien, espera —hubo una pausa, y luego Roca volvió a escuchar la voz de su jefe—. Apunta el teléfono que te voy a dar y contacta con Mariano, empleado de los ferrocarriles. Le dices que es de parte de Jorge, el científico de la Academia de Ciencias, Él me va a llamar a mí para comprobar si es cierto, ¿comprendes?

Roca respondió afirmativamente. Serrano continuó.

—Es un viejo amigo que vive a dos cuadras del objetivo. Castillo es muy aficionado a la astronomía, y se dedica a mirar los planetas con un telescopio que tiene en su apartamento en el piso seis.

Roca apuntó el número telefónico que Serrano le daba. Antes de finalizar, el coronel lo felicitó, le deseó suerte y le dijo que lo mantuviera al tanto en todo momento. Roca no perdió tiempo, y, tras concluir la conversación con su jefe, se comunicó con el cuerpo de seguridad del aeropuerto de Rancho Boyeros. Un oficial gentilmente le ofreció los futuros vuelos de Aeroflot, la línea aérea soviética. Un Il-62M saldría ese mismo día, a las siete de la noche, y otro dentro de una semana, con destino a Moscú.

Tras obtener estos datos se comunicó con Castillo. Previa identificación, fue al grano. Se trataba de que pusiera especial atención en el número de la chapa que le daba en ese instante, y que se comunicara con él por radio para informar, al instante, cualquier movimiento del vehículo diplomático. Castillo, un jubilado ferrocarrilero, que disponía de todo el tiempo del mundo para dedicarse a escudriñar los "cielos caribeños", se mostró interesado en cooperar. Por supuesto, iba a tener que reducir también sus investigaciones, ya no estelares o de espionaje, sino las dedicadas a las ventanas del edificio de apartamentos ubicado a cuadra y media, sobre todo en el piso tres, donde, después de las seis de la tarde, una trigueña despampanante, creyéndose en la intimidad, se despojaba de la ropa de trabajo y, tras tomar un baño refrescante, andaba por toda la casa sólo cubierta por un blumer. Castillo pensaba que el espionaje también tenía su arista hermosa, y no escatimaba tiempo en investigarla para su placer personal.

Toda la mañana estuvo el capitán Roca buscando en los archivos de la contrainteligencia datos relacionados con Serguei Balkin, pero, paradójicamente, no encontró absolutamente nada. Pensó que o bien habían sido sustraídos, o que no se había abierto un expediente al diplomático. Al acudir al Ministerio del Interior, los oficiales a cargo de este tipo de investigaciones le informaron que no disponían del historial del diplomático cultural.

Todo eso le hizo pensar: ¿era Serguei Balkin un individuo protegido por altos funcionarios de las Fuerzas Armadas y del Ministerio del Interior, que al parecer querían ocultar sus actividades en el país? Si eso era así, entonces esos altos funcionarios u oficiales estaban implicados con el general Sombra. Ciertamente el asunto de la conspiración todavía estaba caliente, y Roca mantenía sus dudas en cuanto a que Ochoa había sido ejecutado a conciencia de que participaba en un complot, o si Fidel y Raúl habían querido eliminarlo antes de que la conspiración se organizara.

Eran las cinco de la tarde cuando terminó de comer algo en el comedor de los oficiales. Desde temprano había llegado a la oficina central de la contrainteligencia y, ubicado en el despacho del coronel Serrano, un despacho seco, en cuyas paredes se veían diversas fotos de los dirigentes de la Revolución, aprovechó que éste se encontraba en una reunión importante con Fidel, para elaborar un informe completo de sus investigaciones a partir del asesinato de Mariana. Pero como no podía coordinar bien las ideas, rompió las cuartillas escritas. Mientras hojeaba distraídamente un *Granma*, recibió la llamada de Castillo.

—El Lada rojo acaba de salir. Va una persona junto al chofer.

—¿Sabe hacia dónde se dirigen?

—¿Usted cree que soy mago?

—Bien, gracias —y cerró el circuito.

En ese mismo instante el coronel Serrano hizo su entrada en la oficina. Venía cargado de files. El mayor Pérez se adelantó para aliviarlo de la carga.

—Me alegro de que hayas llegado, Serrano.

—¿Algo nuevo? —dijo mientras se quitaba la faja con la pistola y se sentaba frente al escritorio de caoba.

—Hoy a las siete sale un vuelo de Aeroflot, y "el hombre" acaba de salir de la embajada.

—¿Va hacia el aeropuerto?

—No sé, pero voy a averiguarlo.

—¿Necesitas ayuda?

—Cualquier cosa te llamo, pero creo que solo puedo resolver el asunto, digo, si el tipo intenta escapar.

—Está bien, andando...

Roca salió rápidamente de la oficina, y el coronel Serrano quedó unos segundos pensativo.

—Pérez...

—Ordene, coronel —dijo el ayudante, asumiendo una postura de atención.

—Voy a salir.

—¿Le aviso al chofer?

—No, no lo hagas. Voy a ir manejando yo mismo.

Tras una pausa, el coronel se levantó y volvió a ponerse la faja con la Makarov. En sus ojos, más grandes por los espejuelos de aumento, brilló una chispa inteligente.

*   *   *

En el mismo instante en que Roca hacía su entrada a la sala principal del aeropuerto, Serguei Balkin, alias Roma para la CIA; alias Urano para la KGB, terminaba de chequear su equipaje en el mostrador de Aeroflot. Iba a penetrar en el área de las cafeterías y tiendas, cuando el capitán se le acercó y, situándole el cañón de su pistola en un costado, le dijo:

—¡No se mueva o le descerrajo un tiro aquí mismo!

El espía giró lentamente, y al comprobar quién era la persona que lo amenazaba, su rostro cambió la expresión de asombro por una sonrisa de satisfacción.

—¿Secuestro o detención? —inquirió en un español cuyo tono ya Roca conocía—. Recuerde que gozo de inmunidad diplomática.

—Su inmunidad diplomática es basura para mí. Usted es un espía y un asesino, y lo hemos cogido con las manos en la masa, señor Roma.

—Roma es la capital de Italia.

—Y su nombre en clave.

—Bien, en ese caso, mi querido capitán Carlos Roca, lo invito a un jugo o a un café.

—¿Me conoce? —inquirió Roca, visiblemente intrigado.

—Claro que lo conozco —y en el rostro duro de Urano apareció una leve sonrisa—. Mucho más de lo que se imagina. ¿Acepta mi invitación o no? Me gustaría charlar con usted antes de que cometa una equivocación.

—Está bien, adelante, pero sepa que al primer intento de escapar le vacío el peine de la pistola en las tripas.

—No creo que sea necesario. Soy un diplomático, y como tal, trato siempre de resolver los conflictos en la mesa de negociaciones. Esta vez la mesa es de una cafetería.

Se sentaron uno frente al otro. Roca bajó el zíper del jacket que llevaba puesto, para facilitar la extracción del arma en caso necesario. El agente Roma parecía tranquilo al tomar el juego de naranja que había pedido. Roca saboreó el café cubano, tinto como una noche sin luna y sin estrellas.

—¿Por qué mató a Mariana Broward? —preguntó sin preámbulo alguno.

—¿Se refiere usted a Amor? —y Roma saboreó el jugo.

—Sí, a ella misma.

—Porque desobedeció una orden mía, es decir, de Langley, de matarlo a usted.

Roca se sintió conmovido internamente, y recordó la última vez en que estuvo junto a la joven, en la habitación de un hotel, y le sustituyó en la cartera el lápiz labial por uno nuevo con micrófono. Y recordaba, al abrir el bolso, la presencia de la Walther PPK con silenciador que ella siempre llevaba. Una de esas balas era para él, y sin embargo...

—Entonces, ¿yo era R-1?

—Exacto.

—¿Y por qué matarme a mí?

—En sus investigaciones usted estaba implicando al general Ochoa y al ministro del Interior en un complot del cual ellos eran ajenos.

—¿Ajenos?

—Sí, usted complicó las cosas al organizar una reunión entre el capitán Urquide y su hermano Daniel.

—¿Cómo sabe todo eso?

—Ya le he dicho, y no se asombre, yo sé mucho más de lo que usted se imagina.

—Urquide denunció a tres personas.

—No las denunció, y ahí es donde está el error de su investigación. Mencionó a Abrantes porque es su jefe, su ministro, no podía esperarse nada más natural.

—¿Y a Ochoa? —al ver que el diplomático guardaba silencio, Roca insistió—: ¿Eh, qué me dice de Ochoa?

—Puedo decirle poco, pero a Ochoa no se le pudo comprobar que estaba armando una conspiración en contra de Fidel.

—No, pero con un poco más de tiempo hubiéramos reunido las pruebas necesarias.

—No lo creo.

Roca bebió su café y miró fijo a los ojos claros del diplomático.

—La tercera persona que Urquide mencionó es el general Sombra, un oficial que se esconde detrás de un seudónimo.

—Sombra lo hace porque es necesario. Es un oficial muy cercano a Fidel y...

—¿Lo conoce?

—¿Se refiere al general Sombra?

—Sí.

—Claro que lo conozco.

Roca sonrió satisfecho. No se había equivocado al perseguir a aquel hombre que, amparado en su función diplomática, había resultado ser un agente de la CIA, y el asesino de Mariana. Pero, al mismo tiempo, le intrigaba la libertad con que Serguei Balkin confesaba su participación en los hechos que analizaban.

—Señor Balkin, usted le dijo a Mariana, antes de matarla, que había que salvar al general Sombra.

—Es cierto, creo que esa opinión está vigente. Al general Sombra hay que salvarlo de toda sospecha que limite sus planes, pues es una de las más importantes vías que tiene este pueblo de quitarse de encima la dictadura castrista.

—Dejando a un lado su criterio político, perestroiko, dígame quién es el general Sombra y hablaré con mis superiores para que se olviden de que usted es un agente de la CIA y que asesinó a Mariana Broward.

—No la asesiné. Cumplí una orden, la misma que usted cumpliría si tiene que matarme a mí. Claro, nada de eso sucederá —dijo Balkin, y sonrió enigmático. Luego echó hacia delante el vaso con los restos del jugo—. Mire, capitán, y volviendo al tema anterior, lo que me ha dicho es una buena proposición, pero no me asegura que sus superiores vayan a cumplir lo que usted me promete.

—Estoy convencido de que lo aceptarán a cambio del nombre del general Sombra.

—Además —dijo Balkin en el instante en que se limpiaba los labios con una servilleta—, no estoy dispuesto a negociar nada con los órganos de inteligencia cubanos. No son confiables en sus promesas.

—¿Lo dice por mí?

—Lo digo por todo el aparato —Balkin se inclinó hacia delante cruzando los dedos de las manos—. Quiero que sepa, mi capitancito, que el general Sombra es un gran hombre, digno y humano, que está luchando por darle a este pueblo su verdadera libertad y no lo voy a traicionar.

—Entonces, le arrancaremos el nombre a la fuerza.

—¿Con torturas?

—Es posible.

—Señor Roca, usted no acaba de ubicarse en este juego. Claro, le falta experiencia en estas cosas del espionaje.

—No me subestime. Ahora mismo, con experiencia o sin ella, lo voy a llevar detenido.

—¿Y si me niego?

—No me obligue a dispararle.

—¿Lo haría usted?

—Por supuesto, estoy cumpliendo con mi deber.

—Esa sería una medida extrema a la que no voy a permitir que llegue —y Balkin sonrió.

—Entonces, ¿está dispuesto a acompañarme?

—Claro que no —el diplomático miró su reloj de pulsera—. En quince minutos sale mi avión.

—No sea vanidoso, señor Roma, olvídese del avión.

—No, no lo soy, créame, y le voy a decir lo que va a suceder —el agente se inclinó un poco hacia Roca—.Usted me va a dejar ir tranquilamente para que yo pueda ocupar mi asiento en el avión.

—¡Usted está loco!

—No, no lo estoy, al contrario, estoy bien cuerdo.¿Sabe por qué usted me dejará escapar?

Roca negó con la cabeza, asombrado aún por la frialdad e insolencia con que el espía se comportaba. El diplomático continuó:

—Porque entre el capitán Roca, de la CIM, y el agente Roma, de la CIA, yo soy el que decide lo que se hará, puesto que tengo en mi poder lo que en el campo del espionaje denominamos "la llave de los truenos".

—¿Cuál es? —inquirió Roca, ensayando una sonrisa irónica.

—Esta...

Roma intentó extraer algo de uno de los bolsillos interiores del saco, pero detuvo el gesto en el aire al ver que el capitán Roca tapaba con una servilleta la pistola que ahora llevaba en la mano derecha, y le apuntaba amenazador.

—No se alarme, eso que usted piensa que voy a hacer es un truco muy viejo. Solamente voy a sacar un bolígrafo, con el cual pienso escribir algo, es decir, "la llave de los truenos", en este caso el nombre del general Sombra.

Roma tomó un pedazo pequeño de servilleta.

—Debo escribirlo y no pronunciarlo, pues, como usted sabe, puede haber algún micrófono oculto y... —el agente de la CIA sonrió—. Pero no se lo voy a dar porque usted se lo merezca, sino porque el general Sombra es una persona a la que aprecio mucho.

—Acabe de una vez.

Roma anotó algo en la servilleta y lo mantuvo en su mano.

—Si se conoce su nombre real, el general Sombra puede perder la vida, ¿lo sabe usted?

—Por supuesto, y habrá que fusilarlo.

—Bien, que lo fusilen o no queda a criterio suyo, capitán Roca.

Roca tomó con la mano izquierda el papel que Roma le ofrecía, y mantuvo su pistola debajo de la servilleta. Entonces fijó su vista en el nombre que aparecía en el blanco papel. Al leerlo, el rostro del oficial cubano se transformó en una mueca de sorpresa y dolor. Con gesto lento, maquinal, fue guardando la pistola en la funda que portaba al cinto. Su mirada, fija en el nombre que su enemigo había escrito, parecía congelada en el tiempo. En ese instante una voz femenina lo sacó de su abstracción.

"Atención, señores pasajeros, Aeroflot anuncia la salida de su vuelo 785 con destino a Moscú. Se ruega a los señores pasajeros abordar el avión por la salida número 3. Gracias".

—Por favor, léalo bien por última vez —dijo Roma, y alargó una fosforera que encendió con el pulgar de la mano derecha. Roca acercó lentamente el papel a la llama. El pedazo de servilleta se contrajo agónicamente hasta convertirse en una leve ceniza negra que se dispersó en el aire cuando el agente de la CIA la sopló.

—Con permiso, capitán —continuó diciendo Roma al mismo tiempo que se levantaba—, y me le da un saludo de mi parte al general Sombra.

Antes de partir, le puso una mano en el hombro a Roca y dijo:

—Por favor, le ruego que pague la cuenta por mí.

Y se alejó con paso firme hacia la salida número 3. Pero antes de caminar el tramo de pista que lo separaba del avión, miró hacia atrás para ver al capitán Roca todavía sentado a la mesa, con la cabeza hundida entre las manos. Fue entonces que, con un gesto imperceptible para los que lo rodeaban, puso el seguro a su pistola de nueve milímetros, y así evitar que se fuera a disparar la bala que tenía en el directo. Unos segundos después subía por la escalerilla hacia el avión.

Dos minutos antes de que el agregado cultural de la embajada soviética, Serguei Balkin, entrara en el avión, el coronel Serrano arribaba a la terminal aérea. Debido a un accidente del tránsito que bloqueó la avenida de Rancho Boyeros, llegaba atrasado, pero a tiempo para presenciar el instante en que el diplomático soviético quemaba un pequeño papel y segundos después se despedía poniendo una mano en el hombro al capitán Roca. Mientras se encaminaba a la mesa, vio como el supuesto asesino de Mariana y agente de la CIA desaparecía por la salida número 3, sin que el capitán Roca hiciera un solo gesto por detenerlo.

El coronel Serrano se sentó en la silla que momentos antes ocupara el agente Roma. Tenía el rostro duro y su voz era grave.

—Creo que me debes una explicación, y espero que sea bien convincente.

Roca levantó la vista. Serrano observó que la mirada de su subalterno estaba como perdida en el aire. Parecía mirar y no ver.

—Tengo una explicación más que convincente, Serrano —dijo Roca, recostándose hacia atrás en la silla mientras mantenía las manos sobre la mesa—. Voy a contarte por qué dejé escapar a Roma.

—Entonces comprobaste que Balkin es el agente de la CIA que eliminó a...

—Sí. Pero me vi obligado a dejarlo escapar. Creo que tú hubieses hecho lo mismo.

—¿Estás seguro?

—No estoy seguro, pero pienso que sí.

—Bien, dime.

—Pero no aquí, vayamos a algún otro sitio.

—Está bien, ¿cuál prefieres, mi oficina, el despacho de Raúl?

—El polígono donde fusilaron a Ochoa.

—¿Estás bien de la cabeza, Roca?

—Vas a comprender por qué quiero que sea allí.

—Está bien —dijo resignadamente Serrano—, vamos en mi auto, los dos solos.

—De acuerdo.

Y se levantaron. Cuando los dos oficiales subían al auto del coronel, el ruido de los potentes motores del avión los hizo mirar hacia arriba. El Il-62M de Aeroflot se elevaba en el cielo. Una flecha de plata con destino a Moscú.

* * *

El auto se desplazó por la pista aérea del aeropuerto de Baracoa con destino al polígono donde, hacía pocos días, el ex-general Arnaldo Ochoa, junto con tres oficiales del Ministerio del Interior, había sido fusilado. Detrás de ellos, el mayor Suárez, tras autorizar su entrada, se rascaba la cabeza todavía preguntándose qué andaban buscando dos oficiales a esas horas de la noche en un lugar despoblado. Pero como eran de la contrainteligencia se dijo al final que sus razones tendrían. Entonces se acomodó en el sillón de su oficina para continuar viendo la película del oeste, que debido a la visita de los dos oficiales tuvo que interrumpir, en el momento preciso en que el héroe iba a rescatar a la muchacha, y los bandidos se habían atrincherado en la mina.

Se detuvieron en el lugar donde habían instalado los postes para el fusilamiento. Ambos bajaron del auto, iluminados por los faros del transporte. Roca quedó de pie en el mismo lugar donde Ochoa había recibido la descarga mortal.

—Te vi quemando un papel.

—Es cierto —contestó Roca, de espaldas a su jefe.

—¿Alguna clave que te dio Roma?

—Tenía el nombre del general Sombra —dijo el capitán después de girar lentamente.

El coronel Serrano suspiró satisfecho. ¡Aquello sí era una declaración agradable e importante!

—¿Quién es?

—Te vas a asombrar.

—No importa, estoy preparado para todos los sustos.

—Es mi padre.

—¿El general Roca? —inquirió Serrano, con natural gesto de sorpresa.

—Si no dejo escapar a Roma hubiera denunciado a mi padre, ¿comprendes? Me vi entre dos fuegos, entre dos conflictos, uno ideológico y el otro humano. ¿Iba directamente al despacho de Raúl a denunciar a mi padre, o, dejando a un lado ideas de las que todavía tengo dudas, salvaba al hombre que me dio el ser, me crió, y cuya sangre corre por mis propias venas?

—Comprendo, pero eso no va a evitar que el general vaya al pelotón de fusilamiento.

El coronel Serrano, con gesto rápido, extrajo la Makarov de su cartuchera y apuntó con ella al capitán.

—No intentes ningún movimiento extraño.

Y, sin dejar de apuntarle, alargó la mano izquierda para tomar la pistola que Roca tenía en la cintura. La tiró a un lado, lejos del capitán.

—¿No hubieras hecho tú lo mismo?

—No, yo soy distinto, no soy tan débil como tú. Roca, eres un traidor. Ya sospechábamos de ti cuando encontramos una grabación que le hiciste al capitán Urquide y al hermano, grabación que no entregaste, como tampoco informaste su contenido.

—No tiene valor alguno. Urquide era un hombre desesperado que temía que lo mataran en cualquier momento y buscaba ayuda en sus superiores. Con la misma facilidad con que mencionó a Abrantes y a Ochoa, hubiera mencionado a Fidel. ¿Querría eso decir que Fidel era miembro de un complot contra sí mismo?

—No es hora de especulaciones, Roca. Eres un traidor y los traidores tienen como pago la muerte.

—¿Vas a llevarme a juicio?

—No, no te vamos a hacer como a Ochoa. Ese era un instante crítico para la Revolución y necesitábamos propaganda acerca de lo que se estaba haciendo. Ahora nada de juicios públicos, condenas y videos para contentar a los americanos y que se estén tranquilos por un tiempo.

El coronel Serrano rastrilló la pistola, y continuó diciendo:

—Dentro de unos minutos Fidel sabrá el nombre del general Sombra y ordenará su detención —el coronel sonrió, siniestro—. Por supuesto, todo gracias a mi investigación personal. Me llevaré todos los honores del caso y, con seguridad, me ascenderán de grado. Roca, tengo la impresión de que tu gesto con Serguei Balkin ha sido en vano.

—No lo creo, Serrano —respondió con firmeza el capitán—. Fidel no llegará a conocer, por ahora, el nombre del general Sombra.

—¿Quién lo impedirá?

—Yo.

—¿Después de que te mate, o... antes?

—Antes —y el capitán Roca mostró en ese instante su mano izquierda en la que empuñaba una granada—. Es una F-1, tú la conoces, Serrano, tiene más de 25 metros de acción directa.

—No te voy a dar la oportunidad de quitarle la espoleta —y el coronel afinó la puntería.

—Ya está quitada —dijo Roca con una frialdad que impresionó a su jefe, y adelantó la mano para que Serrano comprobara en detalles lo dicho—. Si disparas, volaremos los dos en pedazos, y no vas a poder disfrutar tu ascenso.

El coronel palideció y sus ojos, grandes por las gafas de aumento, parecieron de pronto los de un búho.

—¡Espera! Mira... te hago una proposición. Vamos a ver a Fidel, juntos. Todo se arreglará, pero no sueltes la granada, eh...

—Es muy tarde, Serrano. Ni tú ni yo denunciaremos al general Sombra.

Y el capitán Roca dejó de presionar la granada. No muy lejos de allí, el mayor Suárez no reparó en el ruido de la explosión, pues en aquel instante el héroe de la película acababa de liquidar a los bandidos de la mina, y besaba a la muchacha rubia que había rescatado.

✳ ✳ ✳

Al otro día el periódico *Granma*, órgano oficial del Partido Comunista de Cuba, daba una noticia en primera plana.

MUERTO EL CORONEL ANDRES SERRANO

En el día de ayer, mientras cumplía una misión militar,

el coronel Andrés Serrano perdió la vida. Por sus grandes méritos dentro de las filas del Ejército y del Partido, el coronel Serrano fue ascendido póstumamente a general. El cadáver de este hijo de la Patria será sepultado hoy en horas de la tarde en el Panteón de las Fuerzas Armadas.

En el mismo periódico, pero en una página interior, y mezclada entre anuncios de la zafra, logros en la agricultura, cifras de la pesca, hallazgos en el campo de la biotecnología para mejorar el consumo de alimentos al pueblo, estadísticas en la siembra de la soya para los bistecs, y pronósticos románticos de que faltará menos el agua y la electricidad, una nota periodística informaba acerca de un accidente automovilístico.

ACCIDENTE COBRA LA VIDA DE UN HOMBRE
Ayer la patrulla de carretera encontró en el kilómetro 45 de la carretera a Pinar del Río, el cadáver de Carlos Roca, administrador de un taller de mecánica. Según las investigaciones, Roca perdió la dirección del viejo Chevrolet que manejaba, y se proyectó contra un árbol, incendiándose de inmediato. Debido a las quemaduras sufridas, el accidentado tuvo que ser identificado por medio de las huellas digitales.

* * *

Hete aquí, en medio de una aparente tranquila soledad, sentado en tu preferida silla plegable de lona azul, debajo del baldaquín de tela. Olas diminutas y suaves, impulsadas por la mano de Neptuno caribeño, mecen la barcaza para darte la impresión de hamaca colgada en el aire tibio del atardecer.

Pero no estás totalmente solo en este islote al que nombran Cayo Piedras, y que cierta vez descubriste mientras buceabas entre los arrecifes que lo rodean, después que un numeroso cuerpo de buzos registrara todos los caracoles en los alrededores, en busca de posibles bombas marinas situadas por los Navy Seals yanquis, o peces teledirigidos por la CIA, que, al igual que los musulmanes, pudieran explotar de repente para joderle la existencia a cualquiera.

"Buen lugar para descansar de las jodederas del mundo, del agotamiento que implica luchar por tu pueblo, ejem, y de eso que ahora llaman estrés", dijiste en aquella ocasión. Y como siempre hay oídos a tu alrededor dispuestos a complacer tus nunca satisfechos deseos, más que pronto Cayo Piedras se convirtió en un lugar paradisíaco en el que, como Adán, sólo disfrutas tú. Aquí no hay árbol prohibido ni Eva, con su carne de serpiente, y su jugoso caimito antillano entre las piernas para tentarte los escorpiones del pecado que anidan en tu corazón. Prefieres la carne de cocodrilo que descansa sobre la mesa, junto al Vega Sicilia Único, vino de 750 dólares la botella, que te acaricia la garganta con su cálido sabor importado. El animal fue capturado cerca de la Laguna del Tesoro, pero por si acaso, y para evitar envenenamientos e intoxicaciones, ya personal catador de tu escolta probó virginidad de filete y buen estado de condimentos. También sobre la mesa, al alcance de tu mano, los quesos franceses y, por si varía el gusto de tus históricas tripas, dos pargos rojos a la parrilla, rodeados de ajíes verdes, miran sin ver tu inseparable e insustituible vaso de leche de búfala cafre.

Claro que no estás solo. Te rodea tu familia, no la concebida por naturaleza espermatozoica, sino la creada por resolución militar: el grupo de hombres a cargo de tu seguridad personal. Ya desde el día anterior se desprendieron desde sus cómodos habitáculos habaneros para unirse en Jagüey Grande, y desde allí, con sus veloces autos, y ante el asombro de campesinos que araban con bueyes, levantar el polvo de la carretera hasta Playa Larga para entonces enfilar hacia Caleta del Rosario, donde estaba anclado el Ejecutivo, para, en oleadas, revisar peligros de carretera, poner en alerta el destacamento de la ensenada, y revisarle al yate hasta los escaramujos que se le forman debajo de las cuadernas. Gente de confianza. Tu familia. Que para eso se escogen, se adoctrinan, se hacen miembros del Partido o de la Juventud, y se les paga.

Miras a tu alrededor. Joseíto, atento a tus órdenes, y con dos AKSU-74 a su lado, aparenta leer una revista. El Cristal, el yate que te transportó desde Caleta del Rosario hasta este islote, descansa atado al muelle. Al fondo, la casa de cuatro habitaciones y piscina, y al otro extremo, el caserón en el que hospedas a tus invitados. Está vacío en estos momentos.

Tu familia también está, numerosa que es, en las lanchas Griffin que patrullan el golfo de Cazones, allá enfrente, localizando posibles submarinos enemigos o comandos Delta que pudieran tratar de sorprender tu tranquilidad de estadista; y también en el Mig 29 que a veces pasa revisando el litoral sur de Las Villas y la Ciénaga de Zapata, desde la bahía de Cienfuegos hasta la parte occidental de los pantanos; y el helicóptero que, con su imagen de mosquito volador, otea rasante entre los cayos Blancos del Sur, se mete en la Bahía de Cochinos y luego enfila hacia la Ensenada del Toro, al este, para luego regresar con el zumbido de sus aspas. Más encubiertas, menos visibles de su función militar, las Aquarama I y II, yates con fachada turística, pasan lentamente, con sus ametralladoras calibre 50 que llevan en la proa, tapadas con una lona. Miembros del Ministerio del Interior, vestidos con ropa deportiva, se desplazan por la cubierta, en actividad de pesca, pero dispuestos a echar garra, en caso necesario, del armamento de que disponen. Los yates, en falsa función turística, navegan alrededor de los arrecifes que circundan Cayo Piedras.

Te gusta el lugar no sólo por la tranquilidad que te ofrece, tan necesaria a tu convulso espíritu de luchador revolucionario, sino por el trasfondo que posee. A tus espaldas está la Bahía de Cochinos, y en su salida, al este, Playa Girón, donde sellaste la primera derrota en América del imperialismo norteamericano. En realidad fue a una brigada de invasores a quienes derrotaron tus fuerzas, pero utilizaste el apoyo de los ameriquechis para implicarlos. Bicho que eres.

Pero ya el humo de la batalla contra los invasores se ha disipado, y los restos del Houston, al que disparaste sus buenos cañonazos para tratar de adjudicarte el daño que previamente había hecho la aviación, descansa en medio de la bahía. Ya la compota que tuvieron que darte los ameriquechis, a cambio de los prisioneros, ha sido cagada por los niños que la consumieron. El tiempo ha pasado y esos niños son ahora hombres y mujeres adultos, y las trincheras son distintas, y ahora no hay nada que cambiar por compotas. La última de tus batallas, y en la que piensas has salido triunfador, tenía, diríase que tiene, dos frentes de combate. Uno es el de la droga. El otro, la conspiración esa que todavía no has podido establecer concretamente, ni descubrir a los que la dirigen.

En medio de un aroma de caracolas, de langostas y sardinas, que te trae la brisa para usufructo del olfato agradecido, todavía te preguntas las causas que produjeron la muerte de Mariana Broward, la secretaria del primer oficial de la Oficina de Intereses de los Estados Unidos en

Cuba, y luego la del coronel Serrano y el capitán Roca, que, por cierto, es hijo de uno de tus mejores y más fieles generales. Aunque la Oficina de los yanquis no ha dicho nada del asunto, por aquello que se preparó para presentar a la joven como una drogadicta, te mantienes en alerta, porque esos rubios son impredecibles en sus cosas.

Por otro lado, nadie ha podido descifrar el misterio que rodea sus muertes. Sabes que ella era agente de la CIA, doble informante tuya, y que, según los datos aportados por el teniente Roger, la mató su jefe, un tal Roma. La grabación que se hizo de la entrevista, y que podía aportar más pistas, desapareció.

¿Quién es Roma? ¿Qué tenía que ver en todo este asunto el diplomático ruso Serguei Balkin, que fue visto cuando salía del hotel donde asesinaron a Mariana? ¿Era Balkin de la KGB perestroika? ¿Por qué escapó de Cuba? ¿Por qué el gobierno soviético no ha dado ninguna explicación? ¿Estaban la CIA y la KGB implicadas en el complot? ¿Quién puso balas reales para fusilar al capitán Urquide? ¿Por qué murieron, víctimas de la explosión de una granada, los oficiales Serrano y Roca, en el mismo lugar donde fusilaron a Ochoa? Pero sobre todo, esa persona que mencionó Roma que había que salvar de toda sospecha... Sí, ¿quién es el general Sombra?

Preguntas a las que no encuentra respuesta tu genio. De todas maneras, aunque no conozcas al rey del juego, has movido las piezas en el tablero del ajedrez militar y político, de manera que a tu desconocido contrincante le va a resultar muy difícil obtener el triunfo. Y sonríes victorioso en tu aparente derrota ideológica.

Tus movidas han sido decisivas. Con el juicio y fusilamiento del general Ochoa, Tony de la Guardia y los otros oficiales, implicados como los responsables en el escándalo de la droga, limpiaste un poco tu imagen ante el ojo de la opinión mundial, aunque no has podido eliminar todas las dudas en cuanto a tu responsabilidad como narcotraficante internacional. Tienes que reconocer que todo el mundo no es tan tonto como tus admiradores europeos y latinoamericanos. Hay gente que piensa, y piensa bien. Pero de todas maneras las jugadas efectuadas han evitado tu jaque mate, por un lado, y te han fortalecido en tus planes futuros. Se trataba, en primera instancia, de desprestigiar al general Ochoa, tu más evidente enemigo dentro de las filas militares, involucrándolo en el asunto, fusilándolo por sus culpas, y luego degradarlo post mortem para quitarle brillo a su aureola de héroe, y así evitar futuras peregrinaciones de contenido patriótico.

Por eso, cercana a la Avenida K, en el Cementerio de Colón, está la tumba anónima número 46672, en la que debía leerse: "General Arnaldo Ochoa (1941-1989). Héroe de la República de Cuba", y en la que sólo se veía una cruz destacando en relieve sobre el cemento, y cuatro círculos de bronce falso. Además, para evitar posibles averiguaciones, el registro oficial en el cementerio correspondiente a esa tumba dice:

Nombre: desconocido.

Ocupación: desconocida.

Causa de la muerte: desconocida.

Ese es el pago dado al que osó desafiar tu poder, y el ejemplo para los que pretendan imitarlo. ¿Qué se creían? Por eso, habilidoso que eres en eso de eliminar escollos, obstáculos en la senda que pisan tus pies, ahora enfundados en unos zapatos tenis deportivos, marca Fila, ordenaste una limpieza general en la nomenclatura. ¿No se sabe quiénes son los responsables del complot? Entonces, y argumentando el asunto de la droga como justificante, destituiste los tres niveles del Ministerio del Interior en toda la Isla. Ahí seguramente estaban los conspiradores, y si no, parte de ellos. Se trataba de lanzar machetazos a diestra y siniestra, como en la época en que cortabas cañas, para decapitar la posible conspiración. ¡Coño, catorce ministros, viceministros y presidentes de empresas fueron abajo! Dieciocho oficiales superiores del MININT encarcelados, miles de oficiales retirados en el "plan Piyama". Cinco generales degradados a coroneles y dados de baja, y todos los delegados provinciales destituidos. El cinco por ciento del Comité Central del Partido Comunista tuvo que ser expulsado deshonrosamente. Además, para rematar, se "suicidan": el jefe de los espías ilegales en el exterior, Sicard Labrada, a quien conocían como Micky Matraca, y también el coronel Rafael Cueto, que tenía que ver con el manejo de los dólares en el holding creado por el MININT. El MININT fue abajo, que para eso empujaron bastante Raúl y Furry, dejando un grupito de Fuerzas Especiales bajo el mando de Ronda. Nada, la debacle.

Los otros días Raúl te entregó un informe acerca de lo que están haciendo algunos de tus ex-oficiales, porque claro, no se les puede quitar el ojo de encima, y lo revisas ahora. Ahí está Chicho, Carrión Marín, ex-general viceministro del Interior, vendiendo embutidos españoles; el ex-general de brigada Eladio Sánchez, al que le decían Yayo, tipo importante, pues era el jefe del Departamento Uno, encargado de la lucha contra la CIA, ahora está despachando y controlando ómnibus en una terminal. Coño, el ex-general Barreiro Caramés, jefe de la Dirección General de Inteligencia, se desempeña como inspector de Aduanas en el puerto del Mariel. Hay que tener cuidado, no vaya a organizar un éxodo sin tu consentimiento, que tú eres aquí el que decide quién se va y quién se queda. Vaya, vaya, mira quien está aquí... nada más y nada menos que Jorge Jiménez, el ex-teniente coronel. Yoyi, como se le conoce, es un enamorado del carajo. Fue marinovio de tu hija Alina, de una hija de Ramiro Valdés, y de la cantante Omara Portuondo. Ahora debe andar detrás de sus alumnas en las clases de *tai shi* que está impartiendo. Dice el informe que el ex-general de brigada Arsenio Franco Villanueva, viceministro del Interior, ha perdido la razón y anda deambulando por las calles de la Habana. La lista continúa, pero la dejas a un lado para, quizás, leerla en otra oportunidad.

Pero el peligro no había pasado, y fueron necesarias nuevas medidas. Diocles Torralbas, el vicepresidente del Comité Ejecutivo del Consejo de Ministros, y ministro de Transporte, fue condenado a 20 años de cárcel, por andar comiendo mierda y dando reunioncitas en su casa con Ochoa, Tony y Padrón, ése que luego te enteraste tenía un documento para enviarlo a la Asamblea Nacional pidiendo democracia. Je, pero la cosa se te puso peliaguda de nuevo, que tus enemigos no pierden tiempo para hacerte un yogur la leche de búfala. Los ameriquechis sabían que todo este asunto de la droga había sido un genial montaje tuyo, y te pidieron más víctimas, entre ellas una que estuviste cuidando mucho porque estaba demasiado cerca de ti y podía echarte a perder el potaje: Abrantes, tu ministro del Interior.

Y aunque no lo viste, te imaginas a William Von Raab, el director de la aduana yanqui frente a la comisión de asuntos extranjeros de la Cámara de Representantes, el 25 de julio, diciendo lo que no te gustaba que dijera, pero que dijo: "Al igual que el general Noriega, Fidel Castro es un narcobasura que flota en el mar Caribe". Lo que más te jodió fue el titulito ese denigrante, no de narco, sino de basura. Y después ese alegato de que te estabas hundiendo con el asunto de la droga, y de que tus propuestas para luchar contra el narcotráfico eran sólo una jugada astuta. ¡Coño!, y todo por culpa del avioncito ese que tiró un cargamento de cocaína cerca de las Bahamas, y luego, Raúl no prevé nada, fue escoltado por unos Migs hasta las costas de Cuba, ¡nada más y nada menos que al otro día de haber sido fusilado Ochoa! Y todo eso fue filmado por los yanquis y presentado ante los ojos asombrados de asombrados representantes. Tuviste que reconocer que, aparte de pruebas, el ameriquechi hacía uso de un ingenioso vocabulario para analizar la situación cuando propuso: "Fidel ha solicitado un chaleco salvavidas. Yo propongo que se le tire un ancla". ¡Coño, el tipo quería hundirte en la Fosa de Bartlett! Por el nombrecito, Von Raab, calculaste que era de origen alemán, de esos que salen en las películas de guerra. Jodido el tipo, porque arremetió también contra tu hermanito Raulito, y mezcló, en armoniosa simbiosis, las actividades del movimiento guerrillero M-19 con las Tropas Especiales de Cuba.

Para rematar, tres días después, un viernes gris y lluvioso, un tal Patrick O'Brien, de la aduana también, envía un mensaje a Jay Taylor, a la Oficina de Intereses de los Estados Unidos comunicando que te habías olvidado de denunciar a uno de los máximos narcotraficantes cubanos: al ministro del Interior. El mensaje, intencionadamente, los ameriquechis lo dejan filtrar para que llegue a tus oídos. ¡Coño, eso era demasiado!

Pero no puedes cometer la torpeza, aunque existan pruebas suficientes, de enjuiciar a Abrantes como narcotraficante. Eso obligaría a tu ministro, de una forma u otra, a decir la verdad, esa verdad que no te convenía que se supiera. Por eso, haces mierda los conceptos legales y, sin contar con el Consejo de Estado, tal y como estipula la Constitución, la socialista, la tuya propia, destituyes a Pepe, es decir, a Abrantes, en cuanto regresa de uno de sus viajes a México, y lo sometes a juicio, pero acusado de "abusos en el cargo, uso indebido de recursos financieros y materiales, y negligencia en el servicio", ¡nada de drogas! ¡nada de narcotráfico! ¡nada de complot! De la misma manera que en los juicios anteriores había que hablar de drogas y no de complot, en la causa de Abrantes no debía mencionarse, ni por referencia, ninguna palabra que comenzara por co... ni por dro... ni por nar... ni por comp... ni por consp... Menudo trabajo lingüístico el de los miembros del Tribunal, los acusadores y los defensores, todos la misma cosa, pero que asumieron con responsabilidad gracias a la ayuda de los libros de sinónimos y antónimos que les hiciste llegar a tiempo. La condena que se le impuso al ministro del Interior, de 20 años de cárcel, y a algunos de sus oficiales más cercanos, que conocían también del negocio de la droga, vino a tapar el hueco que había quedado tras Ochoa y Tony de la Guardia, y acalló, por un tiempo, a la jauría yanqui que te anda pisando los talones para despedazarte en la primera oportunidad.

Esa fue la imagen para afuera. La de adentro tenía otras connotaciones, y Raúl y Furry acabaron de redondear la destrucción del Ministerio del Interior. Tu hermanito, con saña militar y odio añejado, sólo dejó de la Unidad de Tropas Especiales, un grupito de cerca de setenta miembros, todos bajo el mando del general Ronda Marrero, pues era necesario continuar garantizando la ayuda logística y técnica, así como el suministro de armas, a los movimientos guerrilleros de esa América que sueñas convertir en mil Viet Nam.

Al igual que hiciste con Tony de la Guardia, visitas a tu ex-guardaespaldas, tu ex-ministro del Interior, tu ex-Pepe, para que confíe en ti. Se trata de que los ameriquechis han pedido su extradición, cosa que Abrantes no cree, y mencionan la Operación Greyhound, videos que le han filmado, y otras grabaciones hechas desde el campo oculto de la infiltración. Los pescadores de los barcos eran agentes de la DEA, los que compraban las drogas eran del FBI, los que organizaban los encuentros eran de la CIA.

—Nada, Pepillo, que estabas cogido con las tenazas de la langosta. Pero no te preocupes, todo se va a resolver. No va a durar mucho tiempo. Sólo te pido que aguantes dos o tres años y... ya tú verás, buena conducta, tranquilidad de los ameriquechis, y tú de nuevo en la calle.

—Ven acá, Fidel, todo eso está bien...

—Hay que salvar la Revolución, Pepe.

—Sí, pero habrá quien se pregunte: "¿Cómo condenan al ministro del Interior por ser responsable de un grupo de oficiales dedicados al narcotráfico, y no condenan al ministro de las Fuerzas Armadas, cuya responsabilidad es igual en el caso de Ochoa, Patricio, Martínez, Furry y otros?"

—No te preocupes, si alguien se lo pregunta será una cuestión mental. Aquí no hay cojones para cuestionarme a mí esas cosas, ¿entiendes?

—De acuerdo, pero me han condenado por manejo de divisas obtenidas por empresas no autorizadas.

—Hay que salvar la Revolución, Pepe.

—Y esas empresas, tú lo sabes, la Cimex, aquí en Cuba; la Taina, en Holanda; la Columbus Enterprise, en Canadá; la Nippon Carribbean, en Japón; la Anglo Caribbean Shipping Co., en el Reino Unido; Reciclaje S. A., en Panamá, y otras que no me acuerdo, pero que son bastantes, fueron creadas por orden tuya.

—Hay que salvar la Patria, Pepe.

—La gente va a ver que se me condena por negocios que en mi caso son ilícitos, y que se mantienen en el MINFAR, bajo las órdenes de Raúl.

—Hay que salvar la Revolución, Pepe.

—El MINFAR tiene empresas en diversos países, filiales de la Tecnotec, y compite con nosotros en Panamá con la Chanel Holding, eso, y tú lo sabes... las fuerzas del ejército se emplean con fines lucrativos, económicos, en la misma área dólar en que me acusan a mí.

—Hay que salvar la Revolución, Pepe.

—Raúl controla Gaviota, dirigida por el MINFAR, y pinta sus aviones AN-26 para uso de los turistas, sin que estos sepan que tanto los equipos como los aviadores son militares. Entre nosotros, Fidel, esta isla se ha convertido en una empresa comercial: CUBA S.A.

—Hay que salvar la Revolución, Pepe.

—Sí, pero a la hora de salvarla, no están todos los que son, ni son todos los que están.

—Hemos sido benignos contigo.

—¿Benignos?

—Sí, no te hemos acusado de conspirar contra el Estado, contra la Revolución, contra los poderes constitucionales, contra la Patria, contra...

—Si he conspirado ha sido en contra del abuso de poder, y a favor de sentar la democracia socialista por la cual hemos luchado, tú desde antes del Moncada, y yo cuando me incorporé al combate en Playa Girón.

—No es suficiente, has conspirado contra mí... Pepe, te voy a hacer una pregunta que Ochoa no quiso contestar en los interrogatorios.

—¿No quiso? ¿Crees que yo puedo contestarla?

—Sí. ¿Quién es el general Sombra?

—¿Sombra? No lo conozco. ¿Es un apellido o un seudónimo?

—Es el jefe del complot. ¿Sabes su nombre?

—¿Gano algo si te lo digo?

—La vida.

—¿Creerías en mí?

—Iba a creer en Ochoa, ¿por qué no iba a creer en ti?

—Bien, en ese caso, el general Sombra es... Raúl Castro Ruz.

Menuda broma se gastó tu Pepecillo, la Avispa, el 27, o el Bebo, como le decían. Por eso, y porque se puso a hablar boberías, cosas que no debía comentar, con el ex-general Patricio de la Guardia, mientras plantaban lechuga en la cárcel de Guanajay, que tú "le habías ordenado vender diez mil kilogramos de cocaína que estaban almacenadas en el hospital Cimeq", así como otras operaciones ocultas hasta ese momento, fue que surgió la idea de eliminar al único testigo y partícipe importante en el asunto del caso Ochoa. Pero había que hacerlo de manera que no pareciera un asesinato vulgar. Y tuviste la cooperación de gente que se prestó a usar la jeringuilla para inyectarle al ex-general de Brigada un medicamento que no necesitaba: la epinefrina. Hay que ser un estudioso como tú para conocer algunos detalles de ciertos medicamentos. Fuera del ámbito médico, no todo el mundo sabe que la adrenalina es una hormona que mayormente segregan las glándulas suprarrenales. Esta hormona estimula el sistema nervioso simpático, y aumenta el ritmo y la fuerza del corazón, lo cual hace elevar la presión arterial. Usada en cantidades normales, resulta beneficiosa para los pacientes, pero si se emplea en cantidades fuera de lo establecido, puede producir, claro, un infarto.

Abrantes no comprendió que "había que salvar la Revolución", y murió llevándose a la tumba el nombre del general Sombra. Sin embargo, su muerte te sirvió, hay que valerse de todos los recursos, para filmar a los que asistieron al sepelio. Setenta y seis oficiales en activo que le dieron el último adiós, fueron dados de baja de los órganos militares, y, por supuesto, se les abrió expediente de vigilancia futura para controlar sus actividades en la vida civil. Creíste que con ello acababas de decapitar la posible conspiración. Pero en estos instantes todavía no estás muy seguro.

Hay vientos que no son los alisios, diríase que perestroikos, que todavía confunden sus frías y modernas concepciones con los cálidos aires guerrilleros y de caudillismo que has sembrado en los cuatro horizontes marinos. Y para que, como Ochoa, o Diocles, no vinieran intoxicados con las nuevas ideas que les insuflaron en las venas del pensamiento, mandaste a recoger a todos los estudiantes cubanos que estaban regados por la Unión Soviética, templándose a las osas rusas y aprendiendo a decir *spasiva* y *ochien jarachó*. Además, para evitar contagios nacionales, eliminaste de la circulación a las publicaciones *Sputnik* y *Novedades de Moscú*, cuyos textos respondían y apoyaban las teorías del hombre del tinterazo en la frente, el Gorbachorcito ese que se creía un renovador en el campo ideológico, trono del cual ha querido desplazarte, enfrentando a tus teorías puramente caribeñas, revolucionarias, otras que son de un revisionismo absoluto, explosivo, capaz de minar las bases del socialismo ortodoxo que tanto defiendes.

La historia, esa de la que esperas algún día te absuelva, vino a darte la razón. Lech Walesa fue elegido presidente en Polonia; en Budapest, Hungría, se puso fin al régimen comunista y se proclamó la IV República Húngara; más tarde cae el muro de Berlín, rompiéndose una frontera de piedra que separaba en dos a un mismo pueblo. En Rumania cae el comunismo con Nicolae Ceausescu, y la Unión Soviética, poco a poco, se ha ido despedazando en sus antiguas repúblicas. Quedan los vietnamitas, que, imitando a sus medio hermanos chinos, a lo mejor en la primera ocasión se dedican, como los otros, más al comercio que a la ideología. Y también los coreanos que, aunque tienen el pipí corto, poseen una lengua larga, y un día de estos se la dan tras cruzar el paralelo 38. Quedan por ahí los países árabes que, aunque enfrentan el imperialismo por cuestiones económicas y religiosas, no son socialistas ni un carajo. ¡La debacle, coño, la debacle!

Pero hete aquí, en medio de la tranquilidad que te brinda el ambiente de la Ciénaga de Zapata, las Griffin artilladas, las Aquamar con sus calibres 50, los aviones, los helicópteros y todo tu cuerpo de seguridad personal diseminado en la casa de Cayo Piedras, en Caleta del Rosario y entre los pantanos, atentos a la posible presencia del enemigo.

Claro, la Ciénaga no es sólo albergue de cocodrilos y mosquitos entrenados por la CIA para picar a los revolucionarios. Ahí están los flamencos con su plumaje blanco y fuego, encendiendo con llamaradas el agua de las lagunas; la garza cuellirroja y los ánades entre los manglares; la gallineta de Santo Tomás, el pequeñito zunzún, y el chipojo sacando su corbata roja para saludar el paso de las ranas toros, y como ahora, cuando va cayendo la tarde, el vuelo de los murciélagos pescadores. Muy pocos conocen que en vez de insectos se dedican a la captura de peces. Por eso apuntas en tu libreta un dato, porque se te ha ocurrido una de esas ideas geniales que te caracterizan, y es que vas a ver si los pones a trabajar en el Ministerio de la Pesca.

De una manera o de otra estás agradecido a la Ciénaga de Zapata, no sólo porque aquí se empantanó la invasión yanqui, sino porque Núñez Jiménez se pasó buen tiempo estudiando el área, mientras tú le trajinabas la mujer a nivel de refrigerador. Y en cierta ocasión te pasaste un fin de semana inolvidable con una habanera en la Laguna del Tesoro, ese pedazo de agua donde los taínos lanzaban sus tesoros para que los invasores españoles no pudieran capturarlos. Pero los taínos parecen que eran muy pobres, porque a pesar de los buceos realizados, no se ha encontrado ni siquiera una pepita de oro. De todas maneras esa costumbre dio origen a la creación de las Casas del Oro, ingeniosa idea socialista con trasfondo capitalista que aprovechaba la necesidad del pueblo para canjearle sus joyas de familia por unos papelitos equivalentes al dólar, con los cuales comprar en las diplotiendas, a precios exorbitantes, algunas de las cosas de las que carecían. La gente, que nunca olvida la historia, les puso La Casa de Hernán Cortés. Ese sí fue un negocio productivo, como lo puede ser también el plan que tienes de recuperar del fondo del mar los galeones que las tormentas y los piratas hundieron a los españoles, cuando transportaban el oro de Perú y de México. Hay que quitarles algo a los ibéricos por el daño que le hicieron a Cuba durante la colonización. Claro, para evitar remordimientos de conciencia, tendrás que olvidar tu origen cantábrico y musulmán.

Pedro Soberat, el buzo que en ocasiones te enseñó algunos secretos subacuáticos, y al cual Jacques Cousteau busca siempre cada vez que viene a Cuba, conoce más de 300 pecios ubicados alrededor de la Isla y en el estrecho de las Bahamas. Un día de estos va y sacas al viejo del Acuario Baconao, donde trabaja, y lo pones al frente de un equipo de prospección y buceo. Soberat todavía no sabía caminar y ya nadaba.

Hay quien dice que no tiene pulmones, sino agallas, como los peces, y que los ojos verdes esos que tiene son dos gotas de mar que Neptuno tomó del fondo del Atlántico para plantarlos en su rostro de escandinavo caribeño.

Dejas a Soberat buceando en el fondo de los recuerdos, pues de repente te asalta la impresión de que las cosas y los hombres han dejado de girar como satélites a tu alrededor, de que el tiempo está inmóvil, congelado. Pero no, es una cuestión subjetiva. Sigues siendo sol y no planeta. Y todo a pesar de que tus enemigos creen que la Revolución, más tarde o más temprano, ha de caer presa en los tentáculos del pulpo imperialista, después del descalabro que están sufriendo los países socialistas por culpa del tipo del tinterazo en la cabeza, el Gorby. Creen que si te suspenden el *welfare* ruso, teta de la cual has estado prendido como un ternero de Ubre Blanca, teta de la que no has dejado de mamar como un condenado, te va a pasar lo mismo. Ah, pero ellos, los que piensan que has de caer en el abismo económico, no saben que, desafiando en amistosa competencia la imaginación de Gabriel García Márquez, has creado un plan de guerra en tiempos de paz al que has nombrado, ironía lingüística, "período especial", aunque de especial no tiene nada, con su variante heroica de "Opción Cero", en el que la gente, al igual que hizo Pol Pot en Camboya, tendrá que lanzarse al campo a buscar los alimentos, lo cual es una manera rápida de morir viviendo del aire heroico en la trinchera de la resistencia. Así seremos menos a la hora de repartir los frutos del trabajo colectivo. Aunque en estos días piensas llevar a cabo modificaciones sustanciales en la libreta de abastecimiento, ese invento de control donde se anotan las pocas cosas que llegan y no se anotan las muchas que no llegan jamás: vas a cambiarle el color a la cubierta. Pero antes de hacerlo, saboreas la carne de cocodrilo, y luego, tras apartar espinas peligrosas, consumes uno de los pargos. La carne, sazonada por el vino que la acompaña, se deja procesar por los jugos gástricos. Los quesos franceses quedan sobre la mesa para uso posterior, y unas páginas del último de tus discursos, el cual piensas leer, cuando te vayas a acostar, para conciliar el sueño rápidamente.

Coño, tus enemigos no quieren aprender de tu genio, aunque ni tú mismo sabes el momento exacto en que te evadiste de ser un hombre común para incursionar en los predios de los elegidos, ese pequeño grupo de personalidades que, si te dejan, harías miembros del Partido Comunista, protestantes de mentiritas del bloqueo, y convencidos antimperialistas.

Esos que están en la trinchera contraria no saben que eres prolegómeno y no epílogo. Por eso, para que se jodan, ya tienes casi terminada la lista que piensas enviar a *The Guinness Book of Records* para que te reconozcan en ser el primero en implantar una revolución socialista en América; el único presidente que ha permanecido tanto tiempo en el poder; el presidente de los Consejos de Estado y de Ministros; el primer Comandante en Jefe; el iniciador de la genética en Cuba; el primer ordeñador y torero; el mejor cortador de caña, y el mejor pelotero; el rey del monólogo oral; el de los discursos más largos, aunque tus enemigos digan que son los más aburridos porque siempre dices lo mismo; el líder más televisado del mundo; el personaje más famoso que el pato Donald y Mickey Mouse; el rey de la fantasía socialista; el más grande consumidor de leche de búfala y el único hombre que al desenfundar el pene todas las vaginas del mundo se ponen a gritar: ¡Aleluya, aleluya!

Esos, tus enemigos, no descansan para desprestigiarte y enfrentarte, incluso a la religión, sin comprender que Dios ha sido y es avaro a la hora de repartir los panes y los vinos. Dios es interesadamente capitalista, pues sólo al que tiene dinero le ofrece sus dones materiales. Por eso ha perdido su nombre inicial de Jehová, Mahoma, Buda o Alá, para llamarse John Smith, Frank Rockemorgan, o cualquier otro nombre, y en vez de Olimpo celestial, habita en grandes edificios y lujosas mansiones, dirige la junta de directores, y en la transnacional de los frutos materiales y espirituales, es el que distribuye, en papel de celofán, las riquezas del Paraíso. Dios ya no utiliza la sacrificada senda del calvario, sino que anda en limusina, y se deja crucificar por hermosas mujeres en la cruz de la cama. Ha cambiado el dolor por el placer, y resucita todos los días, sabedor de que el único Poncio Pilatos que lo amenaza es el de la pobreza. Por eso, junto a los mercaderes del templo, revisa sus cuentas bancarias, efectúa cálculos de ganancias, y, satisfecho, se retira a dormir con la placidez que da la convicción del triunfo, y de que en el instante final, desgraciadamente inevitable, el ataúd no llevará siquiera clavos, pues ha dispuesto el uso de tornillos dorados. Pero ahora no piensa en eso, pues Magdalena, la chica de la 45th Street, bailarina de salsa horizontal, le lava los pies en el lujoso apartamento que él posee en el piso 107, lo más cercano del cielo que ha podido conseguir. Pensó en hacer el amor entre las nubes, allí donde se supone están los ángeles, los apóstoles y las vírgenes, pero desechó la idea ante la posibilidad de un susto colectivo de espermatozoides, los cuales, ante el temor a la altura y los baches, se escamotearían cobardes en el laberinto de los testículos. Esa es la causa por la cual recuerdas con alegría cuando ayudabas al padre Augusto en tus tiempos de estudios religiosos. Pasar el cepillo era lo que más te gustaba de la ceremonia. "Dios se lo pague, señora". Del montón de pesos contabilizado a distancia por el ojo jesuita del padre Augusto, algunos se perdían por obra y gracia de divina prestidigitación. "Dios lo acoja en la gloria, señor". La dádiva, hurtada al corazón religioso, "gracias, señor", se convertía luego en un hermoso helado de chocolate, oración directa a las tripas que el estómago, ignorante de la fe, aceptaba agradecido a la hora de asimilar lo humanamente comestible.

Te critican el atraso tecnológico en que has caído, cuando alegan que sigues utilizando bueyes en la agricultura; que en las ciudades usas bicicletas en vez de autos; que para transportar al pueblo empleas camiones descubiertos en vez de ómnibus; que la gente tiene que inventar antorchas para iluminarse en vez de la ausente corriente eléctrica; en fin, tantas cosas. Sin embargo, no quieren admitir que la ciencia y la tecnología crean desempleo hasta en los lugares donde el formulismo y la tradición parecen inconmovibles. Y como ejemplo agarras al limpiador de telarañas y al buscador de arañas del Palacio de Buckingham, que fueron despedidos porque la reina prefiere los servicios de fumigación modernos. Sin embargo, no ha podido mecanizar todavía la limpieza de las 361 habitaciones y los 78 baños que posee el palacio, lo cual demuestra que a las pobres arañitas todavía les queda espacio donde sobrevivir.

Tus enemigos agotan todos los recursos y transitan diversos frentes. No saben qué van a inventar para disgustarte, como el cuento pesado ese que anda por ahí relacionado con tu muerte, el de los dos carpinteros que están preparando un ataúd y llega tu hermanito Raúl a preguntar para quién es, y entonces le dicen que es para ti, para el Comandante en

Jefe, para cuando te mueras. Y es un ataúd bonito, con adornos dorados y todo eso, pero con un montón de huecos. Y entonces Raúl pregunta para qué son esos huecos, y los obreros le dicen: "Para que los gusanos salgan a escupir antes de morir envenenados".

Por eso tú no escatimas esfuerzos en joderlos cada vez que puedes, con la diplomacia del insulto y la amenaza, algo debilitada últimamente con la "pop-ideología" que tu canciller, Robertico, quiere llevar a los foros internacionales, herencia de sus funciones en la Juventud Comunista cuando organizaba en las calles bailes, fiestecitas, concursos y otras actividades, como la celebración de tu cumpleaños, para mover a la juventud cubana.

Se trata de sembrar la insurgencia en América Latina; de condonar la deuda externa del Tercer Mundo, y, claro, la tuya también; y hablar en foros internacionales para reclamar, aunque sabes que eso es imposible de cumplir, la indemnización de los negros descendientes de esclavos. Figúrate, es para volver locas las mejores computadoras, pues habría que remontarse a la época en que el primer negro fue transportado desde las selvas del Mayombe hasta las costas de América. Chita, la novia de Tarzán, con permiso de Juana, brincaría de júbilo con esta idea tan extraordinaria, y que sólo a ti se te ocurren, y que dan pie a tus enemigos para que te consideren un cínico oportunista, un loco siempre ojeroso, tratando de salvar los obstáculos y dificultades creados el día anterior por tu eficaz ineficacia, o por esa alarmante improvisación trasnochada que te asalta haciendo mierda la lógica, y que no siempre acierta en el blanco que tu entusiasmo patológico vaticina.

Sigues con la vista el vuelo del cocuyo que, con sus luces verdes, ilumina un camino en el aire que conduce a la casa. Está silenciosa, como si estuviera sumergida en las profundidades del mar. Una bruma gris, que cualquier londinense hubiera envidiado, la envuelve para de pronto desaparecer impulsada por un vientecillo sureño. Al encenderse una de las ventanas, crees adivinar la figura de un cuerpo femenino silueteando su desnudez tras despojarse del vestuario, con la misma gracia y lentitud con que suelen hacer los árboles, en los países fríos, su otoñal *streap-tease* de hojas. Pero se trata de uno de los miembros de tu seguridad personal. No te importa, pues ya tus bríos de semental han pasado a la historia. Ya no eres el jovencito romántico acabado de bajar del lomo de la Sierra Maestra, y te has transformado en un viejo cascarrabias empecinado en mantenerse como locomotora de un tren que arrastra vagones caducos. Todo eso, y tienes que admitirlo, te lo puedo decir yo, el duendecillo ambicioso que te gotea en el oído esa perversa y enfermiza ansia por el poder, yo, tu poderoso, único, extraordinario, intangible y presente, omnisciente, orgulloso y supremo, tu propio ego.

Debes reconocer que eres dueño de un acorazado deseo de triunfar, pero sustentado en una ideología triturada por la realidad de la vida, a la cual no llega a salvar tu irreverente y nacionalista retórica guerrillera. El tiempo te ha dejado cicatrices en el alma, pero como posees una voluntad imperturbable de negar lo evidente, de transformar lo real en un mundo ilusorio de promesas, borras de improviso toda muestra de fracaso para embriagarte en la belleza de los triunfos que día a día publica, para tu consumo, el periódico *Granma*, el único que, fiel y triunfalista como siempre, te trae buenas noticias.

Engaño para el pueblo, pero no para ti. Se trata de que todo quede en un marco nacionalista donde la Patria destaque como lo más importante a salvar. Entre nosotros, debes reconocer que tu política patriotera sólo sirve para ocultar tus temores. La Patria ha sido siempre un recurso del que se han valido los que menos piensan en ella. De nada te vale tener en el retrete una foto de Martí y una bandera cubana cuando te defecas en sus valores. En realidad tu más significativo logro de independencia espiritual radica en tu poder de autovaloración, y la enigmática atracción y fuerza que ejerzo yo, como ego, sobre tu personalidad. Te has pasado la vida manipulando hombres, y en realidad tú también lo estás, manipulado por tu propia ambición.

El mundo que has creado se derrumba a pedazos, igual que las casas de los obreros. Desde tu búnker en Jaimanitas, en el Palacio de la Revolución, o aquí mismo en Cayo Piedras, ves como pasa frente a ti el entierro de la luminosa utopía creada por ti para cegar a los demás con su luz. Nunca la palabra, ese instrumento formador y desvirtuador al mismo tiempo, ha sido capaz de producir un imperio como el tuyo, apoyado en una retórica triunfalista, nacionalista y anunciadora de un futuro que nunca llega. El truco, y eso no lo sabían los antiguos profesionales de la oratoria, está en hacer aparecer tus mentiras como enormes verdades, y las verdades de tus enemigos como monumentales mentiras. Todo ello gracias a dos factores importantes que te han mantenido en la trinchera del deber, al frente de tu querido pueblo: esa enfermedad de poder, incurable y crónica, que padeces desde que abriste los ojos al mundo, y dijiste tu primer discurso pidiendo la leche materna; y el otro, ese magnífico juguete, tu preferido, que abandonas y agarras según las circunstancias, y que te ha servido siempre para saciar tus ansias oníricas, dirigir tus odios, y llenar tus momentos de entretenimiento político: el bloqueo norteamericano.

A pesar de todos los que te siguen, y creen en tus fábulas de charlatán, bien por conveniencia económica, política, militar, o por temor, no eres un hombre libre, sino un hombre preso en tu propio miedo, prisionero de tu afán de gloria, y encarcelado por los que te rodean y cuidan. Vives temeroso de que no haya epopeya que registre la huella de tu bota guerrillera, de tu verbo intransigente y agudo, de tu ambición personal camuflada en el ropaje de las multitudes y sus harapientas necesidades. Sabes que tu reiterada retórica, caduca e insustancial, ya no tiene la influencia romántica de los primeros días. Tu verbo de encendida llama futurista y antimperialista, ha dejado de ser látigo ideológico contra el enemigo y adjetivo coloreado de un futuro plagado de promesas con que has alimentado las esperanzas de los habitantes del lagarto verde que flota a la entrada del Golfo de México. El fracaso se ha encargado de desnudarla de su ropaje falso y carnavalesco, convirtiéndola en un bumerán contra ti mismo.

Te estremeces ante el análisis de tanta verdad, y buscas con gesto fetichista el collar de semillas que te regaló abuela Dominga, un día lejano en el tiempo, y que ahora, ante la ausencia del chaleco protector de balas, te cuelga del cuello.

Eres un hombre solitario, sin amigos, sin ni siquiera un perro al cual pasarle la mano por el lomo ante su incuestionable y nunca interesada fidelidad. Eres una bomba de silencio explotando en tu infinita soledad poblada de sumisos aduladores que te endiosan por disciplina y por miedo, tú lo sabes, aunque prefieres ignorarlo, y que se postran a tus pies de ídolo inconfundible, erguido, con el fusil y el pie apoyado sobre la presa capturada, la caza histórica, el cocodrilo verde al que tienes sojuzgado. Ah, hombre pequeño de alma y gigante de poder, sabes que la rueda del tiempo gira hacia el futuro, y te has detenido en un pasado que ni siquiera tiene presente, con la estúpida esperanza que alimenta tu ego ambicioso, yo, de que se te reconozca por las generaciones venideras como el caudillo, el Comandante victorioso que supo enfrentar al poderoso Goliat imperialista, y que se mantuvo firme en la trinchera de la resistencia hasta la última hora de vida. De más está que sepas que tu postura de soldadito es un gesto enano frente a una potencia que, de haberlo querido, hace tiempo te hubiera barrido del mapa con una bocanada neutrónica, o un ataque de los Comandos Delta que no iba a poder contener ni siquiera el refugio antiatómico que ordenaste construir debajo de tu residencia en Jaimanitas.

El tiempo ha pasado desde tus primeras etapas de bravucón gangsteril hasta el hombre que reposa su cansancio sobre la silla plegable de lona azul, pero que se bate en su propia rabieta, siempre amenazante, con el índice apuntando como si fuera un arma, impotente, incapaz de haber logrado tu más ansiado sueño, más allá de Martí y de Bolívar, de César y Alejandro Magno, de cambiar el mundo según tu antojo para entonces plantar los anillos de tu culito sobre él y cagar tu castroenteritis a nivel de todas las longitudes y latitudes por los siglos de los siglos. Patria o Muerte. ¡Coño! Venceremos. Amén.

El sol se va hundiendo en el mar. Te da la impresión de una llamarada de fuego dorado, que agota sus calores en las frías aguas del océano. El crepúsculo pinta de rojo las nubes lejanas. Es entonces que, con la mayor tranquilidad del mundo, te tomas tu leche de búfala.

EPÍLOGO INCONCLUSO

En el mismo instante en que alguien, ajeno a los dolores del mundo, dialogaba con su propio ego, sus ocultas victorias y visibles derrotas, y brindaba por ellos con un vaso de leche, muy lejos, al noroeste, en el Cementerio de Colón, tres hombres, detenidos frente a una modesta tumba, mantenían un silencio respetuoso. Entonces uno de ellos susurró dulcemente unas palabras.

—Hijo, una vez me comentaste un pensamiento de Martí, diciendo que era uno de los más profundos y radicales de su credo político. Sé que moriste por mí y por él, y ahora lo repito en tu memoria: "Asesino alevoso, ingrato a Dios y enemigo de los hombres, es el que, so pretexto de dirigir a las generaciones nuevas, les enseña un cúmulo aislado y absoluto de doctrinas, y les predica al oído, antes que la dulce plática del amor, el evangelio bárbaro del odio".

El general Sombra situó una flor blanca sobre la bóveda, exactamente debajo de donde se leía: "Carlos Roca (1955-1989)", y expresó emocionado:

—A tu memoria, hijo.

Se enjugó una lágrima que le corría por la mejilla, y entonces se volvió hacia los otros dos que, con las cabezas hundidas en el pecho, lo escoltaban en su dolor.

—Vamos. La Operación Cocodrilo Verde continúa.

Cuando los tres hombres, con paso militar, avanzaron entre las tumbas hacia los autos que esperaban, el rojo del atardecer se debilitaba poco a poco, dominado por la tarde que iba pintando de gris las cosas, hasta convertirlas en sombras oscuras, preámbulo de un nuevo amanecer.

AGRADECIMIENTOS

Aunque en todo libro aparece el nombre del escritor como el verdadero creador de la obra, esto último no es totalmente cierto. Toda creación humana está sustentada sobre la base y el aporte de experiencias anteriores, las del autor y las de otros, tanto escritas como orales. Somos tan deudores de Sócrates o de Cervantes, como de nuestro más próximo vecino.

La vida humana constituye una fuente inagotable para el material literario. De ahí la libertad del escritor de valerse tanto de la quijada de burro que Caín utilizó como antecedente de la Colt-45 para eliminar a Abel, que el uso que hacemos de la computadora para escribir estas cuartillas.

Aunque no lo parezca, esta obra es un producto colectivo, y su aparición se debe a diversos factores, tanto de investigación como humanos. El nombre del autor es sólo la parte superior del iceberg literario que constituye el libro. Debajo de la superficie hay infinidad de obras, investigaciones, publicaciones de prensa, testimonios personales, etc., que han contribuido con su aporte para darle forma y contenido al texto en cuestión.

A esa parte sumergida del iceberg, la más valiosa, e ingratamente desconocida, quisiera hacer llegar mi más profundo agradecimiento.

Emilio Adolfo Rivero fue quien le dio al texto su primer "empujón". Su opinión favorable acerca de la obra jamás podré compensarla, pues fue mi mejor bandera de triunfo.

Gracias a Andrés Hernández Alende, quien ayudó en todo momento a convertir en diamante el carbón literario de este libro.

Carlos Alberto Montaner me honró con su lectura. Su criterio acerca de la novela es uno de mis mejores premios.

Otro tanto puedo decir de Agustín Tamargo, quien, con su natural y espontánea forma expresiva, apoyó en todo momento los planteamientos de la obra, y eso me honra.

A Gladys Tzokas y Teodoro Tzokas, mis hermanos. Ellos hicieron posible que yo disfrutara de la libertad de este país para poder escribir este texto. Siempre los tendré presente.

A mis hijos Irmita y Jesús Arnoldo, espuelas amorosas que, en todo momento, hacen cabalgar el corcel de mi fantasía.

A mi nietecito Carlitín, constante fuente de inspiración, que algún día leerá esta obra en un país sin dictadura.

A mi insuperable, abnegada e insustituible esposa Irma, quien con el lastre de sus tareas diarias me permite disponer de una semana de nueve días para mis labores literarias. A su fidelidad y sacrificio, a su amor.

A todos aquellos cuyos nombres no pueden aparecer aquí, les pido no se sientan excluidos, pues se verán, de una manera o de otra, insertos en la historia.

Al pueblo de Cuba que lucha y que un día, no muy lejano, obtendrá su definitiva "victoria sobre el eclipse".

Y claro, no podían faltar: al dictador Fidel Castro y sus satélites, quienes me han suministrado parte de la materia prima (histórica, por supuesto) con que se ha escrito esta obra de... ¿ficción?